Laura Elyse Weymouth
Treason of Thorns
Kalte Magie, flammender Zorn

Für Steph, den Hüter dieses Buches.
Und für The Pod, die meine Hüter sind.

Prolog

Auf meinem Nachttisch steht eine mit Spitze verzierte Hochzeitseinladung. Da weiß ich mit absoluter Gewissheit, dass meine Mutter nicht mehr zurückkommt. Es war unvermeidlich, aber bisher ist es mir stets gelungen, das Unvermeidliche zu ignorieren.

Bis jetzt.

Die Wahrheit lässt sich nicht länger verleugnen. Da steht sie, geschrieben mit goldener Tinte, und verströmt den Rosenduft eines Eau de Toilette, der hauchzart zu mir herüberweht.

Eingerollt liege ich in meinem Bett und starre die Einladung an wie eine gefährliche Schlange.

»Violet.« Wyn, das Ziehkind meines Vaters, ruft mich leise von draußen. »Kann ich reinkommen?«

Er sieht nicht, wie ich nicke, wohl aber das Haus. Mit einem Klicken schiebt es den Riegel zurück, dann schwingt die Tür mit einem sanften Knirschen der Angeln weit auf. Ich blicke hinüber und sehe Wyn, wie er mit einem Becher Wasser vorsichtig den Raum durchquert, um nichts zu verschütten. Seit er in Burleigh House wohnt, bewegt er sich, als sei der Boden unter seinen Füßen mit unsichtbaren Glassplittern bedeckt, die ihn bei jedem falschen Schritt verletzen könnten.

Wyn stellt den Becher auf meinen Nachttisch, direkt vor Mamas Einladung, sodass die goldenen Buchstaben durch das Glas hindurch seltsam verzerrt aussehen. Wir sind beide erst acht Jahre alt, und immer ist jemand in der Nähe, der auf uns aufpasst – meistens sind das Jed und Mira, Papas Verwalter und seine Hauswirtschafterin. Aber in diesem Haus wissen sogar wir Kinder, dass wir aufeinander achten müssen.

Als Wyn neben mir Platz nimmt, schreckt der Efeu, diese tröstenden Blätter, mit denen mich Burleigh House sanft bedeckt hat, zurück – Burleigh und Wyn sind noch nie besonders gut miteinander ausgekommen. Im Kamin flackern purpurrote Flammen und die Lampe leuchtet in derselben Farbe. Armes altes Haus – es erträgt es genauso wenig wie Wyn, mich unglücklich zu sehen. In solchen Momenten, wenn Burleigh so warm und fürsorglich ist, vergesse ich manchmal, dass es zu den fünf Großen Häusern gehört, die mit mächtiger Magie über das Wohl von England wachen. Für mich ist das Haus schon immer mehr als das gewesen. Burleigh ist wie Wyn: Familie und Freund in einem.

Wyn rutscht ein Stück weg, schafft Platz zwischen sich und Burleighs zurückweichenden Ranken. Wenn Wyn jemand anderes wäre, hätte er mich längst gefragt, wie es mir geht. Aber er ist schon immer still gewesen, seit dem Tag, als mein Vater ihn aus einem Haus für Findelkinder in Taunton geholt und zu uns nach Hause gebracht hat. Seine Schweigsamkeit gefällt mir – ich habe noch nie verstanden, wieso man Probleme endlos zerpflücken muss. Ich möchte nicht darüber reden, dass Papa weggegangen ist, wieder einmal, um sich in London um die Belange des Hauses zu kümmern. Ich möchte nicht darüber reden, wie die Sorgen von Burleigh House durch die Holzdielen in mich hineinsickern und mein Herz pochen lassen, bis ich kaum noch atmen kann.

Und erst recht nicht möchte ich über Mama reden.

Ich schlinge die Arme noch etwas fester um meine Knie, am liebsten würde ich mich ganz klein machen und einfach verschwinden. Wyn sieht auf mich herunter, ernst und mit großen Augen. Ich weiß, dass er und das Haus die ganze Nacht mit mir wach bleiben und mich morgen auf Schritt und Tritt begleiten werden. Sie lassen mich nicht im Stich, niemals. Das Haus wird mich in Blumen wickeln und mich mit einem Nachtigallenlied in den Schlaf lullen, und Wyn – nun ja – Wyn schläft nie in seinem eigenen Bett. Er zieht es vor, mit einem Kissen auf einem Stapel Decken in meinem Wäschetrockenschrank zu übernachten.

Plötzlich muss ich daran denken, was Mama von all dem gehalten hat. Sie und mein Vater waren so gut wie nie einer Meinung, aber meine Zuneigung zu Burleigh und zu Wyn sorgte besonders oft für Streit.

»Das Haus *muss* für sie an erster Stelle stehen, Eloise«, pflegte mein Vater zu sagen. »Wenn Vi erwachsen ist, wird sie die nächste Hüterin sein. Burleigh wird sie erwählen, und wenn die Zeit gekommen ist, werde ich ihr den Schlüssel übergeben. Seine Majestät wird das gutheißen – du weißt, der

König hat schon immer großes Interesse an Vi gezeigt. So und nicht anders lautet ihre Bestimmung.«

»Sie hat keine Ahnung, wer sie jetzt ist, und erst recht nicht, wer sie in Zukunft sein wird«, hat meine Mutter ihm entgegengehalten. »Wie soll sie das jemals herausfinden, wenn du sie an Burleigh House kettest und sie nie mit normalen Kindern spielen lässt?«

»Wyn leistet ihr Gesellschaft.«

»Er ist *kein* normales Kind.«

So ging es weiter, in endlosen Schleifen, hinter verschlossenen Türen. Vielleicht ahnten sie tatsächlich nicht, dass Wyn und ich draußen saßen und lauschten, vielleicht war es ihnen auch egal.

Aber jetzt hat das Streiten ein Ende. Meine Mutter ist in die Schweiz gereist, um dort ihre zweite Hochzeit mit einem ausländischen Baron zu planen.

»Wyn.« Ich setze mich auf und schaue ihn an. Ich muss wissen, dass es das alles wert ist. Ich muss wissen, dass ich diesen Verlust für einen höheren Zweck erleide.

»Ja?«, sagt Wyn und sieht mich mit seinen großen, ernsten Augen, die unter wirren sandfarbenen Haaren hervorblicken, an.

»Glaubst du, ich werde eine gute Hüterin sein?«

Wyn antwortet nicht. Er starrt den Efeu an, der die ganze Bettdecke überzieht – bis auf eine auffallend leere Stelle in seiner Nähe.

»Eine gute Hüterin stellt ihr Haus über alles«, sage ich halblaut zu mir selbst.

»Immer?«, fragt Wyn.

Ich strecke die Hand aus, und sofort winden sich grüne Efeuranken um mein Handgelenk und legen sich über das glatte rosafarbene Muttermal, das aussieht wie ein Armband aus filigranem Gitterwerk. »Immer. Sagt Papa. Eine gute Hüterin stellt ihr Haus über den König. Über das Land. Über die Familie. Sogar über das eigene Leben.«

»Aber was, wenn du deine Meinung änderst?«

Das ist völlig undenkbar. Selbst wenn meine Mutter weg ist, selbst wenn ich irgendwann erwachsen sein werde, mein Entschluss, Burleigh House zu dienen, wird sich nie ändern. Mein Vater, George Sterling, ist der perfekte Hüter, und wenn er, was nicht allzu oft vorkommt, zu Hause ist, achtet er darauf, dass ich meine zukünftige Aufgabe erlerne. Damit ich eines Tages in seine Fußstapfen treten kann und die beste Hüterin von ganz England werde. Unter den wachsamen Augen meines Vaters ist Burleigh aufgeblüht und hat unseren Grafschaften Frieden und Wohlstand geschenkt.

»Ich werde meine Meinung *niemals* ändern«, versichere ich Wyn. »Burleigh wird für mich immer an erster Stelle stehen, weil dieser Ort größer ist als du oder ich oder sonst wer.«

Obwohl mein strenger Vater darauf geachtet hat, dass ich diese Worte auswendig lerne, geht mir jedes Mal das Herz auf, wenn ich diesen Satz wiederhole. Seit ich denken kann, bedeutet Burleigh mir alles. Das Haus ist Mutter, Vater, Tröster und Freund. Ich bin entschlossen, ihm später all das zu vergelten.

»Mag sein, dass wir das Haus nicht verstehen und nicht mit ihm sprechen können, aber Burleigh hat West Country schon behütet, da waren du und ich noch gar nicht auf der Welt. Und das wird auch noch so sein, wenn es uns schon lange nicht mehr gibt. Es ist meine Pflicht als eine Sterling, diesem Ort zu dienen und ihm dabei zu helfen, gut für das Land zu sorgen. Mama hat das von Anfang an *gewusst,* Wyn. Sie ist immer eifersüchtig auf Burleigh gewesen. Sie hat nicht verstanden, warum das Haus es wert ist, dass man sich gut darum kümmert.« Ich halte inne und schlucke heftig, weil meine Kehle und meine Augen brennen.

Wyn starrt auf den Boden und sieht so klein und elend aus, wie ich mich fühle.

»Was genau ist ein gutes Haus?«, fragt er nach langem Schweigen. Ich runzle die Stirn, als ich sehe, wie er ein Efeublatt zerrupft. »Was macht ein gutes Haus aus? Müsstest du nicht etwas im Gegenzug für deine Fürsorge bekommen?«

Ich streiche mit dem Finger über den Efeu und beruhige die Stelle, die Wyn verletzt hat. Sofort wenden sich die Blätter mir zu wie Blumen, die sich zur Sonne drehen. »Ich erwarte nichts. Ein gutes Haus stellt sich selbst *an erste Stelle,* denn das Wohlergehen des Landes hängt von seinem eigenen Wohlergehen ab. Daher muss ein gutes Haus den Hüter auch sehr genau aussuchen und darf ihn, wenn Schwierigkeiten drohen, nicht schonen.«

Das Feuer flackert im Kamin, wie um meine Worte zu bestätigen.

»Violet.«

Als ich hochschaue und den Ausdruck in Wyns Augen sehe, verkrampft sich mein Magen. Genau diesen Ausdruck – ruhelos, unsicher, wie ein Tier bereit zur Flucht – hat er immer, bevor er den Vorschlag macht, den ich nur allzu gut kenne. »Lass uns weglaufen. Du musst nicht hierbleiben, und du musst auch keine Hüterin sein, wenn du nicht willst. Wir könnten zu deiner Mutter in die Schweiz gehen. Oder irgendwo anders hin. Du kannst es dir aussuchen. Hauptsache, wir gehen weg.«

Wind heult im Kamin, es klingt wie ein Schluchzen, und die Efeuranken auf meinem Bett weichen zurück, gleiten traurig zum Fenster, durch das sie gekommen sind. Aus Gewohnheit, und weil ich es nicht anders kenne, verwandelt sich mein Selbstmitleid in Zuneigung für Burleigh House.

»Sag so was nicht«, schimpfe ich Wyn. »Du weißt, dass ich nie weggehen würde. Mit solchen Vorschlägen ärgerst du Burleigh nur.«

Wyn lässt den Kopf sinken. Er sieht so niedergeschmettert aus, dass ich nicht weiß, wer mir mehr leidtut – er oder mein wehklagendes Haus.

»Schluss jetzt, Burleigh«, sage ich. Das Heulen hört sofort auf. »Ich gehe nirgendwohin.«

Dann lege ich die Arme um Wyn und seine Anspannung lässt ein wenig nach. Soweit das bei Wyn überhaupt möglich ist.

»Es tut mir leid wegen deiner Mutter«, flüstert er. Ich drücke ihn noch etwas fester.

»Mir nicht.« Ich äußere die Worte mit so viel Nachdruck, dass ich sie fast selbst glaube. »Mir nicht. Mir nicht. Ich habe dich und Burleigh. Und Papa, wenn er nicht gerade für das Haus unterwegs ist. Was könnte ich mir mehr wünschen?«

Nachdem Wyn sich von meinem Bett erhoben und in seine behelfsmäßige Schlafstatt im Schrank zurückgezogen hat, stehe ich auf und öffne eine Schublade in meinem Nachttisch. Ich nehme den Brief heraus, den Mama der Hochzeitseinladung beigelegt hat. An ihm haftet ihr Rosenduft noch viel intensiver als an der Einladungskarte. Ich atme ihn ein und denke daran, wie sie immer ihre Arme um mich gelegt hat.

An einem Satz bleibt mein Blick hängen. Dort ist die Tinte verlaufen und hat Flecken hinterlassen. Es sieht aus, als wären beim Schreiben Tränen geflossen.

Komm zu mir, Violet – ich möchte dir ein neues Zuhause geben.

Aber ich habe bereits ein Zuhause. Ich bin eine Sterling – ich bin in Burleigh House geboren, und eines Tages, das hoffe ich, werde ich eine Hüterin sein, die genauso klug ist wie mein Vater.

Eine gute Hüterin stellt ihr Haus über alles. Über den König, über das Land.

Über die Familie.

Ich knie mich neben den Kamin und übergebe Mamas Brief den mitfühlenden Flammen, die sich blau färben, als ich mit dem Ärmel meines Nachthemds über meine Augen wische.

»Denk an etwas anderes, irgendetwas. Das hilft«, höre ich Wyn aus dem dunklen Schrank sagen.

Ich hole zittrig Luft und fange an zu summen. Es ist ein Lied, das Papa mir immer vorgesungen hat, wenn er zu Hause war.

Blut für einen Anfang
Mörtel für ein Ende
Ob Freund oder Feind
Der Bannspruch bringt die Wende

Nimm des Bannes Pfand
Nimm es in die Hand
Binde die Macht des Hauses
Binde sie ans Land

Blut für ein Ende
Mörtel setzt's in Gang
Im Herzen deines Hauses
Löse den Bann

Nimm dem Haus die Ketten
Befreie es auf ewiglich
Lass nichts für den König
Nichts für dich und nichts für mich

Das Erste Haus ist ein Gefängnis
Das Zweite Wohnsitz edler Damen
Das Dritte prächtiger Palast
Das Vierte geweiht in Gottes Namen

Das Fünfte birgt Quecksilber
Das Sechste reißt alles ein
Blut mischt sich mit Mörtel
Atem mit Gestein

Aber diesmal hat es nicht die erhoffte Wirkung. Auch dann nicht, als ich mich ganz fest auf die Worte konzentriere. Ich sehe Mamas Handschrift vor mir. Und ich muss daran denken, dass sie nie wiederkommt.

»Es war einmal ein Großes Haus«, murmle ich verzweifelt. Seit über einem Jahr habe ich Wyn keine Geschichte mehr erzählt. Das hatte ich nur am Anfang getan, bis er sich in Burleigh House eingelebt hatte. Aber in diesem Moment gibt es mir Halt: das Geräusch, wie Wyn sich in seinem Schrankbett einrollt, um mir zuzuhören, und die überwältigende, grüblerische Präsenz meines über alles geliebten Burleigh House, das ebenso aufmerksam meinen Worten lauscht. »Und dann gab es da die Sterlings, die für das Haus lebten und starben. Ihr Blut vermischte sich mit seinem Mörtel und ihre Gebeine ruhten in seinem Fundament.«

Als ich den Blick vom Kamin abwende, ist der Fußboden meines Schlafzimmers über und über mit Gänseblümchen bedeckt. Nach und nach gelingt es mir, die Traurigkeit über den Abschied von meiner Mutter tief in meinem Inneren zu verschließen, denn ich weiß genau: Ich werde alles für diesen Ort tun. Eines Tages wird sich auch mein Blut mit seinem Mörtel vermischen. Eines Tages werden auch meine Gebeine in seinem Fundament ruhen.

I

Neun Jahre später

Der flache Boden meines Bootes vibriert leicht unter meinen Füßen, als ein Sumpfhecht dagegenstößt. Die schimmernde, längliche Kreatur ist damit beschäftigt, womit ein Fisch eben beschäftigt ist, während ich nun schon seit fast einer Stunde reglos ausharre und mich von der sanften Strömung des Marschwassers hin und her schaukeln lasse. Für den Hecht bin ich praktisch unsichtbar, und nur ein unsichtbarer Jäger hat Erfolg.

Die Sonne brennt auf meinen ungeschützten Kopf herab und bringt meine zu einem langen Zopf geflochtenen Haare zum Glühen. Schweiß perlt zwischen meinen Schulterblättern und an meinem erhobenen Arm mit dem Fischspeer. Nichts kann mich so trösten wie dieser Augenblick, wenn sich alles ineinanderfügt und meine Gedanken sich auf ein einziges Ziel richten. Dann bin ich nicht mehr Violet Sterling, vertriebene Tochter eines rebellischen Adeligen, die schon viel zu lange von ihrer Familie getrennt ist. Alle Sorgen um meinen Vater und Wyn und mein Haus verschwinden, und ich werde wieder heil, werde wieder Vi aus den Sümpfen, die den Tag nie mit leeren Händen beendet.

In einem solchen Moment fällt alles von mir ab und ich bin ganz ich selbst. Ein ruhiger Kopf. Ein scharfes Augenpaar. Zwei Hände, schnell wie Quecksilber oder Wetterleuchten. Der Fisch dreht sich und zeigt seine glitzernden Schuppen in ihrer ganzen Pracht.

In einer Explosion aus Speer, Netz und trübem Wasser ziehe ich meinen Fang heraus. Der Fisch windet sich, und das Boot fängt an zu wackeln, aber ein schneller Schlag mit dem Beil, das unter der Sitzbank bereitliegt, macht dem Gezappel ein Ende. Mit einem zufriedenen Grinsen werfe ich meinen Zopf über die Schulter, dann wische ich mir den Schweiß von der Stirn und merke, dass ich mir wieder einmal einen schlimmen Sonnenbrand auf der Nase eingehandelt habe. Die Haut wird sich schälen und fleckig werden, und Mira wird mich schimpfen, doch das lässt sich jetzt nicht mehr ändern. Aber der Fisch wird für eine halbe Woche reichen, und so lange werden wir genug zu essen haben. In Momenten wie diesen gelingt es mir, die schleichende Angst abschütteln, die mich in den letzten Jahren begleitet hat, und sei es auch nur für eine Weile.

Aber noch während ich mich aufrichte und meinen Fang betrachte, kehrt das Gefühl zurück – dass ich weit weg von meinem Haus und trotzdem daran gebunden bin wie mit einem straff gespannten Seil. Dabei ist es nicht nur Burleigh House, das ich nicht hinter mir lassen kann.

»Was hältst du davon, Wyn?«, murmle ich. Inzwischen habe ich es mir zur Gewohnheit gemacht, mit ihm zu sprechen, wenn ich allein in den Sümpfen bin. Wobei ich stets darauf achte, dass niemand mich hört. Keine Ahnung, wer in diesem Moment tatsächlich mit Wyn redet – wer sein Schweigen und seine Stimmungen hinnimmt, wer ihn in seiner Nähe bleiben lässt, wenn die Nacht wieder einmal zu lang und zu dunkel ist, voller Geräusche und Schatten, die Wyn an Dinge erinnern, über die er nie sprechen wird. Ich kann nur hoffen, dass es ihm irgendwie hilft, wenn ich, so oft es geht, meine Stimme zu ihm aussende.

Inmitten des unwegsamen Östlichen Sumpflandes kann niemand meine geheime Unterhaltung hören außer endlosem Morast und zähem Schlick, der von Flussarmen durchzogen ist, die den Gezeiten unterworfen sind. An manchen Stellen hat man den Sumpf trockengelegt und ihm Weideland abgerungen. Bauernhöfe und Schafkoppeln scheinen willkürlich über das Marschland verteilt worden zu sein. Es ist ein verwirrendes Durcheinander, ein Labyrinth, aber ich kenne diesen Ort besser als jeden anderen, mit Ausnahme von einem. Die Strömung spricht eine Sprache, die ich gelernt habe, die Seevögel rufen mich, und der unverschämt blaue Himmel ist wie eine Landkarte, die gelesen werden will. Die Sümpfe sind ehrlich, wenn man sie versteht, und sie haben ihre ganz eigenen Regeln.

Aber sie sind nicht West Country, das fünf der südwestlichen Grafschaften Englands umfasst und von Burleigh House regiert und umsorgt wird. Die Sümpfe sind weit und flach und geradlinig in ihrer Wildheit. Ganz anders als das Hügelland der Blackdown Hills, in dem ich aufgewachsen bin und das auf den ersten Blick gezähmt scheint, mit seinen eingezäunten Weiden und Apfelbaumgärten, in dessen Tälern aber verborgene alte Schreine schlummern und in dessen Hecken machtvolle Zauber lauern. Und nichts in der Welt lässt sich mit dem einzigartigen, von Magie durchwirkten Burleigh House vergleichen. Deshalb fühlt es sich für mich auch nie an, als würde ich nach Hause zurückkehren, wenn ich, wie jetzt, ans Ufer zurückrudere. Wie sollte es auch?

Als ich unsere Hütte auf einer kleinen Anhöhe mitten im Nirgendwo erreiche, schickt die Sonne bereits ihr goldenes Licht bis weit ins Land hinein. Mira hat die Fensterläden aufgemacht und Jed sitzt auf den Eingangsstufen und schnitzt. Bevor wir ins Exil gegangen sind, hat er nie geschnitzt, aber damals war ich auch keine Fischerin.

»Na, Glück gehabt?«, fragt Jed, als ich das Boot an unserem schmalen Steg festbinde. Ich antworte, indem ich den großen Hecht hochhalte, was nur mit beiden Händen geht.

Jed stößt einen leisen Pfiff aus. Er ist ein stämmiger, bärtiger Mann mit wettergegerbter Haut und kurz geschorenen Haaren, die schon vor langer Zeit ergraut sind, und obwohl er mir in guten und in schlechten Zeiten zur Seite stand, liebe ich ihn am allermeisten dafür, wie treu er meinem Vater gewesen ist. Es gab keinen hingebungsvolleren Verwalter als ihn, egal ob mein Vater zu Hause war oder nicht. Als der König den Hausarrest über meinen Vater verhängte, waren sechs kräftige Männer vonnöten, um Jed in Schach zu halten. Er hat geschrien und sich gewehrt, als sie George Sterling in Burleigh House eingeschlossen haben, und er hat den Kampf erst aufgegeben, als das Eingangstor durch eine unüberwindbare steinerne Mauer ersetzt wurde.

»Mira wartet drinnen«, sagt Jed. »Sie … wir … müssen dir etwas sagen.«

Ich spüre, wie das Lächeln aus meinem Gesicht weicht. »Was …«

Bevor ich ihn fragen kann, höre ich Miras Stimme aus der Hütte. »Bring mir sofort den Fisch und wasch dir den Gestank von den Händen.«

Als ich die Hütte betrete, empfängt sie mich mit einem verärgerten Schnauben. »Du hättest schon vor Stunden zu Hause sein sollen.«

Mira regiert gerne mit eiserner Faust, aber Jed und ich wären hilflos ohne sie. Wir sind eine Familie – eine seltsame, ohne Zweifel, aber das Schicksal hat uns zusammengeführt, und es würde mir das Herz brechen, wenn ich sie verlöre.

Ich durchquere den kleinen Raum, in dem gekocht, gegessen und gewohnt wird und in dem sich hinter einem zugezogenen Vorhang auch Jeds und Miras Bett befindet. Eine Stiege führt hinauf unters Dach zu meiner Kammer, mehr Zimmer hat die Hütte nicht.

Mira wirbelt herum, als ich den Hecht auf den Küchentisch klatsche. Entsetzt blickt sie mich an.

»Violet Sterling, wie um alles in der Welt siehst du denn aus? Ausgerechnet heute hättest du rechtzeitig zu Hause sein sollen.«

Ich lehne mich an den Tisch, auf dem mein Prachtfang liegt, und ziehe die Schultern hoch, als könnte ich auf diese Weise das abwehren, was ich gleich zu hören bekomme. Wenn Wyn jetzt hier wäre, würde er schweigend an der Tür stehen, ein stummer Verbündeter in allen Dingen. Und wenn wir zu Hause wären, hätte Burleigh längst einen tröstenden Blütenteppich um meine Füße gelegt.

Werde ich mich jemals damit abfinden können, dass die beiden nicht bei mir sind?

»Warum? Was ist denn los?«, frage ich, nachdem ich meinen ganzen Mut zusammengenommen habe.

Jed kommt geduckt zur Tür herein und plötzlich ist die Hütte noch viel kleiner. »Heute war ein Besucher hier, der nach dir gefragt hat. Ein Bote des Königs.«

Alle Luft weicht aus mir. Ich sinke auf einen Stuhl und verschwende keinen Gedanken mehr an den Fisch.

»Seine Majestät ist aus Belgien zurückgekehrt und hat im *Knight's Arms* in Thiswick Halt gemacht«, sagt Mira. »Er würde es sehr begrüßen, wenn sein einziges Patenkind ihm morgen Mittag einen Besuch abstattet, bevor er seine Reise fortsetzt. Der Bote sagte auch, dass es Neuigkeiten aus Burleigh House gibt.«

»Neuigkeiten?« Ich bringe das Wort kaum hervor, ohne dass meine Stimme bricht. Seit sieben Jahren hat es keine Neuigkeiten mehr aus Burleigh House gegeben. Und jedes Mal, wenn die Sonne untergeht, ohne dass es welche gibt, bin ich froh, denn das bedeutet, dass weit weg von hier mein Vater und Burleigh und Wyn einen weiteren Tag des Arrests überstanden haben.

Jed stellt sich hinter mich und legt seine Hände auf meine Schultern. »Er hat keine Einzelheiten preisgegeben, aber ich denke, du weißt selbst, was das bedeutet.«

Ich schlucke alle Fragen hinunter, denn ich weiß, dass Jed und Mira sie nicht beantworten können, und decke stattdessen den Tisch fürs Abendessen. Aber nachdem wir gegessen und das Geschirr abgeräumt haben, schleiche ich mich nach draußen, kaum dass Mira mir den Rücken zugedreht hat. Jed sieht mich, sagt jedoch kein Wort, als ich unser kleines Fischerboot ins Wasser schiebe und einsteige. Ich lege mich kräftig in die Riemen und das Boot setzt sich langsam in Bewegung.

»Violet!«, ruft Mira durch die offene Haustür. »Wo um alles in der Welt willst du denn hin? Es wird gleich dunkel!«

»Weg!«, antworte ich knapp und rudere, was das Zeug hält. Das Boot gleitet vorwärts, nimmt Fahrt auf und wird schneller, bis ich durchs Wasser pflüge und meine aufwallenden Gefühle hinter mir lasse wie ein treibendes Fangnetz. Ich weiß, Bewegung ist jetzt das Beste für mich – sie hilft gegen den Schmerz in meinem Herzen, das Bohren in meinem Magen, das Knirschen meiner Zähne. Ich rudere, bis meine Arme und mein Rücken wehtun. Bis wieder Schweiß zwischen meinen Schulterblättern perlt und die letzten Sonnenstrahlen des Tages zu meinen vielen Sommersprossen noch ein paar weitere hinzugefügt haben.

Als die Ruder schwer wie pures Blei werden, lasse ich das Boot mitten in der Flussniederung treiben. Vor mir erstreckt sich Wasser bis zum östlichen Himmel, der sich immer mehr verdunkelt. Ich wende mich von ihm ab und auch von der schier endlos erscheinenden, unruhigen Nordsee und blicke stattdessen nach Westen in die untergehende Sonne. Jenseits dieser strahlenden Pracht liegt meine Vergangenheit. Und meine Zukunft. Jenseits liegt mein Haus.

Blut und Mörtel, ich sehne mich mit jeder Faser danach. Mit jedem Knochen, jedem Atemzug. Ich dachte, das Ende des Arrests würde einen Keil zwischen mich und das Haus treiben, aber obwohl ich weiß, was geschehen ist – dass mein Vater tot ist, getötet von seinem eigenen Haus –, verspüre ich nur den schmerzhaften Wunsch, wieder bei Burleigh zu sein.

Morgen werde ich Seiner Majestät einen Besuch abstatten. Ich werde vor dem König sitzen, während er Mitleid heuchelt und mir mitteilt, dass das Todesurteil nach all den Jahren vollstreckt ist und ein neuer Hüter den Platz meines Vaters einnehmen wird. Ich werde tun, was getan werden muss, und mir weder Hass noch Furcht anmerken lassen, zum Wohl des Hauses. Denn nach dieser langen Zeit braucht Burleigh eine sanfte Hand.

Hausarrest ist eine schlimme Strafe, dazu gedacht, sowohl den Hüter als auch das Große Haus leiden zu lassen. Wenn ein Hüter des Verrats schuldig befunden wird, muss er den Schlüssel abgeben, mit dem er die Magie des Hauses lenkt, und darf keinen Fuß mehr vor die Tür setzen. Das Haus ist dazu verdammt, niemanden herein- oder hinauszulassen, bis der Hüter tot ist.

Aber ein Großes Haus kann nicht dauerhaft für das Wohlergehen eines Landes sorgen, wenn es keinen Hüter mit

Schlüsselgewalt gibt, um seine Magie zu lenken. Früher oder später muss daher ein gutes Haus sich und das Land an erste Stelle setzen, ganz egal wie schwer ihm das fällt.

Vor der Haft meines Vaters hat es im Laufe der Jahre insgesamt fünf Hausarreste gegeben. Zwei Hüter haben sich selbst umgebracht, bevor das Haus es tun musste. Drei wurden von ihren Häusern getötet. So etwas ist nur möglich, wenn ein Arrest verhängt wurde, weil der Bann es den Großen Häusern ausdrücklich verbietet, ein Leben auszulöschen.

Mein Herz leidet mit Burleigh, das gezwungen war, etwas zu tun, was nicht in seiner Natur liegt und wozu es sich nie bereit erklärt hat. Aber wenn ich an Wyn denke, dann zerbricht mein Herz fast. Sieben Jahre sind vergangen, und ich begreife immer noch nicht, warum mein Vater einen Teil seiner Strafe einem Jungen aufbürden durfte, damit dieser wie er selbst hinter Mauern gefangen sitzt. Jedes Mal, wenn ich daran denke, sträubt sich mein Innerstes. Alles andere kann ich nachvollziehen – dass mein Vater den Arrest und die Verurteilung als Verräter riskiert hat, als er versuchte, unser Haus zu befreien, indem er dessen Urkunde stehlen wollte, die sich im Besitz des Königs befindet. In ganz England gibt es Menschen, die für eine Auflösung des Banns sind, ungeachtet aller damit verbundenen Gefahren.

Natürlich bin ich auf ihrer Seite. Natürlich möchte ich Burleigh House dem Griff des Königs entreißen. Seit William der Bannsprecher die Häuser an sich gebunden und ihre Besitzurkunden in seiner Gewalt hat, regiert die königliche Familie über die Großen Häuser. Hüter können die Magie bändigen, aber nur dem Bannsprecher müssen die Häuser bedingungslos gehorchen. Ich kann mir vorstellen, wie qualvoll es für meinen Vater gewesen sein musste, zuzuschauen, wie der König Entscheidungen traf, die nicht zum Besten von Burleigh waren.

Dennoch habe ich nie ganz verstanden, welchen Preis mein Vater für seinen fehlgeschlagenen Diebstahlversuch zu zahlen bereit war – und weshalb er nicht nur seine eigene, sondern auch Wyns Freiheit opferte. Und ich verstehe es auch jetzt noch nicht.

Ein guter Hüter stellt sein Haus über alles, ermahne ich mich selbst, um den Zorn niederzukämpfen, der mich bei dem Gedanken an Wyns Schicksal überkommt. *Über die Familie. Über die Freunde.* Dieser Grundsatz hat meinen Vater geleitet, ob ich sein Handeln nun begreife oder nicht.

Am Horizont verglimmt das Licht zu purpurner Glut. Schwalben segeln über das Wasser und weit über ihnen jagen Fledermäuse kreuz und quer über den Himmel. Während die Dunkelheit hereinbricht, wird die Luft um mich herum immer kälter und der Schweiß trocknet auf meiner Haut. Ich zittere, ein Salzmädchen allein auf einer Salzwiese.

Als die Sterne am Himmel nach und nach zum Leben erwachen, fange ich an, sie zu zählen. Das ist ein alter Trick, den Wyn und ich uns vor langer Zeit ausgedacht haben, als wir auf dem Dach des Hauses saßen. Wir waren zwei von Sorgen geplagte Kinder, die nachts nicht schlafen konnten, daher zählten wir die Sterne, bis die Angst verblasste. Damals hat es funktioniert. Ich konnte meine Furcht in Schach halten.

Doch seither verzähle ich mich immer, bevor die Angstflut

verebbt, und auch heute ist es nicht anders als in all den Nächten, seit mein Vater und mein bester Freund in Burleigh eingeschlossen wurden. Als ich mich in den Sternen verloren habe, richte ich meine Aufmerksamkeit nach innen, so wie ich es gelernt habe, nachdem mir mein Herz und mein Haus genommen wurden. Ich tauche ein in das Labyrinth meiner Gedanken und zähle Ängste statt Sterne.

Ich habe Angst vor der Erinnerung, die mir das sorgenvolle Gesicht meines Vaters zurückbringt – seine ernsten Augen, sein gehetztes Lächeln. Hat er sich richtig entschieden? Werde ich eine würdige Nachfolgerin sein? Werde ich eines Tages das gleiche Schicksal erleiden wie er?

Ich habe Angst, dass ich mein Zuhause und Wyn niemals wiedersehen werde, dass ich mein Dasein hier in den Sümpfen fristen muss und nie auf etwas Besseres hoffen darf. Dass ich mich nie wieder mit mir im Reinen fühlen werde.

Ich habe Angst, Jed und Maria zu verlieren, so wie alles andere auch. Ich habe Angst vor dem Hunger, der uns jeden Winter heimsucht, wenn das Fass mit den Salzfischen immer leerer wird. Ich habe Angst vor dem Meer, das Leben schenkt, nur um anschließend die Küste mit Stürmen zu überziehen.

Alle Ängste steigen in mir hoch, und ich nehme sie, eine nach der anderen, verschließe sie in einer Schatulle und stelle sie in ein staubiges Regal im hintersten Teil meiner Seele. Ich weiß nicht, was ich sonst mit den Gedanken machen soll, die mir die Luft abschnüren, also räume ich sie weg wie faulende Äpfel vom letzten Winter oder matt angelaufene Schätze eines Drachen.

Die letzte Angst in der Schatulle ist folgende: Ich habe Angst vor dem König, schreckliche Angst. Aber Burleigh House ist wichtiger als meine Angst. Und so muss es auch sein.

»Ich möchte wieder in mein Zuhause«, flüstere ich mir und dem Nachthimmel und den Sternen zu.

Zuhause. Das Wort schmeckt wie Honig und Asche, wie Hoffnung und Reue. Ich weiß nur eines: Ich würde sogar dem Teufel persönlich gegenübertreten, wenn ich dadurch wieder in das Haus zurückkehren könnte, in dem ich aufgewachsen bin, um endlich zu erfahren, wie es meinem einzigen Freund aus Kindertagen geht. Der König ist schließlich nur ein wenig schlimmer als der Teufel und ich würde ihn anflehen und mit ihm verhandeln. Ich werde alles tun, was nötig ist, um dorthin zurück zu dürfen, wo ich hingehöre. Um das zu sein, wozu ich geboren wurde – Hüterin meines geliebten Hauses.

Die Ebbe hat eingesetzt. Die Wellen zerren an meinem Boot, ziehen mich nach Osten, weg von zu Hause. Zum ersten Mal seit Jahren stemme ich mich in die Ruder und halte dagegen.

Während ich nach Westen rudere, summe ich ein sehr, sehr altes Lied.

Blut für einen Anfang
Mörtel für ein Ende
Ob Freund oder Feind
Der Bannspruch bringt die Wende

Das Fünfte birgt Quecksilber
Das Sechste reißt alles ein
Blut mischt sich mit Mörtel
Atem mit Gestein

2

Seine Majestät ist ein Langschläfer. Ich nicht. Tatsächlich war ich bei Sonnenaufgang schon seit mehreren Stunden wach, in meinem Boot auf dem Wasser, mit einer abgedunkelten Lampe und meinem Fischspeer, und inzwischen habe ich sogar schon meinen Fang in Thiswick abgeliefert. Vor langer Zeit habe ich gelernt, dass es nichts Besseres gibt, um sich von den Sorgen abzulenken, als Arbeit.

Aber jetzt, wo das Treffen immer näher rückt, sitze ich im Schneidersitz in meiner Dachkammer auf meiner Pritsche. Nur eine Handbreit über meinem Kopf hängen getrocknete Zwiebeln und Rosmarinbüschel. Draußen ist die Welt in ein fahles Licht getaucht und die Möwen kreischen wehmütig auf ihrem Weg zum Meer. Ich blicke Richtung Küste. Irgendwo in mir drin ist eine Trauer, die sich kaum ertragen lässt. Damit habe ich nicht gerechnet, und ich bin mir auch nicht ganz sicher, wem sie gilt – meinem Vater oder Wyn oder meinem Haus oder mir selbst. Ich kann es mir nicht leisten, zusammenzubrechen. Nicht jetzt, wo Seine Majestät mich erwartet. Nicht jetzt, wo das Schicksal von Burleigh auf dem Spiel steht.

Also schließe ich die Augen und dränge den Kummer so weit zurück, dass er nur noch ein leises Flüstern ist. Auch das gehört zu meinen vielen Ängsten – dass ich eines Tages mein Herz zu fest verschließe und es nicht mehr öffnen kann und für den Rest meines Lebens nichts mehr empfinde.

»Komm runter für ein schnelles Frühstück«, ruft Mira hoch. »Was auch immer passiert, ich möchte nicht, dass du dem König mit leerem Magen entgegentrittst.«

Aber ich bekomme keinen Bissen herunter. Nicht um alles in der Welt. Stattdessen rutsche ich auf Knien zu der verwitterten Truhe unter dem runden Fenster. Eine salzige Brise tänzelt zu mir herein und bläst ihre kühle Luft in meinen Nacken, während ich am Schloss der Truhe hantiere. Es klemmt ein bisschen, weil es schon so lange nicht mehr geöffnet worden ist. Als es schließlich aufspringt, klappe ich den Deckel hoch und stoße einen tiefen Seufzer aus.

Wir mussten Burleigh House überstürzt verlassen. Seine Majestät hatte meinen Vater in der Auffahrt von Burleigh House in Anwesenheit eines eilig einberufenen Gerichts verurteilt und angeordnet, dass ich bis zum Abend jenes Tages das Haus verlassen haben musste. Die wenigen Habseligkeiten, die ich mitnehmen konnte, habe ich in diese Truhe gesperrt. Ich brauche keine Erinnerungsstücke an mein Zuhause, wenn das Blut in meinen Adern sich ohnehin jeden Tag nach Westen sehnt.

Aber wenn es je einen richtigen Zeitpunkt gab, um die Truhe zu öffnen, dann jetzt. Ich krame zwischen einer einäugigen Porzellanpuppe, einer Zeichnung von Wyn und einem

Kleid, aus dem ich längst herausgewachsen bin, bis ich auf einen getrockneten Efeuzweig stoße. Ich nehme ihn heraus und halte ihn behutsam in den Händen, als könnte er jeden Augenblick zwischen meinen Fingern zerfallen.

Miras Stimme dringt von unten zu mir hoch. »Violet, ich bitte dich, mein Schatz.«

»Hab keinen Hunger«, rufe ich zurück und blicke auf den Efeu, bis er vor meinen Augen verschwimmt.

Der Geruch nach feuchter Erde.

Regentropfen auf der Scheibe meines Schlafzimmerfensters in Burleigh House.

Das Gewicht einer schweren Reisetasche über der Schulter.

Die königliche Kutsche in der Auffahrt. Ich drücke mein Gesicht gegen die Scheibe, ein Kind, gerade einmal zehn Jahre alt, noch nicht bereit für all dies. Es ist Zeit zu gehen, Mira ist schon in mein Schlafzimmer gekommen, um zu fragen, ob sie mir beim Packen helfen soll. Ich habe sie weggeschickt, weil ich es nicht ertragen könnte, wenn jemand sieht, wie niedergeschmettert ich bin, weil ich Burleigh, den einzig wahren Halt in meinem Leben, verlassen muss.

Aber das Haus sieht es, und das schmerzt am allermeisten. Ich möchte tapfer sein, wie eine gute Hüterin, aber ich kann nicht verhindern, dass Tränen lautlos über meine Wangen rollen. Der Wind ächzt im Kamin, Regen schluchzt gegen die Fenster und weiße Trauerblumen sprießen in den Mauerritzen. Auf dem Weg zur Tür stolpere ich über eine meiner Puppen, die einsam auf dem Fußboden liegt. Meine Tasche rutscht herunter und platzt auf, die hastig gepackten Kleider fallen heraus.

Immer, immer ist es eine Kleinigkeit, die mir schließlich die Fassung raubt. Schluchzend knie ich mich zu den auf dem Boden verstreuten Kleidern, meine Schultern zittern, mein Magen verkrampft sich, mein Herz liegt in Trümmern. Das Haus erbebt in seinen Fundamenten, aber es hilft alles nichts.

Und dann, obwohl ich die Tür nicht höre, steht Wyn vor mir und hebt meine Sachen auf, stopft Schürzen und Strümpfe in meine Reisetasche. Als alles wieder verstaut ist, reicht er mir die Tasche. Ich blicke hoch. Auch sein Gesicht ist tränenbefleckt und blass.

»Es ist Zeit, Violet«, sagt er.

»Ich weiß«, erwidere ich. »Jetzt bekommst du endlich deinen Willen. Wir laufen zusammen weg.«

Wyns ohnehin schon kläglicher Blick wird noch unglücklicher. »Das habe ich nie gewollt. Das weißt du – ich habe nie etwas gewollt, was dir wehtut.«

Er ergreift meine Hand, eine rare Geste bei einem Jungen, der nur selten die Kluft zwischen sich und dem Rest der Welt überbrückt.

Ich schlucke und blicke auf unsere ineinander verschlungenen Finger. »Lass mich nicht los. Ich schaffe das nicht allein.«

»Du schaffst alles, wenn du das willst«, antwortet Wyn leidenschaftlich. »*Alles,* Vi, weißt du das denn nicht?«

Aber auf der Treppe und auf dem Weg nach draußen ist es seine Hand, die sich warm in meiner anfühlt und mich davor bewahrt, zusammenzubrechen.

Jed und Mira warten auf uns. Wir gehen zu ihnen und sehen, wie mein Vater auf den Eingangsstufen des Hauses erscheint, flankiert von einem halben Dutzend königlicher Wachen. Am Horizont ist Donnergrollen zu hören, der düstere Himmel kann nicht aufhören zu weinen, Wasser sammelt sich in breiten Pfützen auf dem Rasen, Regen tropft kalt auf meinen Nacken.

Als die Wachen meinen Vater nach draußen bringen und er uns entdeckt, presst er die Kiefer zusammen und sein Blick verdunkelt sich.

»Wyn, Violet.« Seine Stimme ist rau von den vielen durchwachten Nächten. »Kommt her zu mir.«

Wyn und ich schauen uns an, meine eigene Angst spiegelt sich in seinem Blick. Schweigend packe ich seine Hand fester und er erwidert meinen Griff. Gemeinsam gehen wir die Stufen hinauf, als aus der Kutsche des Königs lautes Lachen dringt. Seine Majestät wartet nur darauf, dass das Urteil an meinem Vater vollstreckt wird, aber sogar heute hat er drei Höflinge bei sich, damit sie zu viert eine Partie *Whist* spielen können. Am liebsten würde ich ihm die Karten wegnehmen und sie in Stücke reißen.

Mein Vater kann seine Arme nicht um mich legen, seine Hände sind hinter seinem Rücken gefesselt, aber er neigt ohnehin nicht zu Gefühlsbezeugungen. Ich lasse Wyn los und klammere mich stattdessen an meinen Vater und kämpfe gegen die Tränen an.

»Sei tapfer für das Haus, Violet«, flüstert Papa. Ich nehme meinen ganzen Mut zusammen und löse mich von ihm. Trost suchend taste ich nach Wyns Hand.

Aber bevor er meine Hand ergreifen kann, schüttelt Papa den Kopf. »Nein. Wyn, komm her.«

Wyn dreht sie zu ihm und blickt ihn mit großen Augen an.

»Komm jetzt, Wyn«, sagt mein Vater. »Du bleibst hier bei mir, wie wir es besprochen haben.«

»*Was?*« Meine Stimme hallt laut über den Rasen, obwohl der Regen alle Geräusche dämpft. Mein Vater weicht meinem Blick aus – er schaut Wyn an, der ihn stumm anstarrt, dann fast unmerklich nickt und sich von mir abwendet.

Die Tränen, die ich bisher zurückgedrängt habe, brennen sich einen Weg über meine Wangen, und tief in mir geht etwas zu Bruch.

»Papa, nimm mir Wyn nicht weg«, flehe ich ihn an. »Du und das Haus, und jetzt auch noch er? Das ist zu viel – ihr seid alles, was ich habe. Ich weiß nicht, wie ich ohne euch weiterleben soll. Du bringst mich noch um.«

»Sei nicht hysterisch, Violet«, sagt mein Vater unerbittlich. »Du versetzt Burleigh in Aufregung.«

»Weil Burleigh mich liebt«, stammle ich. »Und ich liebe Burleigh, das wissen alle. Bitte … lass Wyn gehen. Wenn du jemanden an deiner Seite brauchst, dann nimm mich. Ich bleibe freiwillig. Es macht mir nichts aus, das weißt du. Soll der König uns alle beide einsperren. Ich werde bei dir bleiben und alles tun, was du mir beigebracht hast. Ich werde eine gute Hüterin sein, die ihr Haus über alles stellt. Bitte, Papa, bitte.«

»Jed, kümmere dich um Violet«, sagt mein Vater. So unerschütterlich er sonst ist, diesmal bricht seine Stimme, als er meinen Namen sagt.

Jed tritt vor und nimmt meine Hand. »Miss Violet. Wir müssen gehen.«

Mira taucht an meiner anderen Seite auf und legt ihren Arm um mich. Aber ich kann meinen Blick nicht von Wyn losreißen, der mit hängenden Schultern und in stummer Hoffnungslosigkeit neben meinem Vater steht.

»Nein. Nein!« Ich schreie so laut, dass der König und seine Höflinge neugierig aus den Kutschenfenstern spähen. Aber das ist mir egal. Sollen sie nur zuschauen, wie ich eine Szene mache. »Das ist nicht fair – sieh dir Wyn an. Er möchte nicht bleiben! Lass ihn gehen und nimm mich dafür!«

Es stimmt, Wyns blasses Gesicht ist vor Kummer verzerrt. Er kommt die Stufen heruntergerannt und nimmt mich in die Arme. Ich halte ihn, so fest ich kann.

»Tu das nicht«, sage ich mit tränenerstickter Stimme. »Du musst das nicht tun, sie können dich nicht zwingen. Wir gehen zusammen fort. Wyn, lauf mit mir weg!«

»Nein«, sagt Wyn. »Ich kann nicht. Jetzt nicht mehr. Aber versprich mir eines.«

»Alles, was du willst.«

»Wenn du weg bist, dann bleib für immer weg. Komm nicht zurück.«

Ich habe keine Zeit, den Stich zu spüren, den mir Schmerz und Verrat versetzen, denn der Boden unter unseren Füßen wölbt sich plötzlich hoch und reißt uns auseinander. Ich taumle, stürze fast, und als ich mein Gleichgewicht wiedergefunden habe, steht Wyn bereits wieder an der Seite meines Vaters.

»Du musst gehen, Violet«, sagt mein Vater. »Denk an das Haus.«

Das tue ich. Immer. Ich denke immer an das Haus. Und

auch jetzt straffe ich die Schultern und kehre meinem Vater den Rücken zu, gehe die ersten Schritte weg von allem, weg von meinem bisherigen Leben.

»Violet Helena Sterling«, ruft mein Vater mir hinterher. »Ich liebe dich.«

Diese Worte habe ich ihn noch nie sagen hören. Aber ich kann nicht antworten, denn wenn ich das tue, werde ich zu schreien und zu treten anfangen, bis sie mich an den Haaren von Burleigh House wegzerren. Ich gehe weiter, stumm, und als ich an der königlichen Kutsche vorbeikomme, blickt seine Majestät heraus.

»Es tut mir leid, Violet«, sagt er, doch in seinem Blick liegt kein bisschen Bedauern. »Aber Gesetz ist Gesetz, und dein Vater hat es gebrochen. Ich hätte ihn allerdings nicht für so schwach gehalten, dass er ein Kind mit für sich büßen lässt. Das mit dem Jungen ist wirklich äußerst seltsam.«

»Schweigt«, zische ich und lege in dieses Wort alle Verachtung, die ich mit meinen zehn Jahren aufbringen kann. »Seid einfach still. Ich will Euch nie wiedersehen.«

»Aber, aber«, erwidert der König tadelnd. »Spricht man so mit seinem Patenonkel? Wer, wenn nicht ich, soll sich um dich kümmern?«

Ich stelle mich an das Kutschenfenster – klein, voller Zorn, mit gebrochenem Herzen. »Ich habe einen Vater, und Ihr tötet ihn. Ich würde lieber sterben, als Eure Hilfe anzunehmen.«

»Ganz wie du willst«, sagt der König schulterzuckend. »Aber du befindest dich immer noch auf meinem Grund und Boden. Burleigh, zeig Miss Sterling den Weg nach draußen.«

Ein lautes Donnergrollen folgt seinen Worten, und plötzlich bin ich auf der Straße, jenseits des großen Tors. Nicht nur ich, sondern auch Jed und Mira. Ebenso die Kutsche und die königliche Garde. Durch das schmiedeeiserne Tor und den strömenden Regen hindurch sehe ich meinen Vater und Wyn auf den Eingangsstufen des Hauses stehen.

Der König steigt aus der Kutsche und geht zur Mauer, die das Anwesen eingrenzt. Als er die Hand ausstreckt, erbebt sich das Mauerwerk unter seiner Berührung. Aber er ist der Bannherr. Mein Vater kann die Magie von Burleigh House zwar lenken, doch es ist der König, der alle Macht in seinen Händen hält; er allein kann das Haus an ein Gebot binden und die Verpflichtung auch wieder lösen, und das Haus kann sich ihm nicht widersetzen.

»Burleigh House«, sagt Seine Majestät. »George Sterling ist des Verrats schuldig befunden worden. Ich übergebe ihn deiner Aufsicht. Lass niemanden hinein oder heraus, solange er lebt. Du wirst keinen neuen Hüter bekommen, bis die Strafe vollzogen ist.«

Stein knirscht auf Stein, als die Mauer dort, wo gerade noch das große Tor war, unaufhaltsam den Eingang verschließt. Vage nehme ich wahr, dass Jed zu dem immer kleiner werdenden Spalt stürzen will, aber die Wachen halten ihn zurück. Ich kann den Blick nicht von Wyn abwenden, dessen Umriss ich aus der Ferne noch sehen kann. Erst als der Zwischenraum ganz geschlossen ist, drehe ich mich um und spucke den König an.

Seine Majestät zieht ein sauberes Taschentuch aus der Tasche und wischt sich über das Gesicht.

»Eines Tages, kleine Violet, wirst du angekrochen kommen und mich anflehen«, sagt er und steigt in seine Kutsche. »Du bist die Tochter deines Vaters und ich kenne dich. George wird noch nicht einmal in seinem Grab liegen, da wirst du mich um den Schlüssel von Burleigh House anbetteln. Sterlings können dieser Versuchung nicht widerstehen.«

»Ich bin eine Hüterin«, fauche ich ihn an. »Ich bin geboren, um auf Burleigh aufzupassen, und ja, ich werde alles tun, damit es ihm gut geht. Für eine Hüterin steht das Haus an erster Stelle, selbst wenn das bedeutet, dass ich ein Ungeheuer wie Euch anflehen muss.«

Der König schüttelt den Kopf und greift in seine Tasche. Er zieht einen großen Schlüssel hervor und lässt ihn vor meinem Gesicht baumeln. Mir stockt der Atem – den in den Schlüsselkopf eingelassenen flachen grauen Stein würde ich überall wiedererkennen. Tausendmal habe ich gesehen, wie mein Vater in ruhigen Momenten mit dem Schlüssel herumspielte oder wie er ihn fest umklammert hielt, wenn er den Schutz des Steins benötigte, um die Magie des Hauses heraufzubeschwören. Es kostet mich meine ganze Selbstbeherrschung, nicht den Schlüssel zu schnappen und wegzulaufen.

»Ohne Schlüssel ist man kein Hüter, nicht wahr?«, sagt der König leise. »Leider muss Burleigh House nun ohne einen Hüter auskommen. Wir werden sehen, wie lange das gut geht. Wie lange es dauert, bis das Haus begreift, dass es ohne deinen Vater besser dran ist.«

Er steckt den Schlüssel weg. Trotzig halte ich seinem Blick stand, denn ich will nicht diejenige sein, die nachgibt.

»Das wird ein Spaß, wenn alles vorbei ist und du den Schlüssel haben willst«, sagt der König lächelnd. »Du wirst nach meiner Pfeife tanzen, das verspreche ich dir. Vorausgesetzt, ich übergebe den Schlüssel nicht an jemand anderen.«

Bei diesem Gedanken verschlägt es mir die Sprache. Die Vorstellung, der König könnte den Schlüssel an jemand anderen übergeben und Burleigh einen fremden Hüter aufzwingen, lässt mir das Blut in den Adern gefrieren. Ich schaue zu, wie die Kutsche davonfährt und die königlichen Wachen hinterhermarschieren. Vor mir erhebt sich die Mauer wie ein undurchdringlicher Wall aus Stein. Mit hängenden Schultern steht Jed vor der Stelle, wo einen Moment zuvor noch ein eisernes Tor gewesen ist.

Ich gehe über den Rasenstreifen und lege meine Stirn an die Mauer, die einst die Grenze meiner kleinen Welt war und jetzt ein Gefängnis umschließt.

»Pass auf ihn auf«, sage ich zum Haus. Ich fühle mich leer und hohl, als wäre in mir nichts als grauer Nebel. »Ich weiß, dass du nichts für Papa tun kannst, weil du auf dein eigenes Wohlergehen achten musst. Vielleicht dürfte ich das gar nicht fragen, vielleicht würde eine gute Hüterin das niemals tun … ach Burleigh, wenn es irgendwie geht, dann pass auf Wyn auf. Eines Tages, das verspreche ich dir, komme ich zu dir zurück und kümmere mich um dich.«

»Vi!«

Mira reißt mich aus meinen Erinnerungen, als sie mit sorgenvoll gerötetem Gesicht auf der obersten Stufe der Dachstiege erscheint.

»Kind, was um alles in der Welt machst du …« Als ihr Blick auf die geöffnete Truhe fällt, wird ihr Ton sanfter. »Es tut mir leid. Aber du musst etwas essen, auch wenn dir jetzt nicht danach ist.«

»Vielleicht trinke ich eine Tasse Tee? Ich komme gleich runter.«

Als sie weg ist, blicke ich auf die Efeuranke in meiner Hand. Auch wenn es eigentlich nicht sein kann, ist sie plötzlich wieder grün geworden. Die Blätter sind glänzend und frisch, so lebendig, als hätte ich sie gerade erst abgerissen. Ich drücke sie an meine Lippen und bringe sogar ein kleines, trauriges Lächeln zustande.

»Bald, Burleigh«, murmle ich. »Bald bin ich da.«

Der Efeu färbt sich grau, und ich spüre ein leichtes Prickeln von Magie, als Mörtel aus den Blättern rieselt. Im nächsten Moment sind sie komplett zerfallen, zurück bleibt knirschender Staub und der Geruch von altem Stein. Schmerz und Furcht kriechen wie kleine Ranken über meine Haut.

Ich kann meine Heimkehr kaum erwarten. Niemand, nicht einmal der König, wird sich mir in den Weg stellen können.

3

Thiswick, der nächstgelegene Ort zu unserer Hütte, ist an einer Kreuzung erbaut worden. Dort machen viele Reisende Halt, weshalb das *Knight's Arms* zur Mittagszeit sehr gut besucht ist. Ich bahne mir einen Weg durch die geräumige Gaststube und halte Ausschau nach uniformierten Wachen oder dem leider nur allzu vertrauten Gesicht Seiner Majestät.

Ein Durchgang führt in ein privates Nebenzimmer, und dort sehe ich rote Livreen aufblitzen. Natürlich speist der König nicht mit dem gemeinen Volk – wie dumm von mir, das anzunehmen. Ich wische immer wieder meine feuchten Handflächen am Rock ab und schlängle mich an Händlern und Seeleuten und Kesselflickern vorbei. Kurz vor der Tür hält Dex, der Wirt des Gasthauses, mich auf. Er ist ein großer, breitschultriger Mann mit einem liebenswürdigen Lächeln und einem dunkelroten Muttermal, das auf seiner weißen Wange besonders auffällt.

»Willst du da wirklich rein, Vi?« Dex hat von Anfang an gewusst, wer ich bin und warum wir hierhergezogen sind. Manchmal denke ich, ganz England nimmt Anteil an dem traurigen Schicksal unserer Familie. Besonders West Country, wo die Leute angeblich die Tage seit der Haft meines Vaters im Kalender markieren und jeden Abend auf seine Gesundheit und nicht auf die des Königs anstoßen.

Auf wen sie wohl in Zukunft anstoßen?

Entschlossen straffe ich die Schultern. »Nein, ich will nicht. Aber ich muss. Der König hat Neuigkeiten vom Haus. Von meinem Vater.«

Dex stößt einen tiefen Seufzer aus und nickt. »Also ist es so weit. Ich fühle mit dir. Wir alle. Ich bin da, wenn du mich brauchst.«

»Danke, Dex.« Bevor meine Nerven mich im Stich lassen, trete ich über die Schwelle in den privaten Speisesaal.

Das Wirtshauspersonal ist durch die livrierten Diener des Königs ersetzt worden, die schweigend an der Wand stehen, bereit, auf den kleinsten Wink hin alle Wünsche zu erfüllen. Am Tisch sitzen einige Höflinge, nach der allerneuesten Mode gekleidet, mit Spitzen und Bändern. Die Frauen tragen hauchdünne Kleider mit unter der Brust angesetzter, hoher Taille, die Männer Gehröcke und Kniehosen und grelle Halstücher. Würde ich jetzt auch so aussehen, wenn mein Leben einen anderen Verlauf genommen hätte – farbenfroh und nicht von Kummer gezeichnet, modisch und herausgeputzt?

Im Vergleich dazu wirke ich traurig und trist in meinem schlichten Wollhemd und dem geflickten Rock. Wie ein Rohrspatz neben einem schillernden Eisvogel. Aber das ist egal. Ich habe keinen Stolz, keine Stellung, keinen Platz. Ich bin gekommen, um das Schlimmste zu hören, um mich nach dem Zustand von Burleigh House zu erkundigen und um den König, ganz wie er es vorausgesagt hat, anzuflehen, damit er mich nach Hause zurückkehren lässt.

Seine Majestät sitzt gelangweilt am Kopfende des Tischs, vor sich einen Teller mit Leckereien. Er ist ein dürrer Mann mittleren Alters mit dunklen, listigen Augen und einem hellen Teint, wie Menschen ihn haben, die kaum ins Freie gehen, und dazu einer Blässe, wie man sie sich nur an Spieltischen erwirbt.

Bei seinem Anblick überläuft es mich kalt. Dass er mein Patenonkel ist, stammt noch aus mittelalterlichen Zeiten, ein Relikt der alten Geiselschaft. Seit die Großen Häuser an die Krone gebunden waren, wurden die Kinder eines Hüters in die Obhut des jeweiligen Souveräns gegeben. Man könnte es für einen hübschen Gedanken halten – die königliche Familie dient denen, die den Häusern dienen. In Wahrheit ist es ein Mittel, um sich der Loyalität der Hüter zu versichern. Als ich klein war, hat Seine Majestät tatsächlich Interesse an mir gezeigt. Er hat mir Geschenke geschickt und auf seinen Reisen stets einen Abstecher nach Burleigh House gemacht. Er hat mir das Kartenspielen beigebracht, und als Kind war ich davon überzeugt, dass er und mein Vater Freunde waren.

Aber diese Vertrautheit und angebliche Freundschaft hat nicht gereicht. Sie hat den König weder dazu bewogen, meinem Vater gegenüber Gnade walten zu lassen, noch, mir gegenüber Milde zu zeigen.

Du wirst nach meiner Pfeife tanzen, hat er mir prophezeit. Tja, hier bin ich. Soll es ein Walzer oder eine Gavotte sein?

Ich verschränke die Arme hinter dem Rücken, damit der

König meine zitternden Hände nicht sieht, und durchquere den Raum. Einer der Höflinge plappert vor sich hin, weshalb man mich am Tisch nicht sofort bemerkt.

Was ich jetzt brauche, ist nicht Furcht, sondern Wut, aber ich kann sie nicht aufbringen, daher muss ich mich mit der Sturheit einer Sterling zufriedengeben.

Ich räuspere mich. »Onkel Edgar«, sage ich so laut, dass alle es hören. Die Höflinge verstummen, ihre Augen weiten sich vor Erstaunen, weil ich es wage, ihn so anzureden, wie ich es als Kind getan habe. »Ihr wolltet mich sehen?«

Seine gelangweilte Miene macht einem amüsierten Lächeln Platz. Der Stuhl kratzt über den Boden, als er ihn zurückschiebt. Ich zwinge mich dazu, nicht zurückzuweichen, als der König seine Hände auf meine Schultern legt und mich auf die Wange küsst. »Violet Sterling, wo ist das hübsche Kind geblieben, das ich kannte? Du siehst aus wie ein Fischweib. Was würde dein Vater von dir denken?«

Die Höflinge kichern, in der Gewissheit, dass ihr angenehmer Tag durch nichts getrübt werden wird und ich nichts weiter als eine unliebsame Störung bin. Aber irgendwo in mir beginnt eine Saite zu klingen. Wenn ich schon für mein Haus tanzen soll, dann möchte ich führen und nicht geführt werden.

Also gehe ich am König vorbei und lasse mich auf seinen Stuhl am Kopfende der Tafel fallen. Das alberne Gelächter der Höflinge verstummt. Seine Majestät zieht missbilligend eine Augenbraue hoch und schnippt mit den Fingern.

Einer der Diener eilt mit einem weiteren Stuhl herbei. Der König nimmt Platz, beugt sich vor und stützt die Ellbogen auf die Knie, während seine Höflinge wieder nach dem Besteck greifen und so tun, als würden sie nicht genau verfolgen, was zwischen mir und dem König am Kopfende des Tisches passiert.

»Kein einziges freundliches Wort für deinen Patenonkel?«, sagt der König tadelnd. »Hast du in den Sümpfen deine guten Manieren verlernt? Ich habe nicht um deinen Besuch gebeten, nur um jetzt dein Schmollgesicht ansehen zu müssen.«

»Ich schmolle nicht, Eure Majestät«, sage ich. »Ich trauere. Ich werde immer trauern. Ihr habt mir alles genommen und dem Haus meiner Familie schreckliche Qualen zugefügt.«

Am Tisch werden verstohlene Blicke ausgetauscht. Die Höflinge ahnen, dass der Tag doch nicht so angenehm ereignislos verlaufen wird wie gedacht, dafür aber wesentlich spannender.

In dem verschlagenen Gesicht des Königs blitzt fast so etwas wie Bedauern auf. »Violet, glaubst du, es hat mir Spaß gemacht, deinen Vater unter Hausarrest zu stellen? Oder hören zu müssen, dass die Strafe ein Ende gefunden hat? George war ein Freund und der beste Hüter, den ich kannte. Ich habe ihn über alles geschätzt, bis er mich betrogen hat. Die Besitzurkunden der Häuser sind Teil des Geburtsrechts meiner Familie – und das seit achthundert Jahren. Er hat versucht, Burleighs Urkunde zu stehlen. Das kann ich nicht einfach hinnehmen. Dennoch schmerzt es mich, ihn verloren zu haben.«

Also hatte ich recht. Mein Vater ist tot. Ich blicke an Seiner Majestät vorbei zur Fensterfront des Speisezimmers und hinaus auf die Sumpflandschaft, die mir inzwischen so vertraut ist. Durch und durch vertraut und doch kein Zuhause. Ich weiß nicht, wen ich in diesem Augenblick mehr vermisse – meinen Vater, Wyn oder Burleigh.

»Wie ist es passiert? Ich meine, wie wurde der Arrest beendet?«, frage ich, weil es völlig nutzlos ist, mit dem König über die Verurteilung meines Vaters zu streiten. Wir werden immer verschiedener Meinung sein. Was Onkel Edgar Verrat nennt, ist für mich die Pflicht eines Hüters, dem Haus den Vorrang zu geben. Mein Vater wäre nie das Risiko eingegangen, wäre es nicht zum Besten des Hauses gewesen.

Der König tätschelt meine Hand, und ich widerstehe nur mit Mühe dem Drang, sie wegzuziehen.

»Wie du weißt, war ich mehrere Monate in Belgien«, fährt er fort. »Ich habe den Häusern einen Befehl erteilt, dass sie in meiner Abwesenheit Lord Falmouth gehorchen. Er hat zweimal Beobachter nach Burleigh entsandt, um dort nach dem Rechten zu sehen. Als die Boten wieder ein großes Eingangstor an der Stelle sahen, wo bisher nur Mauerwerk war, wussten sie, dass die Strafe vollendet war. Doch das Haus hat ihnen jeden Zugang verweigert. Falmouth musste höchstpersönlich nach Somersetshire reisen, und selbst dann versuchte das Haus noch, sich seinen Befehlen zu widersetzen. Es unternahm alles, um Falmouth draußen zu halten. Als dieser schließlich doch hineingelangte, fand er deinen Vater. Offenbar hatte George ohne den Schutz des Schlüssels Magie gewirkt, was letztlich zu seinem Tod führte. Auf diese Weise konnte er jedoch das unausweichliche Ende hinauszögern – jedes Mal, wenn die Magie des Hauses sich anstaute und ohne ein Ventil schweren

Schaden anzurichten drohte, nahm er sie in seinen Körper auf.«

Der König schnalzt mit der Zunge. »Was für eine unschöne Art zu sterben.«

Ich balle meine Hände unter dem Tisch zu Fäusten und bohre meine Fingernägel in die weiche Haut. Ich brauche jetzt diesen Schmerz, um mich von der viel größeren Qual in meinem Inneren abzulenken. Durch die Magie des Hauses zu sterben, ist nicht nur unschön. Es ist ein langsamer und grausamer Tod. Und obwohl ich jetzt nicht darüber nachdenken kann, spüre ich, wie etwas in mir kaputtgeht. Etwas Junges, Nachgiebiges, Zerbrechliches ist in unzählige Teile zersplittert, die sich nie wieder zusammenfügen lassen.

Ein bisschen Magie, etwas Mörtel in den Adern – das ist unangenehm, richtet jedoch nicht allzu viel Schaden an. Das Blut spült den Mörtel fort und verdünnt ihn, er verlässt jedoch den Körper nie wieder wirklich. Übertreibt man es, kann dies das Leben verkürzen – um fünf oder zehn Jahre, wenn man altersschwach ist und anfängt, grauen Staub auszuhusten. Das ist der Mörtel, der sich in der Lunge festgesetzt hat.

Noch etwas mehr Magie, und der Tod ereilt einen schon in jungen Jahren, wenn der Mörtel das Herz oder das Gehirn erreicht – sei es ein Schlaganfall oder Wahnsinn oder Herzversagen. Wenn man eine große Menge Magie auf einmal in sich aufnimmt, wird sie einen auf der Stelle töten, die Venen mit Mörtel überfluten und den Körper vergiften.

Aber egal, ob der Körper viel oder wenig Magie ausgesetzt ist, ob viel oder wenig Zeit dazwischen vergeht, der Mörtel bleibt stets in ihm. Nach und nach kommt man dem Tod ein Stück näher. Das ist der Grund, warum es die Schlüssel der Hüter gibt – niemand kann sich erklären, wie ihre Magie funktioniert, aber sie erlauben es dem Besitzer, den Mörtel zu lenken, ohne selbst Schaden zu nehmen. Wenn man einen Schlüssel in Händen hält, fährt die Magie des Hauses durch einen hindurch, ohne eine Spur Mörtel zu hinterlassen. Mit so einem Schlüssel lassen sich die wundersamsten Dinge bewerkstelligen, wie zum Beispiel das Haus reparieren, das Land heilen, das Wetter lenken, die Ernte gedeihen lassen.

Das ist der wahre Grund, warum ich hier bin. Nicht nur, um die Wahrheit über den Tod meines Vaters zu erfahren. Burleigh hat jetzt nur noch mich und ich brauche diesen Schlüssel. Ich bin die Einzige, die für das Haus sprechen kann, und niemand außer mir kann die Nachfolge meines Vaters antreten.

Aber all das darf ich dem König nicht zeigen.

»Was ist mit Wyn?«, frage ich stattdessen, obwohl ich mich vor der Antwort fürchte. »Wie ist es dem Ziehkind meines Vaters ergangen?«

Der König zieht gleichgültig eine Schulter hoch. »Von dem Jungen war weit und breit nichts zu sehen. Was das bedeutet, weiß nur Burleigh House selbst. Hör zu, Vi, wenn das alles vorbei ist, sollten wir Vergangenes auf sich beruhen lassen. Wir tun es als Missverständnis ab und fangen neu an.«

»Was redet Ihr da?«, frage ich ungläubig. Die unterdrückte Trauer macht meine Stimme scharf und schneidend. »Ihr habt meinen Vater zu einem qualvollen Tod verdammt und das Haus gezwungen, das Urteil zu vollstrecken. Mein einziger

Freund ist verschwunden, vermutlich seid Ihr auch schuld an seinem Tod. Wie könnte ich Euch da je vergeben?«

Ich sollte für den König tanzen, aber nun bin ich hier und trete meinem Tanzpartner absichtlich auf die Zehen.

Ein Mitglied des Hofstaats, ein Mädchen mit goldbraunem Teint und dunkler Lockenpracht, hüstelt in ihre Serviette. Ich sehe sie mit einem herausfordernden Lächeln an, äußerlich die furchtlose Jägerin aus den Sümpfen, innerlich verschreckt wie ein Moorhuhn. »Hat dir die Suppe geschmeckt? Ich habe den Hecht heute Morgen selbst erlegt – mein Speer traf ihn mitten ins Herz.«

Das Mädchen tupft sich den Mund ab und legt das Tuch beiseite. »Das erklärt den ranzigen Nachgeschmack. Du bist ein ziemlich wildes Ding, was?«

Seine Majestät lächelt uns beide liebenswürdig an, als wären wir zwei Kinder, die mit ihren Puppen Tee trinken. »Violet, ich glaube, du hattest noch nicht das Vergnügen, meine Tochter und Erbin kennenzulernen. Das ist Esperanza, Prinzessin von Wales.«

Benimm dich, Violet, ermahne ich mich. Aber meine aufgewühlten Gefühle machen mich scharfzüngig und waghalsig. »Oh, es gibt zwei von Eurer Sorte? Wie entzückend.«

»Du hattest vollkommen recht, Vater«, sagt Esperanza und lächelt den König freundlich an. »Sie ist stachelig wie ein Igel. Wir drei werden jede Menge Spaß miteinander haben.«

Jetzt, wo ich weiß, dass sie verwandt sind, kann ich die Ähnlichkeit zwischen ihnen sehen, auch wenn der König blasser ist als seine Tochter. Sie haben beide die Angewohnheit, ihren Kopf schief zu legen, wenn sie über ein Problem nachdenken – in diesem Fall über mich. In ihren dunklen Augen ist das gleiche scharfsinnige und neugierige Funkeln. Und beide scheinen entschlossen zu sein, einer Violet Helena Sterling ihre Grenzen aufzuzeigen.

Der König winkt einem Lakaien, damit er den Nachtisch serviert. »Hörst du oft von deiner Mutter?« fragt er mich, und ich bin sicher, ein Außenstehender würde ihm seine zur Schau gestellte Sorge abkaufen. »Ich muss sagen, ich war doch etwas überrascht, als ich hörte, dass du dich nach deinem Rauswurf aus Burleigh House in die Sümpfe zurückgezogen hast. Ich dachte, du würdest zu ihr gehen. Wo ist sie noch gleich nach der Scheidung abgeblieben? In Österreich? Deutschland?«

»In der Schweiz.« Der giftige Unterton in meiner Stimme ist nicht zu überhören. »Sie lebt jetzt in einem Schloss und hat zwei kleine Söhne. Sie schreibt einmal im Jahr, zu Weihnachten. Ich würde lieber sterben, als zu ihr zu gehen.«

Der König lächelt wohlwollend, aber sein sanftmütiger Gesichtsausdruck passt so gar nicht zu seinem verschlagenen Wesen. »Du bist aber nachtragend. Keine Sorge, du musst nicht in die Schweiz, denn du hast einen liebenden Patenonkel, der sich ab sofort wieder um dich kümmern wird.«

Ich verkneife mir eine bissige Antwort und rufe mir in Erinnerung, dass ich nicht für mein Wohlergehen hergekommen bin, sondern für Burleigh. Der König greift nach dem Löffel, als der Lakai ihm den Nachtisch serviert. »Möchtest du mit mir an den Hof zurückkehren, Violet? Um Esperanza Gesellschaft zu leisten?«

Die beiden lächeln verschwörerisch.

»Nein, danke.« Obwohl ich mich bemühe, höflich zu sein, kommen die Worte sehr schroff heraus. »Ich möchte zurück nach Burleigh House.«

»Niemand geht dorthin«, sagt der König mit vollem Mund. »Das Haus ist unbeherrschbar – es hat schon den dritten Hüter abgelehnt. Als dein Vater es von seinem Vorgänger übernommen hat, war es bereits in einem jammervollen Zustand, aber jetzt liegt es im Sterben. Ich bin mit dem festen Entschluss aus Belgien zurückgekehrt, es niederreißen zu lassen.«

Die Luft ist plötzlich heiß und stickig und in meinen Ohren summt es laut. »Es liegt *im Sterben*? Was meint ihr damit?«

Diesmal antwortet der König ernst und ohne Verstellung. In seiner sonst so beherrscht klingenden Stimme schwingt sogar ein Hauch von Mitgefühl mit. »Burleigh siecht dahin, nachdem es so lange ohne Hüter auskommen musste. Es wird bis auf die Grundfesten niedergebrannt werden, wie das Sechste Haus. Du weißt genauso gut wie ich, wie gefährlich Große Häuser sein können, wenn niemand ihre Magie lenkt, Violet. Bei Ripley Castle habe ich einen Fehler gemacht und nun liegt ganz Yorkshire brach. In West Country wird mir das nicht passieren. Lieber zerstöre ich Burleigh mitsamt all seinem angestauten Mörtel, als zuzusehen, wie es schreckliche Verwüstungen anrichtet.«

Dex erscheint mit einem riesigen Tablett mit Eiscreme, das ihm einer der Lakaien sofort abnimmt. Nachdem er die Last losgeworden ist, verharrt Dex noch einen Moment an der Tür. Er legt den Kopf schief und schaut mich fragend an. Ich schüttle den Kopf. Nein, er muss nicht zu meiner Rettung herbeieilen. Wenn jemand Rettung braucht, dann ist es mein Haus.

Ein guter Hüter stellt sein Haus über alles – über das eigene Leben und vor allem über den eigenen Stolz.

Ich gleite von meinem Stuhl und knie vor dem König nieder. Ich mache mir gar nicht erst die Mühe, die Tränen des Zorns und der Verzweiflung verbergen zu wollen, zu groß ist der Schmerz bei dem Gedanken an meinen Vater, an Wyns Gesicht bei unserem Abschied, an ein Burleigh in Flammen.

Die Höflinge sind ganz Auge und Ohr, ja selbst die Lakaien warten gespannt.

»Sieben Jahre lang habe ich Euch nie um etwas gebeten«, sage ich zum König. »Ich habe mich mit einem stillen, zurückgezogenen Leben begnügt und Euch nie Scherereien gemacht, nicht als Euer Patenkind, nicht als das Mädchen, dessen Zukunft Ihr zerstört und dessen Herz Ihr gebrochen habt. Solange ich sicher sein konnte, dass das Haus zurechtkommt, spielte alles andere keine Rolle. Aber jetzt flehe ich Euch an. Lasst mich zurück nach Burleigh gehen. Gebt mir einen Sommer Zeit, und falls das Haus bis zum Herbst nicht in guter Verfassung ist, dann brennt es nieder. Aber lasst es mich zumindest versuchen. Dafür wurde ich geboren, und das wisst Ihr.«

Der König sieht mich aus zusammengekniffenen Augen an. »Was würdest du dafür tun?«

Ich schlucke und denke daran, wie Burleigh House eines Winters in meinem Schlafzimmer eine Blumenwiese wachsen ließ, als ich mit Fieber krank im Bett lag und den Frühling herbeisehnte. »Alles. Ich tue alles, was Ihr wollt, wenn Ihr mir den Schlüssel gebt und mich als neue Hüterin einsetzt.«

Jed wäre entsetzt, wenn er mich jetzt hören könnte. Wir haben das Land durchquert und uns in den Sümpfen versteckt, weil er und Mira mich vor den Fängen des Königs bewahren wollten. Und nun knie ich hier und bin gewillt, meine Freiheit aufzugeben.

Seine Majestät lächelt träge und mein Magen verkrampft sich.

Ich kenne diesen Blick. Plötzlich bin ich wieder acht Jahre alt und sitze dem König gegenüber, der mich bei einer weiteren Runde *Écarté* schlägt. Er hat schon immer Strategiespiele allen anderen vorgezogen, und wenn überhaupt, dann konnte ich gegen ihn nur bei *Schlag den Buben* gewinnen.

»Ich werde *niemals* wieder einem Mitglied der Familie Sterling einen Schlüssel anvertrauen«, sagt der König. »Ich wäre ein Narr, wenn ich diesen Fehler ein zweites Mal beginge. Du darfst nach Hause, Violet. Das ist aber auch schon alles.«

Ich setze mich auf die Fersen. »Aber wie soll ich dem Haus ohne Schlüssel helfen? Was erwartet Ihr von mir? Soll ich Burleigh gut zureden?«

»Das liegt bei dir.« Der König zuckt mit den Schultern. »Du bist ein erfinderisches Mädchen und Burleigh hatte bekanntlich schon immer eine Schwäche für dich. Lass dir etwas einfallen. Wenn du das Haus wieder auf Vordermann gebracht hast, wirst du den Hüter unterstützen, den ich für das Haus auswähle. Mehr noch, ich erwarte von dir, dass du Burleigh dazu überredest, ihn zu akzeptieren.«

Als ich zögere, beugt der König sich vor, bereit, seinen Sieg endgültig zu besiegeln. »Entweder du willigst ein oder ich werde tun, was getan werden muss, und das Haus niederbrennen, bevor es ganz West Country in den Ruin treibt.«

Mir gefallen seine Bedingungen nicht, ganz und gar nicht, aber ich werde mich vorerst damit abfinden, wenn ich dafür wieder nach Hause darf.

»Ich brauche etwas Zeit mit dem Haus allein«, sage ich und greife verzweifelt nach jedem Strohhalm. »Und ich muss Einspruch erheben können bei Eurer Wahl des Hüters. Ich werde nicht zulassen, dass Ihr Burleigh an einen unfähigen Dummkopf gebt.«

Der König verschränkt zufrieden die Hände hinter dem Kopf. »Eine echte Sterling. Ich bin froh, dass du zu mir gekommen bist, kleine Violet. Womöglich bist du tatsächlich genau das, was Burleigh jetzt braucht.«

»Da sind wir ganz einer Meinung«, erwidere ich zuckersüß.

Esperanzas Augen werden schmal. Denn was Onkel Edgar, der sich bereits wieder seinem Nachtisch widmet, nicht bemerkt hat, ist, dass ich kurz davor bin, ihn zu ermorden.

4

Als der König meinen Vater unter Arrest stellte und ich mein geliebtes Zuhause verlassen musste, waren Jed und Mira meine einzige Hoffnung. Ohne sie wäre ich verloren gewesen. Ich war noch gar nicht geboren, da hatten sie meiner Familie schon als Verwalter und Hauswirtschafterin gedient. Sie haben gute und schlechte Zeiten durchgestanden, kleine und große Krisen bewältigt. Nach der Urteilsverkündung haben sie keine Sekunde gezögert und mich trotz aller Widrigkeiten zu sich genommen. Mira hat in der Stadt die wenigen wertvollen Dinge, die sie besaß, in Zahlung gegeben, und Jed hat sein Vieh verkauft, damit wir zu dritt weit weg ein neues Leben beginnen konnten.

Heute ist es wieder genauso wie damals. Als ich am Morgen nach meinem Besuch beim König aufwache, erschöpft und verwirrt nach einer unruhigen Nacht, ist die Hütte sauber und leer geräumt. Zwei Truhen und mehrere Taschen stehen an der Tür, sie enthalten alle unsere Habseligkeiten. Die wenigen Bilder, die Mira besaß, sind abgehängt und verstaut. Der breitrandige Hut, den ich nie aufgesetzt habe, ist vom Haken genommen. Die Holzspäne, die immer unter Jeds Stuhl lagen, sind weggefegt. Sogar Jed und Miras Mesusa ist vom Türpfosten verschwunden. Die letzten sieben Jahre sind kaum mehr als eine Erinnerung.

Dabei habe ich ihnen noch gar nicht anvertraut, was ich vorhabe.

»Er ist draußen«, beantwortet Mira meine unausgesprochene Frage.

Ich trete in die Morgendämmerung hinaus und sehe Jed, wie er auf dem umgestürzten Boot sitzt und über die Sümpfe blickt.

»Ich habe von Dex erfahren, was ich wissen muss«, sagt er, als ich mich neben ihn auf das Boot setze. »So habe ich mir das nicht für dich gewünscht, Vi. Mira und ich hätten für dich gesorgt, solange es nötig gewesen wäre. Wir hätten dich beschützt und vor dem König versteckt. Du gehörst jetzt zu unserer Familie.«

»Ich weiß«, sage ich und folge seinem Blick über die endlos weiten Sümpfe, die ich so gut kenne.

»Du bist alt genug, deine eigenen Entscheidungen zu treffen«, sagt Jed. »Wenn Burleigh House dein Herzenswunsch ist und du mit dem König etwas ausgehandelt hast, damit er sich erfüllt, dann kehren wir nach Somerset zurück. Ich werde dir keine Vorwürfe machen.«

Ich schüttle den Kopf. »Ihr müsst nicht mitkommen. Wer weiß, wie die Sache ausgeht. Ich möchte nicht, dass ihr schon wieder für mich euer Zuhause verlasst.«

Jed versetzt mir mit seiner Schulter einen sanften Knuff.

»Sei nicht albern. Wir gehören zu dir, Vi. Wir gehen dorthin, wo du hingehst.«

Die Kutsche Seiner Majestät wartet in Thiswick auf uns. Sie hat bereits eine Schar Neugieriger angezogen, denn an den Türen prangt das königliche Wappen – ein steigender Löwe vor den fünf verbliebenen Großen Häusern, auf blutrotem Grund, darunter der Leitspruch der königlichen Familie: *Operibus Eorum Cognoscentis.* An ihren Taten sollt ihr sie messen.

»Nun, das ist zumindest eine Erleichterung«, seufzt Mira, als sie die Kutsche erblickt. Sie setzt das Gepäck ab und stützt mit einer Hand ihren unteren Rücken. »Wenigstens können wir die Reise einigermaßen komfortabel hinter uns bringen.«

Es gefällt mir nicht, auf diese Weise daran erinnert zu werden, dass der König das letzte Wort hat, was mit Burleigh geschieht. So sehr es mich nach Hause drängt, so sehr sträubt sich alles in mir, in eine vergoldete Kutsche mit dem Wappen Seiner Majestät zu steigen und so mein Schicksal zu besiegeln.

»Wir könnten die Postkutsche nehmen«, schlage ich vor. »Zugegeben, sie ist nicht sehr bequem, aber –«

Doch Mira bleibt stur. »Wenn du in dieses Haus zurückwillst, dann gewöhnst du dich besser gleich daran, dass der König von jetzt an das Sagen hat, Violet Sterling. Das Haus gehört ihm und über kurz oder lang wirst du ihm auch gehören.«

Noch während sie spricht, ist Jed bereits zum Kutscher gestapft.

»Fahr los«, sagt er schroff. »Wir nehmen die Postkutsche.«

Mira stößt einen übertriebenen Seufzer aus und blickt der davonratternden königlichen Kutsche hinterher. Wir essen im Wirtshaus zu Mittag, steigen in die voll besetzte Postkutsche, als diese im Ort ankommt, und bezahlen den Fahrpreis mit dem bisschen Geld, das Jed und ich von unserer letzten Schicht beim Schilfschneiden beiseitegelegt haben.

»Wo soll's hingehen?«, fragt ein blässlicher Kaplan, der mir gegenübersitzt und um Konversation bemüht ist, während die Kutsche langsam Meile um Meile zurücklegt.

»Burleigh House«, antworte ich widerwillig. Am liebsten würde ich nur schweigend dasitzen, an meinen toten Vater denken, den in mir angestauten Kummer über ganz England ausbreiten und in der Erde versinken lassen.

»Wenn ihr nach Burghley wollt, hättet ihr die Kutsche nach Norden nehmen müssen«, sagt er belehrend und runzelt die Stirn. »Ihr fahrt in die falsche Richtung.«

»Nicht Burghley in Cambridgeshire«, antworte ich und unterdrücke den Drang, die Augen zu verdrehen. »*Burleigh* in Somerset. Jeder Edelmann mit Ambitionen möchte ein Großes Haus besitzen, deshalb hat man dieses … Gebäude … in Peterborough, nachdem es fertiggestellt war, nach meinem benannt. Mein Burleigh ist viel kleiner, so wurde mir berichtet, aber es ist ein echtes Großes Haus mit allem, was dazugehört.«

»Bist du etwa Violet Sterling?«, fragt der Kaplan und reißt die Augen auf, was sein ohnehin schon fades Gesicht noch unansehnlicher macht.

»Genau die bin ich«, antworte ich.

Plötzlich gibt sich der Kaplan sehr beflissen.

»Weißt du, dass ich das Anliegen deines Vaters schon immer unterstützt habe? Befreit die Großen Häuser, das war schon immer meine Devise. Eine Prise Schnupftabak?«, fragt er und hält mir eine kleine Dose hin. Auf dem Deckel sind Schlüssel eingraviert – was schon ebenso lange in Mode ist, wie es Hüter gibt. Diesmal verdrehe ich tatsächlich die Augen und mache eine abwehrende Geste, die sowohl dem Schnupftabak als auch dem Kaplan gilt.

»Wenn Ihr neue Bekanntschaften sucht, dann erspart Euch die Mühe. Mein Haus mag keine Fremden und ich auch nicht. Und falls Ihr, nun, da Ihr von dem Großen Haus wisst, spontane Heiratsabsichten hegen solltet, dann lasst Euch gesagt sein, Burleigh ist in sehr schlechter Verfassung. Daher habe ich weder Zeit noch Muße für derlei Unsinn.«

Der Kaplan zieht seine Schnupftabakdose zurück und blickt anstrengt zum Fenster hinaus auf die vorbeiziehende Landschaft. Mira schaut mich kopfschüttelnd an.

»Wo bleiben deine Manieren?«, formt sie lautlos mit den Lippen, aber ich tue so, als würde ich es nicht bemerken.

Seit fast zwei Wochen sind wir nun unterwegs, haben bei Einbruch der Dunkelheit an Wirtshäusern Halt gemacht, auf schmalen Betten in niedrigen Kammern übernachtet, begleitet von den Schlafgeräuschen fremder Menschen. Wir haben Zeit verloren, weil Jed und Mira Sabbat gehalten haben. Ich weiß, dass sie die neugierigen Blicke der anderen scheuen, daher haben wir den Tag zurückgezogen verbracht. Es ist ungewohnt, ohne Kerzen und Gesang und nur mit einem hastig eingenommenen Essen in der Wirtsstube. Sogar in den Sümpfen und auch wenn die Winter lang und das Essen knapp war, hat Mira immer dafür gesorgt, dass wir ein besonderes Sabbat-Mahl hatten. In Burleigh House haben Jed und Mira nie ein Geheimnis aus ihrem Glauben gemacht, er war Teil unseres normalen Alltags.

Am Sonntag gibt es eine weitere Verzögerung, weil ich vormittags den Gottesdienst in einer alten anglikanischen Kirche besuche. Am letzten Nachmittag unserer schier endlosen Reise sind Mira und ich schlecht gelaunt und Jed ist noch wortkarger als sonst.

Doch dann umfasst Mira meine Hand und deutet aus dem Fenster.

»Schau, Vi. Die Kirche von Taunton. Wir sind bald da.«

Wir fahren weiter, und alles kommt mir immer vertrauter vor. Es ist, als würde ich mich an Dinge aus einem Traum erinnern. Schließlich ist es so weit, nach der letzten Biegung liegen die Hügel von Blackdown vor uns. Wilde Freude erfasst mich beim Anblick des Flickenteppichs aus Bäumen und Weideland, der bis zum Himmel reicht und sich über die Täler mit ihren verborgenen kleinen Flüssen und Ortschaften erstreckt. In einem dieser Täler liegt das Dorf Burleigh Halt, und dahinter, am Rand eines dichten Waldes, erhebt sich Burleigh House.

Es stimmt. Wir sind fast da. Bald bin ich zu Hause. Erst jetzt wird mir klar, wie fehl am Platz ich mich all die Jahre gefühlt habe, weit weg von diesem Ort. Ich weiß nicht, was ich im Haus vorfinden werde, aber meine Rückkehr fühlt sich einfach richtig an.

Mira stupst mich mit dem Fuß, als die Kutsche vor dem *Red Shilling*, dem örtlichen Wirtshaus, anhält.

»Lass das, Vi«, sagt sie tadelnd. Hastig entferne ich die Hand von meinem Mund, beschämt über meine abgekauten Fingernägel.

Jed schultert unsere kleinen Koffer, und Mira und ich nehmen die Reisetaschen. Zum Glück reisen wir mit leichtem Gepäck und der Weg zum Haus ist nicht allzu weit. Gemeinsam trotten wir die kleine Dorfstraße entlang aufs freie Feld hinaus, mitten hinein in die Pracht eines Frühlingstages in Somersetshire – überall blühen Narzissen, die Bäume haben schon die ersten Triebe, in den Hecken zwitschern die Vögel, und die Lämmer und Kälber springen über die Weiden. Die Fülle an Schönheit dieser ländlichen Idylle ist so anders als die Wildnis der Sümpfe. Es ist, als würde ich mitten in ein farbenfrohes Ölgemälde hineinspazieren.

Aber bei näherem Hinsehen entdecke ich, dass etwas nicht stimmt. An den jungen Blättern der Apfelbäume klebt Mehltau. Am Wegesrand liegt ein aufgeblähter Schafskadaver. Ein Mann trottet mit hängendem Kopf an uns vorbei und schiebt seinen Handkarren, der vermutlich seine ganze Habe enthält.

Als mein Vater noch Hüter war, hat es so etwas nicht gegeben. Wenn ich den Schlüssel hätte, könnte ich versuchen, seinen Platz auszufüllen, um die Dinge wieder geradezurücken. Ich könnte das Land Stück für Stück heilen, Tag für Tag, und die Magie des Hauses könnte sich erneuern. Die Großen Häuser sind wie der kraftspendende Frühling. Früher hat sich die Magie unkontrolliert über West Country ergossen. Jetzt ist sie gebunden und gezähmt, aber nur ein Hüter kann sie sinnvoll einsetzen. Ohne ihn schwillt die Magie immer weiter an, und je höher sie sich auftürmt, desto zerstörerischer wird sie.

Als hinter einer Biegung zum ersten Mal die hohe Steinmauer in Sicht kommt, kann ich keinen Schritt weitergehen. Ich stelle die Reisetasche ab und schlage eine Hand vor den Mund, die andere presse ich gegen den Magen.

Weiße Apfelblüten aus dem Obstgarten spähen über das Mauerwerk. Bienen summen träge. Die Geräusche sind so vertraut, dass es mir den Atem verschlägt. In diesem Moment schwöre ich mir, dass mich nichts und niemand je wieder von Burleigh vertreiben kann.

Aber als wir die Stelle erreichen, an der sich einst das Eingangstor mit der weitläufigen Auffahrt befand, sehe ich stattdessen eine grässliche Wunde im Mauerwerk. Weder Tor noch Pfosten sind zu sehen, nur ein klaffendes Loch, wo jemand gewaltsam die Flügel aus den Angeln gerissen hat. Auch die Mauer selbst ist beschädigt. Schutt und Steinbrocken säumen den Weg, die Öffnung ist vollständig mit wucherndem Dornengestrüpp verschlossen und aus den dicken Ranken sickern Mörteltränen.

»Was haben sie dir angetan?«, flüstere ich und drücke meine Handfläche an die Mauer.

Eine Welle des Zorns erfasst mich, weil dem Haus so übel mitgespielt wurde. Aber ich spüre noch etwas anderes – eine Regung von Burleigh, sie sickert aus der dornigen Narbe und erzählt von Misstrauen und Verrat und Schmerz und völliger Erschöpfung.

»Kann ich einen Augenblick allein mit dem Haus sein?«, frage ich an Jed und Mira gewandt. Der Schrecken über den jammervollen Anblick steht ihnen ins Gesicht geschrieben, aber sie nicken und gehen wieder ein Stück die Biegung zurück, von der wir gekommen sind.

Ich nähere mich der Mauer, lehne meine Stirn dagegen und lasse meine Gefühle für das Haus – all meinen Kummer, meine Anteilnahme und Besorgnis – in mir aufsteigen und wie einen reißenden Strom in den Stein hineinfließen.

»Burleigh«, murmle ich. »Ich bin's, Violet. Ich bin wieder da. Ich habe dich so vermisst, mein Schatz.«

Misstrauen und Kälte schlagen mir entgegen, die Steine in der Mauer fühlen sich genauso kühl an wie jeder andere gewöhnliche Stein. Meine Hände beginnen zu zittern, und meine Augen schwimmen in Tränen. Ich spreche weiter, mit tränenerstickter Stimme.

»Oh, Burleigh. Es tut mir so leid. Ich weiß nicht, was hier passiert ist, aber jetzt bin ich wieder da und werde dir helfen. Ich bin auf deiner Seite – nicht auf der des Königs, des Landes oder von sonst irgendjemandem. Willst du mich denn gar nicht reinlassen?«

Die Minuten verstreichen und nichts geschieht. Keine Öffnung tut sich vor mir auf. Kein Zeichen des Entgegenkommens.

Da brechen bei mir alle Dämme. Tränenüberströmt stehe ich an der Mauer, heftige, hässliche Schluchzer zerreißen meine Kehle wie spitze Dornen. So habe ich nicht mehr geweint, seit ich Burleigh und meinen Vater verlassen habe. Nie hätte ich mir vorgestellt, dass ich ausgerechnet bei unserem Wiedersehen erneut so weinen würde. Das, was uns widerfahren ist – Burleigh, mir, uns beiden –, ist so grausam, dass ich nicht weiß, wem meine Tränen gelten.

Jed und Mira kommen zurück. Ich blicke sie von der Seite an, doch dann drehe ich mich weg, denn ich kann ihnen jetzt nicht in die Augen schauen. Auch die letzte Hoffnung ist mir genommen worden. Wenn ich den Schlüssel hätte, könnte ich schmeicheln und verhandeln, könnte sofort damit anfangen, Burleigh mit seiner eigenen Magie zu heilen. Aber ich bin keine Hüterin und ich habe nichts anzubieten außer Worte und ein entschlossenes Herz. Ich trete einen Schritt von der Mauer zurück und schlinge die Arme um mich. Wie soll ich denn jetzt ein neues Leben anfangen?

Und dann ist da ja auch noch die Drohung des Königs, die mir immer noch in den Ohren hallt. »*Entweder du willigst ein oder ich werde das Haus niederbrennen.*«

Lass mich zu dir, Burleigh. Lass mich rein.

Ein leises Geräusch durchdringt den Nebel aus Trauer, der mich umgibt. Ich schaue Jed fragend an.

»Was hast du gesagt?«

Er zuckt mit seinen breiten Schultern. »Nichts.«

Ich wirble auf dem Absatz herum und wende mich wieder dem Haus zu. Im selben Moment höre ich ein dumpfes Grummeln, das aus dem Stein kommt. Die Bäume jenseits der Mauer wiegen sich, als hätte ein Windstoß sie erfasst. Sturmwolken verdunkeln den Himmel über dem Anwesen und die Temperatur fällt um einige Grade.

Das Haus mag verbittert und wild sein, aber sein Wehklagen hat noch immer dieselbe Wirkung auf mich wie früher.

»Violet, nein!«, ruft Mira entsetzt, als ich auf die dornige Hecke zugehe, die mit scharfen Krallen nach mir greift.

5

Die Wolken verziehen sich, die Mauer aus Ranken regt sich. Vage spüre ich, wie die Dornen sich in meine Haut bohren. Sehen kann ich sie nicht.

Denn vor meinen Augen erscheint das Schlafzimmer meines Vaters mit dem riesigen Bett und dem von vier Pfosten getragenen Baldachin und der langen Fensterfront, durch die man einen freien Blick auf die Auffahrt des Hauses hat. Das erkenne ich wieder, mehr jedoch nicht. Der Raum hat sich auf schreckliche Weise verändert. In den Ecken hat sich Schutt angehäuft, Trümmer sind von der Decke gefallen. Risse durchziehen die Wände und durch die Fenster wuchert Efeu herein. Um die Pfosten winden sich dornige Ranken. Der Geruch von Feuchtigkeit, Moder und Fäulnis hängt in der Luft.

Am schlimmsten steht es um die Wand, an der das Bett steht. Zwei Buchstaben sind grob und ungelenk in den Putz gekratzt worden, vielleicht mit einem Messer oder einem Brieföffner. Ich kann kaum hinsehen, denn der George Sterling, den ich kannte, hätte sein Haus nicht so massakriert, um meinen Namen, *VI*, in Großbuchstaben einzuritzen.

Erst als sich etwas unter der schimmeligen Bettdecke rührt, merke ich, dass ich nicht allein bin. Als ich auf das Bett zugehe, erblicke ich meinen schlafenden Vater. Er ist nur noch Haut und Knochen, unrasiert, mit geschlossenen Lidern und tiefen Augenringen. Efeu umschlingt seine Knöchel und Handgelenke. Die Haut darunter ist wund gerieben von seinen Versuchen, sich aus seinen lebenden Fesseln zu befreien. Ihn so zu sehen, ist wie ein Dolchstoß ins Herz, diese Art von Schmerz kann man nur ganz kurz aushalten, dann beschließt das Gehirn, ihn auszublenden und gar nichts mehr zu fühlen.

Ich habe den Blick noch nicht abgewandt, als mein Vater plötzlich die Augen aufschlägt. Sie sind milchig trüb, nicht haselnussbraun, wie ich sie in Erinnerung habe. Er scheint mich nicht zu erkennen.

»Burleigh«, keucht mein Vater.

Eine kleine Efeuranke schlängelt sich an ihm hoch und streicht ihm übers Gesicht. Er dreht den Kopf weg und hustet – ein entsetzliches Rasseln in der Brust –, dann spuckt er Blut und Mörtel. Er ist dem Tode nahe.

»Nimm, was du brauchst«, stößt er hervor. Wie oft habe ich ihn diesen Satz sagen hören, den Schlüssel in der Hand, bereit, Magie zu wirken. Aber ich weiß nicht, was er dem Haus geben könnte, denn es ist fast nichts mehr von ihm übrig.

Als Burleigh seine ganze Aufmerksamkeit auf meinen Vater richtet, ist das wie ein Energiestoß, der alles erfasst. Mörtel zirkuliert in seinen Adern und verleiht seiner Haut eine unmenschlich graue Farbe. Er verdreht die Augen und seine Hände bohren sich in das Laken.

Und dann ist der Moment gekommen, vor dem ich mich sieben Jahre lang gefürchtet habe.

Seine Glieder werden schlaff. Sein Kopf fällt zur Seite. Seine Brust bewegt sich nicht mehr. Der Anblick ist so grausam, dass meine Knie nachgeben. Ich presse die Hände an mein Herz, das zerbrechen will, nicht nur wegen meiner Trauer, sondern auch weil der Kummer des Hauses mich zu überwältigen droht.

Die Tür fliegt auf und Wyn kommt herein. Er eilt an das Bett und fällt auf die Knie. Er hat sich sehr verändert seit damals, aber ich erkenne in ihm immer noch den Freund meiner Kindheit, als er die Hand ausstreckt und meinen Vater schüttelt.

»George.« Wyns Stimme bricht. »George, wach auf.«

»Ach, Wyn, er wacht nicht wieder auf«, sage ich, aber es ist nur eine Erinnerung, die mir das Haus zeigt, eine Szene aus seinem Gedächtnis, denn ich spüre immer noch schwach die Dornen an meinem Handgelenk. Wyn kann mich nicht sehen und nicht hören.

»Ich habe dir gesagt, er ist am Ende«, knurrt Wyn das Haus an. »Du hast es gewusst. Wie konntest du nur? *Wie konntest du das tun?*«

Zuletzt brüllt er sogar. Er springt auf und schlägt mit der Faust in den bröckelnden Putz, der sofort nachgibt. Aus der neuen Wunde sickert Mörtel wie Tränen. Burleigh erbebt unter unseren Füßen.

Wind zerrt an meinem geflickten Rock und streicht um meine Beine, als die Erinnerung des Hauses verblasst und ich mich in der Gegenwart wiederfinde. Dornen bohren sich in meine Handgelenke, denn ich stehe wieder genau an der Stelle, an der das Tor war, und stecke mit beiden Armen tief in der stachligen Hecke, die den Spalt ausfüllt. Irgendwo hinter mir warten Jed und Maria. Über mir jagen Donner und Blitze über den Himmel.

Ich weiß nicht, was ich fühlen soll. Ist das so, wenn einem das Herz bricht? Ich hätte nicht gedacht, dass man es mit jeder Faser des Körpers spürt. Meine Brust tut weh, mein Nacken ist glühend heiß und in meinen Ohren dröhnt es laut. Aber da ist ja noch Burleigh vor mir, halb verwildert und nicht zu bändigen, aufgrund dessen, was es durchmachen musste. Mein Vater wollte, dass ich tapfer für das Haus bin, es war einer der letzten Sätze, die er zu mir gesagt hat.

»Burleigh«, sage ich mit klarer Stimme und dränge meinen eigenen Schmerz zurück. Ich bin zur Hüterin bestimmt, und eine Hüterin stellt ihr Haus über alles, egal wie weh es tut. »Es ist schon in Ordnung, Liebes. Es ist nicht deine Schuld. Du hast getan, was du tun musstest.«

Mein Haus und ich – wir sind untrennbar miteinander verbunden, denn durch uns geht an derselben Stelle ein Riss. Ein gebrochenes Mädchen und ein gebrochenes Haus. Als stünde ich vor einem offenen Tor und nicht vor einer undurchdringlichen Hecke, trete ich entschlossen einen Schritt nach vorn. Ohne Zögern, ohne jeden Zweifel.

Im selben Moment weicht die Dornenhecke und macht den Weg für mich frei. Der Himmel reißt auf und wird blau, präsentiert sich in all seiner Schönheit mit weißen Wolken und einer strahlenden Frühlingssonne. Der Kies knirscht unter meinen Füßen, als ich das Anwesen von Burleigh betrete.

»Merkt euch meine Worte!«, beschwöre ich die Bäume, das Gras, den Himmel. »Ich gehe nicht mehr von hier weg, so lange ich lebe. Und ich werde es *nie, nie* zulassen, dass jemand dir Leid antut. Ich werde gut auf dich aufpassen, Burleigh.«

Leiser Donner grollt am östlichen Horizont, als endlich der letzte Rest von Misstrauen weicht. Die Welle der Erleichterung, die Burleigh aus seinen Grundfesten heraus erfasst, fegt mich fast von den Füßen.

Als ich die Auffahrt entlanggehe, kann ich die Tränen nicht mehr zurückhalten. Die Luft duftet nach Blumen und Gras und nach schwerer, dunkler Erde. Von allen Seiten strömen Erinnerungen auf mich ein. Dort drüben auf dem Rasen hat Wyn mir das Radschlagen beigebracht. Unter der Eiche saßen wir oft zusammen, die Köpfe über ein Buch gebeugt. Und auf der Auffahrt bin ich im Kreis auf meinem Pony geritten und habe auf meinen Vater gewartet.

Dort drüben auf dem Kies stand ich und habe ihm zugewinkt, wenn er nach London gereist ist, um seine Aufgabe als Hüter und Ratsherr zu erfüllen. An der Stelle, an der er sich immer ein letztes Mal umgedreht hat, um sich von mir zu verabschieden, hat die Natur etwas Besonderes hervorgebracht. Mitten in der Auffahrt erhebt sich ein Baum, den ich nur aus den Geografiebüchern kenne, die mein Vater so gerne studiert hat, wenn die Zeit es ihm erlaubte. Es ist eine Jakaranda – ein Baum, der eigentlich nur in südlicheren Gefilden mit wärmerem Klima gedeiht, und doch ist er hier und seine Äste biegen sich unter der Last der zartlila Blüten.

Mein Haus braucht keine Worte, um zu sprechen.

Ich gehe zu dem Baum und streiche mit den Fingern über seine Rinde. Um mich herum tanzen lavendelfarbene Schatten.

»Er war immer gut zu dir«, murmle ich. »Ich werde ihm nacheifern, jetzt wo er nicht mehr da ist.«

Als ich mich dem Portal nähere, schwingt die Tür von selbst auf. Das Haus scheint seinen anfänglichen Widerstand aufgegeben zu haben und heißt mich willkommen. Da fallen mir Jed und Mira wieder ein. Ich blicke über die Schulter, aber sie sind mir nicht gefolgt. Die Hecke hat ihnen den Weg versperrt und sie stehen draußen auf der Straße.

Ich wackle tadelnd mit dem Zeigefinger. »Sei nicht albern, Burleigh. Wenn du mich hier haben willst, musst du sie auch hereinlassen.«

Ein Windstoß weht mir die Blüten der Jakaranda ins Gesicht, aber das dornige Geäst an der Mauer weicht zur Seite und lässt Jed und Mira hindurch.

»Ich hatte fast schon vergessen, wie das Haus ist«, sagt Mira kopfschüttelnd. »Launischer alter Schuppen.«

Was auch immer Burleigh von ihrer Bemerkung hält, es bewahrt Ruhe.

Als wir das Innere des Hauses betreten, empfängt es mich und hüllt mich ein wie eine alte, wärmende Decke oder die Arme einer Mutter. Jed und Mira eilen davon. Mira verschwindet in der Küche und Jed kümmert sich um unser Gepäck. Ich wandere von Raum zu Raum und rufe nach Wyn, ohne wirklich mit einer Antwort zu rechnen. Nach allem, was Burleigh mir gezeigt hat, kann ich es Wyn nicht verübeln, wenn er weggegangen ist und nie wieder zurückkommt, auch wenn dieser Gedanke einen ganz neuen Schmerz mit sich bringt. Vielleicht hat er nicht damit gerechnet, dass ich zurückkomme – damals wollte er nicht, dass ich jemals wieder einen Fuß in das Haus setze, auch wenn ich immer noch nicht weiß, warum.

Ich fahre mit der Hand über die verblichenen Tapeten, die Risse im Putz, die Stellen, an denen der Efeu durch die Fensterritzen wächst. Die Jahre ohne einen kraftvollen Hüter haben Spuren hinterlassen, das Haus sieht vernachlässigt aus, und obwohl es vom Dach bis zum Keller voller Magie steckt, ist es so heruntergekommen, wie man es eher von einem gewöhnlicheren Gebäude erwarten würde. An den Decken sind Wasserflecken und über allem liegt ein muffiger Schimmelgeruch.

Ich öffne nach und nach alle Fenster, begutachte die Schäden und erstelle in Gedanken bereits eine Liste, welche Reparaturen notwendig sind und was sie wohl kosten werden. Wenn ich den Schlüssel mit dem Schutzstein hätte, könnte ich das meiste davon mit der Magie des Hauses in Angriff nehmen. Ich könnte Burleighs Energie dorthin lenken, wo sie gebraucht wird. Ich spüre, wie die Magie unter meinen Füßen und in den Wänden vibriert, sie ist dunkel und gefährlich. Das Haus ist bis aufs Äußerste angespannt. Ganz West Country ist bis aufs Äußerste angespannt. Aber ich habe keinen Schlüssel, und ohne den Schutzstein wage ich mich nicht an die Magie des Hauses heran.

Im Arbeitszimmer meines Vaters angekommen, lasse ich mich in den Ledersessel hinter seinem Schreibtisch sinken.

Der Raum ist komplett mit Holzpaneelen und Bücherregalen ausgekleidet, und anders als in den restlichen Zimmern hängt hier ein schwacher Duft nach Tabak und feinem Pergament und Tinte in der Luft. Burleigh scheint an den letzten Spuren meines Vaters festhalten zu wollen.

Ich ziehe die Knie hoch bis ans Kinn und schlinge die Arme darum, mache mich so klein wie möglich. Das Haushaltsbuch meines Vaters ist auf der ersten Seite aufgeschlagen. An dem Tag, als sein Vater starb und er der neue Hüter wurde, hat er hier die Regeln für Burleigh aufgeschrieben. Ich lese sie durch, obwohl ich sie auswendig aufsagen könnte.

Burleigh muss dem Bannsprecher gehorchen und allen seinen Nachkommen.

Burleigh darf nicht zulassen, dass auf seinem Grund und Boden über die Besitzurkunde gesprochen wird.

Burleigh darf seine Magie nicht eigenmächtig lenken.

Burleigh darf keinen Menschen töten, es sei denn, es geschieht als Vollzug von Regel Nummer eins oder zum Schutz vor einem unerlaubten Lösen des Banns.

Als ich die Bedingungen lese, wird mir mit einem Mal die riesengroße Verantwortung für ein so altes Anwesen bewusst. Dabei weiß ich noch nicht einmal, ob der König mit seiner Behauptung recht hat – dass mit Burleigh etwas schiefgelaufen ist. Dass Burleigh im Sterben liegt.

Aber jetzt ist nicht der richtige Zeitpunkt für Selbstmitleid. Burleighs anfängliche Erleichterung über meine Rückkehr ist verflogen. Nun spüre ich etwas anderes – eine tiefe Erschöpfung, das dumpfe Ziehen lang andauernder Schmerzen und dazu ein nagendes Unbehagen, eine Art beißendes Jucken, bei dem man sich ständig kratzen muss. Dieses Haus braucht besondere Pflege. Auch wenn ich keinen Penny besitze, ja noch nicht einmal einen Schlüssel, bin ich fest entschlossen, mich gut um Burleigh zu kümmern, so wie es meine Familie immer getan hat.

Ich verlasse das Arbeitszimmer und will den Korridor entlanggehen, doch dann bleibe ich unvermittelt stehen. Ein vertrautes, unregelmäßiges Geräusch dringt von dem selten genutzten Westflügel zu mir herüber, in dem meine Eltern, als ich noch klein war, Gäste des Hauses untergebracht und kleine Gesellschaften gegeben hatten. Ich gehe den Gang entlang, folge dem Geräusch bis zum Haupteingang, wo die breite Treppe von der Galerie im zweiten Stock in einer Stufenkaskade nach unten führt und der große Hängeleuchter mit seinen vier Petroleumlampen hängt. Angelockt von dem Geräusch betrete ich den gegenüberliegenden Korridor, gehe vorbei an Räumen, die schon sehr lange leer stehen – am Ballsaal, an mehreren Salons, am Rauchzimmer, an der Damen-Lounge. Ganz am Ende des Westflügels befindet sich ein großes Speisezimmer mit deckenhohen Fenstern, durch die das Abendlicht hereinfällt. Vor der verschlossenen Tür bleibe ich stehen und lausche. Das ist es. *Poch poch, poch poch poch.*

Mit angehaltenem Atem stoße ich die Tür auf und lehne mich überwältigt an den Türpfosten. Ich verspüre die gleiche Erleichterung wie das Haus sie verspürt hat, als ich das Anwesen betrete habe.

Auf der anderen Seite des Raums steht Wyn auf einer Holzleiter und nagelt Bretter über ein zerbrochenes Fenster.

»Ich habe dich die Auffahrt hochkommen sehen«, nuschelt er undeutlich, weil er Nägel zwischen die Lippen geklemmt hat. »Willkommen daheim. Ich bin gleich fertig.«

»Lass dir Zeit«, antworte ich und versuche, nicht allzu übereifrig zu klingen. Er setzt seine Arbeit fort und wieder hallen Hammerschläge durchs Haus. Mein Herz macht mit jedem Schlag einen kleinen Hüpfer, wird immer schneller und fängt an zu rasen.

Ich sehe Wyn dabei zu, wie er seine Aufgabe erledigt, und überlege mir, was für ein Mensch er wohl geworden ist. Manches an ihm ist noch genau so, wie ich es in Erinnerung habe – die zerzausten sandblonden Haare und die Art, wie er die Augen zusammenkneift, wenn er sich konzentriert. Aber er hat sich auch sehr verändert. Er ist hager und hat etwas Abweisendes, nicht nur in seiner Haltung, sondern auch in seinem Blick. Das ist neu und es spricht von schweren, stürmischen Zeiten, von durchlebter Verzweiflung und düsteren Erfahrungen. Wyn ist nicht mehr der, den ich kannte, dabei habe ich selbst das Gefühl, mich kaum verändert zu haben.

Schließlich legt Wyn den Hammer beiseite, steigt von der Leiter und hebt einen Rucksack vom Boden auf, den ich bisher noch gar nicht bemerkt habe.

»Hallo, Violet«, sagt er mit einem Nicken. »Auf Wiedersehen, Violet.«

»Oh.« Ich kann nicht verhindern, dass mein Gesicht meine Enttäuschung verrät. »Ich wusste gar nicht, dass du hier bist, und jetzt willst du schon gehen? Ich dachte, wir könnten … uns unterhalten und erzählen, was passiert ist.«

Wyn schiebt seine Hände in die Taschen und zieht die Schultern hoch. »Da gibt es nicht viel zu sagen. Ich habe nur darauf gewartet, dass du zurückkommst, sonst wäre ich schon längst weg. Jetzt bist du hier, also kann ich gehen. Viel Glück mit Burleigh.«

Er geht an mir vorbei nach draußen – und plötzlich ist alles zu viel für mich. Meine Mutter, mein Vater, das Wissen darum, dass Burleigh im Sterben liegt. Einen weiteren Verlust kann ich nicht ertragen. Ich halte es nicht aus, wenn mein Herz ein weiteres Mal bricht. Und bei Wyn habe ich schon früher immer meinen Stolz vergessen, also laufe ich ihm hinterher.

»Bitte, geh nicht«, flehe ich ihn an. »Ich bin nicht nur wegen des Hauses zurückgekommen, sondern auch deinetwegen. Ich habe dich vermisst, Wyn.«

Er bleibt stehen, dreht sich aber nicht um. Nervös nage ich an meinem zerkauten Nagel und warte auf seine Antwort.

»Du hast den alten Wyn vermisst«, sagt er. »Der bin ich nicht mehr, Vi. So wie du nicht mehr die bist, die du einmal warst. Wir sind keine Freunde mehr, wir sind Fremde.«

»Aber wenn du bleibst, könnten wir wieder Freunde werden«, beschwöre ich ihn. »Wir könnten lernen, wieder so zu werden wie früher. Weißt du, dass ich in den Sümpfen jeden Tag mit dir gesprochen habe? Ich konnte dir nicht schreiben, also habe ich aus der Ferne mit dir geredet.«

Er schweigt lange, und ich beiße mir auf die Lippen, weil ich fürchte, dass er jeden Moment weggeht.

»Ich habe auch mit dir gesprochen«, gibt er schließlich zu

und dreht sich zu mir um. »Aber weißt du eigentlich, worum du mich da bittest, Vi? Würdest *du* für mich freiwillig in einem Gefängnis bleiben?«

»Das Tor ist offen«, sage ich. »Burleigh ist kein Gefängnis mehr.«

Wyn schnaubt verbittert. »Nach diesen sieben langen Jahren wird Burleigh für mich immer ein Gefängnis bleiben. Beantworte meine Frage. Würdest du an meiner Stelle bleiben?«

Ich blicke ihm in die Augen. *Wer bist du? Was ist aus dir geworden?*

»Wyn, ich habe mich nicht verändert«, sage ich zu ihm.

»Das heißt also, ja, du würdest bleiben.« Aufgebracht fährt er sich mit seiner schmutzigen Hand durch die Haare. »Blut und Mörtel, ich hätte sofort von hier verschwinden sollen, als ich hörte, dass du zurückkommst. Ich hätte nie auf dich warten dürfen.«

Nichts ist so, wie ich es mir vorgestellt habe. All die Jahre in den Sümpfen habe ich von diesem Tag geträumt. Davon, nach Hause zu kommen, in Trauer um meinen Vater, aber bereit, seine Aufgabe als Hüterin weiterzuführen und den Schlüssel für Burleigh zu übernehmen. In meinen Träumen war Wyn immer an meiner Seite – ich kann mir Burleigh House nicht ohne ihn vorstellen.

Aber genauso wenig ertrage ich es, ihn so niedergeschlagen zu sehen.

»Vergiss es«, sage ich zu ihm. »Es war falsch von mir, dich zu fragen. Natürlich bist du nicht mehr glücklich hier, wie könntest du auch? Das war egoistisch von mir, denk nicht mehr darüber nach. Ich wünsche dir alles Glück der Welt, wo auch immer du hingehst.«

Ich strecke ihm die Hand hin. Zuerst starrt er sie nur an. Doch dann lässt er die Reisetasche von der Schulter gleiten und zu Boden fallen.

»Ich bleibe bis morgen«, sagt er. »Keinen Tag länger. Danach bin ich weg, Violet. Für immer.«

Als er davongeht, ohne meine Hand ergriffen zu haben, fühlt es sich an, als wäre mir wieder jemand genommen worden. Ich bleibe sehr lange im Gang stehen und versuche verzweifelt, nicht die Fassung zu verlieren.

6

Tausend Fragen liegen mir auf der Zunge, als wir uns nach einem Nachmittag voller Geschäftigkeit in Burleighs großer Küche zum Abendessen versammeln. Der lange Tisch, an dem früher alle zwanzig Bediensteten meines Vaters Platz gefunden haben, ist eigentlich viel zu groß für uns vier, aber die Abendsonne, die ihr Licht durch die Küchenfenster zu uns hereinschickt, füllt die Leere. Das Licht in Burleigh House war schon immer schwer und golden wie eine frisch geprägte Münze, und in der Not kann es sogar als Gesellschaft dienen.

Und dann sind da noch die Fragen, die wir in den Sümpfen, so gut es ging, vermieden haben und die jetzt unbeantwortet im Raum schweben. Hier in Burleigh können wir ihnen nicht mehr ausweichen. Ich nehme meinen ganzen Mut zusammen und stelle die eine Frage, auf die mir bisher niemand eine Antwort geben wollte.

»Ich weiß, dass mein Vater nach der Urkunde gesucht hat, aber hat er das Dokument jemals gefunden?«

Mira, die gerade einen Schluck aus ihrer Teetasse nehmen

will, erstarrt mitten in der Bewegung, und Jed lässt seine Gabel klappernd auf den Teller fallen. Ein Muskel an seinem Kiefer zuckt. »Was tust du da, Violet?«

»Es ist kein Geheimnis, dass Vater nur deshalb als Verräter verurteilt wurde – er hat nach Burleighs Urkunde gesucht, um das Haus vom Bann zu befreien.« Ich streiche Butter auf ein Stück Brot und beiße hinein, obwohl bei der Erwähnung der Urkunde der Boden unter meinen Füßen zu grollen beginnt. Es macht mich nervös, aber gegenüber Jed will ich mir meine Besorgnis nicht anmerken lassen. *Hör auf, Burleigh. Zügle deine Ranken und Dornen, denn wir brauchen die Küche noch.* »Das ist eine Frage an euch alle – hat er die Urkunde gefunden?«

»Er musste sterben, nur weil er danach gesucht hat, und mehr gibt es dazu nicht zu sagen.« Jed steht abrupt auf und stapft zur Küchentür hinaus in den überwucherten Gemüsegarten. Dass er dabei vergisst, die Mesusa zu berühren, die er bereits an den Türpfosten gehängt hat, ist der beste Beweis dafür, wie aufgewühlt er ist. Von draußen ist ein Klappern zu hören, als er die Tür zum Schuppen öffnet, dann das Scharren einer Hacke in rauer Erde.

Zu dritt sitzen wir anderen schweigend am Tisch. Wyn ist in sich gekehrt, den Blick stur vor sich auf den Teller gerichtet.

Nach einer Weile streckt Mira den Arm aus und tätschelt meine Hand. »Jed hat deinen Vater geliebt, weißt du. Mit ihm ist für ihn die Sonne auf- und untergegangen. Aber dich liebt er noch mehr, Violet. Wir beide. Und jetzt, wo George tot ist, wagt es Jed nicht, dir diese Frage zu beantworten.«

»Warum?«, frage ich hartnäckig. »Niemand will mit mir

reden. Habe ich nicht das Recht zu wissen, was mein Vater gefunden hat, bevor …«

Das Beben unter meinen Füßen wird stärker. Eine Ranke – kein Efeu, sondern ein Zweig mit spitzen Dornen – schlingt sich am Tischbein empor und berührt meine Hand. Gedankenverloren streiche ich über die stacheligen grünen Blätter, aber ich bin achtsam genug, um mich nicht stechen zu lassen.

»Es ist nicht irgendeine Frage, die du stellst«, sagt Mira. »Allein der Gedanke daran, dem König eine Besitzurkunde zu stehlen, ist schon Verrat. Ihn auszusprechen, ist lebensgefährlich. Wenn du also in diesem Haus bleiben willst, ohne das gleiche Schicksal zu erleiden wie dein Vater, dann hältst du besser deinen Mund, kümmerst dich um deine Angelegenheiten und tust, was Seine Majestät von dir verlangt.«

»Na, dann habe ich ja ein glückliches Leben vor mir.« Ich versuche gar nicht erst, meinen Widerwillen zu verbergen. »Soll ich mich wie ein gut dressierter Hund auf den Rücken drehen und darum betteln, dass der König mir seine Gunst gewährt? Soll ich tatenlos zusehen, wie Burleigh House zugrunde geht?«

Mira schaut mich eindringlich an. »Glücklich wirst du so oder so nicht. Aber auf diese Weise bleibst du wenigstens am Leben, und das ist wichtiger. In den Sümpfen warst du glücklich – und du hättest es bleiben können, aber du hast dich dafür entschieden, hierher zurückzukehren.«

»Ich war dort nicht glücklich«, sage ich und schiebe meinen Teller weg. Der Appetit ist mir vergangen.

»Dann eben zufrieden.«

»Ich war auch nicht zufrieden. Ich habe gewartet, Mira. Ich habe ausgeharrt, bis zu dem Tag, an dem ich wieder nach Hause konnte. Burleigh ist der einzige Ort, an dem ich je glücklich sein könnte.«

»Dann musst du dich mit den Dingen abfinden, wie sie sind«, sagt Mira warnend. »Seine Majestät wird dich nicht zur Hüterin ernennen. Deinem Vater ist es nicht gelungen, die Urkunde in die Hände zu bekommen. Burleigh House zerfällt – hast du das Land da draußen nicht gesehen? Die Menschen hier leiden, und schuld daran ist das Haus. Vielleicht wäre es besser, wenn …«

»Sprich es nicht aus.« Ich drehe mich weg und zupfe an meinem Ärmel, um zu verbergen, wie sehr mich ihre Worte treffen. Mira seufzt.

»Vi, mein Schatz, ich will dir nicht wehtun, aber es ist die Wahrheit. Ich weiß nicht, ob es eine Möglichkeit gibt, das Haus zu erhalten, ohne dass du dich in Gefahr begibst.«

Ich stehe auf, gehe neben Mira in die Hocke und nehme ihre schwieligen Hände in meine.

»Es geht nicht darum, ob ich mich in Gefahr begebe oder nicht«, erwidere ich. »Ich muss meine Aufgabe erfüllen, denn es ist meine Bestimmung. Hat mein Vater die Urkunde gefunden? *Bitte,* Mira, ich muss es wissen.«

»Was würdest du tun, wenn du die Antwort darauf wüsstest?«

Sie schaut mir fest in die Augen. Ich blicke weg und sage kein Wort.

»George hat herausgefunden, wo der König die Urkunde

aufbewahrt«, gibt Mira zu. »Aber ich weiß nicht, ob er tatsächlich geschafft hat, sie in die Hände zu bekommen.«

Ich halte den Atem an. Auch die Luft um mich herum scheint den Atem anzuhalten, als das Haus mit aller Kraft gegen die wilde, zerstörerische Kraft ankämpft, die ich unter den Küchenfliesen spüre. Ich weiß, dass ich mich zu weit vorwage, aber ich kann nicht anders.

»Wo, Mira? Wo bewahrt Seine Majestät die Urkunde auf?«

Sie schüttelt den Kopf. »Das hat dein Vater niemandem verraten außer seinem Freund Albert Weston, aber beide sind unter der Erde. Jetzt kennen das Geheimnis wohl nur noch der König und Burleigh House.«

Mit einem schrillen Kreischen zerbirst Metall und frische, junge Zweige sprießen durch die Mitte des großen eisernen Holzofens. Ein Baum schießt bis zur Decke hoch und breitet seine mit dunklen Blüten und noch dunkleren Dornen bewachsenen Zweige aus.

»Schhh, entschuldige bitte«, sage ich und lege die Hände beschwichtigend auf die Bodenfliesen. Mira steht auf und geht hinaus zu Jed, denn sie weiß, dass meine Worte nicht an sie gerichtet sind.

Wyn steht ebenfalls auf, stellt wortlos seinen Teller ins Spülbecken und verlässt den Raum. Schuld, Bedauern und Sehnsucht fressen sich durch meine Eingeweide, als ich ihm hinterherschaue. Ich möchte, dass es zwischen uns wieder so ist wie früher, aber er hat kaum einen Blick für mich übrig. Und jetzt sitze ich alleine hier. Ich habe nur laut nachgedacht, und schon haben meine Worte Schaden angerichtet. Angst will sich in mir breitmachen, aber ich dränge sie mit aller Gewalt zurück.

Als die Dunkelheit hereingebrochen ist, schleiche ich mich hinauf auf den weitläufigen Dachboden, in dem jeder Laut widerhallt, vorbei an alten Schränken und Kommoden und Wäscheständern. Ich öffne das Fenster, wie ich es früher unzählige Male getan habe, steige hinaus aufs Dach und klettere um einen Backsteinkamin herum. Und da ist er, Wyn. Er liegt auf dem Rücken auf den Schieferziegeln, isst einen runzeligen Winterapfel und starrt hinauf in den Sternenhimmel.

»Wie schön, dass nicht alles sich geändert hat«, sage ich fast schüchtern, weil ich mir nicht sicher bin, ob er mich sehen will oder nicht. »Ich habe es vermisst, hierherkommen zu können.«

»Haben sie in Lincolnshire keine Sterne?«, fragt Wyn und beißt in seinen Apfel.

»Doch, aber nicht diese. Störe ich dich? Soll ich wieder gehen?«

Wyn dreht den Kopf und schaut mich an. »Ich kann dir nichts vorschreiben. Es ist nicht mein Haus.«

»Meines auch nicht«, erwidere ich. »Es gehört dem König.«

»Und genau das willst du ändern. Sei ehrlich.«

Ich setze mich mit dem Rücken zum Backsteinkamin, der noch die Wärme der letzten Sonnenstrahlen abgibt.

»Was soll ich denn sonst tun?« Ich ziehe meine Knie zur

Brust hoch und schlinge die Arme darum. »Seine Majestät weigert sich, mir den Schlüssel zu geben, aber Burleigh braucht dringend Hilfe. Ich sehe keine andere Möglichkeit, Wyn. Weißt du, wie das Land leidet? Und Burleigh? Ich fürchte, das Haus wird den Sommer nicht überstehen. Mir bleibt nicht viel Zeit, bevor der König einen neuen Hüter einsetzen wird.«

»Dann soll er ihn eben sofort einsetzen, und du sagst Burleigh, dass du damit einverstanden bist«, erwidert Wyn.

Ein unheilvolles Rumoren dringt von unten zu uns herauf. Ich weiß nicht, ob ich Burleigh überreden könnte, einen neuen Hüter zu akzeptieren, selbst wenn Seine Majestät jemanden schickt, der nur die besten Absichten hat. Wenn ich ehrlich zu mir bin, würde ich es niemandem zutrauen, sich um Burleigh zu kümmern. Bei der Vorstellung, dass ein Fremder den Schlüssel bekommt, dreht sich mir fast der Magen um. Und ich bin nicht die Einzige, die so fühlt – Ärger und Missmut kriechen durch die Schieferziegel des Daches zu mir herauf.

»Ich glaube nicht, dass das reicht«, sage ich zu Wyn. Es reicht weder für Burleigh noch für mich. »Ich denke … Blut und Mörtel, Wyn, ich denke, ich muss zu Ende führen, was mein Vater begonnen hat.«

Jetzt ist es raus. Das, was mir seit unserer Abreise aus dem Östlichen Sumpfland so schwer auf der Seele lag. Das, was ich mir bis zu diesem Moment nicht einmal selbst eingestehen konnte.

»Du musst das nicht tun.« Wyns Stimme ist matt und ausdruckslos. Er blickt mich nicht an, sondern schaut weiter hinauf zum Himmel. »Du bist keine Hüterin. Wie du selbst gesagt hast, hast du ja noch nicht einmal den Schlüssel, und ohne ihn kannst du die Magie des Hauses nicht beherrschen. Es ist dumm, zu glauben, du könntest etwas bewirken, Violet. Wenn du wirklich versuchst, die Urkunde zu stehlen, dann ist das dein sicheres Todesurteil. Du musst nicht so enden wie dein Vater.«

Neben mir – dort, wo er es nicht sieht – sprießen kleine Gänseblümchen unter meiner Handfläche hervor. Ihre zarten Blütenblätter streichen sanft zwischen meinen Fingern hindurch.

Muss ich das wirklich nicht?

»Was ist passiert?«, frage ich Wyn.

»Dein Vater hat weiter seine Arbeit verrichtet. Er hat versucht, die Magie des Hauses zu beherrschen, auch ohne Schlüssel. Das hat ihn umgebracht.«

»Das meine ich nicht. Warum bist du geblieben?«

Wyns Kiefermuskel zuckt. »George hat mich darum gebeten.«

»Ich kann immer noch erkennen, wenn du lügst. Das ist nicht die Wahrheit«, sage ich vorwurfsvoll.

Mit einer einzigen fließenden Bewegung setzt Wyn sich auf und starrt mich an. Ich spüre seine unterdrückte Wut auf dieselbe Art, wie ich Burleighs Gemütsverfassung erfühlen kann.

»Es ist die Wahrheit«, erklärt Wyn. »Jedenfalls der Teil, den ich dir sagen kann.«

Ich lehne meinen Kopf gegen den Kamin und beobachte den Himmel, über den Burleigh wehmütige blassgrüne Lichtschleier zaubert. Es ist eigentlich die falsche Jahreszeit für so ein Himmelsspektakel, aber Burleighs Magie kennt keinen Jahreslauf.

»Violet«, sagt Wyn, und beim Klang seiner Stimme wird mein Herz schwer. Ich weiß, was er mich fragen wird. »Komm mit, wenn ich morgen von hier weggehe.«

»Ich kann nicht«, sage ich unglücklich. »Du weißt, dass ich es nicht kann.«

»Die Jagd nach der Urkunde wird dich umbringen. Es wäre besser, du würdest Burleigh seinem Schicksal überlassen. Lass die Dinge ihren Lauf nehmen, auch wenn der König das Haus zerstören will, bevor es West Country mit sich in den Untergang reißt. Ja, ich weiß, dass er das vorhat – Gerüchte reisen schneller als Pferde.«

Die Dachziegel erschaudern, sie kreischen und klappern. Ich greife hinter mich und drücke die Hand gegen einen der harten Ziegelsteine des Kamins. Langsam beruhigt sich das Haus wieder.

»Ich habe doch gesagt, dass ich immer noch dieselbe bin«, erinnere ich ihn. »Burleigh steht für mich immer noch an erster Stelle. Über …«

»Hör auf«, unterbricht er mich wütend. Der Zorn, den ich zuvor gespürt habe, bricht sich Bahn. »Burleigh ist kein Mensch, Vi. Es ist nicht deine Familie und auch nicht dein Freund. Es folgt nur seinen eigenen Zielen. Selbst dein Vater musste sich das eingestehen – ein Großes Haus setzt sich selbst an erste Stelle. Ein Ort wie dieser verdient weder deine Treue noch dein Blut oder deine Tränen. Es ist ein Monster, dem es nur um sein eigenes Überleben geht, und jede hübsche

Spielerei, jedes wärmende Feuer, jede blühende Blume zu deinen Füßen – all das dient nur dazu, deine Zuneigung zu erschleichen.«

Ein Windstoß wirbelt durch die Öffnung des Kamins und lässt ihn wie zum Widerspruch traurig aufheulen.

»Wenn Burleigh wirklich so ein Monster ist, warum bist du dann überhaupt noch da?« Meine Worte schweben durch die klare Nachtluft wie eine Herausforderung. »Du hättest schon vor Wochen gehen können. Und doch bist du noch hier, Haelwyn von Taunton. Du bist immer noch hier.«

»Ich bin deinetwegen geblieben«, stößt Wyn durch seine zusammengepressten Zähne hervor. »Um dich umzustimmen. Aber du hast recht, du hast dich kein bisschen verändert. Wenn es um Burleigh geht, bist du noch genauso störrisch und sturköpfig wie immer. Weißt du, wer dieses Haus durchschaut hat? Deine Mutter. Sie war schlau. Hat sich davongemacht, solange sie noch konnte.«

Bevor ich ihm eine Antwort geben kann, hat er sich schon aufgerappelt und schwingt sich durchs Dachfenster ins Innere des Hauses. Und wieder lässt er mich zurück, während ich mit den Tränen kämpfe. Es kommt mir so vor, als hätte ich seit meiner Rückkehr nichts anderes getan.

Ein kleines Stück von mir entfernt, dort wo Wyn gerade noch saß, erwachen zwei Geister zum Leben. Ich als kleines Mädchen und Wyn, so wie er früher war. Sie sitzen Seite an Seite, Schulter an Schulter, und reichen sich einen Becher warmen Tee hin und her, während sie die Sterne beobachten. Sie sind von einem merkwürdigen blauen Schimmer umgeben, und ihre Konturen flirren wie Sonnenstrahlen, die sich im Wasser spiegeln. Es ist eine Eigentümlichkeit der Großen Häuser, dass sie alte Erinnerungen heraufbeschwören können, sodass es aussieht, als würden Gespenster durch die Säle und Korridore spuken.

Ich schaue einen Moment zu, dann schüttle ich den Kopf. »Bitte nicht, Burleigh.«

Die beiden Kinder von damals, Wyn und ich, flackern und verlöschen.

7

Es ist noch dunkel, als ich am nächsten Morgen von den Krähen geweckt werde, die auf den Dachrinnen sitzen und sich ankrächzen. Einen Moment lang bin ich verwirrt und frage mich, warum die Möwen so anders als sonst klingen, aber dann fällt es mir wieder ein – *ich bin zu Hause.* Mein Kopf pocht vor Müdigkeit nach einer Nacht mit zu wenig Schlaf, aber ich setze mich trotzdem auf. Der Geruch von Stein und Holzrauch und Moder schwappt über mich hinweg, zusammen mit dem frischeren, saubereren Geruch von Erde und nassem Gras, der durchs offene Fenster hereinweht. Ich muss gestern Abend vergessen haben, es zu schließen.

Aus dem Augenwinkel nehme ich neben dem Kamin eine Bewegung wahr, die mich erstarren lässt. Dort an der kalten Feuerstelle ist ein Geist – und dieser Geist bin ich. Ich spüre eine Dringlichkeit in der Luft, ein spannungsgeladenes Summen, das ich nicht höre, sondern auf der Haut spüre. Burleigh verlangt nach meiner Aufmerksamkeit. Es möchte mir etwas mitteilen und diesmal lasse ich die Erinnerung zu.

Die kleine Violet ist ungefähr neun Jahre alt, das erkenne

ich an ihren Haaren, die an einer Stelle am Hinterkopf kurz geschnitten sind. Ich weiß noch, dass sich mein Zopf damals in der Rinde einer Fichte verfangen hatte und Mira mir die harzverklebten Strähnen herausschneiden musste. Mein jüngeres Ich liegt auf dem Teppich vor dem Kamin und hält eine zerfledderte Ausgabe von *Gullivers Reisen* in den Händen. So wie schon gestern Abend ist die kleine Vi nicht aus Fleisch und Blut, sondern durchscheinend. Während ich dasitze, wirft sie einen Blick auf die Uhr auf dem Kaminsims, dann klemmt sie das Buch unter den Arm und rennt hüpfend aus dem Zimmer.

Als Kind war ich es gewohnt, um eine Ecke zu biegen und plötzlich vor irgendeinem längst verstorbenen Sterling zu stehen, wenn das Haus wieder einmal in Erinnerungen schwelgte. Aber noch nie hat mich das Haus mit so viel Nachdruck auf eine Erinnerung aufmerksam gemacht – was nur den Schluss zulässt, dass es mir geradezu verzweifelt etwas zu verstehen geben will. Meine Neugier ist geweckt. Ich steige aus dem Bett und folge der kleinen Vi.

Sie geistert die Treppe hinunter, barfuß und mit langsamen Schritten, die Hand auf das Treppengeländer gelegt, um besser nachfühlen zu können, was das Haus empfindet. Ich folge ihrem Beispiel. Neben der gewohnten Angst und Sorge sickert noch etwas anderes aus dem Boden in mich hinein, eine Ruhelosigkeit. Etwas an dieser Erinnerung, die das Haus mir zeigen will, beunruhigt es, und ich wünschte, ich könnte fragen, warum.

Mein kindliches Ich tänzelt durch den Hauptkorridor des Ostflügels, dann durch das Gewächshaus und hinaus in den

Rosengarten. Die kleine Vi hebt ihren Rock an und springt wie ein Reh über die Blumenwiese, sodass ich Mühe habe, hinterherzukommen. Es ist zwar schon hell genug, um etwas zu erkennen, und die Morgendämmerung kündigt sich am Himmel mit einem rosafarbenen Schimmer an, doch die Violet aus der Vergangenheit ist in grelles Sonnenlicht getaucht. Das, was die Erinnerung mir zeigt, muss sich am hellen Vormittag zugetragen haben.

Auf der anderen Seite der Wiese, kurz vor dem Waldrand, duckt sich Violet und verschwindet in einer Gartenlaube. Ich blinzle verunsichert – das kleine, verglaste Haus ist da und doch auch wieder nicht. In einem Moment sehe ich einen Schutthaufen, im nächsten steht das Haus unversehrt vor mir. Ich glaube, jetzt weiß ich, worauf Burleigh hinauswill.

Die Einrichtung der Gartenlaube flirrt im selben durchscheinenden Licht wie mein Geist. Ich lasse mich auf dem Boden nieder und sehe meinen Vater, wie er in gedämpftem Ton mit einem Fremden spricht. Der Mann hat eine helle weiße Haut und sieht sehr wohlhabend aus. Die kleine Vi setzt sich auf den Boden und schlägt wieder ihr Buch auf. Jetzt erinnere ich mich – an das Buch und daran, dass ich bei meinem Vater war. Woran ich mich nicht erinnere, ist das Gespräch. Nur der süße Duft der Rosensträucher, die an der Gartenlaube emporwuchsen, ist mir im Gedächtnis geblieben. Der süße Duft und Gulliver bei den Houyhnhnms.

Aber das Haus vergisst nichts. Es weiß auch das, was ich damals nicht gesehen habe – Wyn als kleiner Junge, der draußen vor der Gartenlaube im hohen Gras kauert.

»… sie wollen Antworten, George. Sie wollen, dass wir den nächsten Schritt unternehmen«, sagt der unbekannte Gentleman. Seine Stimme klingt gedämpft, als würde ich mit dem Ohr am Schlüsselloch lauschen. »Es ist Zeit, dass wir es zu Ende bringen.«

Vor der Gartenlaube frischt der Wind auf. Auch wenn ich ihn jetzt nicht spüren kann, höre ich, wie die geisterhaften Wildblumen mit ihren Stängeln und Blütenköpfen gegen die Glasscheiben klopfen wie ungeduldige Finger. Es ist, als würde das Kleine Volk um Einlass bitten.

»Es hat keinen Zweck, Bertie«, sagt Papa. Er sieht verhärmt und sorgenvoll aus – das zeigt mir, dass wir uns kurz vor der Verhaftung befinden, als der König mit seinen Soldaten kam und meinen Vater des Verrats beschuldigte. »Ich habe die Verstecke aller Urkunden aufgespürt, nur das von Burleigh nicht. Und wenn du glaubst, dass ich die Dinge ins Rollen bringe, wenn mein eigenes Haus das einzige ist, das ich nicht schützen kann, dann kennst du mich schlecht. Dieses Risiko werde ich nicht eingehen.«

Die Sonne im Hier und Jetzt ist inzwischen aufgegangen und sendet munter ihre Strahlen aus, aber das Licht um die kleine Vi und Papa und den Fremden namens Bertie ist grau geworden. Ich höre, wie Windböen Regen gegen die Fenster der Gartenlaube peitschen. Schon als Kind konnte ich blitzschnell die Launen des Hauses erfassen, und Regen am helllichten Tag hätte mir eine Warnung sein sollen, dass etwas nicht stimmte. Mein Vater hat stets dafür gesorgt, dass es in den Blackdown Hills nur am späten Abend regnet. Aber an diesem Tag war ich so in mein Buch vertieft, dass ich Burleighs wachsendes Unbehagen nicht bemerkte, genauso wenig wie den tropfnassen Wyn, der durch die Glasscheibe hereinspähte.

Aber meinem Vater entging nichts.

Ich sehe, wie er durch die Glasscheibe nach draußen blickt und den Kopf schüttelt. »Wir dürften hier eigentlich gar nicht darüber sprechen. Es ist schwer für Burleigh, das alles mit anzuhören, aber ich fürchte, im Dorf könnte man uns belauschen.«

Papas Gesprächspartner scheint gar nicht bemerkt zu haben, wie das Haus in Aufruhr geraten ist. Er hält den plötzlichen Umschwung wahrscheinlich nur für eine Laune des Wetters. Aber er weiß ja auch nicht, wie gutmütig Burleigh gewöhnlich ist.

»Kannst du nicht deine Bedenken über Bord werfen und auch ohne Burleighs Urkunde an unserem Plan festhalten?«, fragt der Mann. »Dieser Ort ist untrennbar mit den Sterlings verbunden. Ich kann mir nicht vorstellen, dass das Haus dir je etwas antun würde, selbst wenn der König es befiehlt. Und wir könnten die anderen Besitzurkunden als Druckmittel einsetzen, um den König dazu zu zwingen, dir Burleighs Urkunde auszuhändigen.«

Die Regenböen verdichten sich zu einem Hagelsturm. Angst krallt sich in meinen Eingeweiden fest. Es ist nicht meine eigene Angst, aber ich kann nicht sagen, ob sie Erinnerung oder Gegenwart oder beides ist.

Die Miene meines Vaters verdüstert sich.

»Das ist ausgeschlossen«, sagt er scharf. »Schlag das nie

wieder vor – nicht den anderen und erst recht nicht mir. Ich bin nicht gewillt, dieses Risiko einzugehen, und der Rest des Plans gefällt mir auch nicht. Es sind lauter lose Enden. Dass ich ausgerechnet Burleighs Urkunde nicht finden konnte, kommt mir wie ein schlechtes Omen vor. Ich habe viel zu viele Leute befragt und bestochen – eigentlich wollte ich schon vor Monaten am Ziel sein. Aber ich lande immer wieder in einer Sackgasse.«

Meine Umgebung verstummt, in der Vergangenheit wie in der Gegenwart. Das Haus scheint zu lauschen. Regen und Hagel haben aufgehört. Das Licht ist dämmrig und kein einziger Vogel singt. Die kleine Vi blickt stirnrunzelnd von ihrem Buch hoch und legt den Kopf schief.

Der Freund meines Vaters beugt sich vor. »Glaubst du, jemand arbeitet gegen dich, George?«

»Ich weiß es nicht.« Papa reibt sich die Augen. »Manchmal habe ich diesen Eindruck. Albert, wenn mir irgendetwas zustößt, dann würdest du dich um Vi kümmern, oder? Ihr ein Zuhause in Weston Manor geben?«

»Natürlich«, verspricht Albert. »Wie kannst du daran zweifeln?«

»Papa.« Meine Kinderstimme ist hoch und zittrig vor Sorge. »Das Haus …«

Der Himmel von jenem Morgen aus der Erinnerung hat sich kränklich grün verfärbt. In der Gartenlaube ist ein Zischen zu hören, als dicke Ranken sich an den Wänden emporschlängeln.

»Violet!« Mein Vater stürzt los, um mich vor den Glassplittern und den berstenden Holzbalken zu schützen. Aber er ist zu weit weg und Wyn ist schneller. Der Junge hechtet durch die offene Tür und stößt mich um. Wir beide landen übereinander auf dem Boden.

Daran kann ich mich noch erinnern – die plötzliche Sorge, die mich vom Buch hochschrecken ließ, das grässliche Geräusch splitternden Glases und der Sturz, als Wyn mich umwarf. Instinktiv halte ich die Hände schützend über den Kopf, aber die spitzen Scherben können mir nichts anhaben. Ihre Berührung ist federleicht und hinterlässt kaum eine Spur in meiner Erinnerung.

Als der Aufruhr sich legt und von der Gartenlaube nur noch ein Haufen Schutt übrig ist, sowohl in der Erinnerung wie auch in der Gegenwart, sehe ich meinen Vater, wie er sich über Wyn und die kleine Vi beugt. Und ich sehe das, was ich damals nicht bemerkt habe – die mit Mörtel bedeckten Glassplitter, die Wyns Hemd am Rücken zerfetzt haben, und das Blut, das über seinen Hals und seine Arme rinnt. Ich glaube nicht, dass er schwer verletzt war, aber mein Herz krampft sich zusammen, als ich die Erschütterung im Gesicht meines Vaters sehe.

»George, hat das Haus …«, fängt Albert an, aber mein Vater beachtet ihn gar nicht.

»Alles in Ordnung, Wyn?«, fragt er. Der Junge nickt stumm.

»Geh ins Haus zu Mira«, schickt Papa ihn weg. »Sie wird sich um dich kümmern.«

Ohne ein Wort zu mir zu sagen, richtet mein Vater sich wieder auf. Seine ganze Haltung zeigt, wie zornig er ist.

»Wir haben das Haus zu sehr bedrängt«, sagt er zu seinem Freund. »Der Bann zwingt es dazu, denjenigen in die Schranken zu verweisen, der es wagt, über die Besitzurkunde zu sprechen. Es tut mir leid, Burleigh.«

Die Sonne bricht hervor und taucht die drei Geister in ein helles Licht, während in der Ferne die Vögel wieder ihren Gesang anstimmen. Gänseblümchen sprießen aus dem Boden und entfalten ihre Blütenblätter vor der kleinen Vi, die unverletzt in einem Ring aus Scherben sitzt. Mein Vater und der merkwürdige Gentleman sehen beide mit einem traurigen Lächeln zu, wie das Kind, das ich einst war, die Blumen pflückt.

»Natürlich geht es mir gut«, sagt die kleine Vi zu Burleigh, weil sonst niemand gefragt hat.

Die Erinnerung verblasst, und ich muss mit einem leisen Schreckensschrei zurückweichen, als sich Dornenranken in beängstigender Geschwindigkeit um die ausgebleichten Ruinen winden. Es dauert nicht lange und von der Gartenlaube ist nichts mehr zu sehen.

Das dumpfe, nagende Unbehagen, das Burleigh ausgestrahlt hat, verschwindet. Zurück bleibt nur eine Anspannung, die verrät, wie angestrengt das Haus seine Magie zurückzuhalten versucht. Aus der Mitte des dornigen Gestrüpps wächst eine kleine Wildrose. Behutsam greife ich danach und pflücke die Blüte, um den süßen Duft des Sommers einzuatmen.

»Urkunden und Schlüssel, Könige und Häuser«, murmle ich halblaut. »Was versuchst du mir zu sagen, Burleigh?«

Ich wünschte, ich könnte das Haus so mühelos verstehen wie früher. Damals wusste ich immer, was Burleigh wollte – es war so selbstverständlich wie das Atmen. Auch ohne einen Schlüssel wusste ich, wie ich ihm helfen und es trösten konnte.

»Du wirst es schon herausfinden. Das macht ihr Sterlings doch immer, oder?« Wyn steht am Waldrand, nicht das geisterhafte Kind, sondern der echte Wyn, den ich kenne und doch auch wieder nicht. Der Wyn, den ich nicht einschätzen kann. Ich werde rot und blicke zu Boden. Nach unserem Streit von gestern Abend ist die Spannung zwischen uns immer noch greifbar. Ich bin ratlos, wie ich sie auflösen kann, bevor er weggeht. Die Zeit lässt sich nicht zurückdrehen und ich kann nichts ungeschehen machen. Ich kann nur nach vorne schauen.

Deshalb gehe ich einen Schritt auf Wyn zu. Er tritt von einem Bein aufs andere und schaut mich unter seinem zerzausten Haar hervor an, eine Hand am Riemen seines Rucksacks.

»Wyn, es tut mir leid«, sage ich leise. »Alles tut mir leid. Bei meiner Ankunft hat mir das Haus gezeigt, was mit Papa passiert ist. Es hätte nie so weit kommen dürfen, dass du das durchmachen musst. Welche Gründe meinen Vater auch dazu bewogen haben mögen, es war falsch von ihm, dich bei ihm zu behalten. Ich ... ich kann es dir nicht verdenken, dass du jetzt von hier fortwillst. Ich finde, du solltest gehen und frei sein.«

Wyn sieht mich durchdringend an, und ich sehe, wie seine Kiefermuskeln sich anspannen. »Das hat dir das Haus gezeigt? Wie dein Vater gestorben ist?«

»Ja. Ich glaube, es wollte keine Geheimnisse vor mir haben.«

»Ich habe Burleigh gebeten, dir das nicht zu zeigen«, sagt Wyn verärgert. »Ich wollte es dir ersparen, deinen Vater sterben zu sehen. Aber Burleigh House kennt keine Gnade.«

»Ich bin froh, dass ich es gesehen habe.« Wie früher zögere ich auch jetzt keine Sekunde, Burleigh zu verteidigen. Egal, wozu man es gezwungen hat, meine Haltung ihm gegenüber wird sich wohl nie ändern. Mein Haus ist für mich nun Mutter, Vater und Heimat zugleich – es ist alles, was ich noch habe. »Ich möchte lieber alles erfahren, auch das Schlimmste, als gar nichts.«

Ich mache noch einen Schritt auf Wyn zu und schlinge die Arme um meinen Oberkörper, als könnte ich mich auf diese Weise vor der Zurückweisung schützen, deren Unausweichlichkeit mir langsam klar wird.

»Können wir im Guten auseinandergehen, Wyn?«, bitte ich ihn. »Selbst wenn es zwischen uns nicht mehr so ist wie früher? Ich weiß, dass das Leben ungerecht zu dir war und dass du es schwerer hattest als ich. Aber ich wünsche mir trotzdem, dass du nicht im Zorn weggehst.«

Er schüttelt müde den Kopf. »Violet, ich bin nicht wütend auf dich. Ich wünschte nur, du hättest auf meine Bitte gehört und wärst nicht zurückgekommen. Das Haus geht zugrunde, und wenn es einstürzt, bevor der König es in Brand stecken kann, dann wird es alles mit sich in den Untergang reißen. Ich war *erleichtert*, dich weit weg und außer Gefahr zu wissen. Ich wünschte mir, du wärst es immer noch.«

Der Untergrund bebt. Dem Haus gefällt der Gedanke, ich könnte es im Stich lassen, ganz offensichtlich nicht.

»Gesteh es dir endlich ein«, sagt Wyn. »Vielleicht ist Burleigh einfach nicht mehr zu retten.«

Ich schlinge meine Arme noch fester um mich, wie um

meine Traurigkeit einzusperren. »Du hörst dich an wie Mira und ihr habt beide unrecht. Ich kann Burleigh nicht aufgeben, ohne vorher alles versucht zu haben. Ich muss um das Haus kämpfen, Wyn. Koste es, was es wolle.«

Er streckt mir seine Hand hin. »Dann mach's gut, Violet.«

Und diesmal bin ich es, die sie nicht ergreift. Ein unbestimmbarer Ausdruck – Enttäuschung? Resignation? – blitzt in seinen Augen auf. Er wendet sich ab und geht in den Wald. Schon nach wenigen Schritten ist er zwischen den Bäumen verschwunden.

8

Es ist schon später Vormittag, als Jed, Mira und ich uns am Tag nach unserer Ankunft zum Frühstück hinsetzen – der beste Beweis dafür, dass wir noch gar nicht richtig angekommen sind. Ich kann mich nicht daran erinnern, jemals so spät gefrühstückt zu haben. Es ist ungewohnt und nicht unbedingt schön. Jed trinkt seinen schwarzen Tee aus, steht auf und drückt Mira einen Kuss auf den Kopf und dann mir.

»Ich ziehe jetzt los«, sagt er. »Ich weiß nicht, wann ich wieder zurück sein werde, also wartet nicht mit dem Abendessen auf mich.«

»Wohin gehst du?«, frage ich, denn plötzlich fühle ich mich ein bisschen verloren.

»Ich will mir eine Arbeit suchen«, erwidert er. »Wenn ich Glück habe, kann ich auf einem der Bauernhöfe als Tagelöhner arbeiten.«

»Wenn du schon dabei bist, dann kannst du dich auch erkundigen, ob eine Wäscherin gebraucht wird«, sagt Mira. »Ich muss mir eine Beschäftigung suchen.«

Und dann sind nur noch Mira und ich da. Und Burleigh.

»Wo ist Wyn denn heute Morgen?«, fragt Mira.

»Er ist gegangen«, sage ich. »Für immer. Ich möchte nicht darüber reden.«

Mira beugt sich über den Tisch und drückt kurz meine Hand. »Verstehe. Es tut mir leid, mein Schatz.«

Nachdem sie aufgestanden ist, bleibe ich noch eine Weile am Tisch sitzen. Bei dem Gedanken daran, alleine durchs Haus zu wandern, packt mich eine unerklärliche Angst. Ich weiß nicht, warum – vielleicht ist es, weil ich so lange weg gewesen bin, und vielleicht auch wegen der Sache mit Wyn, aber plötzlich fürchte ich, Burleigh nicht das geben zu können, was es braucht, ganz egal wie sehr ich davon überzeugt bin, zur Hüterin bestimmt zu sein.

Mira klappert geschäftig in der Küche herum, öffnet und schließt Schränke, macht eine Bestandsaufnahme unserer Vorräte und überlegt, was wir kaufen oder von jemandem leihen müssen. Nach einer Weile dreht sie sich seufzend zu mir um.

»Violet, Liebes, du musst dir irgendeine Aufgabe suchen. Wie sagt man? Du musst so anfangen, wie du weitermachen willst.«

Ich stehe auf und hole etwas zittrig Luft. »Du hast recht. Haben wir Besen und Schaufel da?«

»Im Eckschrank. Braves Mädchen.«

Ich hole beides heraus und gehe durch den Gästeflügel zu dem seit Langem nicht mehr genutzten Ballsaal. Der Kristallleuchter ist heruntergefallen, aber niemand hat sich die Mühe gemacht, die Glasscherben zusammenzukehren. Ich beginne zu fegen. Das scharfe Klirren der Splitter klingt fast wie

Musik. Es ist nur eine Kleinigkeit – eine völlig unwichtig erscheinende Aufgabe angesichts von Burleighs enormem Leiden, das aus dem Boden unter meinen Füßen blutet und von allen Seiten auf mich einstürmt.

Ich habe kaum die Hälfte geschafft, als ich innehalte und aus meinen Schuhen mit den weichen Sohlen schlüpfe. In dem Moment, in dem meine bloßen Füße Burleighs Boden berühren, verstärkt sich das Gefühl von altem Schmerz und gewaltigen Anstrengungen. Ich gehe in die Hocke und lege meine beiden Hände flach auf die Holzdielen.

Nein, das reicht nicht.

Ich lege mich seitlich hin, ein Ohr auf den Boden gepresst, der sich kühl und glatt an meine Wange schmiegt. Wenn ich könnte, würde ich bis zum Herz des Hauses hinuntersinken und ihm meine Kraft leihen. Aber Stein und Mörtel, Haut und Knochen passen einfach nicht zusammen, das war schon immer so.

»Sag mir, was dich bedrückt«, flüstere ich Burleigh zu. »Zeig mir, wo es wehtut.«

Ein verhaltenes Seufzen dringt aus dem Boden.

»So ist's recht«, rede ich dem Haus gut zu. »Lade deinen Kummer bei mir ab, mein Schatz. Ich bin jetzt hier. Und ich gehe auch nicht mehr weg.«

Das Haus ist zögerlich. Es öffnet sich nur langsam. Der Schmerz kommt in dünnen Fäden, die sich in meine Haut und in mein Blut schlängeln.

»Gut so«, beschwöre ich Burleigh. »Zeig mir alles. Hab keine Angst.«

Die Fäden verdichten sich zu Bändern, aus denen Seile werden, die sich in Eisenketten verwandeln. Die Schmerzen des Hauses schlingen sich um meine weichen Organe wie eigensinnige Fesseln. Geschmiedete Nägel bohren sich in meine Knochen, ihre scharfen Spitzen dringen tiefer und tiefer, bis Risse entstehen.

Ich liege auf dem Boden und ringe nach Atem, Tränen schießen mir in die Augen. Aber ich werde nicht weinen und ich werde das Haus nicht anflehen, aufzuhören. Ich wollte das ganze Ausmaß erfahren, und genau das fühle ich jetzt. Nicht einmal mein geliebtes Burleigh – so alt wie die Berge, größer, als ich es mir vorzustellen vermag, über alle Maßen mächtig und klug auf eine Weise, die den menschlichen Verstand übersteigt – kann solche Schmerzen lange aushalten.

Ein dumpfer, gequälter Laut entweicht meiner Kehle, als ein Gefühl von Verwesung mich erfasst, als würde in meinem Inneren etwas verrotten und absterben. Das Haus stirbt. Ich kann der schrecklichen Wahrheit ebenso wenig entrinnen, wie die vielen silbrig schimmernden Kreaturen der scharfen Spitze meines Fischspeers entrinnen konnten. Der Schmerz wird so unerträglich, dass ich ihn kaum aushalten kann – schließlich bin ich nur ein Mädchen. Ein kleines, zerbrechliches Menschenwesen.

Und dann setzt das kalte Beißen des Mörtels ein.

Zuerst nagt er an meinen Fingerspitzen, dann dringt die eisige Kälte über meine Fingerknöchel bis zu meinen Handgelenken vor. Benommen sehe ich zu, wie die Adern an meiner Hand hervortreten und grau werden.

Du musst dem ein Ende bereiten, sagt die Überlebenskämpferin aus den Sümpfen zu mir. *Jetzt.*

Aber das ist alles, was du ihm geben kannst, widerspricht der Teil von mir, der zur Hüterin bestimmt ist. *Etwas anderes hast du nicht. Steht das Haus nicht über allem?*

In gewisser Weise ist es eine Bestätigung für mich. Große Häuser sind sehr wählerisch, wenn es darum geht, mit wem sie ihre Magie teilen. Wenn Burleigh seinen Mörtel an mich abgibt, sieht es mich als wahre Hüterin, egal ob ich einen Schlüssel habe oder nicht.

Was die Sache nicht weniger gefährlich macht.

Bevor ich einen Entschluss fassen kann, weicht die Kälte. Der Schmerz verebbt und Burleigh zieht sich unter Aufbietung all seiner Kräfte zurück. Mit einem grässlichen Geräusch zerbersten die Holzdielen und ein Riss zieht sich durch die Mitte des Ballsaals. Der heruntergefallene Kronleuchter kippt zur Seite und fällt in den Abgrund, der sich aufgetan hat.

Ich setze mich auf, etwas wackelig, und hole tief Luft. Was mache ich hier? Wyn hatte recht – ich habe keine Ahnung, wie ich eine Hüterin sein soll. Mein Vater hat mir immer eingeschärft, dass ich eines Tages seine Nachfolgerin werde, aber ich mache alles nur noch schlimmer. Ach, Burleigh, wie gerne würde ich dir doch helfen!

Ich vergrabe den Kopf in den Händen und denke an meinen Vater. An den Mann, der er gewesen ist, und an das, was er hinterlassen hat. Allein bei der Vorstellung, in seine Fußstapfen als Hüter eines so machtvollen und unergründlichen Hauses zu treten, fühle ich mich ganz klein. Es steht so viel auf dem Spiel, und ohne den Schlüssel, den ich nur ein einziges Mal in den Händen gehalten habe, kann ich so wenig bewirken.

Ich kann mich noch gut daran erinnern, wie der Schlüssel sich anfühlte. Wie schwer er in meiner Hand lag und wie seine Zähne sich in meine Haut drückten, als ich ihn mit der Faust umschloss. Wie der Schutzstein sich bei meiner Berührung erwärmte und Mörtel aus meiner Haut sog, während ich Magie wirkte, wie es die Aufgabe eines Hüters ist. Jetzt, wo ich hier sitze und darauf warte, dass die unerträgliche Qual des Hauses aus meinen Gliedern weicht, muss ich wieder daran denken.

Wir waren in den Ferien an der Küste von Cornwall, als mein Vater mir den Schlüssel gab. Damals unternahmen wir keine großen Reisen – mein Vater verließ das Haus nur widerwillig, selbst wenn er zu den Ratssitzungen nach London musste. Meine Mutter lag ihm immer in den Ohren, weil sie so gerne einmal das europäische Festland besucht hätte – oder auch nur Schottland –, aber wir blieben immer im Südwesten Englands. Mir machte das nichts aus, insgeheim war ich sogar froh darüber.

Als ich sieben war, fuhren wir im Sommer nach St. Ives, wo wir eine Woche in einem Landhaus verbrachten. Meine Mutter war die ganze Woche schlecht gelaunt, aber Papa und ich taten so, als würden wir es nicht merken. Wir bauten Sandburgen, planschten am Strand und aßen Eiscreme. Ich hatte noch nie zuvor so viel Zeit mit ihm verbracht und es war wunderbar, wenn auch etwas ungewohnt. Wyn war bei Jed und

Mira geblieben und ich vermisste ihn jeden Tag. Aber meine Mutter hatte es zur einzigen Bedingung für diesen Urlaub gemacht, dass wir Wyn zu Hause ließen.

An dem Morgen unserer Heimreise hingen dunkle Wolken über dem Meer. Von Westen her donnerte es und tief am Horizont zuckten erste Blitze. Mein Vater stand am Strand und hielt Ausschau, obwohl wir alles gepackt hatten und meine Mutter schon in der Kutsche wartete. Es war, als wüsste er genau, was kommen würde. Vielleicht war es so. Vielleicht hatte das Haus einen Weg gefunden, es ihn wissen zu lassen.

Meine Mutter wollte nicht, dass ich von ihrer Seite wich, doch dann tauchte plötzlich in der Ferne ein kleines Boot auf und rettete sich in den Hafen. Als mein Vater darauf zueilte, stieß ich die Kutschentür auf und rannte hinterher.

»Violet!«, rief meine Mutter mir mit einem verzweifelten Unterton in der Stimme nach. »Vi, komm zurück! Bleib hier, wo es sicher ist!«

Aber da war ich schon über den Strand zu meinem Vater gelaufen. Er blickte auf mich herab und ich sah die Sorge in seinen Augen.

»Also gut, Vi. Dann wollen wir uns mal um diesen Sturm kümmern«, sagte er.

Ich wusste natürlich, dass das Wetter in Cornwall manchmal sehr rau war – nicht jedes Unwetter ließ sich mit der Magie von Burleigh House vertreiben, und gerade die Küste wurde oft von Stürmen getroffen, denen Burleigh nur die Wucht nehmen konnte, damit sie weniger Menschenleben forderten und nicht so verheerende Schäden anrichteten.

Im Herzen der Blackdown Hills sorgte Burleigh immer für einen klaren Himmel, aber das Meer konnte selbst ein Großes Haus nicht vollständig in Schach halten.

Mein Vater und ich gingen zu einem Landungspier, wo das kleine Boot gerade anlegte. Als der wettergegerbte Fischer eine Fangleine auswarf, machte mein Vater das Boot fest und half dem fremden Mann, an Land zu klettern.

»Ich bin George Sterling«, sagte mein Vater, und selbst als Kind faszinierte es mich, wie die Menschen allein beim Klang seines Namens Vertrauen fassten. Der Wind blies immer stärker, peitschte gegen die Pier und schäumte weiße Gischt auf.

»Sir, da draußen wütet ein Jahrhundertsturm«, rief der Fischer über das Heulen des Windes hinweg. »Früher gab es solche Unwetter einmal alle hundert Jahre, aber seit den Zeiten meines Großvaters sind sie häufiger geworden. Er kommt schnell näher, am besten, Ihr nehmt Eure Familie und sucht schleunigst im Landesinneren Schutz. Die heutige Nacht wird Opfer fordern, so viel steht fest.«

»Ich bleibe …«, fing mein Vater an, doch dann drehten wir uns alle drei zum Meer, denn im selben Moment zog sich das Wasser rauschend vom Ufer zurück. Gerade war es noch da gewesen und jetzt schien es geradezu zu fliehen.

»Violet.«

Es war ein Anblick, von dem ich mich kaum losreißen konnte. Meine Mutter war ausgestiegen und zog an meiner Hand. »Komm mit. Wir beide bringen uns in Sicherheit. Dein Vater wird sich darum kümmern. So wie immer.«

In ihren letzten Worten schwang eine Bitterkeit mit, die

mir nicht gefiel. Ganz und gar nicht. Ich stand neben ihr und beobachtete aufgeregt, wie mein Vater den Steg verließ und an den verlassenen Strand ging. Der nasse Sand erstreckte sich weit bis ins Meer hinaus, überzogen von Muscheln und den kleinen Löchern, die sie in das Sediment gegraben hatten. Die vertäuten Boote hingen frei vom Pier herab oder hatten sich bereits gelöst und steckten jetzt im Schlamm.

»Violet Sterling, du gehst jetzt sofort mit mir zurück zur Kutsche.« Die Stimme meiner Mutter überschlug sich fast, was mir verriet, dass sie kurz vor einem Nervenzusammenbruch stand. Aber mein Vater war ganz allein da draußen. Ich werde nie den Blick vergessen, mit dem meine Mutter mich ansah, als ich mich von ihr losriss und über den Strand rannte. Wie von unsichtbaren Fäden gezogen folgte sie mir widerwillig.

»Eloise«, sagte mein Vater, als meine Mutter uns erreichte. In ihren Augen standen Tränen, aber sie blieb stumm, denn sie wusste nur zu gut, das lautes Schluchzen nichts bewirkte. »Ich brauche deine Hilfe. Du musst den Schlüssel an dich nehmen. Ohne ihn kann ich die Magie besser lenken, und du kannst mithelfen, die Magie umzuleiten.«

Seine Worte überraschten mich. Ich hatte meinen Vater noch nie ohne den Schlüssel gesehen, den er immer in seiner Westentasche aufbewahrte, sicher an einer goldenen Uhrenkette befestigt. Niemand durfte ihn berühren – ich nicht, meine Mutter nicht und Jed auch nicht. Mit dem Instinkt eines Kindes wusste ich, dass der Schlüssel ihn beschützte, wenn er mit der Magie des Hauses arbeitete. Der Schlüssel sorgte dafür, dass mein Vater Burleighs Magie dirigieren und den Energiefluss kraft seiner Gedanken hierhin und dorthin lenken konnte, ohne dass Mörtel in seine Adern sickerte und das Haus ihm mehr abverlangte, als er zu geben vermochte.

Das Gesicht meiner Mutter wurde aschfahl. »Das werde ich nicht tun, George. Ich will nichts mit alldem zu tun haben, das weißt du genau. Reicht es nicht, dass ich unter Burleighs Dach leben muss?«

Mein Vater wandte sich zu mir um. Zwei rote Flecken erschienen auf Mamas Wangen.

»Nein«, sagte sie schneidend, und in diesem einen Wort lag all ihre Bitterkeit. »Wenn du unserer Tochter den Schlüssel gibst – *unserem Kind* –, dann, George, das schwöre ich dir, packe ich meine Sachen und verlasse dich. Gibt es denn nichts, was dir mehr bedeutet als dieses Haus?«

»Violet, würdest du den Schlüssel nehmen?«, fragte mein Vater. Ich nickte ernst und streckte beide Hände aus.

Meine Mutter unterdrückte ein Schluchzen. Dann machte sie auf dem Absatz kehrt und ging den Strand entlang. Sie stolperte immer wieder, und ich wusste, dass sie weinte. Es tat mir weh, sie so zu sehen, aber der Schlüssel passte so gut in meine Hände, als wäre er dafür gemacht. Er fühlte sich warm an, wärmer als erwartet. Kleine Energiestöße jagten durch mich hindurch und plötzlich konnte ich die Energie des Hauses so viel deutlicher unter meinen Füßen spüren. Diese Energie richtete ihre ganze Aufmerksamkeit auf den Horizont, auf die Sturmwand und auf ein seltsames Leuchten, das sich über das Meer spannte. Ich blinzelte und das Leuchten verwandelte sich in eine Wand aus Wasser, so hoch, dass sie all meine Vorstellungskräfte überstieg. Und sie raste direkt auf die Küste zu.

Nackte Angst packte mich. Der Schlüssel lag glühend heiß in meiner Hand, aber ich ließ ihn nicht los. Mein Vater hatte ihn mir anvertraut, und was auch immer passieren würde, ich wollte ihn nicht enttäuschen.

»Also gut, Burleigh.« Mein Vater ging in die Hocke, wie ich es schon so oft gesehen hatte, und drückte seine Hände in den feuchten Sand. »Tu, was getan werden muss. Nimm, was immer du brauchst.«

So etwas wie ein heftiger Windstoß erfasste mich, aber er kam nicht von außen, sondern ich spürte ihn in meinem Inneren. Da wusste ich, dass es die Magie von Burleigh House war, die ins Meer hinausflutete, um sich der entsetzlichen Welle entgegenzustellen. Mein Vater grub seine Hände noch tiefer in den Sand, und ich umklammerte den Schlüssel noch fester, obwohl er mir fast die Hand verbrannte.

Die gewaltige Anstrengung des Hauses, das sich gegen die hereinbrechende Wasserwand stemmte, ließ den Untergrund beben. Auch mein Vater zitterte am ganzen Körper, denn ohne den Schlüssel war er schutzlos. Er zitterte so sehr, dass ich fürchtete, das Haus könnte ihn in Stücke reißen.

»Halt, halt«, rief ich, den Schlüssel fest in der Faust, aber das Zittern wollte nicht aufhören und das ohrenbetäubende Brüllen der Welle wurde immer lauter. Inzwischen war sie schon fast in der Bucht angelangt und hatte sich zu einer Höhe aufgetürmt, die Burleigh House bei Weitem überragte.

Ohne nachzudenken, ließ ich mich von der überwältigenden Magie leiten, die aufs Meer hinausströmte, und trat vor meinen Vater, wie um ihn vor der heranrollenden Welle zu schützen. Das Tosen des Wassers war so laut, dass es meinen trotzigen Aufschrei verschluckte, als ich mit dem Schlüssel in der Hand auf die Knie fiel, meine Finger in den Sand grub und die Augen zukniff.

Lärm und tobende Wut.

Furcht.

Das Brüllen der Welle.

Kalter Mörtel und Magie in meinen Adern.

Ich bebte, die Erde bebte und dann …

Salziges Wasser, das sanft meine Beine umspülte.

Ich riss die Augen auf. Der Schlüssel hatte mich beschützt, die Magie des Hauses war durch mich hindurchgeflossen, ohne mir Schaden zuzufügen. Meine Hände sahen genauso aus wie immer, nirgendwo hatte der Mörtel seine Spuren hinterlassen. Da war nichts als blasse Haut und das schmale rosafarbene Armband an meinem linken Handgelenk – das Mal, das ich schon seit meiner Geburt hatte.

Der Wall aus Wasser war verschwunden, ebenso wie die Sturmwolken und der Wind. Kleine, zahme Wellen schwappten ans Ufer und bewegten sich langsam den Strand hinauf bis zur Flutlinie. Ich stand bereits knöcheltief im Wasser, als ich mich umdrehte und meinen Vater sah, der im Sand zusammengesackt war. Sein Gesicht war von steingrauen Adern durchzogen. Ich taumelte zu ihm, drückte meine warme Stirn an seine kalte und fing an zu schluchzen.

Ein paar mutige Seelen hatten sich bereits aus den Häusern

gewagt. Sie eilten herbei und gemeinsam zogen wir meinen Vater aus dem Wasser.

»Wo ist deine Mutter?«, fragte ein Fischer barsch. Es war derselbe, der uns vor dem Sturm gewarnt hatte.

Erst da blickte ich hoch und sah, dass sie ihre Drohung wahrgemacht hatte. Die Kutsche war fort. Noch nie in meinem Leben hatte ich mich so verloren gefühlt wie in diesem Moment, von der Mutter verlassen und vielleicht auch bald vom Vater, der womöglich gerade sein Leben aushauchte.

Sie brachten uns ins Wirtshaus, und ich blieb drei Tage und Nächte am Bett meines Vaters, während er abwechselnd vor Kälte zitterte und fiebrig glühte. Mörtel sickerte aus seinen Poren, machte Flecken auf die Laken und hinterließ einen unnatürlichen Geruch nach Stein. Ich hielt immer noch Burleighs Schlüssel fest umklammert, ließ ihn selbst im Schlaf nicht los.

Am vierten Tag kam die Rettung, aber nicht in Gestalt meiner Mutter. Nach jenem Tag am Meer habe ich sie nie wieder gesehen, und ich habe ihr auch nie vergeben. Draußen war ein großer Aufruhr zu hören und kurz darauf kam Seine Majestät ins Zimmer gestürmt. Mit einem erstickten Aufschrei rannte ich zum König. Er legte seine Arme um mich.

»Violet, mein kleines Mädchen. Ich bin da, jetzt wird alles wieder gut«, sagte er.

Und so war es auch. Onkel Edgar sorgte dafür, dass wir nach Hause zurückkehren konnten, und nahm mich selbst in seiner Kutsche mit. Er lenkte mich mit Kartenspielen und Zaubertricks ab, während mein Vater, der immer noch im

Fieberwahn war, in einer anderen Kutsche mit dem Leibarzt des Königs reiste.

Als wir Burleigh House erreichten, ließ Onkel Edgar die Kutsche vor dem Tor halten. Am Ende des Wegs stand das Haus, einsam und verlassen. Die Hälfte der Ziegel war vom Dach gefegt worden und lag verstreut auf dem Rasen. Alle Fenster waren zersprungen, als wären sie mit Schießpulver in die Luft gejagt worden. Die große Eingangstür war aus den Angeln gerissen worden und lag mitten auf dem Kies.

»Ich komme nicht mit hinein«, sagte Onkel Edgar und tätschelte meine Hand. »Doktor Foyle wird bei euch bleiben, bis es George wieder besser geht. Burleigh will mich nicht auf seinem Grund und Boden haben, nicht wenn es in so einem Zustand ist. Die Häuser sind empfindlich, wenn es um den Bannherrn geht, weißt du? Sie wollen sich ihm nur in bester Verfassung zeigen.«

Ich gab mich mit seiner Erklärung zufrieden und winkte ihm nach, während die Kutsche davonratterte. Als sie nicht mehr zu sehen war, trat ich durch das Tor und wurde von Wyn empfangen, der über den Rasen gerannt kam und mich in die Arme nahm. Etwas überrascht erwiderte ich seine Umarmung.

»Ist alles in Ordnung, Wyn?«, fragte ich.

Er nickte und blickte mich mit großen Augen an. »Jetzt schon.«

Doktor Foyle half meinem Vater aus der Kutsche, der sich mit bleichem Gesicht und Schweiß auf der Stirn mühsam aufrechthielt. Als mein Vater Wyn und mich sah, wurden seine Augen klar und freundlich.

»Violet, gib mir den Schlüssel.«

Ohne zu zögern, streckte ich ihm meine Hand hin. Seit dem Geschehen am Strand hatte ich den Schlüssel nicht mehr aus der Hand gegeben. Ich hatte ihn nicht einmal in die Tasche gesteckt, nicht für eine Sekunde.

Mit einem Seufzen nahm mein Vater den Schlüssel, ließ sich auf die Eingangsstufen sinken und lehnte sich haltsuchend an die Mauer des Hauses.

»Sir«, protestierte Doktor Foyle. »Ihr müsst Euch sofort ins Bett legen.«

»Nein«, wehrte mein Vater ab. »Erst muss ich mich um Burleigh kümmern.«

Ich setzte mich neben ihn und er legte seine Hand auf meinen Kopf. »Das hast du sehr gut gemacht, Violet. Wirklich sehr gut. Du wirst eine großartige Hüterin sein.«

Mir wurde ganz warm ums Herz vor Stolz, auch wenn Papa in diesem Moment die Augen schloss, weil er jetzt wieder die ganze Last von Burleigh House schultern musste.

»Wo ist Mama?«, fragte ich Wyn leise.

Er schüttelte den Kopf. »Ach, Violet.«

»Wo ist sie?«, fragte ich erneut, diesmal etwas nachdrücklicher.

Wyn blickte zu Boden. »Sie hat ihre Sachen gepackt und ist weggegangen. Ich glaube … ich glaube, sie kommt nicht mehr zurück.«

»Papa?« Ich drehte mich zu meinem Vater um, aber seine Miene war vor Anstrengung verzerrt und seine ganze Aufmerksamkeit galt dem Haus.

Ich straffte die Schultern, stand auf und nahm Wyns Hand in meine. »Wir schaffen das, nicht wahr? Das tun wir doch immer.«

Aber die Worte klangen leer und hohl.

So klingen sie auch jetzt noch, als ich sie in die Stille des zerstörten Ballsaals hinein murmle. Ich fühle mich genauso alleine und verunsichert wie damals.

Was ich zu Wyn gesagt habe, war die Wahrheit – ich habe mich nicht verändert. Nur ein Tag zu Hause, und schon ist von der Sicherheit, die ich in den Sümpfen gewonnen habe, nichts mehr übrig.

»Was soll ich jetzt tun, Papa?«, frage ich die Luft, die Erde und die Mauern.

»Er wird dir nicht antworten, weißt du«, sagt eine hämische Stimme hinter mir. Ich rapple mich hastig auf und drehe mich um. Mein Herz rutscht mir in die Kniekehlen und noch weiter hinunter, fast bis in den Abgrund, der jetzt im Boden klafft.

Seine Majestät, der König, steht in der Tür und schnippt ein nicht vorhandenes Staubkorn von seinem mit schneeweißer Spitze besetztem Ärmel. »Zum Glück bin ich jetzt hier, um dein kleines Problem zu lösen. Ich muss sagen, du hast das Haus nicht annähernd so gut im Griff, wie ich es mir erhofft hatte. Ich denke, wir sollten uns unterhalten.«

9

Was macht Ihr hier? Wie seid Ihr hereingekommen?«, frage ich den König, nachdem ich ihn in das Arbeitszimmer meines Vaters geführt und mich an seinen Schreibtisch gesetzt habe. Ich sollte höflicher sein, aber alte Gewohnheiten lassen sich nicht so schnell ablegen. Und dann ist da die Verbitterung, die mich beim Anblick meines Patenonkels überfällt.

Burleigh ist unglücklich über den royalen Besuch. Ich kann seine Unzufriedenheit spüren, mit meinen Füßen auf den Holzdielen, denn ich bin immer noch barfuß.

»Ich bin der Bannherr«, erklärt Seine Majestät geduldig. Er zieht ein blütenweißes Taschentuch hervor und wischt ein Staubkorn vom Schreibtisch. »Die Häuser können mir den Zutritt nicht verweigern, wenn sie keinen Schaden erleiden wollen. Obwohl ich natürlich stets versuche, Rücksicht auf ihre Gefühle zu nehmen.«

»Warum seid Ihr nicht in London?«

Ich knete meine Hände unter dem Schreibtisch. Vom Mörtel ist nichts mehr zu sehen, aber ich spüre immer noch etwas von seiner Kälte. Sie wird bleiben, jetzt da ich sie eingeladen habe, und mit jedem weiteren Wirken von Magie wird sie schlimmer werden.

Seine Majestät zuckt mit den Schultern. »Ich dachte, ich mache einen Abstecher zu den Heilquellen von Bath. Vielleicht verbringe ich sogar den Sommer dort. Dann wäre ich in deiner Nähe und könnte ein wachsames Auge auf dich und das Haus haben.«

»Lasst uns in Ruhe, wir kommen auch ohne Euch zurecht.«

Zwei Wachen stehen draußen vor der Tür. Allein ihre Anwesenheit im Haus macht mich kribbelig. Burleigh lässt vor Unbehagen den Boden vibrieren, und eine kleine Zinnfigur vor mir auf dem Schreibtisch fängt an zu wackeln und fällt fast herunter. Geistesgegenwärtig streckt der König seine schmalen, langen Finger aus und fängt die Figur auf.

Er lächelt, und ich zwinge mich, das Lächeln zu erwidern. Wenn ich und Burleigh uns nicht umgehend beruhigen, geht die Sache nicht gut aus.

Ganz ruhig. Ganz ruhig, besänftige ich lautlos mein verstörtes Haus.

In einer Ecke des Zimmers bröckelt der Putz und ein dünnes Staubrinnsal rieselt von der Decke.

»Ich habe dir eine nette Überraschung mitgebracht«, sagt der König. »Sein Name ist Lord Pottsworth. Ich weiß, dass du gerne in Burleigh House bleiben möchtest, falls es überlebt.« Er wedelt vage mit der Hand und meint damit den schlechten Zustand des Hauses. »Daher habe ich mir etwas überlegt. Ich denke, Pottsworth ist der ideale neue Hüter und Ehemann für dich. Auf diese Weise kannst du mit ihm hier wohnen und bei deinem geliebten Burleigh bleiben.«

Der König strahlt mich an, als wäre ich ein Kind, dem er gerade einen Lutscher geschenkt hat.

»*Wie bitte?*«, frage ich fassungslos. »Ich habe nicht vor, zu heiraten. Zumindest jetzt nicht. Vielleicht nie.«

»Aber, aber«, sagt Seine Majestät. »Gegen Pottsworth lässt sich nun wirklich nichts einwenden. Bei ihm hast du auch weiterhin das Sagen, was den Haushalt angeht. Und wenn du zufrieden bist, dann ist es das Haus sicher auch. Also, husch, husch, mach dich hübsch. Du wirst heiraten.«

Störrisch verschränke ich die Arme vor der Brust, aber das Blut rauscht mir in den Ohren und meine Hände zittern. Das hat weniger mit meiner eigenen Angst zu tun, die wie ein hungriger Hai unter der Oberfläche meines Bewusstseins schwimmt, als vielmehr mit der wachsenden Wut des Hauses. »Ihr habt mir Zeit versprochen. Jetzt ist gerade einmal ein Tag vergangen. Ich gehe nirgendwohin, schon gar nicht auf meine eigene Hochzeit.«

Der König sieht mich mit falschem Mitleid an. »Ich fürchte, du irrst dich. Burleigh?«

Der Boden wölbt sich und wirft meinen Stuhl um. Ich falle hin und stoße mir das Schienbein an der Schreibtischkante an. Einen Moment lang bleibe ich wie ein Häufchen Elend liegen. Ich kämpfe gegen Tränen und Zorn und Übelkeit, während die Emotionen des Hauses durch mich hindurchpulsieren.

Trauer und Wut. Trauer und Wut.

Seine Majestät steht auf und blickt auf mich herab. »Komm,

meine Liebe. Tu, was ich dir sage, dann wird alles gut. Wenn du mir allerdings nicht gehorchst, werde ich dem Haus zeigen, wer hier das Zepter führt. Es wird sich meinen Befehlen nicht lange widersetzen können, ganz gleich, was es fühlt.«

Trauer und Wut.

Angst.

Die Angst gibt schließlich den Ausschlag. Wortlos ergreife ich die Hand des Königs und lasse mich hochziehen, obwohl sich mir bei seiner Berührung der Magen umdreht.

»Braves Mädchen.« Er tätschelt meine Schulter. »Ich wusste, dass du zur Besinnung kommen würdest. Du warst schon immer ein kluges Ding – viel vernünftiger als dein Vater.«

Ich sage nichts, denn wenn ich jetzt den Mund aufmache, kann ich mich nicht zurückhalten, und das würden Burleigh und ich noch bitter bereuen.

»Und nun geh«, fordert der König mich auf. »Tu, was junge Mädchen an ihrem Hochzeitstag tun. Und lächle, Violet. Das ist ein freudiger Anlass, für dich und das Haus. Bald habt ihr beide einen Hüter, der sehr nützlich sein kann.«

Trauer. Wut. Angst.

Ich möchte nicht, dass ein Fremder der neue Hüter wird. Und Burleigh will das auch nicht. Blut und Mörtel, und heiraten will ich schon gar nicht.

Ich gehe hinaus in die Empfangshalle. Mir fällt es schwer, einen klaren Gedanken zu fassen, da das Haus mich mit seinen Gefühlen durcheinanderbringt. Eines steht fest: Der König muss raus aus dem Haus, sonst verliert Burleigh noch die Beherrschung.

»Onkel Edgar«, sage ich, als er mir in den Korridor folgt. »Ich brauche einen Moment, um mich umzuziehen, wie Ihr ja selbst gesagt habt. Warum treffen wir uns nicht draußen vor dem Tor?«

Er zieht eine Augenbraue hoch. »Wegen Burleigh?«

Mein Gesicht brennt bei der Antwort. »Ja, wegen Burleigh.«

»Nun gut.« Der König streicht mit dem Finger über den Türpfosten des Arbeitszimmers, woraufhin der ganze Rahmen erbebt. »Du hast dir viel vorgenommen, wenn du meinst, du könntest das Unausweichliche hinausschieben, Violet. Ich habe noch nie ein Großes Haus in einem so schlechten Zustand gesehen.«

Ich schlucke eine Antwort hinunter und streiche stattdessen beschwichtigend über die Wand. Im selben Moment schnappt die Kälte des Mörtels nach mir und färbt meine Fingerspitzen grau.

Burleigh ist reumütig, ja fast entschuldigend, und doch ist es heute schon das zweite Mal, dass ich seine Magie zu spüren bekomme. Wenn das so weitergeht, ist Lord Pottsworth in spätestens einem Monat Witwer.

»Wie auch immer, bis gleich, Onkel Edgar.« Ich mache einen kleinen Knicks und eile die Treppe hinauf bis in den zweiten Stock. Dabei fahre ich mit der Hand über das Geländer und beobachte, wie erneut der Mörtel durch meine Adern rinnt.

Was soll ich nur tun? Burleigh braucht Hilfe, und ich schaffe es nicht, mein Haus im Stich zu lassen, ganz egal wie hoch der Preis ist.

Als ich die Schlafzimmertür hinter mir schließe, ist meine Hand grau und ich spüre sie kaum noch. Trotzdem sinke ich neben dem Bett nieder und drücke meine tauben Finger auf den Boden.

»Sei friedlich, Burleigh«, flüstere ich. »Sei friedlich.«

Aber der Kummer und die Wut und die Angst, die das Haus quälen, seit der König hier aufgetaucht ist, weichen nur langsam aus Burleighs Wänden und aus meinem Blut. Ich schließe die Augen, weil das Licht zu grell ist und mein Kopf fast platzt.

Kälte kriecht meine Arme hinauf.

Vage höre ich das Quietschen der Angeln, als meine Zimmertür aufgeht, und dann dringt Wyns Stimme durch den Nebel aus Schmerz, von dem ich nicht einmal genau sagen kann, ob es meiner oder der des Hauses ist. Wyn ist hier? Aber das kann nicht sein. Er ist doch weggegangen.

»Du musst aufhören«, sagt er scharf. Seine Stimme klingt wie Splitter und Dornen zugleich.

»Ich habe nichts getan!«, verteidige ich mich. Ich schlage die Augen auf, weil Wyn sich vor mich hinkniet und meine Hände ergreift. Ich kann nicht mehr sehr viel spüren, aber das schon.

»Nicht du. Das Haus. Ich stecke es persönlich in Brand, wenn es nicht sofort aufhört.«

Eine heftige Regenböe gegen das Fenster ist die Antwort. Seit wann regnet es? Gerade eben war der Himmel noch klar – es sei denn, ich sitze hier schon länger und habe es nur nicht gemerkt. Ich bin nicht mehr an Burleighs Launenhaftigkeit gewöhnt – sie war einst eine Selbstverständlichkeit, aber jetzt überrascht sie mich.

»Das reicht«, sagt Wyn, aber er spricht nicht zu mir. Etwas Wildes und Bezwingendes schwingt in seiner Stimme mit, was ich noch nie zuvor gehört habe.

Der Druck in meinem Kopf lässt nach, als Burleigh seine Aufmerksamkeit von mir auf Wyn lenkt. Langsam, ganz langsam kehrt Wärme und menschliches Blut in meine Adern zurück. Der Eishauch des Mörtels schwindet, sickert aus mir heraus und in Wyn hinein. Als ich ihn anschaue, sind seine Augen zwar auf mich gerichtet, aber sein Blick ist leer.

»Wyn?«, hauche ich. »Was geht hier vor? Was machst du?«

Er antwortet nicht, sondern sitzt nur da, als wäre sein Körper eine leere Hülle.

Ich blicke auf unsere verschlungenen Hände. Wyns Haut ist blass wie immer, mit ein paar Sommersprossen. Keine Spur von grauem Mörtel. Und doch nimmt er die Magie auf. Ich *spüre,* wie sie aus mir heraus und in ihn hineinfließt.

Doch auch nachdem der letzte Rest Magie sich verflüchtigt hat, bleiben seine Augen dunkel und leblos.

Ich weiß nicht, was ich tun soll. Ohnmächtiger Zorn rinnt durch meine Adern und schnürt mir die Kehle ab.

Plötzlich fängt Wyn an zu blinzeln und sein Blick wird wieder klar.

»Auf meinem Weg nach Taunton habe ich die königliche Kutsche gesehen«, sagt er, als wäre nichts geschehen. »Also habe ich kehrtgemacht, um dich zu warnen, aber er war schneller als ich.«

»*Was* war das gerade eben?«, frage ich, ohne auf seine Worte einzugehen. »Was hast du mit der Magie des Hauses angestellt? So etwas habe ich noch nie gesehen. Und ich habe auch noch nie von etwas Ähnlichem gehört.«

Wyn löst seine Hände aus meinen und zieht die Schultern hoch. Plötzlich ist er wieder kratzbürstig und verschlossen. »Zerbrich dir nicht den Kopf darüber. Was wollte der König von dir?«

Das ist die einzige Frage, mit der er mich von dem, was gerade passiert ist, ablenken kann. »Er ist gekommen, um mir zu sagen, dass ich heiraten werde.«

Ich kann nicht verhindern, dass sich Verzweiflung in meine Stimme schleicht. Es gibt keinen Ausweg für mich, obwohl alles in mir danach schreit, einfach wegzurennen. Aber das kann ich nicht. Burleigh ist eine Leine, von der ich mich nicht losschneiden kann. »Der König hat jemanden gefunden, den er als Hüter einsetzen will. Wenn ich seinem Befehl nicht gehorche, jagt er mich davon. Du darfst mir also zur Hochzeit gratulieren, Wyn.«

»Ganz sicher nicht«, sagt er finster. »Du wirst nicht heiraten. Du bist Violet Sterling. Du tust nie etwas, was du nicht tun willst. Also finde dich nicht mit deinem Schicksal ab, sondern unternimm etwas.«

»Ich bin von Burleigh House weggegangen. Von meinem Vater. Von dir«, erwidere ich gereizt. »Ich war schon mehr als einmal gezwungen, etwas zu tun, das ich nicht tun wollte. Und ich weiß absolut nicht, wie ich das hier verhindern soll.«

Er zuckt mit den Schultern. »Damals, als du weggingst,

waren wir Kinder. Jetzt sind wir das nicht mehr. Also streng dich an und denk nach.«

»So einfach ist das nicht!«, stöhne ich.

Wyn steht auf und wendet sich zum Gehen.

»Ich bin in der Küche bei Mira«, sagt er an der Tür. »Ich bleibe eine Stunde hier. Wenn du bis dahin eine Lösung gefunden hast, bleibe ich noch länger – um dir zu helfen. Aber wenn du zulässt, dass der König dich in eine Ehe zwingt, bin ich weg.«

»Du tust ja so, als wäre deine Anwesenheit ein Hauptgewinn«, sage ich eingeschnappt. »Ich weiß gar nicht, ob ich dich überhaupt noch hier haben will.«

Wyn dreht sich zu mir um und sieht mich gequält an. »Ich bin nicht der Hauptgewinn, Violet. Deine Freiheit ist es. Wenn du sie gewinnst, werde ich eine Weile bleiben, weil du offensichtlich Hilfe brauchst. Aber ich werde nicht dabei zusehen, wie der König dich unter seinen Stiefeln zermalmt.«

Er schließt die Tür hinter sich und lässt mich allein zurück. Und plötzlich hat nicht mehr die Verzweiflung die Oberhand, sondern meine Sturheit und Entschlossenheit. So ist das mit uns Sterlings – wir kämpfen am härtesten, wenn wir mit dem Rücken zur Wand stehen. Wenn die Aufgabe schier unmöglich erscheint.

Ich balle die Hände zu Fäusten und schicke Wyn einen bitterbösen Blick hinterher. Er kennt mich viel zu gut und weiß genau, wie ich reagiere. So wie damals, als wir an einer abgelegenen Stelle des großen Grundstücks durch ein seichtes Flussbett wateten und ich auf den feuchten Steinen ausrutschte und mir den Kopf anschlug. Wyn wollte mich unter keinen

Umständen allein lassen, um Hilfe zu holen, also hat er mich auf die Füße gezogen und mich abwechselnd verspottet, angefeuert und aufgestachelt, bis wir es nach Hause geschafft hatten. *Es ist doch gar nicht so schlimm, Violet, stell dich nicht so an, du benimmst dich wie ein kleines Kind.* Mir klingt immer noch Miras Entsetzensschrei in den Ohren, als sie meine blutende Wunde sah. Wyn verzog sich in dem Moment, als Jed das Kommando übernahm. Nachdem mein Kopf bandagiert und ich gewaschen und umgezogen war, fand ich Wyn in meinem Schrank. Seine Hände zitterten immer noch, aber er hatte mich nach Hause gebracht, indem er die Sturheit einer Sterling in mir geweckt hatte.

»Also gut«, sage ich und straffe entschlossen die Schultern. »Burleigh House, ich möchte nicht heiraten. Und du möchtest keinen neuen Hüter. Was sollen wir also tun?«

Zwei Gestalten erwachen flackernd zum Leben – ich selbst, kaum älter als sechs, und der König. Die kleine Vi sitzt dem König gegenüber an einem vor dem Kamin aufgestellten schmalen Kartenspieltisch. Die beiden spielen *Écarté,* und der König macht einen Stich nach dem anderen, bis die kleine Vi schließlich frustriert ihren Stuhl zurückschiebt.

»Onkel Edgar, ich mag nicht mehr spielen«, sagt sie und stampft mit dem Fuß auf. »Ihr gewinnt immer. Dabei hatte ich den Trumpfkönig in der Hand! Das ist ungerecht.«

Seine Majestät lächelt nachsichtig. »So ist das Leben, mein liebes Kind. Manche Menschen gewinnen, andere verlieren. Du musst lernen, besser zu spielen.«

Die kleine Vi verschränkt trotzig die Arme und schmollt.

Der König beugt sich zu ihr. »Ich verrate dir ein Geheimnis. In Wahrheit bist du sehr gut beim *Écarté.* Wirklich. Du hast dich seit unserem ersten Spiel unglaublich verbessert. Ich denke, inzwischen könntest du die meisten Gegner schlagen.«

»Wann werde ich *Euch* schlagen?«, fragt die kleine Vi mit einem frechen Augenaufschlag. Der König wirft amüsiert den Kopf in den Nacken und lacht dröhnend.

»Mich schlägt niemand, Violet Sterling. Und weißt du auch, warum? Weil *ich* der Trumpfkönig bin.«

»Und was bin ich?«

Der König tätschelt ihren Kopf. »Eine kleine Königin.« Er verzieht die Mundwinkel. »Und dein Vater ist, wie mir scheint, der Bube im Spiel. So, noch eine Runde?«

Die kleine Vi bleibt hartnäckig. »Ich habe Nein gesagt. Bestimmt verliere ich wieder.«

»Natürlich verlierst du«, sagt der König. »Aber es macht Spaß, dir dabei zuzusehen, wie du zu gewinnen versuchst.«

»Wie wär's mit *Schlag den Buben*?«, fragt die kleine Vi hoffnungsvoll. »Da kann ich gewinnen.«

Die listigen dunklen Augen des Königs funkeln. »Wann spielen wir *Schlag den Buben*? Denk nach.«

»Ähm.« Die kleine Vi legt den Kopf schief. »Wenn Papa da ist?«

»Fast.«

»Wenn meine Gouvernante da ist?«

»Beinahe.«

»Oh! Ich weiß – Ihr spielt es nur mit mir, wenn jemand zuschaut. Ist das nicht lustig?«

»So ist es.« Der König verteilt mit flinker Hand die Karten für ein weiteres Spiel *Écarté*, obwohl die kleine Vi sich noch gar nicht einverstanden erklärt hat. »Warum, denkst du, ist das so?«

Ich bin noch nie besonders scharfsinnig gewesen. Mein jüngeres Ich starrt den König ratlos an.

»Wenn ich der Trumpfkönig bin, was ist dann das Leben?«, hilft er ihr auf die Sprünge.

»Ein Spiel?«

»Ja. Wenn Menschen sich unterschiedlich verhalten, je nachdem, ob du dich unter vier Augen mit ihnen triffst oder in Gesellschaft anderer bist, dann bluffen sie. Du hast Glück, dass ich tatsächlich der treusorgende Patenonkel bin, als der ich mich ausgebe. Ich hasse es nur, zu verlieren.«

»Ich finde, Papa hat recht«, sagt die kleine Vi geradeheraus und setzt sich wieder auf ihren Stuhl. Sie scheint sich mit der nächsten Runde *Écarté* abgefunden zu haben. »Ihr redet *wirklich* ganz viel Unsinn.«

Der König lacht erneut auf. Seine Stimme hallt immer noch nach, als die Erinnerung bereits verblasst.

»Für ihn ist alles nur ein Spiel«, sage ich mehr zu mir selbst als zu Burleigh. »Ich bin gerade erst nach Hause gekommen, was bedeutet, dass eben die Karten an die Spieler verteilt wurden. Was, wenn es ihm gar nicht in erster Linie darum geht, mich zu verheiraten? Was, wenn er mich nur aus der Reserve locken will, um zu sehen, ob ich mitgehe oder aussteige?«

Weiße Blüten sprießen triumphierend aus dem Kaminsims und die Sonne lugt hinter den Wolken hervor und schickt ihr goldenes Licht durch die Fenster herein.

»Na dann, Burleigh«, sage ich grimmig. »Wir haben wenig Trümpfe in der Hand, also werden wir bluffen müssen.«

Eskortiert von einem Dutzend königlicher Wachen wartet Seine Majestät vor dem Tor auf seinem Pferd. Hinter ihm steht genauso eine Kutsche wie die, in der er damals saß, um meinen Vater festzunehmen. Angst greift nach mir, aber ich verdränge sie. Ganz ruhig, Vi. Lass dir nichts anmerken.

Im Gegensatz zum König steige ich durch das überwucherte Mauerloch, als wären die Dornen feine Spinnenfäden oder kleine Wolken an einem sanften Sommerhimmel. Ich umklammere mit meinen Fingern den Stoff meines Kleides, während ich den Kiesweg entlanglaufe. Ich trage ein Kleid meiner Mutter. Es ist nicht unbedingt elegant, dafür sitzt die Taille zu tief, aber die Länge passt. Außerdem ist Vergissmeinnichtblau eine harmlose Farbe, und genau diesen Eindruck will ich erwecken. Dass ich ein Kleid meiner Mutter trage, ist angemessen, denn heute muss ich sie nachahmen, nicht meinen Vater. Wenn Besucher nach Burleigh kamen, gab sie stets die charmante Gastgeberin, egal wie unglücklich sie war. Sie setzte ein bezauberndes Lächeln auf und plauderte darüber, wie schön das Leben in einem Großen Haus war und wie gut sie und mein Vater harmonierten. Die Lügen kamen ihr leicht über die Lippen. Bis zum Schluss verbarg sie ihr Elend vor allen, die nicht zur Familie gehörten.

Genau so muss ich jetzt sein – ein unbekümmertes Mädchen, ein Schilfrohr, das sich biegt, ohne zu brechen. Die

Sorge um das Haus, mein geplanter Verrat, die Angst, die mich manchmal zu überwältigen droht – von all dem darf Seine Majestät nichts mitbekommen.

»Onkel Edgar.« Ich mache einen Knicks und steige durch den überwachsenen Spalt in der Mauer, der neuerdings Burleighs Zugang ist. »Danke für Eure Geduld. Nachdem ich mich frisch gemacht habe, bin ich wieder guten Mutes.«

Was nicht stimmt. Ich habe heute schon zum zweiten Mal Magie gewirkt und bin zum Umfallen müde. Aber ich habe mir vorgenommen, zu lügen, was das Zeug hält, also kann ich genauso gut sofort damit anfangen.

»Du bist in der Tat ein erfreulicher Anblick«, stellt Seine Majestät großzügig fest. »Wollen wir ins Dorf fahren? Lord Pottsworth wartet schon in der Kirche auf dich.« Er zieht die Augenbraue hoch, als er mein leises Seufzen hört. »Hast du Bedenken, meine Liebe?«

»Ich *kenne* Lord Pottsworth nicht, ich habe ihn noch nie getroffen. Es ist nicht so, als wollte ich den von Euch erwählten neuen Hüter nicht heiraten – Ihr seid Burleighs Bannherr und könnt frei entscheiden, wem Ihr den Schlüssel anvertraut. Das akzeptiere ich. Aber ich kann mich nur schwer damit abfinden, dass ich in dieser Angelegenheit überhaupt kein Mitspracherecht habe. Außerdem habt Ihr mir versprochen, dass ich mich erst eine Zeitlang im Haus eingewöhnen kann. Ein einziger Tag scheint mir dafür recht wenig zu sein.«

Ich nähere mich dem stattlichen Pferd des Königs und fahre mit dem Finger über das geprägte Leder des Zügels. Seine Majestät blickt auf mich herunter und runzelt die Stirn.

»Du hättest es weitaus schlechter treffen können«, sagt er. »Lord Pottsworth ist nicht die hellste Kerze im Leuchter, aber dafür kannst du ihn nach deiner Pfeife tanzen lassen. Außerdem hat er eine große Leidenschaft für Orchideen – wenn du Burleigh überreden kannst, ihn zu akzeptieren, wird er im Gewächshaus und den Gärten wahre Wunder vollbringen.«

Ich verzichte darauf, ihm zu erklären, dass Burleighs Gewächshaus von Dornen überwuchert ist, was ich ohne den Schlüssel nicht in Ordnung bringen kann. Und ich weise ihn auch nicht darauf hin, dass mein Haus keinen Hüter braucht, der nach irgendeiner Pfeife tanzt, sondern einen, der mit feuriger Willensstärke und unerschütterlicher Entschlossenheit die Bedürfnisse des Hauses über alles stellt.

Stattdessen blicke ich den König mit einem, wie ich hoffe, wehmütigen Ausdruck an. »Es ist nur … mir wird alles aus den Händen genommen. Und so plötzlich. Auch Eure eigene Ehe war eine politische Zweckverbindung, Onkel Edgar. Wart Ihr glücklich, bevor Königin Isabella nach Spanien zurückgekehrt ist?«

Ich halte seinem durchdringenden Blick stand. Der König selbst hat mir beigebracht, strategisch zu spielen. Auch wenn die Frage harmlos klingt, weiß ich ebenso gut wie jeder andere über seine gescheiterte Ehe mit Isabella Bescheid. Er sieht mich scharf an und ich blicke mit großen Augen zurück wie ein unschuldiges siebzehnjähriges Mädchen ohne jeden Hintergedanken.

»Niemand mag eine erzwungene Ehe«, sage ich und lasse zu, dass meine Stimme einen Anflug von Selbstmitleid verrät.

»Ich möchte nur etwas mehr Zeit und ein Mitspracherecht. Im Gegenzug verspreche ich, Burleigh zu besänftigen und Euch keinen Ärger zu machen, wenn Ihr einen Mann für mich gefunden habt, der mir auch gefällt.«

Eine Weile sieht der König mich nur an, mit diesem für ihn so typischen Falkenblick. Gerne würde ich wegschauen, aber ich widerstehe dem Drang, auch wenn ich fürchte, er könnte mich jeden Moment packen und mich gewaltsam zu meinem mir völlig unbekannten Bräutigam Lord Pottsworth schleifen.

»Nun gut«, sagt der König schließlich. Ich schmelze fast vor Erleichterung – allerdings nur so lange, bis er weiterspricht. »Du hast die Wahl. Entweder du heiratest jetzt sofort Lord Pottsworth und überredest das Haus, ihn als Hüter zu akzeptieren, oder du verbringst die Hälfte des Sommers allein mit Burleigh. Wenn das Haus im August noch steht, überreiche ich Lord Falmouth den Schlüssel. Der wird dich ganz sicher nicht heiraten – was das angeht, strebt er nach Höherem. Und wie ich gehört habe, haben seine Zimmermädchen nicht viel zu lachen. Aber vielleicht gibt er dir eine Anstellung als Dienstmagd.«

»Derselbe Lord Falmouth, der das Loch in Burleighs Mauer geschlagen hat? Und so etwas nennt Ihr eine Wahl?«, murmle ich. Meine Gedanken rasen.

»Hm, ja. Er war es auch, der mich auf die verräterischen Umtriebe deines Vaters aufmerksam gemacht hat. Nun habe ich den Einsatz erhöht und du musst dich entscheiden, schlaues Füchslein«, gurrt der König. »Wie wichtig ist es dir, allein mit dem Haus zu sein? Ich frage mich wirklich, was du mit ihm vorhast.«

»Ich werde wohl die ein oder andere Gartenparty geben«, antworte ich leichthin, obwohl ich die Hände, versteckt in den Falten meines Kleides, zu Fäusten balle. »Vielleicht fange ich an, Tennis zu spielen. Ich bin einverstanden, Onkel Edgar. Wenn es dem Haus im August immer noch schlecht geht, werde ich klaglos und ohne Widerstand zulassen, dass Falmouth es übernimmt.«

Zwei Monate, um das zu schaffen, woran mein Vater gescheitert ist.

»Ich habe auch weiterhin die Absicht, den Sommer in Bath zu verbringen«, sagt der König mit einem warnenden Unterton. »Und natürlich erwarte ich von dir, dass du mir bis zum Tag deiner Hochzeit treu ergeben bist.«

»Das versteht sich doch von selbst«, antworte ich lächelnd. »Ich habe nur noch Euch. Ihr seid meine Familie. Jetzt, wo ich wieder zu Hause bin und Ihr mir etwas Freiheit lasst, ist mein Groll verflogen. Ich denke, wir sollten die Vergangenheit auf sich beruhen lassen.«

»Du hinterhältige kleine Hexe«, sagt der König und tätschelt liebevoll meinen Kopf, als wäre ich sein Hündchen. »Das habe ich an dir schon immer gemocht. Wir sind uns ähnlicher, als du denkst, Vi.«

Den Teufel sind wir. »Das denke ich auch, Onkel. Wir fallen immer auf unsere Füße.«

»So ist es.« Er gibt den Wachen das Zeichen zum Aufbruch, woraufhin der Tross sich in Bewegung setzt und Richtung Taunton zieht.

»Wenn du mich brauchst, weißt du ja, wo du mich findest«,

ruft Seine Majestät mir über die Schulter zu. »Oh, und ich werde jemanden schicken, der dich und das Haus im Auge behält. Nur für den bedauerlichen Fall, dass eine Situation eintreten sollte, in der sofortiges Handeln vonnöten ist, um Burleigh unschädlich zu machen.«

Zu allem Überfluss steht also schon der Henker bereit, während ich noch die Rebellion plane. Wunderbar. Was kann da schon schiefgehen?

Statt zu antworten oder zu protestieren, stehe ich da und winke, ganz die brave Patentochter, die ihren geliebten Patenonkel verabschiedet. Erst als alle hinter der Biegung verschwunden sind, wage ich es, mich Halt suchend an die Mauer zu lehnen.

»Ich hasse ihn«, flüstere ich den sonnenwarmen Steinen zu. »Ich möchte, dass er ein für alle Mal aus unserem Leben verschwindet.«

Als Antwort rinnt Mörtel aus den Ritzen zwischen den Steinen wie aus einer Wunde, die nie verheilt.

10

Mira ist in der Küche, aber von Wyn ist weit und breit nichts zu sehen.

»Na, bist du verheiratet?«, fragt sie und blickt von einem Korb Wäsche hoch.

»Nein«, antworte ich. »Noch nicht.«

»Gut.« Sie nickt zufrieden. »Wyn hat mir erzählt, was passiert ist. Mein erster Gedanke war, mit meinem Nudelholz zur Kirche zu gehen und dem Priester notfalls eins über den Kopf zu ziehen. Aber dann habe ich mir gedacht, sie ist fast erwachsen und will eine Hüterin werden, also muss sie ihre Schlachten alleine schlagen.«

Ich stütze mein Kinn in die Hand und seufze tief. »Wie es scheint, haben alle mehr Zutrauen in meine Fähigkeiten als ich.«

Mira lächelt verschwörerisch. »Wenn die Sache anders ausgegangen wäre, hätte ich dem Lord das Leben hier zur Hölle gemacht. Burleigh und Jed und Wyn hätten das natürlich auch. Der feine Herr hätte nach spätestens vierzehn Tagen darum gebettelt, die Ehe auflösen zu dürfen. Und wenn er gewagt hätte, dich anzurühren … nun, ich habe mein Nudelholz immer parat.«

Ich blicke sie an, wie sie übers Waschbecken gebeugt dasteht, mit ihren über die Jahre eisengrau gewordenen Haaren und den geröteten Armen, die bis zu den Ellbogen in der scharfen Seifenlauge stecken. Ich liebe diese Frau. Blut und Mörtel, ich liebe sie und Jed so sehr, dass es manchmal wehtut.

»Tut mir leid, dass ich euch wegen der Urkunde so bedrängt habe«, sage ich zu Mira. »Wirklich, ich verdiene weder dich noch Jed.«

Sie verdreht die Augen. »In keiner Familie sind immer alle einer Meinung, also warum sollte es bei uns anders sein? Aber Violet, du musst auf dich aufpassen.«

»Ich werde es versuchen«, verspreche ich und drücke ihr einen Kuss auf die Wange. »Wyn ist noch nicht weg, oder?«

»Nein, er wollte im Esszimmer den Putz ausbessern. Er war … besorgt, während du draußen mit dem König gesprochen hast.«

»Vielleicht besorgt, dass ich innerhalb einer Stunde zurück bin und er wieder mit mir sprechen muss«, murmle ich verärgert. Ich verlasse die Küche und gehe den schwach erleuchteten, staubigen Korridor entlang, der zum Esszimmer führt. Ich bin noch dabei, Burleigh wieder kennenzulernen. Trotzdem könnte ich schwören, dass neue Schäden hinzugekommen sind, seit ich das letzte Mal hier entlanggegangen bin. Die breiten Risse wären mir aufgefallen und auch der hervorquellende Mörtel und die schwarzen Dornenranken, die über die Tapete kriechen.

Es kommt mir wie eine unverhoffte Chance auf Versöhnung vor, dass Wyn ausgerechnet wieder im Speisezimmer ist und diesmal kein Fenster vernagelt, sondern Löcher in der Wand zuspachtelt.

»Immer noch da?«, sage ich von der Tür aus. »Ich hoffe, du bist nicht mehr wütend auf mich. Ich habe dir nichts getan, Wyn. Andere Menschen haben dir übel mitgespielt, aber ich nicht. Ich möchte wirklich helfen, nicht nur dem Haus, sondern auch dir.«

Als er meine Stimme hört, legt Wyn seine Palette beiseite und dreht sich zu mir um. Ich sehe ihm an, dass er um Fassung ringt.

»Ich bin nicht wütend«, sagt er. »Hallo, Violet. Ich habe dich vermisst. Willkommen zu Hause.«

Ich möchte nachtragend sein, möchte ihm vorwerfen, wie unnahbar und schroff er gewesen ist, aber ich kann nicht. Alles stand Kopf, aber jetzt hat er es geradegerichtet. Ich bin mir nicht sicher, was ich mehr gebraucht habe, das *Ich habe dich vermisst* oder das *Willkommen zu Hause.*

»Hast du eine zweite Palette?«, frage ich ihn.

»Auf der Abdeckplane«, sagt er. Ich nehme sie, und eine Weile spachteln wir schweigend vor uns hin und verarzten Burleighs Wunden. Das ist zwar keine Magie, aber ich spüre, wie sich die Anspannung unter meinen Füßen nach und nach etwas löst.

Ach Burleigh, du willst einfach nur, dass sich jemand um dich kümmert.

Als wir die letzten schadhaften Stellen der Wand überstreichen, nehme ich meinen ganzen Mut zusammen und blicke Wyn von der Seite an. Sein Gesichtsausdruck ist ernst – ein leichtes Stirnrunzeln, bei dem sich die Augenbrauen zusammenziehen, während er den Putz glatt streicht.

»Warum bist du zurückgekommen?«, frage ich ihn.

»Ich weiß es nicht«, antwortet Wyn, ohne mich anzuschauen.

»Wie lange wirst du bleiben?«

Sein Stirnrunzeln vertieft sich. »Auch das weiß ich nicht.«

»Ich habe immer noch vor, nach der Urkunde zu suchen«, warne ich ihn. »Um das zu beenden, was mein Vater angefangen hat. Und ich bin entschlossener denn je. Burleigh erträgt die Vorstellung nicht, dass ein Fremder sein neuer Hüter wird. Wenn du das nicht akzeptieren kannst, dann ...«

»Schon gut.« Wyn tritt einen Schritt zurück und begutachtet kritisch sein Werk. »Als ich auf dem Weg nach Taunton war, habe ich mich daran erinnert, dass es mir auch früher nie gelungen ist, deine Meinung zu ändern, wenn du erst einmal einen Entschluss gefasst hattest. Also habe ich stattdessen meine eigene Meinung geändert. Du hast gesagt, du bist gekommen, um mir zu helfen. Umgekehrt gilt das auch. Ich will dir auch helfen – oder dich zumindest davor bewahren, dass du dich mit der Magie des Hauses selbst umbringst.«

Diesmal bin ich diejenige, die die Stirn runzelt. »Einfach so?«

Wyn sieht ein klein wenig wehmütig aus, aber sein Mundwinkel biegt sich nach oben. »Ja. Einfach so. Hör zu, Violet, es tut mir leid. Es tut mir leid, dass ich so hart zu dir gewesen bin, aber du warst so lange weg, und ich war hier und habe *alles*, was passiert ist, mit angesehen. Deshalb weiß ich: Wenn du nicht schnell und schlau genug bist, bringt dich entweder Burleigh oder der König um. Ich möchte nicht noch einmal den Tod eines Sterlings miterleben müssen.«

»Ich habe nicht vor zu sterben«, versichere ich ihm zuversichtlicher, als ich mich fühle. »Ich will nur … Burleighs Besitzurkunde finden, mein Haus vom Bann befreien und für immer hier leben.«

Wyn lacht auf. Es ist ein trockenes und vielleicht auch verbittertes Lachen.

»Du hattest recht«, stellt er fest. »Du hast dich kein bisschen verändert.«

Aber das stimmt nicht. Ich habe mich verändert, das erkenne ich jetzt. Draußen in den Sümpfen war ich überzeugt davon, alles in Ordnung bringen zu können, wenn ich nur erst wieder zu Hause wäre. Jetzt bin ich hier, aber meine wachsenden Zweifel setzen sich hartnäckiger fest als eingetrocknete Mörtelreste.

Als Wyn und ich mit der Arbeit fertig sind, verabschiede ich mich unter einem Vorwand. Ich husche durch die leeren Gänge, in denen jeder Schritt hallt und wo an allen Ecken und Türen Geister aufschimmern. Im Wintergarten stoße ich die verglasten Türen auf und trete hinaus ins spätnachmittägliche Sonnenlicht des Gartens. Als ich an wild wachsenden Rosen vorbeikomme, fällt mir auf, dass mit ihnen etwas nicht stimmt. Ihre weichen, samtigen Blätter im Inneren der Blüte schimmern nicht rosa, sondern grau.

Aber der Garten ist nicht mein eigentliches Ziel. Ich gehe zwischen Rosen und Wildblumen hindurch bis zum Waldrand. Dort befindet sich – auf drei Seiten von einer Bruchsteinmauer und auf der vierten vom Wald begrenzt – der Familienfriedhof der Sterlings.

Ich öffne ein kleines Holztor. Das Geräusch, als es hinter mir zufällt, klingt schrecklich endgültig. So endgültig wie der Anblick der aufgeschütteten Erde am Grab meines Vaters. Auf einem aufgerichteten Stein stehen sein Name und sein Geburts- und Todesjahr. Das Grab selbst ist frisch und neu – wie eine klaffende Wunde in Burleighs Erdboden – und sehr schlicht.

Ich sinke neben dem Grab ins Gras und greife mit meinen Händen in die Erde, die noch feucht vom Regen ist. Auch das erinnert mich daran, wie sehr sich alles zum Schlechten gewendet hat. Als mein Vater sich noch um Burleigh kümmern konnte, hatte es immer nur abends geregnet. Burleigh und mein Vater hatten das Land gesund erhalten und klug das passende Wetter gewählt.

Mein Vater hatte pausenlos gearbeitet. Er kannte jeden bei Hofe und war unermüdlich von einem Ort zum anderen geritten, um, wie ich jetzt weiß, Burleighs Urkunde zu suchen. Wie könnte ich jemals sein Werk fortsetzen? Ich bin nur ein Mädchen, ohne Verbindungen, ohne Vermögen und ohne Schlüssel. Mein Rettungsplan ist nicht viel wert. Was habe ich denn schon – außer meiner Willensstärke?

Über der Wildblumenwiese taucht ein schwacher blaugrüner Schimmer auf – das Haus erinnert mich daran, wie mein

Vater und ich Hand in Hand in den Wald gegangen sind, die Angelruten über der Schulter. Immer wenn er sich ein, zwei Stunden freinehmen konnte, haben wir das gemacht – am Ufer des Waldbachs gesessen und manchmal Forellen gefangen, manchmal nicht. Wir haben über das Amt des Hüters geredet, über meine Pflicht Burleigh House gegenüber und darüber, dass das Haus immer für mich da sein würde, solange ich mich gut darum kümmerte.

Aber ich bin weggegangen, und jetzt ist mein Vater tot. Und Burleigh stirbt. Ich weiß, ich *weiß*, dass es nicht meine Schuld ist, und doch fühlt es sich so an.

Was, wenn ich geblieben wäre? Was, wenn mein Vater mich und nicht Wyn bei sich behalten hätte? Wäre jetzt alles anders?

Ich reibe mit beiden Händen über mein Gesicht, denn plötzlich fühle ich mich nur noch hilflos.

Du bist dazu bestimmt, eine Hüterin zu sein, Vi, hallt die Stimme meines Vaters durch meinen Kopf. *Eine Hüterin stellt ihr Haus über alles.*

Lauf mit mir weg, hält Wyns Stimme dagegen. *Wir können irgendwohin gehen, einfach nur weg. Du täuschst dich, wenn du denkst, dass Burleigh dein Freund ist.*

Dein Vater hat uns nie gesagt, wo die Urkunde versteckt ist, fügt Miras Stimme hinzu. *Die Einzigen, die das Geheimnis kennen, sind der König und Burleigh House selbst.*

Ich schaue dabei zu, wie mein Vater und ich in der abgespielten Erinnerung den Wald erreichen und zwischen den Bäumen verschwinden. Plötzlich trifft es mich wie ein Blitz.

Mein Vater wusste, wo die Urkunde versteckt war.

Burleigh weiß es vermutlich immer noch.

Das Haus kann nicht zulassen, dass ich über die Urkunde spreche, aber es kann mir Erinnerungen über meinen Vater zeigen. Was er gesagt hat, was er entdeckt hat, was er noch vorhatte.

Blut und Mörtel! Ich glaube, ich weiß jetzt, wie ich mein Haus retten kann.

Die Sonne geht bereits unter, als Jed nach Hause kommt, müde, aber zufrieden über seine Anstellung als Tagelöhner auf der Longhill Farm, nicht weit von Burleigh House entfernt. Wir essen gemeinsam am Küchentisch zu Abend, aber es herrscht ein unbehagliches Schweigen. Ich vermute, alle wollen einen neuerlichen Streit vermeiden. Ich kann es kaum erwarten, vom Tisch aufzustehen und mich damit zu entschuldigen, dass ich nach unserer langen Reise immer noch müde bin.

Niemand erwähnt im Beisein von Jed den Besuch des Königs, worüber ich sehr froh bin. Jetzt, wo ich endlich einen Plan habe, soll Jed gar nicht erst auf die Idee kommen, mich zu meiner eigenen Sicherheit wieder in die Sümpfe zu verfrachten.

Als ich die Küche verlasse, schnitzt Jed verdrossen vor sich hin und Mira und Wyn stehen am Spülbecken und erledigen den Abwasch. Es ist nicht so, dass ich nicht mithelfen will – ich möchte auf jeden Fall, gleich morgen werde ich losziehen und mir irgendwo eine Stelle suchen, um meinen Lebensunterhalt zu verdienen –, aber heute Abend verbringe ich die Zeit besser mit Burleigh.

Ich gehe ins Arbeitszimmer meines Vaters, nehme das schwere, ledergebundene Haushaltsbuch vom Schreibtisch und klemme es mir unter den Arm. Dann gehe ich in mein Zimmer und schließe die Tür hinter mir. Sofort flammt im Kamin ein freundlich flackerndes Feuer auf. Das Wasser im Krug auf meiner Waschkommode erwärmt sich von allein, bis feiner Dampf aufsteigt. Es scheint, als hätte meine neu gewonnene Zuversicht Burleighs Stimmung gehoben.

Obwohl alles in mir kribbelt und es mich danach drängt, endlich etwas Sinnvolles für Burleigh zu tun, *egal was*, muss ich lächeln. Du hast recht, Haus. Wenn ich schon in deinen Erinnerungen herumstochern werde, kann ich es mir davor auch gemütlich machen. Es ist besser für uns beide, wenn meine Nerven nicht bis zum Zerreißen gespannt sind. Ich wasche mich mit duftender Seife und ziehe ein sauberes Nachthemd und einen Morgenmantel an. Danach setze ich mich im Schneidersitz auf den Läufer vor dem Kamin und stoße einen zittrigen Seufzer aus.

Dann klappe ich das Haushaltsbuch meines Vaters auf und blättere die Seiten durch. Darin hat er alles notiert – Getreidepreise, Reparaturen, die Bitten und Nöte der Pächter und Bauern, wann und wohin er gereist ist. Letzteres ist das, wonach ich gesucht habe.

Ich überfliege die Einträge. Neben den aufgelisteten Reisen steht meist noch eine knappe Erklärung.

14. September 18XX: zwei Wochen London. Ratssitzungen.

20. Februar 18XX: eine Woche Bristol. Warentransport regionaler Güter in die Wege geleitet.

Aber die Gründe für manche Reisen sind mir ein Rätsel.

3. Oktober 18XX: Poole.

25. April 18XX: Minehead.

17. August 18XX: Exmouth.

Wie ich meinen peniblen Vater kenne, hat er seine verbotene Suche nach der Urkunde dokumentiert. Und tatsächlich, hier stehen sie, schwarz auf weiß: weitere Reisen im Auftrag von Burleigh House – man würde darüber hinweglesen, wenn man die Hintergründe nicht kennt. Aber zusammengenommen ergeben die Reisen ohne weitere Erklärungen eine Art Landkarte.

Zumindest hoffe ich das.

Ich kann Burleigh House nicht direkt nach der Urkunde fragen, sonst könnte es die Kontrolle verlieren und die angestaute Magie sich entladen. Aber es gibt kein Gesetz, das Burleigh verbietet, sich an meinen Vater zu erinnern, und anscheinend möchte es das auch, sich erinnern. Ich weiß nicht, ob jemals jemand das Haus gebeten hat, sich an etwas Bestimmtes zu erinnern und einen speziellen Moment seiner langen und wechselvollen Geschichte heraufzubeschwören.

Aber genau das habe ich vor. Ich lege meine Hand auf die aufgeschlagene Seite.

11. Mai 18XX: Tintagel, hat mein Vater mit schwarzer Tinte notiert.

»Burleigh?«, frage ich. »Erinnerst du dich an eine Reise, die mein Vater unternommen hat, als ich sieben war? Wenn ja, kannst du sie mir zeigen?«

Ich weiß selbst nicht genau, was ich erwartet habe – ich

habe noch nie erlebt, dass Burleigh sich an etwas erinnert, was außerhalb unseres Anwesens stattgefunden hat. Wie sollte es auch? Auf die Reisen meines Vaters kann es mich also nicht mitnehmen, aber vielleicht kann es mir zeigen, was er davor oder danach gesagt hat.

Ich warte. Zuerst tut sich nichts. Kein schimmernder Geist, keine unscharfen Konturen. Doch dann wird es plötzlich dunkel um mich herum. Ich bewege die Hand vor meinen Augen, aber ich kann sie nicht sehen.

»Burleigh?«, frage ich. Meine Stimme klingt seltsam gedämpft. Ich spüre Panik in mir aufsteigen. Das Haus richtet seine Aufmerksamkeit auf mich; es ist unruhig, hält sich aber noch zurück. Kein Mörtel dringt in meine Haut ein.

Langsam weicht die Dunkelheit dem Licht eines grauen, wolkenverhangenen Morgens. Rasender Schwindel überfällt mich, dann sehe ich plötzlich das Arbeitszimmer meines Vaters, das sich wie eine Folie über mein Schlafzimmer legt. Alles flirrt und schimmert, bis Burleighs Licht-auf-Wasser-Erinnerung zur Wirklichkeit und mein Zimmer zum Trugbild wird. Ich blinzle und kneife die Augen zusammen, bis mein Gehirn die Doppelbödigkeit akzeptiert und ich mich sowohl in Burleighs Erinnerung befinde als auch im Schneidersitz vor dem Kamin.

Die erste Person, die ich sehe, ist meine Mutter. Bei ihrem Anblick zucke ich zusammen. Sie und mein Vater sitzen einander gegenüber, in zwei Sesseln am Kamin des Arbeitszimmers, aber zwischen ihnen scheinen Welten zu liegen. Dass sie uneins sind, erkennt man auf den ersten Blick – meine Mutter hat die Knie zur Seite gedreht und starrt aus dem Fenster. Mein Vater ist in sich gekehrt und blickt gedankenverloren auf die Karte von West Country, die er vor sich ausgebreitet hat.

»Nächste Woche werde ich noch einmal verreisen«, sagt er nach einer langen, quälenden Stille.

Meine Mutter seufzt. »Und wohin geht es diesmal für das Wohl des Hauses?«

Sie blickt unverwandt nach draußen, zu dem düsteren Himmel und dem saftig grünen Rasen, der in Burleighs Erinnerungen einen geisterhaften Blaustich hat.

Mein Vater blickt auf die Karte. »Zuerst nach Tintagel, glaube ich. Dann ein paar Tage die Küste entlang bis nach Port Isaac. Auf dem Weg dorthin werde ich alles durchsuchen. Solange ich nichts Genaueres weiß, ist es die sprichwörtliche Suche nach der Nadel im Heuhaufen.«

»Oh«, sagt meine Mutter, aber dieser kleine Laut ist kalt wie Eis.

Meine Hände ballen sich unwillkürlich zu Fäusten. Ich hasse es, das Elend unserer Familie vor Augen geführt zu bekommen, und ich würde diese Geister nie heraufbeschwören, wenn es nicht notwendig wäre.

»Warum nimmst du nicht den Jungen mit?«, schlägt meine Mutter vor. Erst da bemerke ich Wyn. Er kauert unter dem Schreibtisch meines Vaters, vor sich ein leeres Zeichenbuch, in das er mit einem Bleistiftstummel etwas malt.

Mein Vater sieht sie vorwurfsvoll an. »Eloise, du weißt, dass das nicht geht.«

Meine Mutter wendet sich vom Fenster ab, ihr Blick ist

genauso kalt wie ihre Stimme. »Ich will ihn nicht hier haben. Du hättest ihn gar nicht erst herbringen dürfen.«

»Er wird dir keine Schwierigkeiten machen.« Mein Vater klingt beinahe flehentlich. Ich muss mich dazu zwingen, weiter zuzuhören. »Mira wird auf ihn aufpassen, wenn dir das zu viel ist.«

»*Violet* wird auf ihn aufpassen und ich kann nichts dagegen tun«, erwidert meine Mutter. »Sie vergöttert den Jungen, und du ermunterst sie auch noch. Aber ich frage mich, warum, George? Das wird kein gutes Ende nehmen. Du erziehst sie dazu, eine Hüterin zu werden, aber sie ist nicht wie du. Sie gibt das, was sie liebt, nicht so leicht auf.«

»Eloise, bitte.« Mein Vater runzelt die Stirn. »Er kann dich hören.«

»Denkst du, das macht mir etwas aus?«

Meine Mutter springt auf und rauscht aus dem Zimmer.

»Wyn«, ruft mein Vater leise. »Komm her, Wyn. Ich möchte dir etwas zeigen.«

Wyn kriecht aus seinem Versteck hervor und kommt näher, zögernd und vorsichtig wie eine Wildkatze oder ein ängstliches Kaninchen.

»Siehst du die Karte?« Mein Vater hält sie hoch und Wyn nickt. »Das ist das Meer. Entlang dieser Küste gibt es viele Höhlen. Ich werde nach einem Schatz suchen, der in einer von ihnen versteckt ist.«

»Was ist das für ein Schatz?«, fragt der kleine Wyn. »Gold? Diamanten?«

»Viel kostbarer als das«, antwortet mein Vater. »Wenn ich

ihn gefunden habe, bringe ich ihn mit und zeige ihn dir. Dann wirst du selbst sehen, dass er das Kostbarste auf der Welt ist.«

Aber Wyn hat bereits das Interesse an Schätzen verloren.

»Wie … wie sieht das Meer aus?« Er fährt mit dem Finger die Küste von Cornwall entlang. »Werde ich es irgendwann einmal sehen? Kann ich mitkommen?«

Mein Vater lächelt traurig. »Das Meer ist sehr groß, Wyn. Ich hoffe, du wirst es eines Tages einmal sehen, aber diesmal kann ich dich leider nicht mitnehmen.«

Draußen vor meiner Tür ist ein dumpfer Laut zu hören.

»Burleigh, hör auf«, zische ich, denn ich möchte nicht, dass Jed oder Mira mitbekommen, wie ich in Burleighs Erinnerungen grabe. Schlimm genug, dass sie wissen, dass ich hinter der Besitzurkunde her bin, da müssen sie nicht auch noch ständig darauf gestoßen werden. Sofort wirft mich das Haus zurück in die Dunkelheit, und als ich wieder klar und deutlich sehen kann, bin ich zurück in der Gegenwart und in meinem Zimmer. Die geisterhafte Szene aus Burleighs Gedächtnis hat sich in Luft aufgelöst.

Ich sitze da und warte darauf, dass es klopft, aber es tut sich nichts. Schließlich stehe ich auf und spähe hinaus. Draußen ist Wyn. Er hat eine zerschlissene Decke und ein mottenzerfressenes Kissen dabei und benimmt sich wie ein Wolfshund, der sich an seinem Schlafplatz zur Ruhe legt. Für einen Moment kann ich den kleinen Jungen, den ich so gut kannte, nicht mit dem Wyn von heute in Einklang bringen. Und das ist fast genauso verwirrend wie Burleighs erinnerte Wirklichkeit.

»Was machst du da?«, frage ich missmutiger, als ich es will.

»Keine Sorge«, sagt er knapp. »Du wirst gar nicht merken, dass ich da bin.«

»Wyn. Antworte auf meine Frage. Was machst du da?«

»Irgendetwas hat Burleigh in Aufregung versetzt«, sagt er. Natürlich hat er recht, das Haus ist aufgewühlt von der Erinnerung, die es für mich heraufbeschworen hat. »Ich möchte nicht, dass es noch stärker in Aufruhr gerät und seine Magie bei dir ablädt.«

Ich beiße mir auf die Lippe, um nicht ungewollt herauszuplatzen, dass ich selbst an Burleighs Stimmung schuld bin. Aber Wyns Worte über Mörtel und Magie bringen mich auf eine der vielen Fragen, auf die ich keine Antwort habe.

»Jetzt, wo du es erwähnst, habe ich noch eine Frage zu heute Nachmittag«, sage ich. Wyn wirft mir einen Blick von der Seite zu und legt sich auf den Boden. Er streckt sich auf dem Rücken aus und schließt die Augen. Ich kauere mich neben ihn, denn ich möchte nicht in meinem Morgenmantel dastehen und von oben auf ihn herabschauen. »Was war da los? Du hast Magie gewirkt, stimmt's? Ich konnte es spüren, aber es war nichts zu sehen – da war kein bisschen Mörtel unter deiner Haut. Wie kann das sein?«

»Ich weiß es nicht«, sagt Wyn, ohne die Augen aufzumachen.

»Hast du das zuvor schon einmal gemacht?«, hake ich nach.

»Mmmh, sehr oft.«

»Sehr oft?«, frage ich fassungslos. »Die Magie des Hauses ist furchtbar gefährlich. Das weißt du, also hättest du gar nicht erst damit anfangen sollen. War das während des Hausarrests?«

»Ja. Geh ins Bett, Vi.«

»Ich rede mit dir.« Nervös kaue ich auf einem eingerissenen Fingernagel herum. »Es ist nur … das gefällt mir nicht, Wyn. Ganz und gar nicht. Was, wenn es etwas mit dir macht, ohne dass du es siehst oder fühlst?«

Er öffnet ein Auge und schaut mich an. »Hör zu, ich habe heute Magie gewirkt, aber nur, weil du damit angefangen hast. Eigentlich wollte ich Burleigh House den Rücken zukehren, also können wir es dabei bewenden lassen? Ich möchte schlafen. *Du* solltest ebenfalls schlafen. Und auch Burleigh muss zur Ruhe kommen.«

Die letzten Worte richtet er direkt an Wände um uns herum und die aufmerksam lauschende Luft. Burleigh gibt sich hochnäsig und würdigt ihn keiner Antwort.

Ich stehe auf und blicke kopfschüttelnd auf Wyn herab, der sich zur Seite dreht, den Kopf zur Wand.

»Du musst nicht hier draußen schlafen«, sage ich zu ihm. »Ich komme gut alleine klar.«

»Tja, in den Schrank passe ich nicht mehr rein«, murmelt er. »Und ich glaub dir kein Wort.«

Seufzend ziehe ich mich in mein Zimmer zurück. Ich klettere ins Bett und rolle mich darauf zusammen. Ich bin hin und her gerissen. Einerseits freue ich mich über die Fortschritte, die Burleigh und ich an diesem Abend gemacht haben, andererseits beunruhigt es mich, dass Wyn draußen vor meiner Tür schläft. Nicht, weil er da ist, sondern weil er glaubt, dass es notwendig ist. Früher habe ich auf ihn aufgepasst, jetzt ist es umgekehrt. Das gefällt mir nicht. Ich komme mir vor wie eine Last, und genau das wollte ich nie sein.

Aber zu wissen, dass Wyn in der Nähe ist, hat auch etwas Tröstliches. Nachdem Jed, Mira und ich uns in die Sümpfe zurückgezogen hatten, bin ich noch ein ganzes Jahr lang Nacht für Nacht atemlos hochgeschreckt, weil ich den Drang verspürte, nach Wyn zu suchen, obwohl ich genau wusste, dass er weit weg war.

Wieder in Burleigh House zu sein, war für mich ein Nachhausekommen. Aber erst jetzt, wo Wyn wieder da ist, fühle ich mich wieder ganz. Er muss ähnlich empfinden, zumindest ein bisschen. Warum sonst wäre er zurückgekommen?

Ich starre lange die geschlossene Tür an und überlege, ob ich sie öffnen soll. Aber noch bevor ich den Gedanken in die Tat umsetzen kann, falle ich in einen dunklen, traumlosen Schlaf.

II

Damit habe ich nicht gerechnet – gerade einmal zwei Tage zu Hause und schon bin ich wieder unterwegs. Denn nichts ist so, wie ich es mir vorgestellt habe. Nicht das Haus mit seinem ausufernden Schmerz, nicht Wyn, und schon gar nicht ich selbst. Ich dachte, wenn ich zu Hause bin, würde mich eine Art Instinkt leiten und mir sagen, was Burleigh braucht. Leider habe ich mich geirrt, daher muss ich mich auf das besinnen, was ich weiß – dass Burleigh gerne gepflegt werden will wie ein ganz normales Haus. Mit Farbe und Nägeln und Putz kann man ihm immer eine Freude machen, aber dafür fehlt das Geld. Burleigh gehört dem König – und zwar nicht nur das Haus, sondern auch alles andere, was sich im Besitz meines Vaters befand. Nach dem Urteilsspruch hatte der König sein ganzes Vermögen beschlagnahmt.

Wie der Rest meiner seltsamen kleinen Familie muss auch ich nun Geld verdienen. Jed ist schon seit dem frühen Morgen auf dem Bauernhof, Mira in der Waschküche. Als ich aus dem Haus gegangen bin, habe ich das Geräusch einer Säge gehört, was darauf hindeutete, dass auch Wyn schon bei der Arbeit war. Was Reparaturen angeht, bin ich nicht so geschickt wie er, aber ich kann wenigstens dafür sorgen, dass er die Materialien hat, die er braucht.

Alles was nötig ist, um Burleigh aufzumuntern.

Ich befreie einen Zweig aus einer Hecke und schlage mit ihm gegen die friedfertigen Büsche, die die Straße säumen. Singvögel steigen mit viel Flattern und Flügelschlagen auf und fliegen über die Felder. Beinahe schuldbewusst schaue ich ihnen hinterher. Ich kenne ihre Namen nicht, keinen einzigen. In den Sümpfen konnte ich sogar ein Rohrammer-Weibchen von einer Grauammer unterscheiden.

Während ich die Straße entlanggehe, die in die kleine Ortschaft Burleigh Halt führt, betrachte ich das Land mit den Augen einer Hüterin. Was ich sehe, gefällt mir nicht. Die Blätter der Hecken sind verdächtig grau. Die Schafe auf den Feldern lassen müde die Köpfe hängen, ihre Flanken heben und senken sich im selben mühsamen Rhythmus, in dem ihr Atem fließt. Ein halbes Dutzend Singvögel liegt tot in einem Graben. Burleigh House ist wie eine schwärende Wunde, aus der Magie und Mörtel sickern, die das ganze Land verderben.

Dass Burleigh zu kämpfen hat, war mir schon klar, bevor ich es überhaupt mit eigenen Augen gesehen habe. Wenn es nicht so wäre, hätte der König mich gar nicht erst nach Hause gehen lassen. Jetzt muss ich dafür sorgen, dass mein schwer angeschlagenes Haus noch eine Weile durchhält, bis ich die Urkunde gefunden habe. Eins nach dem anderen, mein geliebtes Burleigh. Wir schaffen das, eins nach dem anderen.

Aber heute Morgen leidet nicht nur das Haus. Trotz des

warmen Wetters ist mir kalt, meine Beine sind wackelig wie Pudding und immer wieder überläuft mich ein Schauder. Das sind die Nachwirkungen des Mörtels. Wyn hat einen Teil davon in sich aufgenommen, aber nicht alles. In Zukunft muss ich mir genau überlegen, wie oft ich das Haus um eine Erinnerung bitte.

Nach einer Weile bin ich an der letzten Biegung angelangt und sehe die kleine Ortschaft Burleigh Halt vor mir – wobei es da nicht viel zu sehen gibt. Nur eine Reihe von hübschen Steinhäusern entlang der Hauptstraße, ein Marktplatz, auf dem sich jeden Samstagmorgen Karren und Handwagen drängen, und ein einziges Geschäft, in dem man so gut wie alles kaufen kann, sowie das *Red Shilling*.

Nach einem kurzen Moment der Unentschlossenheit betrete ich das Wirtshaus.

Das matte Licht, das durch die kleinen Fenster fällt, verleiht dem Raum eine düstere Atmosphäre. Die Schankstube ist bis in alle Ecken und Nischen vollgestellt mit Tischen. Eine dunkelhäutige Frau, die ihre Haare zu einem straffen Knoten gebunden hat, steht hinter dem Tresen und poliert Gläser. Mein Magen fängt an zu flattern, und mich befallen Zweifel, ob es eine gute Idee gewesen ist, hierherzukommen. Trotzdem gehe ich zur Theke und setze mich auf einen Stuhl direkt vor die Frau. Sie zieht eine Augenbraue hoch.

»Kann ich dir helfen?«

»Das hoffe ich«, antworte ich. »Ich bin gerade erst angekommen und suche Arbeit.«

Die Frau schüttelt den Kopf. »In dem Fall kann ich dir

nicht helfen. Versuch es mal als Tagelöhnerin draußen auf einem der größeren Bauernhöfe.«

»Das dachte ich mir schon, aber einen Versuch war es wert.« Ich gleite vom Hocker herunter. »Guten Tag noch, Ma'am.«

Ich bin fast schon an der Tür, als sie mich zurückruft. »Mädchen. So wie du angezogen bist, kommst du aus den Sümpfen. Ich habe einen Bruder dort.«

»In den letzten Jahren habe ich in der Nähe von Thiswick gewohnt«, antworte ich vorsichtig. »Ich habe vom Fischfang und Schilfschneiden gelebt, so gut es eben ging. Ich halte mich nicht für was Besseres und ich kann hart arbeiten.«

Ich muss mich zusammenreißen, um nicht wieder auf meinen Fingernägeln zu kauen, während ich auf ihre Antwort warte.

»Spann sie nicht länger auf die Folter, Frey«, sagt eine fremde Stimme aus einer dämmrigen Ecke des Schankraums. Ich drehe mich um und sehe in einer dunklen Nische zwei Gestalten, die ich beim Eintreten nicht bemerkt habe. An der einen Seite des Tisches sitzt ein junger Mann, gut gekleidet und mit der makellosen Erscheinung eines Gentlemans. Aber die helle Stimme gehört seiner Begleiterin. Sie hat mir den Rücken zugewandt, aber ich kann erkennen, dass sie von Kopf bis Fuß Schwarz trägt.

»Du weißt selbst, dass du sie nicht wegschicken wirst«, fährt sie fort, ohne sich umzudrehen. »Und sei es auch nur, um sagen zu können, dass George Sterlings Tochter für dich gearbeitet hat.«

Frey, die Wirtin, stellt das Glas ab und legt den Lumpen aus der Hand.

»So, so, du bist also das Mädchen von George, das wieder nach Hause zurückgekehrt ist.« Sie klingt nicht überrascht. Vermutlich wusste sie es von Anfang an. Als ich nicke, sieht sie mich prüfend an.

»Bist du gewillt, Handlangerdienste zu übernehmen? Kannst du spülen und abtrocknen? Ich brauche jemanden, der schnell und geschickt ist. Die Leute aus dem Dorf tragen die Nase hoch und machen sich nicht gerne die Hände schmutzig. Falls du auch so eine bist, kann ich dich hier nicht brauchen.«

Ich kehre sofort an die Theke zurück, damit sie merkt, dass ich es ernst meine. »Ich werde jede Arbeit erledigen, für die ich bezahlt werde. Ohne zu murren.«

Mit einem Lächeln streckt sie mir die Hand hin. »Braves Mädchen. Deinem Vater hätte diese Antwort gefallen. Ich bin Frey, wie Ihre Ladyschaft bereits gesagt hat.«

Über die Theke hinweg ergreife ich Freys ausgestreckte Hand. Sie hat einen festen Händedruck. »Ich bin Vi. Freut mich.«

»Gleichfalls. Ich brauche dich abends, deine Schicht fängt also um drei Uhr an, jeden Tag außer Sonntag. Du beginnst heute. Einverstanden?«

»Natürlich«, antworte ich, ohne zu zögern. »Danke, Ma'am.«

Ihr Lächeln wird breiter. »Vergiss das Ma'am, nenn mich einfach nur Frey. Spar dir die Höflichkeitsfloskeln für die

Dame am Tisch da drüben auf. Ich bin alles losgeworden, was ich sagen wollte, aber sie ist sicher noch nicht mit dir fertig.«

»Ich bin keine *Ma'am*«, protestiert die junge Frau in der Nische. Ich recke den Hals, um einen Blick auf ihr Gesicht zu erhaschen, aber sie bleibt im dämmrigen Halbschatten verborgen. »Das hört sich an, als wäre ich eine scheußliche alte Witwe mit fünf erwachsenen Kindern. Nichts könnte der Wahrheit ferner liegen, meinst du nicht auch, Alfred?«

»Hm?« Der junge Gentleman ihr gegenüber blickt von dem Buch hoch, das er vor sich liegen hat, und lächelt. »Oh, natürlich. Du bist die Perle des weiblichen Geschlechts. Ein leuchtender Stern am Firmament. Ein wahrer Quell ewiger Jugend. Und nicht die Spur einer Ma'am.«

»Hör auf, so dick aufzutragen, Alfie«, sagt die junge Frau, aber ihre Stimme klingt zärtlich. »Frey, würdest du uns das private Speisezimmer überlassen und darauf achten, dass uns niemand stört?«

Statt einer Antwort deutet Frey nur mit einem Kopfnicken in Richtung eines Türdurchgangs neben dem Tisch des seltsamen Paares. Ich zögere, während Alfred bereits seine Sachen zusammensammelt. Mit hängenden Schultern, wie von schwerer Last herabgedrückt, schlurft er in den Nebenraum.

»Komm schon«, sagt das Mädchen zu mir, als ich mich nicht vom Fleck rühre. »Frey ist gleich hier im Schankraum und die Küchenhelfer sind auch alle im Haus. Mehr als genug Leute also, die dich schreien hören, wenn ich versuchen sollte, dich mit Chloroform zu betäuben.«

»Ich glaube nicht, dass man bei Chloroform noch schreien

kann«, erwidere ich trocken, aber die junge Frau antwortet nicht. Sie bleibt einfach sitzen und wartet darauf, dass ich vor ihr in den Nebenraum gehe. Meine Neugier siegt, ich gebe nach. Ich höre das Rascheln ihres Rockes, als sie hinter mir vom Tisch aufsteht, und es kostet mich meine ganze Selbstbeherrschung, nicht sofort einen Blick über die Schulter zu werfen. Wenn sie nicht will, dass ich sehe, wer sie ist, bevor wir im Nebenzimmer sind, dann werde ich warten, bis sie sich mir vorstellt.

Das Speisezimmer ist viel eleganter als der Schankraum, die Wände sind mit silbergrauem Damast bespannt und in der Mitte steht ein langer, auf Hochglanz polierter Holztisch. Ich bin so daran gewöhnt, Fische und Muscheln an Hintertüren abzuliefern, dass ich mir ganz fehl am Platz vorkomme. Dabei befinde ich mich nun schon zum zweiten Mal innerhalb eines Monats in einem privaten Speisezimmer. Ich kann nur hoffen, dass es diesmal weniger nervenaufreibend wird als beim letzten Mal. Alfred hat am Kopfende des Tisches Platz genommen und sein Buch vor sich aufgeschlagen. Als seine Begleiterin hinter mir die Tür schließt, drehe ich mich endlich um und blicke sie an.

Sie ist einen halben Kopf kleiner als ich und hat ein zierliches, rundes Gesicht. Ihre Haut ist von einem goldenen Schimmer überzogen wie Sand an einem sonnigen Sommertag, und das Braun ihrer Augen ist so dunkel, dass es beinahe schwarz wirkt. Ihre wilden schwarzen Locken türmen sich über ihrem Kopf auf. Die silbernen Armreifen an ihren Handgelenken begleiten jede ihrer Bewegungen mit einem melodiösen Klimpern.

Ich habe sie schon einmal gesehen und ich würde sie überall wiedererkennen.

»Lasst mich in Ruhe«, fauche ich Esperanza, die Prinzessin von Wales und Thronerbin Seiner Majestät, an und stürme zur Tür.

»Violet, bleib stehen.« Die Prinzessin stellt sich vor mich und versperrt mir den Weg. Meine Gedanken rasen, und ich überlege, ob ich sie einfach zu Boden stoßen soll – sie ist so zierlich, dass sie ein Windstoß von den Füßen fegen könnte, also wäre das ein Leichtes für mich. »Ich will dir helfen.«

»Ach ja? Genau wie Euer Vater meinem ins Grab verholfen hat? Oder wie er mir gerade helfen wollte, indem er mich in eine Ehe zwingt? Nein danke! Und jetzt geht mir aus dem Weg.«

»Bitte.« Esperanza streckt flehend die Hände aus. »Der König schickt noch jemand anderen, um ein Auge auf dich und Burleigh zu haben. Jemanden, der viel schlimmer ist als ich. Ich wollte dich warnen …«

»Das bezweifle ich. Ich habe schließlich Augen im Kopf – Ihr steht gerade vor mir, also hat er Euch auf mich angesetzt. Schönen Tag noch.«

Ich will mich an ihr vorbeischieben, aber sie funkelt mich wütend aus ihren dunklen Augen an.

»Was war dein Vater, Violet Sterling?«, fragt Esperanza. Es ist keine Frage, sondern eher ein Befehl. Die Art, wie sie den Nachnamen betont hat, macht mich zornig.

»Mein Vater war der beste Hüter, den England je gesehen hat«, antworte ich mit trotzigem Stolz. Alle wussten das, bevor er festgenommen wurde. Die meisten wissen es immer noch. Wie sonst hätten er und Burleigh sieben Jahre ohne Schlüssel überleben können? »Kein anderer Ort gedieh so prächtig wie West Country zu der Zeit, als mein Vater der Hüter von Burleigh House war. Er hat seine Pflicht erfüllt wie niemand sonst. Das Haus stand für ihn immer über allem, über dem König, über seinem eigenen Leben.«

Esperanza kommt noch einen Schritt näher. »Also sind wir uns einig, dass es mehr als nur ein wenig ungewöhnlich ist, dass dein Vater, der mustergültige Hüter, alles aufs Spiel gesetzt hat – allem voran das Schicksal von Burleigh House –, nur um nach der Besitzurkunde zu suchen? Er war nicht der Mann, der so etwas aus persönlicher Ruhmsucht getan hätte oder auch nur um des noblen Zieles willen. Nein, es muss Verzweiflung gewesen sein, die ihn dazu getrieben hat.«

Esperanza zieht einen Stuhl heran und bedeutet mir, mich zu setzen. »Vi, er wusste, wie es in Wahrheit um Burleigh steht. Ihm war klar, dass das Haus dem Untergang geweiht ist. Dass es im Sterben liegt. Wie auch immer du es nennen möchtest – das war der einzige Grund, warum dein Vater verzweifelt genug war, um für die Freiheit des Hauses alles auf eine Karte zu setzen. Die hoffnungslose Lage von Burleigh hat nichts mit dem Arrest zu tun. Das Haus war längst krank, bevor es gezwungen wurde, deinem Vater das Leben zu nehmen.«

»Ich vertraue Euch nicht«, sage ich zu Esperanza. »Aber ich werde mich setzen.«

Die Prinzessin zieht einen vergilbten versiegelten Umschlag

aus ihrem Handtäschchen und reicht ihn mir. »Mir ist bewusst, dass du erst vor Kurzem zurückgekehrt bist und dass wir uns gerade erst kennengelernt haben. Und zu behaupten, dass du mit meinem Vater auf Kriegsfuß stehst, wäre eine glatte Untertreibung. Aber ich möchte dir wirklich helfen, auch wenn du das wahrscheinlich nicht glauben kannst und willst. Ich weiß, dass du mir noch nicht traust – aber hier sind Worte von jemandem, dem du *ganz sicher* vertraust.«

Widerstrebend nehme ich den Briefumschlag entgegen und breche das Siegel auf. Ein Schauder überläuft mich, als ich die krakeligen Buchstaben sehe, die zwei Pergamentseiten füllen. Es ist die Handschrift meines Vaters, das erkenne ich sofort, und dem Pergament haftet noch immer der zarte Duft von Tabak und gestärkter Wäsche und Burleigh House an. Plötzlich erfasst mich das beinahe kindische Verlangen, mit den letzten Worten meines Vaters nicht hier, sondern zu Hause zu sein und mich wie früher zusammen mit Wyn in den Wäschetrockenschrank zu verkriechen. Doch Esperanza, die Kronprinzessin von England, sieht mich erwartungsvoll an, daher streiche ich das verknitterte Pergament glatt und fange an zu lesen.

Liebe Violet,
während ich diese Zeilen schreibe, bist du noch ein Kind, und vielleicht habe ich dir zu viel vorenthalten, weil ich dich nicht mit der Verantwortung belasten will, die auf meinen Schultern liegt. Ich habe mein Bestes getan, um dich so gut wie möglich darauf vorzubereiten, dich eines Tages um Burleigh House zu kümmern. Aber

ich möchte dir diese Bürde so lange wie möglich ersparen. Es war mir immer eine Freude und Ehre, unserem Haus zu dienen, Vi, aber es war keine leichte Aufgabe, nicht für einen einzigen Tag. Die Wahrheit ist: Die Großen Häuser Englands sind im Niedergang begriffen. Sie gehen an dem Bann zugrunde, der ihnen auferlegt ist. So viel habe ich inzwischen verstanden: Der Bann hindert sie daran, ihre Magie ganz freizulassen. Ein Hüter kann ihnen zwar eine Stütze sein, aber selbst der beste Hüter vermag nur einen Teil der magischen Kraft aufzunehmen und abzuleiten. Und wenn alte Magie zu lange zurückgehalten wird, dann verwandelt sie sich in eine böse Kraft, die sich langsam ausbreitet wie Gift im Blut.

Nur wenn wir den Häusern ihre Besitzurkunden zurückgeben und sie so vom Bann befreien, besteht vielleicht eine Chance auf Rettung. Ich schreibe »vielleicht«, denn es ist keineswegs sicher und womöglich sind all meine Bemühungen nicht genug oder sie kommen zu spät. In den Augen der Menschen bin ich ein guter Hüter, aber in Wirklichkeit bin ich nicht besser als die anderen, denn ich habe viel zu lange gebraucht, um die Wahrheit zu erkennen, Violet. Indem wir die Großen Häuser für unsere Zwecke gebunden haben, beanspruchten wir etwas, was uns nie zustand, und vielleicht haben wir damit längst ihr Todesurteil unterschrieben.

Wenn es mir nicht gelingen sollte, Burleigh zu retten, dann wird es eines Tages an dir liegen, das zu beenden, was ich begonnen habe. Ich weiß, dass du unser Haus liebst, Vi. Wenn ich als Vater nicht so für dich da war, wie ich es vielleicht hätte sein sollen, dann lag das nicht allein an meinen vielen Verpflichtungen als Hüter. Ich bin auch deshalb auf Abstand zu dir gegangen, damit du lernst,

Burleigh an erste Stelle zu setzen – nicht nur mit dem Verstand, sondern auch mit deinem Herzen. Mag sein, dass das hart und vielleicht sogar grausam war. Für unser Haus habe ich vieles getan, was ich unter anderen Umständen niemals über mich gebracht hätte. Vieles, worauf ich nicht stolz bin. Aber von einem bin ich überzeugt: Wenn du, meine Liebe, dich mit Herz und Verstand für Burleigh einsetzt, dann wirst du nicht nur eine großartige Hüterin sein, sondern mich in jeder Hinsicht übertreffen. Du wirst das vollbringen, was ich nicht geschafft habe. Die Person sein, die ich nicht sein konnte.

Die Lage spitzt sich zu. Bald wird sich herausstellen, ob ich mein Ziel erreiche oder ob alles, was ich je unternommen habe, zum Scheitern verdammt war. Jed und Mira werden sich um dich kümmern, falls das Schlimmste eintritt. Es gibt nur wenige Menschen, denen du trauen kannst – aber diese sind umso wertvoller: Zum einen ist da Frey vom Red Shilling, wenn du sie für dich gewinnen kannst. Dann sind da die Westons. Sie und die Sterlings haben seit Jahrhunderten zusammengearbeitet. Daraus ist ein Band zwischen den beiden Familien entstanden, das die Westons nicht so schnell zerschneiden werden. Ich habe Bertie Weston, der ebenfalls Hüter ist, gebeten, dich bei sich aufzunehmen, falls du einmal kein Zuhause mehr hast. Auch Königin Isabella ist eine Freundin, der ich dein Leben anvertrauen würde. Und was alles andere angeht – kümmere dich um dich selbst, Vi, und um unser Haus.

Es tut mir leid, dass ich nicht bei dir bleiben konnte. Du bist mein Herz und meine Seele. Aber ich bin ein Hüter, und ich bete darum, dass ich dir beibringen konnte, was das bedeutet.

In Liebe,
Dein Vater George Sterling

PS: Sag Wyn, dass ihm meine ewige Dankbarkeit gehört. Das ist zwar nicht genug, aber es ist alles, was ich habe.

Als ich den Brief zweimal durchgelesen habe, blicke ich auf und sehe, dass Esperanza und Alfred mich gespannt beobachten.

»Woher habt Ihr das?«, frage ich.

»Mein Familienname ist Weston«, antwortet Alfred.

Ich schaue ihn aus zusammengekniffenen Augen an. »Ja, das Haus hat mir eine Erinnerung gezeigt, in dem ein Mann namens Bertie vorkam. War das dein Vater? In dem Brief steht, dass deine Familie mich aufnehmen würde, falls meinem Vater etwas zustoßen sollte. Was ist passiert?«

Alfred schüttelt bedauernd den Kopf. »Ja, Albert Weston war mein Vater. Er ist gestorben, kurz nachdem George unter Hausarrest gestellt wurde. Herzanfall. Meine Mutter brachte es anfangs nicht über sich, seine Sachen durchzusehen, erst Jahre nach seinem Tod, und da war ich schon längst auf dem Festland. Der Brief ist mir vor ein oder zwei Monaten in die Hände gefallen, zusammen mit der Anweisung, ihn dir zu übergeben, falls mit George oder eurem Haus etwas Schlimmes passieren sollte. Ich hätte mich schon viel früher auf die Suche nach dir gemacht, wenn ich von der Existenz dieses Briefes gewusst hätte.«

»Na ja, besser spät als nie«, sage ich und betrachte die Handschrift meines Vaters.

»Soll ich dir ein Himbeertörtchen bringen lassen?«, fragt Esperanza. »Dann sieht alles gleich viel weniger düster aus. Alfie, wärst du so lieb?«

Alfred verschwindet und kehrt einen Augenblick später mit Sandwichhäppchen, Würstchen im Schlafrock und Obsttörtchen zurück. Er verteilt die Teller, während Esperanza zufrieden dabei zuschaut. Als er zuletzt neben ihr stehen bleibt, fängt sie seine Hand ein und drückt ihm einen Kuss auf die Handfläche.

»Mein Schatz«, sagt sie. »Diese Bitte aus meinem Mund wird dich jetzt überraschen, aber würdest du uns etwas über die Großen Häuser erzählen?«

Alfred blickt sie zweifelnd an. »Wirklich? Was, wenn ich mich nicht zügeln kann?«

»Nun ja, dann muss ich eben einschreiten. Aber ich habe vollstes Vertrauen in dich, Alfred Weston. Wenn es sein muss, kannst sogar du dich knapp fassen.«

Ich beiße in eines der Würstchen und schlucke den Bissen hinunter, trotz der schmerzhaften Leere in meiner Brust, die das Lesen des Briefes hinterlassen hat.

»Kennt er sich gut mit den Großen Häusern aus?«, frage ich.

»Er schreibt sogar Bücher darüber.« Esperanza pickt sorgfältig ein paar Brombeeren von ihrem Obsttörtchen. »Vi, es ist das Langweiligste, was ich je gehört habe. Er hat schon drei Bände geschrieben und insgesamt sollen es acht werden. Wenn ich nicht einschlafen kann, muss er mir nur ein paar Absätze vorlesen und schon fallen mir die Augen zu.«

»Nun ja, es ist eine wissenschaftliche Abhandlung, Espie, kein Roman«, erwidert Alfred trocken.

»So haben wir uns kennengelernt.« Die Prinzessin tätschelt versöhnlich seine Hand. »Als er auf dem Festland war, um dort längst untergegangene Große Häuser zu erforschen.«

Ich runzle die Stirn. »Ich habe noch nie vom Untergang eines Großen Hauses auf dem Festland gehört.«

»Ich fürchte, das hast du sehr wohl«, sagt Alfred. »Du hast nur nicht begriffen, was du gehört hast. Weißt du, wo das erste Große Haus Europas stand, das einem Bann unterworfen wurde?«

Ich schüttle den Kopf.

»In Italien, am Fuß des Berges Vesuv. Die Menschen dort nannten es Arx Oriens und verehrten es als Heiligtum, für dessen Obhut kein Hüter, sondern ein Orakel zuständig war. Die Magie des Hauses war fast fünfhundert Jahre lang gebunden, doch dann ging das Haus unter und der Vesuv brach aus. Inzwischen hat Italien viele solcher Tempelheiligtümer, und kaum jemand erinnert sich noch an jenes Haus, das außerhalb von Pompeji stand.

Es gab auch noch andere Häuser wie das Arx Oriens. Das Casa de Descans in Katalonien, das 1428 bei seinem Untergang ein Erdbeben verursachte. Oder das niederländische Zeelicht Landhuis, das bei seinem Ende 1570 eine gewaltige Flutwelle auslöste. Große Häuser sterben, wie sie gelebt haben – mit einer unbändigen Kraft, die alles mit sich reißt.«

Meine Gedanken rasen, als ich mir alles ins Gedächtnis rufe, was ich über die englische und europäische Geschichte weiß.

»Aber hier bei uns ist die Lage anders«, wende ich ein. »Überall sonst wurde immer nur ein einziges Haus dem Bann unterworfen und manchmal lag ein ganzes Jahrhundert dazwischen.«

»Genau«, sagt Espie und schneidet mit düsterem Blick eine der übrig gebliebenen Beeren in zwei Hälften. »Nirgendwo ist es so wie in England, wo mein Vorfahre William der Bannsprecher gleich sechs Häuser innerhalb eines Jahres an sich gebunden hat. Fünf dieser Häuser haben bis zum heutigen Tag überdauert und alle sind aufgrund des Bannspruchs dem Untergang geweiht. Aber um keines steht es so schlecht wie um Burleigh. Es ist mit Abstand das älteste der fünf und der Hausarrest deines Vaters hat den Verfall noch beschleunigt. Um Burleigh müssen wir uns als Erstes kümmern.«

Ich presse die Lippen zusammen. Was die beiden sagen, klingt glaubhaft, dennoch darf ich ihnen nicht blindlings vertrauen. Ich werde genau zuhören und mir merken, was sie wissen und was sie vorhaben. Aber meine eigenen Pläne behalte ich besser für mich.

»Es wäre eine landesweite Katastrophe«, sagt Alfred leise. »Yorkshire ist immer noch ein Ödland, nachdem der Versuch, Ripley Castle zu befreien, fehlgeschlagen ist und das sterbende Haus alles ins Chaos gestürzt hat. Stell dir vor, das würde überall im ganzen Land passieren. Es bleiben nur zwei Möglichkeiten: Entweder die Häuser werden befreit oder bis auf die Grundmauern niedergebrannt, sobald sie außer Kontrolle geraten. Espies Vater bevorzugt Letzteres, es ist weniger riskant und erlaubt ihm, die übrigen Häuser bis zum bitteren

Ende zu behalten. Er will die Macht, die sie ihm verleihen, nicht so ohne Weiteres aufgeben.«

Mein Blick fällt durchs Fenster auf einen Rhododendronbusch. Seine vollen Blüten leuchten in herrlicher Farbenpracht und lassen das, was Alfred berichtet, wie eine düstere Schauergeschichte erscheinen, die man erzählt, um unartigen Kindern Angst einzujagen.

»Lassen wir mal das Schicksal von England beiseite«, sagt Esperanza schließlich. »Deshalb sind wir nicht hier, Vi. Die Sache ist die: Ich habe gute Verbindungen und Spione und Geld, und ich bin zuversichtlich, dass wir die Besitzurkunden finden werden, aber …«

»Aber was?«

Esperanza betrachtet eingehend ihre Hände. »Wir brauchen deine Hilfe, um Burleigh zu befreien. Niemand kennt das Haus so gut wie du. Aber der Bann zwingt Burleigh dazu, denjenigen zu vernichten, der versucht, das Haus von seinen Fesseln zu lösen. Da unterscheidet es sich nicht von den anderen Großen Häusern. Meine Vorfahren haben alles getan, um ihre Macht dauerhaft zu festigen. Du weißt doch, was Marianne Ingilby zugestoßen ist, als sie das Sechste Haus befreien wollte. Und dann müssen wir ja nicht nur die Urkunde, sondern auch das Herz des Hauses finden. Du kennst den alten Vers – *Blut für ein Ende, Mörtel setzt's in Gang, im Herzen deines Hauses löse den Bann.* Alfred ist überzeugt davon, dass nur ein Hüter bis zum Herz des Hauses vordringen kann. Aber Burleigh hat keinen Hüter.«

»Burleigh hat mich«, widerspreche ich entschieden. »Ich

bin seine Hüterin. So und nicht anders will es das Haus. Wenn Burleigh jemanden zu seinem Herzen vordringen lässt, dann mich. Wenn Ihr das Haus befreien wollt, bin ich die Einzige, die Euch dabei helfen kann.«

»Bist du sicher?«, fragt Esperanza. »Es ist sehr gefährlich, Vi.«

»Natürlich bin ich sicher«, sage ich, ohne zu zögern. »Aber was versprecht *Ihr Euch* davon? Eines Tages werden die Häuser Euch gehören. Eure zukünftige Macht beruht auf ihnen, und ausgerechnet Ihr wollt alles aufgeben?«

Esperanzas dunkle Augen nehmen einen sanften Schimmer an. »Ich habe meine halbe Kindheit in Hampton Court verbracht. Es ist das Große Haus der königlichen Familie. Du weißt, wie die Häuser sind, Vi. Ich habe diesen Ort von ganzem Herzen geliebt. Aber der König, mein Vater ... er hat die Magie benutzt, um die Herrschaft über das Haus zu behalten. Er hat zugelassen, dass sich immer mehr Magie aufstaute, bis Hampton vollkommen außer Rand und Band war. Erst dann hat er sich seiner Pflicht als Hüter besonnen. Er sagte«, Esperanzas Lippen zucken, »es sei wichtig, den Häusern zu zeigen, wer der Herr ist.«

»Klingt ganz nach Onkel Edgar«, murmle ich.

Esperanza schüttelt den Kopf und wickelt gedankenverloren eine widerspenstige Locke um ihren Finger. »Mein Vater führt mir gern die Bedeutung der Urkunden und der Krone vor Augen und droht damit, mich zu enterben, wenn ich nicht tue, was er will. Und was mein Geburtsrecht angeht ... ich habe acht Jahre in einem Großen Haus gelebt und Tag und Nacht seine Traurigkeit gespürt, die durch Boden und Wände drang, bis ich jede Lebensfreude verlor.«

Ich kenne das Gefühl. Diese Bürde, zu wissen, dass dein Haus unglücklich ist.

»Ich habe auch Angst«, gibt Esperanza zu. »Schon mehr als einmal haben Thronerben versucht, ihre Häuser zu befreien. Aber als sie dann selbst an der Macht waren, haben sie ihre Versprechen nie eingehalten. Macht ist sehr verführerisch, Violet.«

»Mein Vater hat immer gesagt, dass es allen Menschen schwerfällt, etwas von ihrer Macht abzugeben«, erwidere ich.

Esperanza beugt sich über den Tisch, in ihren dunklen Augen und ihrem zierlichen, runden Gesicht liegt großer Ernst. »Genau das fürchte ich. Jetzt habe ich Mitleid mit den Häusern, aber was, wenn sie mir eines Tages untertan sind und ich sie nicht mehr hergeben will? Ich möchte gar nicht erst in die Versuchung kommen, daher müssen wir schon jetzt etwas unternehmen. Und den Anfang machen wir mit Burleigh, denn ihm läuft die Zeit davon. Was meinst du, Violet Sterling? Wollen wir uns zusammentun? Wirst du mir helfen, damit wir dir helfen können?«

Mira wäre fuchsteufelswild, wenn sie wüsste, dass ich in Gegenwart der Prinzessin von Wales an meinem Fingernagel kaue. Vielleicht unterzeichne ich mein eigenes Todesurteil, wenn ich Espie vertraue. Aber gerade, weil Jed und Mira und Wyn meiner Suche so skeptisch gegenüberstehen, macht es Mut, wenn da eine Gleichgesinnte ist, die mir ihre Unterstützung verspricht.

»Ich weiß nicht …«, sage ich langsam. Natürlich möchte ich Burleigh befreien, aber ich bin mir immer noch nicht ganz sicher, wie ich die Prinzessin einschätzen soll.

»Espie«, mischt sich Alfred mit ruhiger Stimme ein. »Erzähl ihr von deiner Mutter.«

Esperanzas Mundwinkel zucken und der Glanz in ihren Augen erlischt. »Ich möchte nicht über meine Mutter sprechen, Alfred, das weißt du genau.«

»Ja. Aber du sitzt vor der einzigen Person in ganz England, die dich verstehen kann. Die weiß, was du durchmachst.«

Esperanza dreht sich zu mir. Plötzlich sieht sie niedergeschlagen und unglücklich aus. »Weißt du, warum mein Vater meine Mutter nach Spanien zurückgeschickt hat, Vi?«

»Wie ich gehört habe, sind sie nicht gut miteinander ausgekommen«, antworte ich stirnrunzelnd. »Es war eine reine Vernunftehe, die sich aber als ein Fehler herausgestellt hat, weshalb Eure Mutter nach Hause zurückgekehrt ist.«

Die Prinzessin schüttelt den Kopf. »Nein, mein Vater hat sie weggeschickt, weil … sie stirbt. Sie konnte nicht länger mit ansehen, wie Hampton Court leidet, und da mein Vater seine Pflicht als Hüter nicht erfüllte, obwohl er den Schlüssel besaß, hat sie es für ihn getan. Eigentlich hat sie es für das Haus getan. Mama hat vielleicht zehn oder zwölf Mal Magie gewirkt. Sie hätte auch noch weitergemacht, wenn mein Vater sie nicht weggeschickt hätte. Aber seit sie England verlassen hat, ist sie krank, und es wird mit jedem Tag und jedem Jahr schlimmer. Ihr Verfall ist langsam und grausam und qualvoll. Jedes Mal, wenn ein Brief aus Spanien kommt, habe ich Angst, ihn aufzumachen, weil ich fürchte, er bringt mir die schreckliche Nachricht von ihrem Tod.«

Esperanza verstummt. Sie nimmt das Taschentuch, das Alfred ihr reicht, obwohl in ihren dunklen Augen keine einzige Träne zu sehen ist.

Ich weiß auch, warum. Man kann nicht weinen, während man wartet und weiß, dass man unaufhaltsam auf den Moment zusteuert, in dem einem das Herz bricht. Man kann nur hilflos zuschauen, wie der Kummer wächst, und sich wappnen gegen den Schmerz, der unweigerlich kommen wird.

»Wie hast du das ertragen?«, fragt Esperanza schließlich. Ihre Stimme ist kaum mehr als ein Flüstern. »Wie hast du es geschafft, Violet, da draußen in den Sümpfen? An manchen Tagen habe ich das Gefühl, als wäre alles um mich herum eingefroren, an anderen kommt es mir vor, als würde die Zeit rasen.«

Aus einer spontanen Eingebung heraus beuge ich mich vor und ergreife ihre Hand.

»Ich habe nichts anderes gemacht als Ihr«, sage ich. »Ich bin jeden Morgen aufgewacht und habe den Tag hinter mich gebracht. Ich habe mir Aufgaben gesucht und sie erledigt, denn genau das hätte mein Vater gewollt. Ich habe einfach weitergemacht. Er selbst hat nie aufgegeben. Bis zum bitteren Ende nicht.«

Esperanza nickt. Als ich ihre Hand drücke, treffe ich eine Entscheidung: Ich werde das Wagnis eingehen.

»Also verbünden wir uns?«, frage ich sie.

Die Prinzessin schließt für einen Moment die Augen. Als

sie sie wieder öffnet, ist jede Spur von Trauer und Angst verschwunden und hat einer wilden Entschlossenheit Platz gemacht. »Ja, das tun wir. Wir führen den Hochverrat deines Vaters zu Ende. Wir rebellieren gegen den König und befreien Burleigh.«

12

Es ist schon nach zwei Uhr morgens, als ich von meiner ersten Schicht im Wirtshaus nach Hause komme. Wyn schläft im Gang vor meiner Tür, und als ich leise an ihm vorbeigehe, steigt mir ein feiner Geruch nach Sägemehl und Putz in die Nase. Ich unterdrücke ein Lächeln. Seine Entschlossenheit, mich zu beschützen, ist ebenso lästig wie liebenswert. Er dreht sich auf die Seite, ohne dabei aufzuwachen. Das war schon früher so. Wyn ist immer ein unruhiger Schläfer gewesen.

Ich schließe mich in mein Zimmer ein und sinke müde auf den Stuhl neben dem kalten, leeren Kamin. Funken springen zwischen den daneben aufgeschichteten trockenen Holzscheiten hin und her, aber ich schüttle den Kopf.

»Nein, Burleigh. Spar deine Kräfte. Ich möchte mit dir reden.«

Eine Handvoll weißer Blüten fallen von oben herab und landen weich auf meinem Schoß. Ich sammle sie ein und halte sie an mein Gesicht, atme den honigsüßen Duft ein.

»Ich habe heute jemanden getroffen«, fange ich an. »Die Tochter des Königs. Kennt ihr beide euch eigentlich?«

Ein Windstoß rüttelt an den Fenstern.

»Kannst du es mir zeigen?«

Diesmal wappne ich mich gegen die plötzliche Finsternis, in die Burleigh mich hüllt. Als der Vorhang aus Dunkelheit sich wieder hebt, sehe ich eine wässrige Version des Eingangsportals vor mir, die sich erneut wie eine Folie über mein Schlafzimmer gelegt hat.

Esperanza steht vor dem Portal. Überall wuchern Dornbüsche, die Fensterrahmen und Türpfosten weinen Mörteltränen. In einer solchen Verfassung habe ich das Haus noch nie gesehen – sogar noch in der Erinnerung strahlt es eine unbeschreibliche Trauer aus.

»Ach Burleigh«, seufzt Esperanza leise. »Es tut mir so leid. Du armes Haus.«

»Wer seid Ihr?«, höre ich Wyns Stimme hinter mir. Er klingt, als wären spitze Dornen und Mörtel unter seine Haut gedrungen. Ich drehe mich um. Da ist er, auf der letzten Stufe der Treppe, die vom zweiten Stock nach unten führt. Er sieht kränklich aus, winterblass und mit dunklen Schatten unter den Augen.

»Ich bin die Prinzessin von Wales«, sagt sie. »Du kannst mich Esperanza nennen. Und du bist Wyn, nehme ich an.«

Er wirft ihr einen finsteren Blick zu. »Seid Ihr gekommen, um das Werk Eures Vaters zu bewundern?«

»Nein«, antwortet Esperanza. Sie spricht behutsam, als hätte sie eine verängstigte wilde Kreatur vor sich. Und ich kann es ihr nicht verdenken, denn Wyn sieht tatsächlich so aus, als würde er jeden Moment entweder auf sie losgehen oder davonrennen. Er ist schmutzig und zerlumpt, seine Fäuste sind geballt und in seinen Augen flackert etwas Dunkles, Verlorenes. Bei seinem Anblick zieht sich mein Herz so schmerzhaft zusammen, dass ich die Hand an meine Brust pressen muss.

»Ich bin gekommen, um mich um Georges Leichnam zu kümmern, falls das nicht bereits geschehen ist«, fährt Esperanza fort. »Ich habe Totengräber mitgebracht und einen Sarg. An so etwas möchte man am liebsten nicht erinnert werden, das weiß ich, aber es ist nun mal notwendig.«

Einen Moment lang fürchte ich, Wyn könnte sie beschimpfen und ihre Hilfe ausschlagen. Aber dann sacken seine Schultern herab.

»Ich habe ihn einfach liegen lassen und die Tür zugemacht«, gesteht er ein. »Ich konnte nicht ...«

Esperanza macht einen Schritt auf ihn zu und legt ihre behandschuhte Hand auf seinen Arm. »Niemand erwartet das von dir. Deshalb bin ich ja hier.«

Aus einem der Korridore sind Stiefelschritte zu hören. Gleich darauf erscheint ein Gentleman in der Halle. Er trägt Reitkleidung, hat strenge Gesichtszüge und ist in einem Alter, dass er mein Vater sein könnte.

»Esperanza«, sagt er scharf. »Wer ist dieser Straßenköter?«

Die Prinzessin zuckt bei seinen Worten zusammen, aber Wyn zeigt keinerlei Regung.

»Das ist Haelwyn von Taunton, Lord Falmouth«, antwortet Esperanza. »Der Junge, der bei George Sterling geblieben ist. Wir haben gerade über das Begräbnis gesprochen.«

Falmouth zieht die Mundwinkel nach unten. »Heißt das, der Leichnam liegt noch irgendwo hier herum? Diese Dorftrampel von West Country sind die reinsten Barbaren. Verschwende nicht allzu viel Zeit, Esperanza – ich erwarte dich zum Abendessen im *Green Lion* in Taunton.«

Er tritt hinaus ins Freie, schließt die Eingangstür hinter sich und grummelt beim Weggehen vor sich hin. Esperanza wendet sich wieder an Wyn.

»Wenn du nichts dagegen hast, rufe ich meine Männer herein, damit sie sich um alles kümmern.« Es ist keine Feststellung, mehr eine Frage, die Wyn mit einem Nicken beantwortet. Er dreht sich um und will die Treppe hinaufgehen, aber Espie hält ihn zurück.

»Warte«, sagt sie, und ihre Stimme klingt ganz sanft vor Mitgefühl. »Kann ich dir eine Unterkunft in Burleigh Halt verschaffen oder vielleicht sogar in Taunton? Ich werde dafür aufkommen, so lange du bleiben willst – sei es ein paar Wochen oder ein halbes Jahr. Ich kann dir auch etwas Geld dalassen für persönliche Dinge und Kleidung. Du musst jetzt neu anfangen, nach allem, was du durchgemacht hast.«

Wyn sieht sie forschend an.

»Nein«, sagt er schließlich. »Ich bleibe hier. Ich habe George versprochen, auf Violet zu warten.«

»Das ist lange her.« Esperanzas Stimme ist jetzt kaum noch zu hören. »Vielleicht ... vielleicht kommt sie gar nicht.«

»Ihr kennt Violet nicht. Sie wird kommen«, sagt Wyn schlicht und geht die Treppe hinauf.

Die Erinnerung verblasst, Dunkelheit setzt ein. Erst als ich zurück im Hier und Jetzt bin, höre ich das Klopfen an der Tür.

»Vi, ist alles in Ordnung?« Wyns Stimme ist rau vom Schlafen. Ich stehe auf und öffne die Tür. Wyn steht vor mir, in einem Nachthemd und einer weiten Leinenhose, und blinzelt mich an wie eine gereizte Eule. »Mich hat meine eigene Stimme aufgeweckt. Eine etwas merkwürdige Art, wach zu werden. Macht Burleigh Ärger?«

»Es hat sich an etwas erinnert«, sage ich rasch, um die unglaubliche Erleichterung zu überspielen, die mich bei Wyns Anblick überkommt. Plötzlich verspüre ich den völlig irrationalen Wunsch, ihn in meinen Wäschetrockenschrank zu sperren, in der Hoffnung, dass ihm nie wieder etwas Schlimmes zustößt. »Ich habe Burleigh darum gebeten.«

Wyn macht den Mund zu und schluckt ein Gähnen hinunter. »Du hast das Haus darum *gebeten*?«

Zeit, mit offenen Karten zu spielen. »Ja. Vielleicht kann ich auf diese Weise die Besitzurkunde finden. Mira meint, sowohl mein Vater als auch Burleigh hätten gewusst, wo sie ist. Da ich das Haus nicht direkt fragen kann, suche ich im Haushaltsbuch meines Vaters nach Hinweisen und bitte das Haus gezielt um Erinnerungen, die damit zu tun haben. Es könnte ja sein, dass Burleigh sich zum Beispiel an ein Gespräch erinnert, das in Zusammenhang mit einer der Reisen meines Vaters steht. So ist es einfacher für Burleigh.«

Der Fußboden knarrt und rumort unter meinen Füßen, aber das Haus hält seine Magie zurück. Jetzt sind auch noch die letzten Spuren von Schläfrigkeit aus Wyns Blick verschwunden.

»Das ist sehr schlau von dir, Violet«, sagt er. »Und? Hattest du Erfolg?«

Ich zucke mit den Schultern. »Bisher klappt es ganz gut. Gerade hat Burleigh mir wieder eine Erinnerung gezeigt. Aber was, wenn ich mich irre? Wer sagt mir, dass der König Burleighs Urkunde nicht an einen anderen Ort gebracht hat, nachdem mein Vater ihm auf der Spur war?«

Im selben Moment geschehen drei Dinge gleichzeitig. Alles wird dunkel. Das drückende Gewicht von Burleighs voller Aufmerksamkeit legt sich auf uns beide. Kalter Mörtel lässt meine Fingerspitzen gefrieren.

»Ach Burleigh, nein«, sage ich rasch. »Ich wollte gar nicht, dass du mir noch etwas zeigst. Ich habe nur laut nachgedacht.«

Aber jetzt, wo das Haus einen Weg gefunden hat, sich durch seine Erinnerungen mit mir zu verständigen, scheint es ganz versessen darauf, mir einen Gefallen zu erweisen, und bevor wir wissen, wie uns geschieht, hat es uns bereits in das flirrende Arbeitszimmer meines Vaters katapultiert.

»Vi, gib mir deine Hände«, sagt Wyn mit einem Anflug von Panik in der Stimme.

»Noch nicht«, sage ich und trete unwillkürlich einen Schritt vor, als ich meinen Vater sehe. Er sitzt in einem der Ohrensessel und hat schwere Eisenfesseln an den Knöcheln. Das muss die Nacht unmittelbar vor Beginn seines Hausarrests sein – das Wandergericht ist am Vormittag eingetroffen und bereits am frühen Nachmittag hat es meinen Vater des Verrats schuldig befunden. Jetzt muss der König nur noch die Vollstreckung des Urteils einleiten.

Mein Vater hat einen Stoppelbart und sieht blass und abgezehrt aus. Ich eile durch das geisterhafte Arbeitszimmer, ohne auf die stummen Wachen an der Tür zu achten.

»Papa«, flüstere ich und knie mich neben ihn. »Ich bin hier. Sieh mich an.«

Aber er kann mich nicht hören. Das ist besonders grausam – zu wissen, dass mein Vater für Burleigh lebendig ist, nicht aber für mich. Ich werde nie mehr die Gelegenheit haben, ihm das zu sagen, was ich ihm bei unserem Abschied nicht sagen konnte – dass ich ihn liebe. Dass er trotz unserer Trennung mein Vorbild war, dem ich immer nacheifern wollte.

»Ein Spiel, George?«, höre ich eine prägnante Stimme fragen. Erst da fällt mir auf, dass der König im Zimmer ist. Er sitzt im Schatten hinter Papas Schreibtisch. »Um die Stunden bis zur Morgendämmerung und zum Beginn deiner Strafe ein wenig zu verkürzen?«

Mein Vater sagt kein Wort. Er hält den Blick gesenkt, aber ich erkenne die Furcht in seinen Augen.

Der König rutscht bis an die Stuhlkante vor. Das Licht der Lampe lässt die Konturen seines hageren Gesichts noch schärfer hervortreten. »Vielleicht sollte ich dir einen kleinen Anreiz geben. Wir könnten … um deine Freiheit spielen.«

Als mein Vater den Kopf hebt, liegt in seinem Blick eine vergebliche Hoffnung.

»Er will dich nur ködern«, sage ich. Meine Augen fangen an zu brennen.

»Vi, *bitte*.« Wyn ist zwei Schritte hinter mir und streckt die Hände aus. »Burleigh darf dich nicht so quälen.«

»Du und Violet«, bietet der König meinem Vater an. »Gemeinsam auf einem Schiff, das euch an einen sicheren Ort eurer Wahl bringt, solange er weit weg von England ist. Ich kann nicht zulassen, dass ein aufrührerischer Hüter frei auf der Insel herumläuft, das wirst du ja wohl verstehen. Aber du könntest zusammen mit deiner Tochter ein neues Leben anfangen.«

Mein Vater nickt. »Teilt die Karten aus.«

Natürlich spielen sie *Écarté*, sie sind ja nur zu zweit. Mein Herz wird schwer. Ausgerechnet das Spiel, das mein Vater noch nie gut gekonnt hat. Nicht Strategie, sondern Opferbereitschaft war schon immer die Stärke der Sterlings. Aber mein Vater konzentriert sich ganz auf das Spiel und nutzt jede Unaufmerksamkeit des Königs aus. Gebannt sehe ich zu, auch dann noch, als Wyn meine Hände ergreift und ich spüre, wie der Mörtel von mir auf ihn übergeht.

Und dann, so unglaublich es auch klingt, gewinnt mein Vater. Er blickt auf die Karten und ist genauso verblüfft wie ich.

»Na also, du hast es geschafft«, sagt der König großzügig, als hätte er soeben nur eine Handvoll Münzen oder einen unbedeutenden Pokal verloren. »Beim ersten Morgenlicht bringen wir euch beide zu einem Hafen. Wohin soll es gehen? Spanien? Portugal? Oder vielleicht Schweden? Heiß oder kalt?«

Mein Vater zögert. Das Kaminfeuer knistert und färbt sich extra für ihn blau, so wie immer. Seine Schultern sinken herab.

»Noch einmal«, stößt er hervor. »Diesmal um eine volle Begnadigung. Damit Violet und ich in Burleigh bleiben können.«

Seine Majestät wirkt völlig ungerührt, aber ich kenne ihn, diesen Teufel. Die Art, wie er meinen Vater fixiert, obwohl er gerade noch so wirkte, als wäre er nicht ganz bei der Sache, kann nur eines bedeuten.

Er wusste, dass das Spiel so ausgehen würde. Er wusste, dass George Sterling niemals der Versuchung widerstehen könnte, alles auf eine Karte zu setzen, damit wir in unserem Haus bleiben dürfen.

»Willst du das wirklich, George?«, fragt der König. Seine gespielte Freundlichkeit ist wie ein Splitter in meinen Eingeweiden. Ich glaube, ich hasse ihn mehr als jeden anderen Menschen auf der Welt. Die meisten Bösewichte sind geradeheraus – sie sind wie schwerfällige Keulen, die dich mit ihrer Ruchlosigkeit und Grausamkeit erschlagen. Aber Seine Majestät, der König, ist wie ein Dolch in der Nacht, gezückt mit einem kalten Lächeln.

Von da an ist es, als würde man einer Katze zuschauen, die mit ihrer Beute spielt. Der König lässt meinen Vater zuerst einige Tricks ausprobieren, bevor er ihn vernichtend schlägt. Danach sitzt mein Vater einfach nur da und sagt kein Wort. Aber seine Hände zittern.

Ich blicke Wyn an. Er macht einen ruhigen Eindruck, hat aber wieder diesen leeren Blick, den ich schon einmal gesehen habe, als er Hausmagie gewirkt hat. Ich kaue auf meiner Unterlippe, hin und her gerissen zwischen dem Bedürfnis, Wyn diese Erinnerung zu ersparen, und dem Drang, sie bis zum Ende mitzuerleben.

»Burleigh, willst du mir das wirklich zeigen?«, flüstere ich. Eine Welle sturer Beharrlichkeit trifft mich. »Also gut, aber *beeil* dich bitte.«

»Ich hätte euch gehen lassen, aber du wolltest ja unbedingt alles haben«, sagt der König zu meinem Vater. »Ich stehe zu meinem Wort, das wissen wir beide.«

»Ich bin der, der ich bin, und auch das wissen wir beide«, antwortet mein Vater. »Ich kann nicht anders, wenn es um das Wohlergehen des Hauses geht.«

Seine Majestät streckt die Hand aus. »Den Schlüssel bitte, George. Ich gelte gemeinhin als Spieler, aber nun bist du derjenige, der das aufs Spiel gesetzt hat, was ihm am meisten bedeutet, nur um noch viel mehr zu gewinnen. Am Ende hast du alles verloren. Was für eine Schande. Ich dachte, du verlangst von mir, diesen alten Kasten freizusetzen.«

Mein Vater zieht den Schlüssel aus seiner Tasche und starrt ihn an. Der graubraune Schlüssel mit dem Schutzstein schimmert matt im Schein des Kaminfeuers. Als mein Vater ihn dem König übergibt, geht ein verzweifeltes Ächzen durch Stein und Holz des Hauses.

Obwohl es nur eine Erinnerung ist, kann ich Burleighs Entsetzen spüren. Es kriecht durch meine Fußsohlen und dringt mit jedem Atemzug in meine Lungen. Mein Vater sitzt dem König gegenüber und sagt kein einziges Wort, aber das Haus weiß Bescheid – es ist der Anfang vom Ende.

In der Jetztzeit spüre ich, wie Burleigh mit dieser Erinnerung zu kämpfen hat. Es bedrängt uns mit seinen Gefühlen. Wyns Augen sind jetzt nicht mehr nur leer, sondern grau verschleiert, gezeichnet von dem Mörtel, der sonst unter seiner Haut keine Spuren hinterlässt. Ich ertrage es nicht, ihn so zu sehen.

»Burleigh, das reicht!«, fahre ich das Haus an, aber es

schenkt mir keine Beachtung, sondern zeigt mir die Erinnerung bis zum Ende.

»Nur aus Neugierde, George – wie weit bist du gekommen?«, fragt Seine Majestät beiläufig. »Wie nah warst du deinem Ziel?«

»Ich stand genau dort, wo Falmouth mich hingeschickt hat«, sagt mein Vater, den Blick immer noch wie gebannt auf den Schlüssel gerichtet. »Aber ich konnte die Urkunde nicht finden. Ich nehme an, Falmouth hat mich reingelegt und mich in Eurem Auftrag auf eine falsche Fährte gelockt.«

»Nein.« Der König spielt mit dem Schlüssel, nimmt ihn mal in die eine, mal in die andere Hand, und bei jeder Bewegung blitzt der Stein auf. »Joss Falmouth ist der Krone treu ergeben, aber er hat dir wahrheitsgemäß den Aufbewahrungsort genannt. Du warst nur eine Armlänge von deinem Wunschtraum entfernt, George. Leider hat es dir an Scharfsinn gefehlt.«

Mein Vater bleibt stumm. Schließlich reißt er sich vom Anblick des Schlüssels los und hält den Kopf gesenkt, als der König mit einem gehässigen Lächeln fortfährt.

»Ist dir klar, wie wenig du erreicht hast?«, fragt er meinen Vater. »Nichts hat sich zum Besseren gewendet. Ich muss mir noch nicht einmal ein neues Versteck für die Urkunde ausdenken. Sie kann bleiben, wo sie ist. Und dein Haus ist jetzt noch schlechter dran, als es vor deiner Zeit als Hüter gewesen ist.«

Pechschwarze Dornenranken schlängeln sich an den Armlehnen des Sessels empor, in dem der König sitzt. Aber sie sind nicht Teil der Erinnerung – es passiert hier und jetzt. Das Haus erbebt in einem Anfall von abgrundtiefer Angst und Beklemmung, dann wird es finster um mich.

Als die Dunkelheit sich lichtet, sitze ich mit untergeschlagenen Beinen auf dem Teppich in meinem Zimmer. Von Fäulnis befallene Ranken haben sich um meine und um Wyns Beine gewickelt. Wyn hat die Hände auf den Boden gelegt, seine Augen sind immer noch grau und haben diesen leeren Ausdruck. Auf seiner Stirn haben sich Schweißperlen gesammelt, seine Lippen bewegen sich, aber er bringt keinen Laut hervor. Ich warte ungeduldig, mit flatternden Nerven, bis ich spüre, wie das Haus seine Aufmerksamkeit endlich von uns abwendet. Während die Ranken sich von unseren Beinen lösen und plötzlich Blüten sprießen, wo zuvor welkes Blattwerk war, und ein Schauer aus Blütenblättern von der Decke herabregnet, greife ich nach Wyns Händen und reibe sie mit meinen beiden Händen warm.

»Das reicht«, sage ich zu ihm. »Du kannst aufhören.«

Wyns Mund bewegt sich wieder, und diesmal beuge ich mich zu ihm, um zu hören, was er vor sich hin murmelt.

Blut mischt sich mit Mörtel. Atem mit Gestein. Blut mischt sich mit Mörtel. Atem mit Gestein.

Ein Schauer überkommt mich, als ich Wyn diese Worte sprechen höre, während sein Bewusstsein weit weg an einem anderen Ort zu sein scheint.

»Wyn«, wispere ich. »Haelwyn von Taunton, komm zurück zu mir.«

Er blinzelt. Mit einem Mal ist er wieder da und ganz bei sich. Ich hole zittrig Luft und umarme ihn, denn die Angst hat mein Herz aufgescheucht wie ein wildes Tier.

»Es tut mir so leid, es tut mir so leid«, sage ich zu ihm. »Ich wollte nicht, dass das passiert.«

»Schon gut.« Seine Stimme ist warm und tröstend. »Es ist alles in Ordnung. Besser ich als du, hm?«

»Nein.« Ich schüttle den Kopf. »Nicht besser.«

Ich lasse ihn los und setze mich wieder auf den Boden, drücke beide Hände gegen mein Gesicht. Sie sind rosig und unversehrt, weil Wyn auch noch die letzten Spuren von Mörtel aus ihnen herausgezogen hat.

»Wyn, ich habe Angst«, sage ich zu ihm.

»Wovor?«, fragt er.

»Ich weiß nicht.« Da ist so viel, ich kann gar nicht alles aufzählen, aber vor allem bringe ich es nicht über mich, ihm einzugestehen, dass ich Angst vor Burleigh habe. Vor seiner Magie, seiner Macht, seiner Zukunft ohne einen echten Hüter.

»Wir treffen uns auf dem Dach«, sagt Wyn, der wieder einmal ganz praktisch denkt. »Bring Decken mit. Ich mache uns Tee.«

Draußen ist es kalt, hoch oben auf dem Dach meiner Welt, in der stillen, einsamen Stunde vor dem Morgengrauen. Ich lege eine Wolldecke um meine Schultern, denn ich zittere, aber der ganz besondere Zauber der Sterne verfehlt auch diesmal seine Wirkung nicht. Die Angst, die pausenlos durch mich hindurchpulsiert – hier oben ist sie ruhiger, gedämpfter und erlaubt mir, auch an etwas anderes zu denken.

Die Angeln des Dachfensters quietschen leise, als Wyn es öffnet und heraus zu mir auf die Schieferziegeln steigt.

»Hier.« Er reicht mir eine Flasche mit warmem Tee und

setzt sich so, dass wir nebeneinander mit dem Rücken am Backsteinkamin lehnen. Ich werfe ihm verstohlen einen Blick zu, und in diesem Moment erkenne ich beinahe den kleinen Jungen in ihm, ein Bild aus früheren Tagen, das sich über den ernsten, mir noch nicht wieder ganz vertrauten Wyn legt wie eine von Burleighs vielen Erinnerungen.

»Tja, also«, sagt Wyn mit einem flüchtigen Lächeln. »Raus mit der Sprache, wo liegt das Problem, Violet Sterling?«

Das wüsste ich selbst gerne. Ich habe manchmal das Gefühl, der einzige Mensch zu sein, der Burleigh retten kann, nur dass ich leider völlig ungeeignet und unfähig dazu bin. Stattdessen sage ich laut: »*Du* bist das Problem.« Ich kräusle die Nase. »Was stellst du mit der Magie des Hauses an, Wyn? Es gefällt mir nicht – es ist gefährlich, und ich möchte nicht, dass du verletzt wirst.«

Ich reiche ihm die Flasche, und er nimmt einen Schluck, bevor er antwortet.

»Würdest du mir glauben, wenn ich dir sage, dass ich es selbst nicht so genau weiß?«

»Oh, ich glaube dir«, versichere ich ihm. »Aber zu wissen, was man tut, ist das eine – sich nicht absichtlich in Gefahr zu begeben, ist etwas ganz anderes.«

»Sehr schlau«, sagt Wyn und schüttelt den Kopf. »Das warst du schon immer. Ein schlaues und stures Geschöpf.«

Stirnrunzelnd nehme ich die Flasche, die er mir gibt. »Versuch nicht, das Thema zu wechseln, ich meine es ernst.«

Wyns Blick gleitet über das Anwesen bis zu den verschwommenen dunklen Umrissen des Waldes. Seine Augen sind in die Ferne gerichtet, aber diesmal ist ihr Ausdruck nicht leer, als wollte er Magie wirken, sondern so, als würde er etwas sehen, was ich nicht sehen kann.

»Ich verspreche dir eines«, sagt er schließlich. »Ich werde Burleighs Magie nicht anrühren, solange das Haus keinen Mörtel an dich abgibt. Das ist alles, was ich dir versprechen kann, also verlange nicht mehr von mir.«

»Ich kann …«, fange ich an, aber er hebt die Hand und unterbricht mich.

»Muss ich es wirklich aussprechen, Vi?«, fragt er, und in dieser Frage schwingt seine ganze Verzweiflung mit. »Ich würde es nicht aushalten, mit ansehen zu müssen, wie ein weiteres Mitglied der Familie Sterling für dieses Haus stirbt. Mit ansehen zu müssen, wie *du* stirbst. Du musst zulassen, dass ich dir helfe.«

Ich möchte ihm nicht zustimmen. Ich möchte ihm verbieten, sich jemals wieder auf ein riskantes Spiel mit Burleighs Magie einzulassen, denn ich weiß, wozu das Haus fähig ist und was es meinem Vater angetan hat. Sosehr ich das Haus liebe, und obwohl ich alles tun würde, um es zu retten, so unerträglich ist der Gedanke, dass Wyn Burleighs Mörtel zu spüren bekommt.

Das Haus ist merkwürdig still, seit es sich an die letzte Nacht meines Vaters erinnert und die Magie in Wyn gelenkt hat. Eine sanfte Brise spielt mit meinen Haaren. Kleine Irrlichter tanzen zwischen den Bäumen. Das ist alles – keine Ranken, keine Blüten, kein Wind, der im Kamin unausgesprochene Worte wispert.

Armes stummes Haus. Wozu bin ich auf der Welt, wenn nicht, um für dich einzustehen?

»Es tut mir leid«, sage ich zu Wyn, hin und her gerissen zwischen ihm und Burleigh. »Ich kann damit leben, wenn du es kannst. Aber ich wünschte, du wärst mir gegenüber aufrichtig. Ich wünschte, du würdest mir die ganze Wahrheit anvertrauen.«

»Das möchte ich auch«, sagt Wyn. »Und ich werde es tun, das schwör ich dir, Violet. Es ist nur – ich muss erst noch die richtigen Worte finden.«

»Wohin *verschwindest* du, wenn du Magie wirkst? Es sieht aus, als würdest du aus dir heraustreten. Darf ich dich das fragen?«

Wyn löst den Blick vom Horizont und sieht mich verwirrt an.

»Ich weiß es nicht. Es ist, als würde ich einen endlos langen Korridor entlanggehen, der keinen Anfang und kein Ende hat und dessen Türen alle geschlossen sind. Und jedes Mal, wenn ich eine Tür öffne, führt sie in Nichts.«

»Ins Nichts? Heißt das, die Räume sind leer?«

»Nein.« Zwischen seinen Augenbrauen erscheint eine steile Falte, als er überlegt, wie er es mir erklären soll. »Da sind keine Räume. Ich mache die Tür auf, aber da ist nichts. Keine Dunkelheit, kein Boden, keine Decke, keine Wände. Nur ... nichts. Ich fürchte, ich kann's nicht besser erklären.«

Mich durchläuft ein Schauder, vom Scheitel den ganzen Rücken hinab. »Nein, aber es hört sich schrecklich an.«

»Anfangs war es das, aber inzwischen habe ich mich daran gewöhnt.«

»Wyn?«

Ich schlucke. Die Worte, die ich aussprechen will, stecken trocken und scharfkantig in meinem Hals fest. »Ich denke, du solltest trotzdem weggehen. Weg von Burleigh House, meine ich. Das ist kein sicherer Ort.«

»Und du? Gehst du auch?«

Verlegen beiße ich auf meinen ohnehin schon abgenagten Fingernagel. »Du weißt, dass ich das nicht kann.«

»Dann kann ich es auch nicht. Ich dachte anfangs, ich könnte es. Aber ich kann es nicht.«

Hinter dem Wald verspricht der rosa leuchtende Himmel einen neuen Tag. Wyn schließt die Augen.

»Was hast du in den Sümpfen gemacht, Vi?«, fragt er beinahe verzweifelt. »Erzähl mir davon.«

»Ich bin jeden Tag fischen gegangen«, sage ich lächelnd. »Nicht mit einer Angelrute, wie wir sie früher im Bach ausgeworfen haben, sondern mit Netzen und Speeren. Ich habe Muscheln ausgegraben und mit Jed Torf gestochen und Schilf geschnitten. Wenn das Wetter stürmisch war, habe ich Mira dabei geholfen, die Fische einzusalzen, und gelernt, wie man Ingwerkekse bäckt. Zumindest hat sie versucht, mir das Keksebacken beizubringen, aber ich war leider nie sehr gut darin.«

Wyn lacht. »Das hat sie bei mir auch versucht, als ihr alle noch hier wart – mit einem ähnlich kläglichen Ergebnis wie bei dir.«

»Was hast du gemacht, während ich weg war?«, frage ich ihn. »Ich meine nicht die schlimmen Dinge, sondern die ganz normalen.«

»Das Haus repariert. Bücher gelesen. Pastinaken angepflanzt«, sagt Wyn. »In den ersten Jahren lief es ganz gut – das Haus hat den Garten für uns gedeihen lassen. Aber in den letzten Jahren musste man die Pflanzen überreden, überhaupt zu wachsen. Meistens ohne Erfolg, außer bei den Pastinaken.«

»Oje«, sage ich. »Die hast du nie gemocht.«

Wyn öffnet die Augen und sieht mich mit einem schiefen Grinsen an. »Jetzt hasse ich sie.«

Ich beiße mir auf die Lippe, um nicht zu lachen, ohne Erfolg.

»Schon gut«, sagt Wyn. »Es ist ja wirklich komisch. Ausgerechnet Pastinaken.«

Die ersten zarten Sonnenstrahlen blitzen über die Bäume und tauchen Wyns Gesicht in ein weiches Licht. Der Anblick raubt mir für einen Moment den Atem, denn er ist mir so vertraut. Ich kenne diesen teils verschämten, aber insgeheim zufriedenen Ausdruck. Ohne nachzudenken, strecke ich die Hand aus und berühre mit dem Finger sein Kinn, so wie wir es als Kinder getan haben.

»Hallo, du«, sage ich. »Ich kenne dich.«

Burleigh rumort geheimnisvoll und sofort wird Wyns Miene wieder ernst und verschlossen.

»Ich habe unten einiges zu erledigen«, murmelt er. Die Schieferziegeln knacken unter seinen Füßen, als er eilig durchs Fenster im Haus verschwindet.

13

Und dann sage ich zu ihm, also ich sage: Wo finde ich zu dieser Jahreszeit einen Bock, der meine Schafe deckt?«

Ich muss zugeben, ich höre kaum mehr als Satzfetzen von dem, was der alte John Howard sagt, während ich im Wirtshaus zwischen Tresen und Gästen hin und her eile, Bier zapfe und die Krüge vor ein unfassbar durstiges Landvolk hinstelle. Das liegt zum einen an meinem schweren Kopf, weil ich mir die Nacht mit Wyn auf dem Dach um die Ohren geschlagen habe, und zum anderen – tja, eben genau daran, dass ich todmüde bin und alles wie durch einen Schleier wahrnehme.

»George Sterlings Mädchen! Her mit 'ner neuen Runde!«

Mit einem Seufzer nehme ich ein Tablett zur Hand, stelle volle Krüge darauf und bahne mir einen Weg durch den Raum zu einem Tisch, an dem ein halbes Dutzend Hofpächter Würfel spielt. Esperanza und Alfred sitzen in einer Wandnische, nicht gegenüber, sondern nebeneinander, und haben die Köpfe über alte Dokumente gebeugt. Ich frage mich, wie sie bei dem Stimmengewirr auch nur einen einzigen klaren Gedanken fassen können, aber der Lärm scheint ihnen nichts auszumachen.

Ich rätsle immer noch, wie Wyn es fertigbringt, Hausmagie zu wirken. Die Frage quält mich wie ein beginnender Kopfschmerz, denn ich einfach nicht loswerde, daher mache ich kurz Halt bei Alfred und Espie.

»Irgendwelche Fortschritte?«, frage ich.

Alfred blickt mich blinzelnd an. »Hm. Eher nicht.«

Esperanza stützt ihr Kinn auf die Hand und sieht mich flehentlich an. »Violet, mir ist langweilig. Das ist alles so öde. Rette mich. Meine Stärke ist es, an Informationen heranzukommen, indem ich auf Festen flirte.«

»Am besten, du gehst methodisch an die Sache heran«, schlägt Alfred vor. »Wenn du einen Hinweis findest, dass ...«

»Nein.« Esperanza legt einen Finger an seine Lippen und schüttelt den Kopf. »Nein, Alfred. Nicht alle Menschen sind in ihrem Herzen Bibliothekare.«

»Du kannst mir beim Bedienen helfen, wenn du nichts mit dir anzufangen weißt«, sage ich zu Espie. »Wir können jede helfende Hand gebrauchen.«

Bei meinem Vorschlag hellt sich ihre Miene auf, aber Alfred legt warnend seine Hand auf ihren Arm. »Espie, mein Schatz. Du bist die Prinzessin von Wales. Wenn du anfängst, in einer Dorfkneipe Ale auszuschenken, steht das übermorgen auf der Titelseite aller englischen Zeitungen, und ehe du dich versiehst, ist dein Vater da, um dir eine Standpauke zu halten. Willst du das?«

Esperanza sinkt enttäuscht auf ihren Stuhl zurück. »Nein, du hast recht. Tut mir leid, Vi.«

»Schon gut. Aber ich habe eine Frage an Alfred.«

Alfred nimmt seine Brille ab, steckt sie in seine Brusttasche und sieht mich an. »Ich stehe ganz zu deiner Verfügung.«

»Noch ein Pint, George Sterlings Mädchen!«, ruft jemand vom Tresen. Ich ignoriere ihn.

»Hast du je von jemandem gehört, der ohne Schlüssel Hausmagie wirken kann und dabei keinen Schaden nimmt? Oder zumindest keinen Schaden, der sich körperlich bemerkbar macht, sondern vielleicht nur den Geist betrifft?«

Espie schreckt hoch. »Violet Sterling, machst du in Burleigh House Sachen, von denen du besser die Finger lassen solltest? Ich schwöre dir, dann stranguliere ich dich mit meinen kostbarsten Gagatperlen.«

»Nein«, sage ich rasch. »Oder zumindest nicht absichtlich. Höchstens aus Versehen.«

»Auf Anhieb fällt mir nichts ein, aber ich werde Nachforschungen anstellen«, antwortet Alfred auf meine Frage.

Als ich mich umdrehe und zum Tresen zurückkehren will, geht die Tür auf und eine Reisegruppe kommt herein. Sie besteht aus einem Gentleman und zwei livrierten Dienern. Einer der Diener eilt sofort zum Tresen und bittet Frey um ein privates Gespräch, während der Gentleman in der überhitzten Wirtsstube seinen Reisemantel abstreift und ihn mir reicht.

»Hier, Schankmädchen. Nimm und bewahre ihn gut für mich auf.«

Er kommt mir bekannt vor. Irgendwo in meinem Kopf ist da etwas, halb Erinnerung, halb Warnung. Ich drehe mich zu Alfred und Espie um.

Aber Alfred scheint sich in Luft aufgelöst zu haben wie

Rauch im Wind. Doch dann sehe ich aus dem Augenwinkel, dass er plötzlich am Nebentisch zwischen den würfelspielenden Bauern sitzt. Esperanza ist blass unter ihrem goldenen Teint geworden und hat ein unechtes Lächeln aufgesetzt.

Der Gentleman eilt zu ihr und Espie streckt die Hand aus.

»Lord Falmouth«, sagt sie, als er ihre Fingerspitzen küsst. »Was für eine Überraschung. Ich habe Euch frühestens nächste Woche erwartet. Von meinem Vater weiß ich, dass Ihr in Bournemouth oder so verweilt, weshalb Ihr auch erst im Juni kommen wolltet, um hier nach dem Rechten zu sehen.«

»Ich habe meinen Aufenthalt abgebrochen«, sagt Falmouth mit tiefer, rauer Stimme und nimmt Espie gegenüber in der Nische Platz. Ich kann ihn auf Anhieb nicht leiden. Er war derjenige, der ein Loch in Burleighs Mauer geschlagen hat, und er war auch derjenige, der sich in Burleighs Erinnerung so abschätzig über Wyn geäußert hat. Und jetzt glotzt er Esperanza gierig an, als wäre sie eine Sahnetorte und er hätte seit dem frühen Morgen nichts mehr gegessen.

Ich trete an den Tisch, blicke die Prinzessin vielsagend an und frage absichtlich mit dem Zungenschlag der Leute aus dem West Country: »Habt Ihr noch einen Wunsch, Eure Ladyschaft? Vielleicht eine Tasse Tee?«

Vielleicht einen Maulkorb für den Wolf, der dir gegenübersitzt?

Espie schiebt die Papiere zusammen, in denen sie und Alfred gelesen haben, und reicht sie mir. »Bring das nach oben, ja?«

Ich mache einen Knicks. »Wenn Ihr noch etwas braucht, Eure Ladyschaft, ich bin an der Theke. Ruft mich einfach.«

»Ich habe es ernst gemeint, als ich sagte, du sollst gut auf den Mantel aufpassen«, weist Falmouth mich zurecht. »Ich rate dir, ihn schleunigst nach oben in mein Zimmer zu bringen, wenn du nicht willst, dass ich dich zur Rechenschaft ziehe.«

»Gibt es ein Problem? Ich bin die Besitzerin des Gasthofs, und falls es irgendwelche Schwierigkeiten geben sollte, dann möchte ich das gerne wissen«, sagt Frey, die plötzlich neben mir auftaucht, mit seidenweicher Stimme. Sie bedenkt Falmouth mit einem dünnen Lächeln – das sie, wie ich inzwischen weiß, für besonders unliebsame Gäste reserviert hat.

»Ganz und gar nicht«, sagt Falmouth. »Ich habe dem Schankmädchen nur gesagt, dass es besonders gut auf meine Sachen aufpassen soll.«

»Geh nur.« Frey sieht mich an und deutet zur Treppe. »Ich kümmere mich heute Abend persönlich um die feinen Gäste.«

Falmouths Diener sind bereits in einem der Privaträume im ersten Stock, um alles für ihn herzurichten. Als ich den Raum betrete, schrecken sie hoch wie verängstigte Kaninchen.

»Ich bin's nur«, sage ich.

Nachdem einer von ihnen mir den Mantel abgenommen hat, gehe ich weiter zu Alfreds und Esperanzas Zimmer. Alfred hat die Würfelrunde bereits wieder verlassen und sich hierher zurückgezogen. Den Kopf in die Hände gestützt, sitzt er auf der Bettkante und wirkt äußerst angespannt.

»Was zur Hölle geht hier vor?«, frage ich ihn. »In welcher

Beziehung steht dieser Falmouth zu Esperanza? Und wo wir schon gerade dabei sind, in welcher Beziehung stehst du zu ihr? Warum bist du vor ihm geflohen und was machst du hier oben?«

»Ich verstecke mich möglichst vornehm«, sagt Alfred. »Falmouth ist Esperanzas Verlobter. Sie sind einander seit Jahren versprochen. Seit ihrem fünfzehnten Geburtstag. Was deine zweite Frage angeht, das soll sie dir lieber selbst sagen. Die Papiere kannst du mir ruhig geben.«

Ich reiche sie ihm und gehe mit einem vielsagenden Augenrollen wieder nach unten. Der Adel und seine Verstrickungen. Burleigh, die Prinzessin und ihre zwei Verehrer – das klingt wie der Titel eines Schauerromans, der mitten im West Country spielt.

Tja, meine Müdigkeit ist nun jedenfalls wie weggeblasen.

Den Rest des Abends lässt Frey Falmouth und Esperanza kaum aus den Augen, während ich an der Theke die Stellung halten und John Howard zuhören muss, wie er endlos über die Ungerechtigkeit der Welt lamentiert. Mitternacht ist schon vorbei, als Falmouth sich in das private Spielzimmer zurückzieht und Espie langsam die Treppe hinaufgeht.

»Kann ich fünf Minuten Pause machen?«, frage ich Frey, als sie zu mir an den Tresen kommt.

Sie wirft einen Blick in den Schankraum, der sich allmählich leert. »Ja, aber beeil dich. Du musst noch die Tische abwischen.«

Ich husche die Treppe hinauf und klopfe leise an Esperanzas Tür.

»Herein«, sagt sie mit gedämpfter Stimme.

Espie liegt auf ihrer Seite des Betts und hat den Kopf in Alfreds Schoß gelegt, aber als ich die Tür hinter mir schließe, richtet sie sich auf und wischt sich mit dem Handrücken über die Augen.

»Hallo, Violet.«

»Soll ich wieder gehen?«, frage ich. »Ich wollte nicht stören, sondern nur kurz schauen, wie es dir geht.«

»Nein, schon gut. Danke, Violet.«

»Also«, sage ich etwas verlegen. »Du bist mit Lord Falmouth verlobt?«

Esperanza verdreht die Augen. »In gewisser Weise, ja.«

»Dein Vater scheint gerne Mädchen in ungewollte Ehen zu zwingen«, stelle ich fest. »Sind wir die Einzigen oder macht er das öfter?«

Diesmal verzieht Esperanza das Gesicht. »Er verkuppelt ständig irgendwen. Er hat Spaß daran, andere zu kontrollieren – für ihn sind wir nur Spielfiguren.«

»Aber du wirst einen Ausweg finden, oder?«, frage ich und trete nervös von einem Fuß auf den anderen. »Dieser Falmouth ist …«

»Ein Scheusal«, beendet Esperanza meinen Satz. »Allein schon, dass er hier ist, um alles genau im Auge zu behalten, bedeutet Ärger für dich und Burleigh House, Vi. Vielleicht kann ich ihn davon überzeugen, dass ein verschlafenes Nest wie Burleigh Halt nicht das Richtige für einen Mann wie ihn ist. Wenn er nach Taunton ginge, würde dir das ein wenig Spielraum verschaffen. Und von Alfred darf er schon gleich gar nichts erfahren. Diese Unterredung müssen wir öffentlich und im Beisein meines Vaters führen, nicht hier, ohne Zeugen, sonst endet das mit Duellpistolen im Morgengrauen und Witwenkleidung für mich.«

Ich mache den Mund auf und wieder zu. »Entschuldige, hast du gerade Witwenkleidung gesagt?«

»Ja, das habe ich.« Esperanzas Augen strahlen. »Alfie ist meine Trumpfkarte. Wir haben letztes Jahr heimlich am spanischen Hof geheiratet, in Gegenwart von mehreren unanfechtbaren, absolut vertrauenswürdigen Zeugen. Anfangs nur aus Gründen der Zweckmäßigkeit. Alfie erklärte sich einverstanden und stellte mir sogar frei, gegebenenfalls die Ehe zu beenden, wenn ich den Thron besteige. Aber dann habe ich angefangen, ihn zu mögen. Er ist so anständig, weißt du? Inzwischen verehre ich ihn geradezu.«

Esperanza gibt Alfred liebevoll einen Kuss auf die Nase. Er wird rot vor Verlegenheit angesichts der ungeniert zur Schau gestellten Zuneigung seiner temperamentvollen Ehefrau.

»Ich habe sie vom ersten Moment an angebetet«, gibt Alfred zu. »Wir waren uns einig, dass wir unsere Ehe vorerst geheim halten und Falmouth weiter im Glauben lassen, dass er Espie eines Tages heiraten wird. Er genießt das Vertrauen des Königs, und Espie hofft, über ihn an Informationen heranzukommen.«

Als ich die beiden vor mir sehe, wie sie dicht nebeneinander auf dem Bett sitzen, fasse ich spontan den Entschluss, mein Misstrauen ein für alle Mal abzulegen.

»Also, du spionierst Falmouth aus und nutzt deine Beziehungen bei Hof, während Alfred die Geschichte der Großen Häuser durchforstet auf der Suche nach etwas, das uns nützen kann?«

»So ist es. Würdest du mir bitte die Schachtel mit den Pralinen reichen?« Esperanza deutet auf eine mit Goldfolie ausgekleidete Schachtel auf der Wäschekommode. Ich gebe sie ihr und sie steckt sofort eine Praline in den Mund.

»Ich kann euch helfen«, sage ich. Es ist Zeit, offen und ehrlich zu sein. »Mein Vater wusste, wo Burleighs Besitzurkunde ist, und ich vermute, das Haus weiß es immer noch. Ich kann Burleigh nicht direkt fragen, denn das hätte verheerende Folgen – dafür sorgt der Bann. Deshalb benutze ich das Haushaltsbuch meines Vaters als eine Art Landkarte und hoffe, dass ich in Burleighs Erinnerungen etwas finde, das mir die Richtung weist.«

»Das ist sehr schlau von dir.« Esperanza hält mir die Pralinenschachtel hin. »Bedien dich, du hast es verdient.«

»Nein, ich kann nicht«, sage ich und schüttle den Kopf. »Ich bin schon viel zu lange hier. Frey wartet auf mich.«

An der Tür bleibe ich noch einmal stehen. »Espie? Danke, dass du nach dem Ende des Arrests so freundlich zu Wyn gewesen bist. Das Haus hat es mir gezeigt.«

Den Kopf an Alfreds Schulter geschmiegt lächelt Esperanza mich an. »Das war doch selbstverständlich, Liebste. Ich kann niemanden leiden sehen, und dieser Junge hat wirklich sehr gelitten. Er hält sehr viel von dir.«

»Mehr als ich verdiene, fürchte ich.«

Esperanzas Lächeln wird breiter. »Das glaube ich kaum.«

Das Letzte, was ich sehe, bevor ich die Tür hinter mir schließe, ist Esperanza, die Alfred eine Praline in den Mund steckt, während er mit schicksalsergebener Miene weiterliest.

14

Ich träume vom berühmten Sechsten Haus Englands. Genauer gesagt von dem Abend, an dem meine Mutter mir zum ersten Mal vom Sechsten Haus erzählt hat.

Im Schlaf sind meine Erinnerungen genauso flirrend wie die von Burleigh House. Ich liege zugedeckt im Bett, nicht die kleine Vi, sondern eine Violet, die groß, lang und dünn und fast erwachsen ist. Meine Mutter streicht mir die Haare aus der Stirn und ich blicke an ihr vorbei zur Tür des Trockenschranks. Sie steht halb offen, also hört Wyn von seinem Geheimversteck aus zu.

»Erzähl mir eine Geschichte«, bitte ich meine Mutter, und obwohl mein Körper der eines jungen Mädchens ist, habe ich die Stimme eines Kindes. »Papa erzählt mir immer eine Geschichte, wenn er zu Hause ist. Wohin ist er diesmal gereist?«

»Zu einem Schloss am Meer«, sagt Mama. Sie drückt mir eine Tasse Honigmilch in die Hände und ich nippe daran. »Soll ich dir eine Geschichte von einem Schloss erzählen?«

»Ja, bitte«, antworte ich.

»Es war einmal ein Großes Haus, das Ripley Castle hieß.«

Mamas Stimme kommt von sehr weit her. Während sie spricht, setzt Burleighs Abendregen ein, er trommelt auf das Dach und rinnt die Fenster hinab.

»Ist das eine erfundene Geschichte, Mama?«, frage ich. »Es gibt nur fünf Häuser. Burleigh, Hampton Court, den Tower von London, die Kathedrale von Salisbury und Plas Newydd, obwohl sie manchmal ihre Gestalt und ihre Namen verändert haben. Siehst du, ich habe viel gelernt.«

»Du bist ein gescheites Mädchen«, sagt meine Mutter. »Aber es gab tatsächlich sechs Häuser. Ripley Castle war das sechste. Es war …«

»Was ist passiert?«, unterbreche ich sie.

Mama rümpft die Nase. »Das sage ich dir, wenn du mich ausreden lässt.«

»Entschuldigung.« Ich sinke tiefer ins Kissen und ziehe die Decke bis zu meinen Schultern hoch. »Ich bin ganz still.«

»Ripley Castle war Burleigh House sehr ähnlich. Eine Familie namens Ingilby hat über das Haus gewacht, wie die Sterlings seit Hunderten von Jahren über Burleigh wachen.«

Staunend höre ich zu. Es gibt nichts Schöneres als Geschichten über die Großen Häuser.

»Bevor du geboren wurdest, lebte ein Mädchen in Ripley Castle – Marian Ingilby –, und als ihr Vater starb, kurz nach Marians achtzehntem Geburtstag, wollte sie in seine Fußstapfen treten und Hüterin werden. Sie wollte es, und Ripley wollte es, aber dein Onkel Edgar hat es nicht zugelassen.«

»Warum nicht?«, frage ich und nippe an der Milch.

Furchen graben sich in Mamas wunderschönes Gesicht. »Wer kann das bei deinem Onkel Edgar schon so genau sagen? Er ist der König und er wollte Ripley Castle einem seiner Gefolgsmänner als Lohn für besondere Verdienste übergeben. Marian verabscheute den Gedanken. Das Haus ebenfalls, es begehrte auf und verstieß gegen die Bestimmungen des Banns.«

Ich habe die Hände unters Kinn gelegt und höre fasziniert zu. Die Geschichten meines Vaters haben immer eine gewisse Düsterkeit oder einen Moment der Verzweiflung, wenn alles verloren zu sein scheint. Aber dann kommt der Wendepunkt, wenn das Haus und der Hüter harmonisch zusammenarbeiten, zwei Seelen mit einem gemeinsamen Ziel, und am Ende wird alles gut. Ich bin sicher, Mamas Geschichte wird auch so ausgehen.

»Es hat Marian Ingilby das Herz gebrochen, ihr Haus in diesem Aufruhr zu sehen«, fährt meine Mutter fort. Sie streckt die Hand aus und fährt sanft über meine Haare. »Sie hat Ripley Castle mehr als jedem Menschen vertraut. Und so tat sie das, was noch nie jemand gewagt hatte. Sie stahl die Besitzurkunde und versuchte, ihr Haus vom Bann zu befreien.«

Von draußen ist ein leises Rascheln zu hören, als Ranken die Mauer überziehen. Frisch gewachsener Efeu klopft – tapp-tapp – gegen die Fenster. Das Kaminfeuer spuckt grüne Funken.

»Du kennst diese Geschichte nicht, Violet. Dein Vater mag sie nicht hören. Aber insgeheim möchte er es Marian gleichtun und Burleigh House befreien. Das ist sehr gefährlich. Um ein Großes Haus freizusetzen, muss man die Urkunde mitten in das Herz des Hauses bringen, um mit Blut und Mörtel den Bann zu lösen, so wie er einst gewirkt wurde.«

»Warum ist das gefährlich?«, frage ich. Draußen winkt der Efeu mir zu und kriecht über die Fensterscheibe.

Hinter meiner Mutter öffnet sich die Tür des Trockenschranks noch einige Fingerbreit weiter. Wyns Gesicht leuchtet blass aus dem Dunkeln hervor – er ist der Junge von damals, nicht der Wyn von heute, den ich neu kennengelernt habe, und sogar im Schlaf verspüre ich einen Stich der Enttäuschung.

»Vi, dein Vater liebt Burleigh House über alles, das weiß ich«, sagt meine Mutter zu mir. Ich versuche, die leise Bitterkeit in ihren Worten nicht an mich heranzulassen. »Und er bringt dir bei, es ebenso zu lieben wie er. Aber jedes Haus, egal wie fügsam es scheint und wie treu es seinem Hüter ergeben ist, muss sich dem Bann unterwerfen. Alle Großen Häuser sind gezwungen, jeden zu töten, der versucht, die Urkunden an sich zu bringen, um sie damit zu befreien.«

Eine Ranke schlängelt sich durch eine Fensterritze und drückt den Riegel hoch. Als das Fenster aufschwingt, klettert der Efeu herein, kriecht lautlos über den Sims und breitet sich über den Boden aus.

»Burleigh ist anders«, sage ich mit unerschütterlicher Zuversicht. »Burleigh würde nie jemanden verletzen.«

»Ich bin sicher, Marian Ingilby hätte das Gleiche von Ripley Castle gesagt.« Meine Mutter blickt über die Schulter auf den hereindringenden Efeu und schaudert. »Aber das Haus hat sie dennoch getötet, Violet. Ripley hat sie stranguliert, weil es nicht gegen die Gesetze des Banns verstoßen konnte. Das Haus wurde nicht mit Blut und Mörtel befreit, wie Marian es geplant hatte. Aber ihr das Leben nehmen zu müssen, war zu viel für Ripley. Es geriet in Rage und entließ seine zerstörerische Magie ins ganze Land. Wie sagt dein Vater immer? Ein Hüter stellt sein Haus über alle, aber ein Haus stellt sich selbst über alles. Tja, Ripley Castle hat genau das getan. Danach hat es, von Trauer überwältigt, ganz Yorkshire verwüstet.«

Ich blicke auf meine Hände, die jetzt Kinderhände sind. Ich bin geschrumpft, auf das Format einer jüngeren Vi, und mein Gesicht ist nass von Tränen.

Meine Mutter ist unerbittlich. Während sie weiterspricht, kriecht der Efeu langsam und doch unaufhaltsam auf sie zu. Bei jedem Wort, jedem Rascheln spüre ich, wie die Achse meiner Welt sich verschiebt.

»Nach Marians Tod hat Ripley Castle den Norden in eine Ödnis verwandelt. Seine Magie wurde dunkel und giftig und ergoss sich in alle Ecken und Winkel. Der Schaden war so groß, dass die Menschen selbst dann noch flohen, nachdem der König das Haus bestraft hatte. Das Land ist immer noch unbewohnt.«

Sie nimmt meine Hände in ihre, und ich bin viel zu geschockt, um sie wegzuziehen.

»Häuser lieben uns nicht, Violet. Sie gehorchen oder gehorchen nicht und sie benutzen uns für ihre eigenen Zwecke.«

Sie schnappt kurz nach Luft, als die Ranken ihre Fußknöchel streifen.

»Burleigh, hör auf«, rufe ich, und sofort zerfällt der Efeu zu Asche. Ich blicke auf die schwarzen Flecken, die auf dem Boden meines Zimmers zurückbleiben, weil ich es nicht über mich bringe, meine Mutter anzusehen.

»Es ist wichtig, dass du darüber Bescheid weißt«, sagt sie und gibt mir einen Kuss auf die Stirn. Ihre Lippen sind kühl auf meiner Haut, und der Duft von Rosenwasser umweht mich, als sie aufsteht und zur Tür geht.

Ich halte sie zurück. »Warte. Was ist mit Ripley Castle passiert, nachdem es in Rage geraten ist?«

»Der König hat es niederbrennen lassen. Bis auf die Grundmauern.«

Als sie die Lampe genommen und das Zimmer verlassen hat, schlüpfe ich aus dem Bett und tapse zum Trockenschrank. Ich setze mich neben Wyn und schließe die Tür, sodass wir Schulter an Schulter allein in der stillen Dunkelheit kauern.

»Violet, ich habe Angst«, sagt Wyn. »Was, wenn es stimmt, was deine Mutter über die Häuser gesagt hat?«

»Ich habe auch Angst«, erwidere ich. »Was könnte ich tun, wenn Burleigh niedergebrannt wird?«

Und wie das bei Träumen so ist, wechselt plötzlich alles. Ich sitze nicht mehr mit Wyn im Dunkeln – ich stehe vor unserem großen Tor, das wieder aus schmiedeeisernen Gitterstäben und nicht mehr aus Dornenhecken besteht. Wyn befindet sich auf der anderen Seite, innerhalb des Anwesens, er ist wieder so, wie ich ihn jetzt kenne – mit sandblonden Haaren, wortkarg, vertraut und unvertraut zugleich. Er umklammert die eisernen Gitterstäbe und ich lege meine Hände auf seine.

»Geh, Violet«, sagt er. »Geh deinen eigenen Weg.«

In der Hecke neben mir öffnet ein kleiner Vogel den Schnabel, um zu singen, aber die Stimme, die aus seiner Kehle kommt, ist der klare, feine Sopran meiner Mutter.

Burleigh birgt Quecksilber
Burleigh reißt alles ein
Blut mischt sich mit Mörtel
Atem mit Gestein

Der Vogel singt, und ich sehe zu, wie Wyn den Kiesweg entlanggeht, das Haus betritt und die Tür hinter sich schließt. Rauch quillt aus den Fenstern. Flammen lecken am Mauerwerk empor, Glas splittert, Holz ächzt. Burleigh House bricht zusammen und Wyn ist mittendrin. Ich scheine selbst Feuer gefangen zu haben, denn mein Innerstes zerfällt zu Asche.

Als ich aufwache, ist der Schmerz immer noch da, zerdrückt meine Brust wie ein Schraubstock und quetscht die Luft aus meiner Lunge. Ich versuche zu atmen, zu atmen, zu atmen.

15

Es ist ein schöner Maimorgen – der letzte Maimorgen dieses Jahres –, und Burleigh sieht an der Schwelle zum Sommer wunderschön aus. Ich sitze draußen im Küchengarten auf einer Bank in der Sonne, mit dem Rücken zur Wand. Die Luft ist warm, und obwohl der Garten momentan fast nur aus Unkraut besteht, summen Bienen schläfrig zwischen den Blüten hin und her. Finken hüpfen von Distel zu Distel. Für einen kurzen Augenblick bin ich glücklich, und Burleigh ist glücklich, weil ich es bin. Obwohl der Schmerz tief in den Steinen und Mauern sitzt und das Haus unter der Last der aufgestauten Magie ächzt, spüre ich auch Zufriedenheit, Wohlwollen und eine große Zuneigung.

Lächelnd fahre ich mit dem Daumen über die Steine in meinem Rücken. Burleigh antwortet mit Geißblattranken, deren Blüten sich vor mir entfalten und der Brise ihren süßen Duft schenken.

»Angeberin«, grummelt Wyn, der vor dem Schuppen Holz hackt und zu einem Stapel aufschichtet. »Als du klein warst, konntest du unausstehlich sein, weißt du das? Ständig hast du allen vor Augen geführt, dass das Haus eine Schwäche für dich hat.«

Er legt die Axt beiseite, richtet sich auf und wischt sich mit dem Handrücken den Schweiß von der Stirn. Ich knabbere auf einem Fingernagel herum und versuche, Wyn nicht zu lange oder zu auffällig anzustarren. Wyn … kann jetzt so viel. Früher war er ganz anders. Und obwohl ich lieber nicht zu lange darüber nachdenken will, warum er so geworden ist, das Ergebnis kann sich sehen lassen und es verwirrt mich und lenkt mich ab. Vor allem, wenn ich das Haushaltsbuch meines Vaters auf dem Schoß liegen habe und eigentlich gerade nach Hinweisen suchen sollte, die mich weiterbringen.

»Das Haus ist ein verstaubter alter Kasten, der seine Lieblinge bevorzugt und diejenigen nicht zu schätzen weiß, die ihm am meisten geben«, sage ich zu Wyn. »Schau dir Jed und Mira an. Sie haben zu den Zeiten meines Vaters den Haushalt am Laufen gehalten – hat Burleigh es ihnen je gedankt?«

Ein Geißblattstängel sticht mich ins Ohr, aber ich gebe ihm einen Klaps.

»Aber du liebst es trotzdem.« Wyn bemüht sich, seine Worte unbeteiligt klingen zu lassen. Seine Stimme ist völlig ausdruckslos, genauso gut könnte er über das Wetter reden. »Ganz gleich, wie selbstsüchtig oder ungerecht es ist. Ganz gleich, was es deiner Familie angetan hat oder was deine Liebsten für Burleigh geopfert haben. Deshalb bist du auch zurückgekommen.«

Ich sehe ihn stirnrunzelnd an, während er die gespaltenen Holzscheite unter dem überstehenden Schuppendach aufeinanderschichtet. »Ich bin aus vielen Gründen zurückgekommen.«

»Hast du heute irgendeine Entdeckung gemacht?«, fragt Wyn und deutet mit einem Zunderholz auf das aufgeschlagene Haushaltsbuch. Ich durchschaue seinen plötzlichen Themenwechsel, aber ich spreche ihn nicht darauf an.

»Ja, ich glaube schon. Ich habe inzwischen alle Reiseziele meines Vaters zusammengetragen, und mir ist aufgefallen, dass er im letzten Jahr vor seinem Hausarrest oft in Cornwall war. Das taucht immer wieder in seinen Einträgen auf, ohne jede erklärende Notiz. Dafür fallen mir nur zwei Erklärungen ein: Entweder hatte er dort eine heimliche Geliebte …«

»Äußerst unwahrscheinlich«, sagt Wyn.

»… oder er hat herausgefunden, dass die Urkunde in Cornwall aufbewahrt wird. Irgendwo an der Küste in einer Meereshöhle.«

Wyn wirft mir einen Blick von der Seite zu und in seinem Gesicht entdecke ich fast so etwas wie ein Lächeln. »Und du hast behauptet, dass du nicht schlau genug wärst, um Rätsel zu knacken.«

»Ich bin so, wie Burleigh mich braucht«, antworte ich und betrachte den unter Unkraut erstickenden Garten, die bröckelnden Mauern und die Mulden in der Erde, die sich mit Mörtel gefüllt haben.

Wyn will gerade zu einer Antwort ansetzen, als sich plötzlich eine unheilvolle Stille über alles legt. Der Himmel verdüstert sich und nimmt einen ungesunden Grünstich an. Ein eisiger Platzregen ergießt sich über unsere Köpfe, dann kehrt wieder gespenstische Ruhe ein.

»Burleigh?«, frage ich. »Was ist los?«

Vom Haus kommt keine Antwort – natürlich nicht –, aber Wyn späht um die Mauerecke.

»Ich glaube, da steht jemand vor dem Tor«, sagt er. »Draußen ist es richtig stürmisch. Und die Dornen an der Mauer sehen besonders Furcht einflößend aus.«

Mit einem Seufzer klappe ich das Haushaltsbuch meines Vaters zu. »Ich denke, das ist Lord Falmouth. Er ist gestern im Wirtshaus aufgetaucht – der König hat ihn geschickt, damit er mich und das Haus im Auge behält.«

»Das kann nur Ärger bedeuten.« Wyn schüttelt den Kopf. »Burleigh verabscheut Falmouth. Und ich bin auch nicht gerade angetan von ihm, auch wenn ich nur einmal kurz seine Bekanntschaft gemacht habe.«

Ich stehe auf, gehe zu Wyn und drücke ihm das Haushaltsbuch in die Hand. »Kannst du das für mich nehmen? Ich muss die liebreizende Gastgeberin spielen. Ich wünschte, auch Burleigh würde sich von seiner besten Seite zeigen – das Letzte, was wir jetzt brauchen können, ist eine Beschwerde von Lord Falmouth beim König.«

Wyn greift nach dem Haushaltsbuch, aber ich lasse nicht los. Für einen Augenblick stehen wir uns gegenüber – verbunden durch das, was mein Vater uns hinterlassen hat.

»Geh nicht, Violet«, sagt Wyn, ohne mich anzusehen. »Lass Falmouth nicht herein. Das wird kein gutes Ende nehmen.«

»Ach, Wyn.« Es tut mir weh, dass ich ihm seine Bitte abschlagen muss, aber wenn ich mich den Spielregeln des Königs nicht füge, dann wartet die brennende Fackel auf Burleigh. »Ich habe keine andere Wahl.«

»Mir gefällt das trotzdem nicht«, beharrt Wyn. Er hebt den Kopf, um mich anzusehen, und der Ausdruck in seinen grauen Augen ist so hoffnungslos, dass er mir einen Stich ins Herz versetzt.

»Ich versuche, ihn so schnell wie möglich abzuschütteln«, verspreche ich ihm und lasse das Haushaltsbuch los. Dann sammle ich mich einen Moment, bevor ich meinen verschlissenen Rock aus den Sümpfen raffe und über das Anwesen zum Dornentor von Burleigh eile.

Am Ende der Auffahrt angekommen, spähe ich durch das von stachligem Dickicht überwachsene Loch in der Mauer. Selbst auf dieser Seite des Tors weht mir ein rauer, kalter Wind entgegen, aber jenseits der Mauer peitscht der Regen in Strömen herab. Falmouth sitzt auf seinem schwarzen Pferd und blinzelt verdrossen gegen den Sturm an. Seine Diener, die ihn mit hochgezogenen Schultern flankieren, scheinen sich bereits damit abgefunden zu haben, dass sie völlig durchweicht werden.

»Guten Tag«, rufe ich. »Was kann ich für Euch tun?«

»Ich bin hier, um deine Herrin zu sehen«, ruft Falmouth zurück. Seine Stimme ist barsch und seine Worte sind schroff. »Ist sie zu Hause?«

Ich lächle grimmig und – ach, eigentlich sollte ich es besser wissen, aber ich kann der Versuchung nicht widerstehen, ihn ein wenig an der Nase herumzuführen. »Als ich das letzte Mal nachgesehen habe, war sie zu Hause.«

Falmouths Pferd tänzelt auf der Stelle und er reißt es gereizt an den Zügeln zurück. »Dann lass mich sofort rein.«

»Ich habe nicht die Erlaubnis, Fremde hereinzulassen«, antworte ich. »Und Ihr seid kein angekündigter Besuch.«

Er murmelt halblaut etwas vor sich hin. »Hör zu, Mädchen, ich bin in Angelegenheiten Seiner Majestät hier, und ich erwarte, dass du mir unverzüglich Zutritt gewährst, sonst wird der König davon erfahren.«

Ich will es nicht. Das Haus will es nicht. Wyn will es nicht. Aber wenn ich ihm nicht das Tor öffne und er dem König berichtet, dass ich ihm Widerstand leiste, dann werden wir das bitter bereuen.

»Burleigh«, flüstere ich und lege die Hand auf einen Zweig ohne Dornen. »Es ist in Ordnung. Ich weiß, dass er dir in der Vergangenheit wehgetan hat, aber diesmal bin ich hier. Ich werde nicht zulassen, dass dir etwas geschieht.«

Widerwillen durchzieht alle Fasern des Zweigs und pulsiert unter meiner Handfläche.

»Komm schon«, rede ich Burleigh gut zu. »Dir wird nichts passieren. Versprochen.«

Ich spüre unter den Füßen, wie das Haus sich voller Abneigung sträubt, aber die dornigen Ranken beginnen sich langsam voneinander zu lösen und geben einen Spalt frei, der gerade breit genug ist, um ein einzelnes Pferd hindurchzulassen. Zu mehr kann Burleigh sich offensichtlich nicht durchringen. Ich werfe der Mauer einen strengen Blick zu.

Lord Falmouth treibt sein Pferd nach vorne mitten durch die Öffnung, auch wenn es vor den dornigen Fingern zurückscheut, die Burleigh nach ihm ausstreckt.

»Reiß dich zusammen, das ist nur zu deinem Besten«,

zische ich der Luft und dem Gras und den Kieselsteinen zu. Ein fernes Donnergrollen antwortet mir.

Jetzt, wo ich Lord Falmouth zum ersten Mal etwas länger aus der Nähe betrachte, erkenne ich, dass er etwa dreißig Jahre älter ist als ich. Er hat unerbittliche Gesichtszüge und scharfe Augen, denen nichts entgeht.

»Du bist das Schankmädchen von gestern«, stellt er beim Absteigen fest. »Weiß deine Herrin, wo du deine Abende verbringst?«

»Oh ja«, antworte ich. »Aber das macht ihr überhaupt nichts aus.«

Falmouths Miene wird noch grimmiger. »Unmöglich. So führt man keinen Haushalt. Hier wird ein anderer Wind wehen, wenn ich erst Hüter bin, lass dir das gesagt sein.«

Ich erwidere nichts, denn auf die Vorstellung, dieser ungehobelte Adelsklotz könnte einmal Hüter von Burleigh werden, will ich gar nicht erst eingehen.

»Hol einen Stallburschen, damit er mein Pferd wegführt und ihm Wasser gibt«, weist mich Falmouth knapp an. »Und dann führ deine Herrin zu mir. Ich habe mit ihr einiges zu bereden, was die Art angeht, wie sie Burleigh verwaltet. Dieses Haus ist eine Schande.«

Hinter Falmouth schnellt eine dornige Ranke zwischen den Mauersteinen hervor und kriecht auf die Hufe seines Pferds zu.

»Sir.« Ich greife nach den Zügeln und ziehe das Tier ein paar Schritte hinter mir her, um es außer Reichweite der Dornenranken zu bringen. »Ich fürchte, wir haben im Moment keinen Stallburschen hier, daher müsst Ihr Euch mit meinen

Diensten begnügen. Die Dienerschaft ist nicht mehr so wie zu den Zeiten meines – von Master Sterling.«

»Du meinst zu den Zeiten, bevor er wegen Hochverrats zu Tode verurteilt wurde.«

Ich zwinge mich zu einem schmalen Lächeln – nicht für den abscheulichen Lord, sondern Burleigh zuliebe. Wieder ist Donnergrollen zu hören und ein halbes Dutzend Schieferziegeln lösen sich von Burleighs Dach und schlagen auf dem Kiesweg vor dem Eingang auf. »So ist es. Wünscht Ihr, mich zu den Ställen zu begleiten, oder möchtet Ihr lieber im Haus warten?«

»Ich werde dich begleiten. Burleigh hat mich bei meinem letzten Besuch nicht gerade freundlich empfangen. Umso mehr möchte ich diesmal etwas vom Anwesen zu Gesicht bekommen.«

Ich gehe los und führe das Pferd hinter mir her, während Lord Falmouth mit mir Schritt hält.

»Ihr seid also schon zu Zeiten des früheren Hausherrn einmal hier gewesen?«, frage ich, einerseits, um das Gespräch am Laufen zu halten, und andererseits, um Lord Falmouth abzulenken, damit er sich nicht zum Haus umdreht. Von hier aus kann man die klaffenden Risse in den Außenmauern des Gästeflügels sehen. Lord Falmouth muss nicht wissen, wie schlimm es tatsächlich um Burleigh steht.

»Nein, zu Lebzeiten von George Sterling war ich nie hier, obwohl wir uns gut kannten. Aber ich bin der Stellvertreter des Königs, wenn Seine Majestät abwesend ist. Er verpflichtet das Haus, sich meinem Willen zu beugen, wenn er auf Reisen im Ausland ist. Als Georges Arrest zu Ende ging, befand der

König sich gerade in Belgien, daher fiel es mir zu, die Leiche aus dem Haus zu schaffen. Das Haus machte einen lächerlichen Aufstand. Ich musste mir schließlich mit Gewalt Zutritt verschaffen.«

Der Boden unter unseren Füßen bebt. Ich bleibe wie angewurzelt stehen und drehe mich zu Falmouth um. »Ich wäre Euch sehr verbunden, wenn Ihr nicht so leichthin von dem Schaden reden würdet, den Ihr angerichtet habt.«

Zornesröte steigt Falmouth ins Gesicht. »Was glaubst du, wer du bist, in einem solchen Ton mit mir zu reden, Dienstmädchen? Für diese Unverschämtheit werde ich dich auspeitschen lassen.«

Burleigh ist jetzt fuchsteufelswild. Die Kieselsteine auf dem Zufahrtsweg beginnen zu klappern wie bösartige spitze Zähne.

Ganz ruhig, Burleigh, ruhig, flehe ich das Haus im Stillen an.

Ich kann die Scharade nicht weiter aufrechterhalten.

»Ich bin Violet Sterling«, antworte ich. »Die Tochter von George Sterling und die Herrin dieses Hauses. Und wie ich eben sagte, ich möchte auf diesem Grund nichts davon hören, was Ihr bei Eurem letzten Besuch hier angerichtet habt. Einem Haus, das unter einem Bann steht, so etwas anzutun ist ein unerhörter Affront.«

»Das hätte ich mir ja denken können. Natürlich arbeitet die Tochter von George als Schankmädchen – das passt, er hat sich ja selbst auch am liebsten im *Red Shilling* herumgetrieben.« Falmouth verdreht verächtlich die Augen. »Und werde nicht gleich hysterisch, Burleigh ist selbst schuld. Was hätte ich denn tun sollen? Deinen Vater auf dem Totenbett verwesen lassen, während dieses Haus immer weiter verfällt und völlig außer Kontrolle gerät? Wusstest du eigentlich, dass der Junge, den George während seines Arrests bei sich hatte, sich nicht einmal um seine Leiche gekümmert hat – hat sie einfach vor sich hin faulen lassen. Als ich kam und mir Zutritt zum Haus verschaffte, war nur noch sein Gerippe übrig. Es war an mir, mich um eine Bestattung und einen Grabstein zu kümmern.«

Ich konzentriere mich auf den Rhythmus meiner Atemzüge und meiner Schritte, denn Falmouths Worte sind pures Gift – mehr noch, sie sind eine glatte Lüge. Ich habe Burleighs Erinnerung mit eigenen Augen gesehen. Ich weiß, dass es Esperanza war, die nach dem Tod meines Vaters das tat, was der Anstand gebietet.

Einatmen, ausatmen. Ein, aus. Einen Fuß vor den anderen setzen.

Das Krachen von Wyns Axt auf Holz, das durch die klare Luft in regelmäßigem Abstand zu uns herüberdringt, zerreißt die Stille wie Gewehrfeuer. Es ist seltsam tröstlich, auf diese Weise daran erinnert zu werden, dass er in der Nähe ist. Zu wissen, dass da jemand ist, auf dessen Hilfe ich im Fall des Falles bedingungslos zählen könnte.

Während ich Lord Falmouth zu den verlassenen und heruntergekommenen Ställen führe, sprießen Gänseblümchen aus dem Kies hervor und säumen meinen Weg. Ein einzelner Lichtstrahl bricht durch die bedrohlich zusammengeballten Wolken und begleitet mich, sodass ich in einen goldenen Glanz getaucht bin wie eine Heilige oder eine Madonna. Ich freue mich über Burleighs Zuwendung und auch über die dumpfen Axtschläge von Wyn. Beides gibt mir Zuversicht – Lord Falmouth ist ein unerbittlicher Rohling, aber zumindest muss ich ihm nicht ganz alleine entgegentreten. Ich kümmere mich um sein Pferd, während er mir zusieht. Seine Diener stehen stumm daneben, keiner hebt den Blick vom Boden und niemand gibt einen Mucks von sich. Sie wirken ängstlicher als das Pferd, und ich mag mir gar nicht vorstellen, wie Falmouth sie behandelt, um sie so einzuschüchtern.

Falmouth weist seine Männer an, im Stall auf ihn zu warten, während wir uns in den Wintergarten zurückziehen. Inzwischen fallen dicke Regentropfen vom Himmel. Ihr sanftes Trommeln an die Glasscheiben beruhigt mich, und als ich fröstle, erwacht im Kamin ein Feuer zum Leben. Ich rutsche ein Stück näher, um meine Hände über die Flammen zu halten. Im Arbeitszimmer wäre es wärmer, aber dort haben sich in den Ecken bereits die Dornenranken ausgebreitet. Hier im Wintergarten hingegen sieht man dem Haus seinen bedauernswerten Zustand nicht auf den ersten Blick an.

»Seine Majestät hat bereits erwähnt, dass das Haus dir gegenüber merkwürdigerweise besonders zuvorkommend ist«, sagt Falmouth und blickt durch die Scheiben auf das regennasse Anwesen. »Ich bin bereit, dich weiter hierbleiben zu lassen. Vorausgesetzt, wir finden eine Verwendung für dich. Vielleicht als Küchenmädchen?«

Das Feuer lodert jäh auf und Flammen züngeln im Kamin hoch.

»Verfügt Ihr über viel Erfahrung, was Große Häuser angeht?«, frage ich Lord Falmouth. Ich muss ihn in dem Glauben lassen, dass ich vorhabe, ihm am Ende des Sommers das Haus zu übergeben. »Gerade in seinem gegenwärtigen Zustand braucht Burleigh viel Zuwendung und jemanden, der gut mit ihm umzugehen weiß.«

Lord Falmouth dreht sich um und mustert mich von Kopf bis Fuß. Mir stellen sich die Nackenhaare auf. Seine besitzergreifende Art gefällt mir gar nicht – so wie er dasteht und sich umsieht, könnte man meinen, ihm würde hier bereits alles gehören. »Miss Sterling, der König und ich sind uns völlig einig: Burleigh House wurde viel zu lange verhätschelt. Es braucht jemanden, der seinen Willen brechen kann. Eine starke Hand könnte bei diesem Haus Wunder bewirken. Und falls es störrisch bleibt, nun ja. Es ist nicht das einzige Große Haus, weißt du? Es gibt auch noch andere, sollte Burleigh es vorziehen, in Flammen aufzugehen.«

»Es ist ja nicht so, als ob es eine Wahl hätte«, fahre ich ihn an. »Burleigh ist in diesem kläglichen Zustand, weil es unter dem Bann leidet. Es fing schon vor dem Arrest meines Vaters an. Das Haus würde selbst dann leiden, wenn ich in diesem Moment den Schlüssel in den Händen hielte.«

Ich kann nicht sagen, ob ich Burleigh mit meiner Wut anstachle oder ob es umgekehrt der Zorn des Hauses ist, der in mir brodelt. Aber das Feuer im Kamin spuckt inzwischen wilde Funken und faucht, während der Regen immer heftiger gegen die Fenster peitscht.

Bitte, Burleigh, denke ich inständig. *Beruhige dich.*

Aber in meiner Brust trommelt mein Herz in wütendem Galopp.

Lord Falmouth schenkt dem Haus keinerlei Beachtung. Er durchquert den Raum und stellt sich zu mir an den Kamin. Dabei kommt er mir viel näher, als mir lieb ist. Ich umklammere den Kaminsims, um Burleigh und mir selbst etwas Halt zu geben.

»Nun«, sagt Falmouth mit ruhiger Stimme. »Dann ist es vielleicht das Beste, wenn ich morgen zum König zurückkehre und ihm berichte, dass Burleigh House ein hoffnungsloser Fall und bereit für die Fackel ist.«

Draußen in der Dachrinne heult der Wind gequält auf und unter unseren Füßen erzittert der Boden. Falmouth, der Dummkopf, lässt sich davon nicht aus der Ruhe bringen.

»Pst, Burleigh«, murmle ich halblaut und streiche über den Kaminsims. »Beruhige dich, mein Schatz.«

Aber die Wut und die Verzweiflung des Hauses wachsen und wachsen, bis ich am liebsten aus der Haut fahren würde. Lord Falmouth, der offensichtlich nichts davon bemerkt, sieht mich an, als wäre ich kurz davor, einen hysterischen Anfall zu bekommen. Was vielleicht gar nicht so abwegig ist.

»Burleigh, du darfst nicht …«, setze ich an, aber der Rest meines Satzes geht im Splittern von Glas unter, als die Ranken zu uns hereinbrechen. Sie schlingen sich um Falmouths Handgelenke und Knöchel, fesseln ihn und zwingen ihn in die Knie. Ich schwanke unter dem gewaltigen Druck, als das Haus plötzlich seine ganze Aufmerksamkeit auf uns beide richtet.

»Davon wird der König hören«, brüllt Lord Falmouth, als die Ranken ihn aus dem Wintergarten zerren und quer durch den Garten zum Tor schleifen. Der Regen hat nicht nachgelassen und binnen Sekunden ist Lord Falmouth von Kopf bis Fuß mit Schlamm bedeckt. Ich renne hinterher und flehe Burleigh an, damit aufzuhören, aber das Haus tobt weiter. Vom Tumult aufgeschreckt eilen Falmouths Diener herbei, bleiben jedoch in einiger Entfernung stehen. Keiner von ihnen wagt es, einzuschreiten.

»Glaubst du allen Ernstes, der König wird dich weiterhin gewähren lassen, wenn er erfährt, dass das Haus jede Beherrschung verloren hat?«, schleudert mir Lord Falmouth entgegen. »In drei Tagen steht die königliche Armee vor dem Tor, bewaffnet mit Fackeln und Petroleum.«

Seine Worte sind ein Dolchstoß mitten in mein Herz. Burleigh befördert ihn gnadenlos nach draußen und lässt ihn unsanft vor dem Tor auf den Weg fallen. Fast im selben Moment spüre ich, wie Burleighs Aufmerksamkeit sich von uns weg auf etwas anderes richtet, und es ist, als würde der Dolch in meinem Herzen herumgedreht.

»Raus mit euch!«, blaffe ich Falmouths Diener an, die hastig den Rückzug antreten und sich nach draußen retten, bevor die Ranken sich schließen und das dornige Tor sicherer versiegeln als ein Schloss es je könnte.

»Was ist mit meinem Pferd?«, ruft Falmouth mir hinterher.

»Ihr werdet wohl darauf verzichten müssen«, rufe ich über die Schulter zurück. »Ich muss mich um Dringenderes kümmern.«

Seit Burleighs Wutanfall haben sich die Wolken noch weiter verfinstert. Auch der Regen ist so unerbittlich wie zuvor. Irgendetwas trifft mich mit einem unangenehmen Klatschen im Nacken, und als ich es, ohne nachzudenken, abwischen will, klebt grobkörniger frischer Mörtel an meinen Fingern. Der Klang und die Art des Regens verändern sich – die Tropfen werden zäher, schwerer, unheilvoller. Auf dem Gras bildet sich eine feine Schicht Mörtel, die sich in den Mulden zu zähen grauen Pfützen sammelt. In der Zeit, als mein Vater Hüter war, habe ich so etwas nie erlebt. Ich laufe um die Ecke des Hauses. Angst frisst sich durch meine Eingeweide.

Als ich durch den überwucherten Gemüsegarten renne, verwandelt sich die Angst in eine schreckliche Vorahnung. Nur noch das feuchte Platschen der dicken Mörteltropfen ist zu hören. Wyns Axt ist verstummt.

Er ist immer noch beim Holzschuppen, mit dem Rücken an einen Stapel ordentlich aufgeschichteter Holzscheite gelehnt. Er sieht aus, als würde er schlafen. Aber als ich ihn panisch an den Schultern rüttle, regt er sich nicht.

»Wyn. Komm schon, Wyn! Mach die Augen auf!«

Burleighs ganze Aufmerksamkeit lastet auf ihm und der unnatürliche Regen will einfach nicht nachlassen. Ich grabe meine Finger in den schlammigen Mörtel auf dem Boden.

»Burleigh«, flehe ich. »Bitte hör auf. Bitte lass ihn in Ruhe.«

Widerstand und Enttäuschung sickern in meine Haut.

»Ich flehe dich an«, beschwöre ich mein Haus. »Wenn du mich je geliebt hast, dann lass jetzt von ihm ab.«

Langsam, ganz langsam, zieht sich Burleigh zurück. Nach und nach lösen die Wolken sich auf und der Himmel wird wieder klar.

»Wyn?«

Seine Finger sind kalt. Ich reibe sie zwischen meinen Händen, aber er wacht nicht auf. Verzweifelt werfe ich einen Blick über die Schulter und versuche die Entfernung zum Seiteneingang der Küche abzuschätzen. Es sind bestimmt an die hundert Yard – so weit kann ich Wyn nicht tragen, auch wenn sich alles in mir dagegen sträubt, ihn alleine zurückzulassen.

»Bleib einfach hier«, flüstere ich ihm zu. »Ich komme gleich wieder. Burleigh, wenn du Wyn noch einmal etwas antust, werde ich dir das nie verzeihen.«

Das Haus grummelt, aber dann bricht ein Sonnenstrahl durch die Wolkendecke und hüllt den bewusstlosen Wyn in sein helles Licht.

Ich rapple mich auf, renne durch den Garten und stürme ins Haus.

»Mira?«, rufe ich. »Mira, wo bist du?«

Nirgends eine Spur von ihr. Ich eile durch die Gänge und rufe dabei immer wieder ihren Namen. Schließlich höre ich eine gedämpfte Antwort und laufe in die Richtung, aus der ihre Stimme gekommen ist.

Mira ist im Wintergarten. Als sie mich sieht, stürzt sie sich auf mich zu, nimmt mein Gesicht in die Hände und mustert mich von Kopf bis Fuß, so als müsste sie sich vergewissern, ob noch alle meine Gliedmaßen da sind.

»Violet, alles in Ordnung mit dir?«, fragt sie in hellem Aufruhr. »Was ist passiert?«

»Der König hat Lord Falmouth geschickt, um nach dem Haus zu sehen«, antworte ich benommen. »Er war so abscheulich, dass Burleigh die Beherrschung verloren hat. Es hat ihn hinausgeworfen, aber dann hat sich die Magie verselbstständigt. Plötzlich war überall Mörtel, er regnete sogar vom Himmel. Wyn hat versucht, ihm Einhalt zu gebieten. Er hat Magie gewirkt, aber jetzt kann ich ihn nicht aufwecken. Mira, bitte, du musst mir helfen.«

Als ich die Worte ausspreche, wird mir das ganze Ausmaß des Grauens erst so richtig bewusst. Der Besuch des gefühlskalten Lord Falmouth. Burleigh außer Rand und Band. Und Wyn, den ich alleine draußen zurückgelassen habe.

»Wo ist Wyn?«, fragt Mira, als ich die Hand vor den Mund schlage und die ersten Tränen über meine Wangen rollen. »Vi. Wo ist er?«

»Draußen beim Holzschuppen«, antworte ich und versuche, mich zusammenzunehmen. »Wir müssen ihn ins Haus schaffen.«

Die Mörtelpfützen auf dem Gartenweg beginnen schon zu trocknen. Grashalme und Unkrautstängel sind abgeknickt, niedergedrückt von der Last des unnatürlichen Regens. Der Geruch von kaltem, feuchtem Stein liegt in der Luft.

Als wir den Holzschuppen erreichen, zieht sich mir das Herz zusammen. Von Wyn ist weit und breit nichts zu sehen.

»Er war gerade noch hier«, sage ich und sehe mich hektisch um. »Ich schwöre es, Mira! Wo kann er nur sein?«

Mira presst zwei Finger an die Schläfe, als müsste sie gegen Kopfschmerzen ankämpfen.

»Hat Wyn zuvor schon einmal Magie gewirkt?«, fragt sie langsam.

Ich beiße mir auf die Lippe und blicke auf den grauen, schlickigen Boden. »Ja.«

»Hast *du* dich auf die Hausmagie eingelassen, seid wir zurück sind? Violet Helena Sterling, ich will die Wahrheit von dir hören.«

Ich habe Mira noch nie so ernst gesehen.

»Nicht mit Absicht«, antworte ich kleinlaut.

»Das heißt also Ja. Rein mit dir, du packst jetzt deine Taschen, junge Lady. Wir gehen fort.«

»Was?«, frage ich entgeistert. »Mira, du kannst nicht …«

»Mir fallen zwei Erklärungen ein für das, was mit Wyn passiert ist«, schneidet sie mir das Wort ab. »Entweder er hat eingesehen, dass dieses Haus für ihn nichts als Gefahr bedeutet, und sich in Sicherheit gebracht, wie er es ursprünglich wollte, oder …«

»Oder was?« Ich verschränke die Arme vor der Brust und sehe sie trotzig an.

»Du hast selbst gesagt, dass Burleigh Falmouth hinausgeworfen hat. Dieses Haus ist nicht mehr das, was es einmal war. Was, wenn es das Gleiche mit Wyn gemacht hat? Was, wenn es gegen den Bann verstoßen und ihn beseitigt hat?«

»*Beseitigt*?« Wut pulsiert durch meine Adern. »Willst du behaupten, dass Burleigh ihn *ermordet* hat? So etwas würde mein Haus niemals tun.«

Mira sieht plötzlich unglaublich müde aus. »Violet, Liebes. Es wäre nicht das erste Mal, dass dein Haus einen Menschen getötet hat. Ich weiß, wozu dein Vater dich erzogen hat. Worin du immer deine Lebensaufgabe gesehen hast. Aber ich frage dich eines, Violet Sterling: Kannst du dieses Haus wirklich über alles stellen, wenn es um Leben und Tod geht? Über alles und *jeden*? Lass dir das durch den Kopf gehen. Denk darüber nach, während du deine Sachen packst. Ich kann es nicht verantworten, dass du in einem Haus bleibst, wo du ständig in Gefahr bist.«

Einen Moment lang möchte ich mit dem Fuß aufstampfen oder Mira anschreien, aber meine Wut beginnt bereits zu bröckeln und zurück bleibt nur Trauer. Mira sieht erschöpft aus, aber ich fühle mich, als hätte ich tausend Jahre auf dem Buckel.

»Es spielt keine Rolle, was du willst oder nicht«, sage ich zu ihr, und meine Stimme bricht, weil ich Jed und Mira aus ganzem Herzen liebe. Ich wüsste nicht, was ich ohne sie machen würde. »Ich kann nicht fortgehen. Nicht, bevor dieses Haus entweder von seinem Bann befreit ist oder in Schutt und Asche liegt.«

Bei meinen Worten breiten Veilchen sich von meinen Füßen über den Boden aus wie kreisförmige Wellen auf einer ruhigen Wasseroberfläche.

»Warum?«, fragt Mira. »Hilf mir, es zu verstehen, Vi. Warum kannst du dieses Haus nicht einfach hinter dir lassen?«

Schniefend blicke ich sie durch meine Tränen hindurch an. »Wer sonst sollte denn für Burleigh eintreten? Niemand, Mira. Ohne mich wäre das Haus ganz alleine.«

»Was hast du vor?«, ruft sie mir nach, als ich davonstolpere.

»Ich mache mich auf die Suche nach Wyn. Er kann nicht weit gekommen sein.«

16

Wyn ist spurlos verschwunden.

Ich durchsuche das Haus, vom Keller bis zum Dach. Ich durchstreife die Gärten, die Wiesen und den Friedhof. Ich sehe in jedem Nebengebäude nach. Schließlich muss ich aufbrechen, denn ich werde im *Red Shilling* erwartet, aber der Gedanke daran, dass er entweder fortgegangen ist oder irgendwie Schaden genommen hat, ist kalt und giftig wie Mörtel.

Im *Red Shilling* ist von Esperanza und Alfred nichts zu sehen – wahrscheinlich sind sie in Deckung gegangen, um Lord Falmouth aus dem Weg zu gehen, der immer noch hier wohnt. Aber er hat sich ins Spielzimmer der Gentlemen zurückgezogen, daher bleibt mir eine Begegnung mit ihm zunächst erspart. Irgendwann später am Abend ist plötzlich ein lautes Klappern aus der Küche zu hören. Frey, die auf der anderen Seite des Tresens steht, wirft einen Blick über die Schulter und späht in den Gang hinaus.

»Hier, nimm.« Sie reicht mir ein Tablett voller Gläser mit starkem, teurem Whiskey. »Bring das ins Spielzimmer, während ich hinten nach dem Rechten sehe.«

Ich tue, worum sie mich bittet. *Du darfst nicht die Beherrschung verlieren, du darfst nicht die Beherrschung verlieren, du darfst nicht die Beherrschung verlieren,* sage ich mir auf dem Weg durch den Schankraum immer wieder.

Aber als ich den rauchigen, von mehreren Lampen erleuchteten Raum betrete, verkrampfen sich meine Schultern wie von selbst und mein Magen zieht sich zu einem Knoten zusammen. Falmouth sitzt an einem Tisch auf der anderen Seite des Raumes, ganz mit einer Partie *Whist* beschäftigt. Ich schlängle mich zwischen den Tischen hindurch, tausche leere Whiskeygläser gegen volle und versuche, nicht auf die anzüglichen Bemerkungen der reisenden Händler zu hören – von den Leuten aus dem Dorf, die sich im Schankraum treffen, muss ich mir nie solche Sprüche anhören.

Während ich von Tisch zu Tisch gehe, beobachte ich Falmouth. Ich sehe, wie er die Runde gewinnt und triumphierend lächelt, als müsste ihm die Welt dafür zu Füßen liegen. Ich denke daran, dass er sich mit Gewalt Zugang zu meinem Haus verschafft hat und dass die Wunde in der Mauer noch immer nicht verheilt ist. Ich sehe mein Haus vor mir, durch Falmouths bloße Anwesenheit in Rage versetzt. Und ich denke daran, dass ich heute Nacht – wenn nicht noch ein Wunder geschieht – einschlafen muss, ohne dass Wyn vor meiner Tür wacht. Alles wegen Lord Falmouth.

»Ah, da ist sie ja, unsere zum Schankmädchen herabgesunkene Hüterin«, sagt Falmouth mit schleppender Stimme, als ich mit meinem Tablett an seinen Tisch komme. »Ich habe diesen Gentlemen gerade erzählt, dass ich gleich morgen früh nach Bath reiten werde, um dem König zu empfehlen, dein übellauniges Haus in Brand zu stecken. Denn niemand will ein zweites Desaster wie bei Ripley Castle erleben, nicht wahr?«

Ich beiße die Zähne zusammen und stelle ihm wortlos ein neues Glas hin.

Aber Lord Falmouth spricht einfach weiter und raunt mir mit gesenkter Stimme boshafte Worte zu. »Wusstest du, dass ich auch Marian Ingilby kannte? Ja, das Mädchen, das das Sechste Haus zugrunde gerichtet und ganz Yorkshire ins Verderben gerissen hat. Wir haben wie Pech und Schwefel zusammengehalten, damals – dein Vater, Marian und ich. Ich glaube, George hatte ein Auge auf die gute Marian geworfen, bevor Ripley Castle sie ins Jenseits beförderte und er sich mit deiner Mutter begnügen musste.«

Inzwischen sind alle Augen auf uns gerichtet. Ich versuche, mir meine Gefühle nicht anmerken zu lassen.

»Du magst es nicht, wenn die Rede auf das Sechste Haus kommt, nicht wahr?«, stichelt Falmouth. »Auch bei deinem Vater traf man damit stets einen wunden Punkt. Findest du es nicht merkwürdig, wie sich die Geschichte wiederholt? Ein zweites Haus, das vor dem Untergang steht. Ein verzweifeltes Mädchen, das sich dagegenstemmt. Eine weitere Grafschaft, die in den Ruin getrieben wird.«

Ein beunruhigtes Murmeln geht durch die Tischreihen. Ich muss schlucken. Ich weiß, wie viel ich aufs Spiel setze, wenn ich Burleigh befreien will, aber die Verantwortung für das Schicksal von West Country lastet am schwersten auf mir.

»Burleigh ist ganz anders als Ripley«, antworte ich scharf.

»Es wacht seit achthundert Jahren über diesen Landstrich und es war dem Land und seinen Leuten stets freundlich gesonnen.«

Langsam und bedächtig krempelt Falmouth seine Ärmel hoch und zeigt seine Handgelenke. Dort, wo Burleighs Ranken ihn gepackt und übers Anwesen geschleift haben, sind flammend rote Striemen zu sehen. »Den Menschen freundlich gesonnen, so nennst du das also?«

Das Murren im Raum wird lauter.

»Ihr habt mein Haus absichtlich provoziert!«, erwidere ich. »Ihr seid hereinmarschiert und habt es auf seinem eigenen Grund und Boden verhöhnt und bedroht und von seinem Tod geredet, als könnte es nichts hören oder fühlen!«

«Miss Sterling, dieses Haus ist kein Mensch.« Falmouth schüttelt betrübt den Kopf, als hätte ich den Verstand verloren. Blut und Mörtel, ich glaube, ich hasse ihn sogar noch mehr als den König.

»Nein, das ist es nicht! Aber Burleigh ist ein lebendiges Wesen«, schleudere ich ihm entgegen. »Es kann denken und hat seinen eigenen Willen, und es weiß ganz genau, was alle sagen – dass es nicht wert ist, gerettet zu werden. Dass es am besten sich selbst überlassen werden oder niedergebrannt werden sollte. Ja, es stimmt, mein Haus steht am Abgrund. Es leidet!«

»Und was, frage ich dich, ist die größte Gnade, die man einer leidenden Kreatur erweisen kann?«, schnurrt Falmouth mit samtweicher Stimme. »Wir sollten dem Leiden ein Ende bereiten. Die größte Gefahr für das Wohl von West Country geht nicht von Burleigh House aus, Miss Sterling. Nein, tatsächlich bist *du* die größte Gefahr – du und dein törichter Trotz, das Unmögliche erzwingen zu wollen. Nicht einmal dein Vater, ein weithin geachteter Hüter, konnte Burleigh House retten. Was lässt dich also glauben, du hättest auch nur die leiseste Chance? Wie *genau* gedenkst du, Burleigh House aus seiner misslichen Lage zu befreien?«

Ich beiße die Zähne zusammen und starre ihn schweigend an. Ich habe bereits mehr gesagt, als ich wollte, aber ich werde mich von diesem hochmütigen Adelsmann nicht dazu verleiten lassen, meinen geplanten Hochverrat zuzugeben.

Falmouth wirft einen Bündel Geldscheine auf den Tisch und steht auf.

»Gentlemen, ich wünsche eine angenehme Nacht«, sagt er an alle gewandt. »Die Gesellschaft war vorzüglich, nur das Personal lässt leider zu wünschen übrig.«

Ich lasse ihn gehen. Ich fresse meine Wut in mich hinein, bis es wehtut, aber ich lasse ihn gehen.

In den darauffolgenden Stunden nehme ich alles wie durch einen Schleier hindurch wahr. Als meine Schicht zu Ende ist, trete ich in die kühle Nacht hinaus und hole tief Luft. Ich weiß nicht, wie viel Zeit mir mit Burleigh noch bleibt, aber ich bin entschlossen, bis zum Ende für mein Haus zu kämpfen.

Sobald der Morgen anbricht, werde ich mich wieder auf die Suche nach Wyn machen, obwohl ich langsam befürchte, ihn nirgends zu finden. Womöglich hat seine letzte Begegnung mit Burleighs Magie ihn zur Besinnung gebracht und ihm vor Augen geführt, wie ernst die Gefahr ist. Vielleicht hat er eingesehen, dass er mich und mein zum Leiden verdammtes Haus ein für alle Mal hinter sich lassen muss, um sich selbst zu retten.

Aber jetzt muss ich erst einmal nach Hause und weiter in den Aufzeichnungen meines Vaters nach Hinweisen suchen, damit ich Burleigh die richtigen Fragen stellen kann.

Als ich aus dem *Red Shilling* hinaus auf die Straße trete, ziehen mich plötzlich grobe Hände zurück und pressen mich in einer dunklen Ecke gegen die Wand des Wirtshauses. Ich zapple und winde mich wie ein Fisch auf dem Trockenen, aber der Griff von Lord Falmouth ist eisern und unerbittlich.

»Du wagst es, mir Missachtung entgegenzubringen, Miss Sterling?«, zischt er, und ich spüre seinen heißen Atem in meinem Ohr. Panische Angst steigt in mir auf und mischt sich mit Wut, sodass mir jedes Wort im Halse stecken bleibt. »Ich werde dich lehren, deine vorlaute Zunge im Zaum zu halten.«

Er drückt den Unterarm auf meine Kehle und presst die Luft aus mir heraus, bis mein Sichtfeld immer kleiner wird.

»Du wirst mich jetzt um Entschuldigung für deine frechen Widerworte bitten«, knurrt er. »Und dabei wirst du mich mit vollem Titel ansprechen.«

Ich bringe kein Wort heraus. Falmouth beugt sich vor und erhöht den Druck auf meine Kehle. Meine Augenlider flattern und mir wird schwarz vor Augen.

Ein scharfes Klicken zerreißt die nächtliche Stille. Eine Steinschlosspistole, die entsichert wird.

»Hände weg von meinem Schankmädchen!«, sagt Frey, die plötzlich in der Hintertür des *Red Shilling* steht, mit kalter Stimme.

Falmouth zögert, aber der Druck auf meiner Kehle lässt etwas nach. Gierig ringe ich nach Luft. Frey kommt einen Schritt auf uns zu.

»Und jetzt verschwindet«, befiehlt sie, die Pistole noch immer auf Falmouth gerichtet. »Verschwindet aus diesem Dorf und kommt nie wieder hierher.«

Lord Falmouth sieht Frey mit mörderischem Blick an. »Wenn Burleigh House erst in Schutt und Asche liegt, werde ich deine kleine Spelunke in den Ruin treiben. Ich werde persönlich dafür sorgen, dass niemand, der etwas auf sich hält, jemals wieder einen Fuß über deine Schwelle setzt.«

Frey schüttelt nur den Kopf. »Glaubt Ihr etwa, Ihr seid der erste in seinem Stolz gekränkte Gentleman, den ich je davongejagt habe, weil er meinen Schankmädchen gegenüber handgreiflich geworden ist? Drohungen wie diese habe ich schon dutzendfach gehört, aber es waren immer nur leere Worte. Seid versichert, die Leute erkennen den Teufel auch in edlen Kleidern, wenn sie ihn vor sich sehen.«

Halblaute Verwünschungen ausstoßend, stapft Falmouth zur Vordertür des Wirtshauses.

»Oh nein, nicht da entlang«, faucht Frey. »Ihr werdet heute Nacht nicht unter meinem Dach schlafen, also sucht Euch etwas anderes. Vielleicht nimmt der *Green Lion* in Taunton Euch auf. Eure Diener schicke ich Euch morgen früh hinterher.«

Falmouth bleibt stehen. Seine Schultern versteifen sich, als wäre er drauf und dran, sich zu widersetzen oder sich umzudrehen und Frey zu beschimpfen, aber sie wiederholt ihre

Aufforderung, und ihre Stimme lässt keinen Zweifel daran, dass sie es ernst meint.

»Verschwindet. Sofort.«

Falmouth tritt den Rückzug an. Er geht die Straße entlang, und erst als er eine halbe Meile von uns entfernt ist, dreht Frey sich zu mir um.

»Alles in Ordnung, Violet?«

Ich nicke zittrig.

»Gut.« Frey schiebt die Pistole zurück in ihre Schürze und stemmt die Hände in die Hüften. »Jetzt hör gut zu. Ich werde dir das, was ich zu sagen habe, nur einmal sagen und du solltest dir meine Worte gut merken. Es gibt Männer in dieser Welt, gegen die kannst du gewinnen – das sind diejenigen, die sich an die Regeln halten und murren, wenn sie sich dir geschlagen geben müssen, mehr aber auch nicht. Und dann gibt es die anderen, gegen die du nur verlieren kannst, selbst wenn du für einen Augenblick glaubst, sie besiegt zu haben. Du musst lernen, die einen von den anderen zu unterscheiden, damit du weißt, wem du besser aus dem Weg gehen solltest.«

»Danke, Frey«, sage ich zu ihr. »Ich weiß nicht, was er getan hätte, wenn du nicht rechtzeitig gekommen wärst.«

Sie zuckt die Schultern. »Ich habe ein Gespür für Ärger und tauche meistens dann auf, wenn ich gebraucht werde. Und jetzt geh nach Hause, Vi.«

Frey bleibt auf der Türschwelle stehen und sieht mir nach, wie ich die Straße entlang davongehe – immer weiter weg von Lord Falmouth, den sie in die entgegengesetzte Richtung gescheucht hat. Aber meine Hände zittern und mein Hals ist wund, und ich fühle mich erst dann wirklich sicher, als die Dornenranken sich hinter mir schließen und ich wieder auf dem Grund meines geliebten Hauses bin.

Ich komme bis zum Jakaranda, bevor meine Füße unter mir nachgeben und ich schluchzend auf die Knie falle. Burleigh schließt mich in seine Efeu-Arme und breitet unter mir ein Bett aus Moos aus, während der Wind in den Ästen wortlosen Trost wispert. Als meine Tränen aufgebraucht sind, nimmt der Himmel allmählich ein blasses Rot an. Ich liege da, reglos wie ein Stein, und schaue zu, wie der Morgen dämmert. Ich fühle mich hoffnungslos und – trotz Burleighs Gegenwart – so alleine wie nie zuvor.

17

Noch vor der Morgendämmerung wache ich auf, weil jemand stürmisch an meine Tür klopft. Mein Herz macht einen Satz. Jed ist zu dieser Zeit bereits außer Haus und Mira klopft nie an.

Ich taumle aus dem Bett und ziehe mir auf dem Weg zur Tür den Morgenmantel über.

»Wyn …«

Weiter komme ich nicht, denn vor mir steht Esperanza. In ihrem Reitkostüm sieht sie aus wie frisch aus einem Modemagazin.

»Ich mache mich auf den Weg nach Bath«, sagt sie sachlich, und ihre ganze Haltung drückt Entschlossenheit aus. »Jemand muss meinen Vater davon überzeugen, dass dieser Tölpel Falmouth sich irrt, was Burleigh angeht. Und ich bin die Einzige, die das kann. Aber ich lasse dir Alfred hier, falls du etwas brauchst oder falls es neue Entwicklungen gibt. Ich glaube, wir sind ganz nah dran, Liebes – wir haben eine Liste von zwei Dutzend Hafenstädten in Cornwall, die mein Vater offenbar jedes Mal aufsucht, bevor er England verlässt. Und vielleicht kann ich Falmouth etwas entlocken, wenn ich in Bath bin.«

Ihr zarter Jasminduft steigt mir in die Nase, als sie mir einen Kuss auf die Wange drückt.

»Espie«, sage ich. »Versprich mir, dass du vorsichtig bist. Falmouth ist ein …«

»Glaub mir, das weiß ich«, erwidert Esperanza. »Aber ich bin auch nicht auf den Kopf gefallen, und ich besitze *schockierende* Informationen über dieses Scheusal. Geheimnisse, die seinen Ruf schwer beschädigen würden, wenn sie ans Licht kämen.«

Ich schüttle den Kopf. Wie schafft sie es nur, in dieser Welt zu bestehen, wo es von Spionen nur so wimmelt, niemand mit offenen Karten spielt und Gerüchte an der Tagesordnung sind? Ich würde untergehen, wenn ich dieses Leben führen müsste.

»Woher um alles in der Welt hast du diese Informationen?«, frage ich sie.

Esperanza macht eine wegwerfende Geste. »Von den Mädchen bei Hof natürlich. Niemand nimmt uns ernst, daher geben wir die besten Spioninnen ab. Jetzt muss ich los, wenn ich noch vor Falmouth in Bath sein will. Sei brav und tu nichts, was ich nicht auch tun würde.«

Dann ist sie auch schon weg, so schnell, wie sie gekommen ist.

Ich gehe zur Fensterbank und lege Papas Haushaltsbuch auf meinen Schoß, mehr aus Gewohnheit, als um wirklich darin zu lesen. Ich blättere zwar in den Seiten, aber meine Gedanken sind woanders. Der Himmel im Osten färbt sich grau, und nachdem ich ein paar Minuten unruhig auf der Bank hin und her gerutscht bin, ziehe ich mich eilig an und schleiche mich nach draußen.

Die Bäume hinter dem Haus sind nebelverhangen und grün, aber der Waldboden ist von Mörtelbrocken übersät. Über mir singen die Vögel in den Zweigen und ein paar Glockenblumen blühen wie zum Trotz.

»Wyn?«, rufe ich und wandere zwischen den Bäumen hin und her, ohne mich an die Pfade zu halten. »Bist du da, Wyn?«

Ich rechne nicht damit, ihn hier zu finden. Die Wahrheit ist, dass er schon die ganze Zeit wegwollte – meine Rückkehr hat seinen Aufbruch nur etwas hinausgezögert. Aber ich kann mich nicht mit seinem Verschwinden abfinden, solange ich nicht überall nachgesehen und jeden Stein umgedreht habe. Falls ihm tatsächlich etwas Schlimmes zugestoßen ist und er nicht einfach nur Burleigh den Rücken zugekehrt hat, könnte ich es mir nie verzeihen, nicht nach ihm gesucht zu haben.

»Wyn?«

Irgendwo über mir fängt ein Rotkehlchen an zu singen, die fließende Melodie trägt weit bis in den Wald hinein. Ein Eichhörnchen huscht einen Baumstamm hinauf wie ein rotbrauner Blitz. Ich schließe für einen Moment die Augen und nehme den Geruch und die Geräusche des Waldes in mich auf. Fast gelingt es mir, die vergangenen sieben Jahre auszublenden. Fast kann ich mir ein besseres Leben vorstellen.

Mama ist immer noch bei uns. Wyn ist unten am Bach und gleich wird uns Mira zum Frühstück hereinrufen. Papa ist immer noch der Hüter …

Nein. Selbst wenn mein Vater noch der Hüter wäre, würde Burleigh trotzdem vor sich hin siechen und jeden Tag ein bisschen kränker werden, weil der Bann das Haus niederdrückt.

Als ich die Augen wieder öffne, steht Wyn auf dem Waldweg, keine zehn Yards von mir entfernt. Ich blinzle, um sicherzugehen, dass er nicht nur eine Erinnerung des Hauses ist, sondern leibhaftig vor mir steht. Aber er ist nicht von einem flirrenden Lichtschein umgeben, nur vom Spiel der Sonnenstrahlen, die durch das Blätterwerk fallen.

Wyn scheint wohlauf zu sein. Tatsächlich hat er seit Tagen nicht mehr so gut ausgesehen. Die Schatten unter seinen Augen sind verschwunden, seine zerzausten Haare locken sich feucht an seinem Kragen, als hätte er sich gerade im Bach gewaschen.

Die Sorge um ihn, die ich sieben endlose Jahre lang tief in mir vergraben und die ich auch gestern Abend mit aller Macht unterdrückt habe, um nicht zusammenzubrechen, stürzt über mich herein wie eine Sturmflut. Meine Hände fangen an zu zittern, und ich habe das Gefühl, mich gleich übergeben zu müssen. Plötzlich ertrage ich es nicht, ihn anzusehen. Ich drehe mich auf dem Absatz um und renne blindlings durch den Wald. Doch es dauert nicht lange, bis ich seine Schritte hinter mir höre.

»Violet!«, ruft Wyn. »Vi, bleib stehen!«

Aber ich bleibe nicht stehen. Nicht bevor ich den Wald hinter mir gelassen habe und auf der Wildblumenwiese angelangt bin. Die Blüten haben seltsam verdrehte Formen, und als ich meine Fäuste balle und nach Atem ringe, schießen Dornenranken aus dem Boden und bilden einen hüfthohen, stacheligen Wall um mich.

Wyn bleibt abrupt stehen.

»Hör zu, es tut mir leid«, sagt er leise. »Ich wäre nicht weggegangen, wenn ich eine Wahl gehabt hätte.«

Ich schüttle den Kopf, in dem verzweifelten Bemühen, nicht das zu fühlen, was ich fühle, und um mich nicht daran zu erinnern, wie meine Mutter mich verlassen und mein Vater mich dann zu einem heimatlosen Waisenkind gemacht hat. Aber für mein Herz spielt es keine Rolle, aus welchem Grund Wyn weggegangen ist. Er hat es getan, das allein zählt. Ohne Vorwarnung ist er plötzlich weggewesen. Aber ich weiß auch, wie unbarmherzig und ungerecht mein Herz sein kann, daher zwinge ich mich dazu, Einsamkeit und Schmerz zurückzudrängen.

»Nein«, sage ich zu Wyn. »Es ist in Ordnung. Ich darf nichts von dir erwarten, was du nicht geben kannst. Du hast von Anfang an klargemacht, dass du nicht lange bleiben willst. Es war dumm von mir. Vergiss es.«

Wyn macht einen Schritt auf mich zu, ohne auf die Dornen zu achten. Sie weichen ein Stück zurück, um ihn zu mir zu lassen. »Violet, sprich wenigstens ein einziges Mal das aus, was du denkst. Sag mir die Wahrheit. Du bist wütend auf mich, gib's zu.«

»Nein. Ja. Du bist *weggegangen*. Ich habe es satt, dass Leute mich im Stich lassen, Wyn. Ich habe es so satt. Erst meine Mutter, dann mein Vater, jetzt du ...«

»Ich bin zurückgekommen«, sagt er, aber es klingt nicht so, als wollte er sich verteidigen.

»Es geht nicht nur um dieses eine Mal«, widerspreche ich. »Warum bist du damals nicht mitgekommen, als Papa unter Arrest gestellt wurde? Warum bist du bei ihm geblieben? Ich hätte dich gebraucht, Wyn. Mama hat sich immer nur um sich selbst gekümmert und bei Papa drehte sich alles nur um Burleigh. Du warst der Einzige, bei dem ich mich sicher fühlte, aber dann hast du mir den Rücken zugekehrt, um ausgerechnet *hier* zu bleiben, und ich verstehe einfach nicht, warum.«

»Blut und Mörtel«, murmelt Wyn. Er fährt sich mit der Hand übers Gesicht. »Violet, kann ich dir etwas zeigen?«

»Na gut, von mir aus«, antworte ich matt. Jetzt, wo ich alles losgeworden bin, ist nur noch Traurigkeit und Leere in mir übrig.

Die Dornenranken ziehen sich zurück und verwelken, als ich einen Schritt auf Wyn zutrete.

»Hier entlang.« Er führt mich wieder zum Wald, aber als wir die ersten Bäume erreichen, halte ich inne. Ich würde lieber im Sonnenlicht bleiben, in Sichtweite meines Hauses, das mich nie im Stich gelassen hat. Aber Wyn bleibt stehen und wartet auf mich, also folge ich ihm nach kurzem Zögern.

Wir dringen so weit in den Wald vor, wie es geht, ohne den Grund und Boden von Burleigh zu verlassen. An einer abgelegenen Stelle, mitten im Dickicht, stoßen wir auf etwas, das ich noch nie gesehen habe.

Zwischen den Bäumen steht eine kleine Schäferhütte. Sie ist wahllos aus Brettern zusammengezimmert, das Dach besteht aus dünnen Schilfblättern. Fenster gibt es keine, nur eine Tür.

»Was ist das?«, frage ich Wyn. »Wer hat das gebaut?«

»Ich«, sagt er und vergräbt seine Hände in den Hosentaschen. »Im ersten Jahr des Arrests. Geh rein, dann wirst du verstehen.«

Ich öffne die Tür, aber an der Schwelle halte ich inne. »Kommst du mit?«

Wyn ist sofort bei mir. Es ist ein beruhigendes Gefühl, ihn hinter mir zu wissen. Vorsichtig betrete ich die kleine, dunkle Hütte. Durch die Ritzen zwischen den Brettern und die Löcher in der Decke fällt nur spärliches Licht, aber dann entzündet Wyn mit einem Schwefelhölzchen eine Lampe – und auf einmal ist es, als wären wir beide alleine in einer kleinen goldenen Kugel, während alles andere draußen der erdrückenden Gegenwart von Burleigh House ausgeliefert ist.

Hier drinnen spüre ich das Haus nur gedämpft. Ich stoße einen hörbaren Seufzer der Erleichterung aus, als Burleighs Leid und Erschöpfung sich an den Rand meiner Wahrnehmung zurückziehen. Sie verstummen nicht ganz, aber sie werden schwächer, bis sie nur noch ein leises Flüstern sind.

»Das liegt daran, dass in dieser Hütte nichts von Burleigh stammt«, erklärt Wyn, der anscheinend weiß, wie ich mich fühle, ohne dass ich etwas sagen muss. »Ich habe diese Bretter in einem alten Schuppen entdeckt, und auch die Nägel und das Schilf. Jemand hatte sie aus dem Dorf hierhergebracht und sie lagen einfach nur herum und verstaubten. Also habe ich sie verwendet, um diese Hütte zu bauen. Burleigh hatte keinen Anteil daran. Am Anfang des Arrests hat das Haus mich immer … im Auge behalten. Du weißt, wie das ist, wenn es seine ganze Aufmerksamkeit auf dich richtet und du dich kaum noch aufrecht halten kannst. Tagelang ging das so, bis ich irgendwann so erschöpft war, dass ich nicht mehr geradeaus schauen konnte. Ich wollte einfach einen Ort für mich alleine, ein Versteck. Das ist mein Rückzugsort.«

Ich setze mich auf den rauen Bretterboden und schlage die Beine übereinander. Wyn nimmt mir gegenüber Platz und stellt die Lampe zwischen uns.

»Wenn ich Hausmagie gewirkt habe, hilft es mir, hierherzukommen«, sagt er und sieht mich beinahe entschuldigend an. »Wenn alles zu viel für mich wird, kann ich kaum noch an etwas anderes denken. Ich wollte dich nicht im Stich lassen, Vi. Bist du immer noch wütend auf mich?«

»Konnte ich schon jemals lange wütend auf dich sein?«

In Wyns Lächeln mischt sich Traurigkeit und Wehmut. »Nein, vermutlich nicht.«

»Darf ich mich ein wenig umsehen?«, frage ich und mache eine ausladende Handbewegung.

Wyn zuckt mit den Schultern. »Von mir aus. Aber es gibt nicht viel zu sehen.«

Doch das stimmt nicht ganz. Ich nehme die Lampe und halte sie hoch. Im Lichtschein sehe ich, dass an allen Wänden Kohlezeichnungen hängen. Die Landschaft, die darauf dargestellt ist, kommt mir schmerzlich vertraut vor – weite, flache Gewässer und ausgedehnte Sumpfwiesen und am Himmel kreisende Seevögel. Ich kann das Meer beinahe hören, das Salz beinahe schmecken, das Solewasser beinahe riechen.

»Das sind die Sümpfe«, sage ich und drehe mich zu Wyn um. »Woher wusstest du, dass wir dort hingegangen waren?«

»Jed hat es mir gesagt, bevor ihr aufgebrochen seid.« Er steht auf – geduckt, um sich nicht den Kopf an den geschnitzten Holzvögeln anzustoßen, die von der Decke herabhängen. Im dämmrigen Licht blinzelnd schaue ich mir die Vögel genauer an. Ich erkenne sie alle. Eine Krickente, eine Rohrweihe, ein Kranich, ein Grauwürger mit seinem kleinen krummen Schnabel. Es sind die Vögel des Sumpfes.

»Ich habe in der Bibliothek von Burleigh einige Bücher herausgesucht, um mehr über die Gegend zu erfahren, in der du dich die ganzen Jahre über aufgehalten hast«, sagt Wyn.

Mit einem Mal fangen meine Augen zu brennen an und mein Hals wird eng. Sogar als ich weit weg war, waren wir in gewissem Sinne zusammen. Manchmal kommt es mir vor, als wäre ich genauso eng mit ihm verbunden wie mit Burleigh. Meine Angst weicht – er hat mich nicht verlassen, er ist immer noch da.

Er ist immer noch da.

»Wyn?«, sage ich. Er sieht mich fragend an. »Bitte hör auf, Hausmagie zu wirken. Sie ist gefährlich, und ich ertrage es nicht, mit anzusehen, was sie mit dir macht.«

»Ich weiß«, sagt er. »Ich weiß, ich sollte es lieber lassen. Ich habe dir versprochen, damit aufzuhören. Aber wenn ich zulasse, dass der Mörtel sich über das ganze Land ergießt …«

Er verstummt, und einen Moment lang sagt keiner von uns ein Wort. Burleigh geht zugrunde, und jemand muss sich seiner verheerenden Kraft entgegenstellen, bis ich die Urkunde gefunden habe.

Falls ich die Urkunde jemals finden werde.

Ich wende mich wieder Wyns Zeichnungen an den Wänden zu. Mein Blick bleibt an einem Bild hängen, auf dem Möwen zu sehen sind, die über einen Strand hinwegsegeln. Als ich näher herantrete, entdecke ich auf den Wellen und den Flügeln der Möwen seltsame Zeichen. Nein, keine Zeichen, sondern mit Tinte geschriebene Buchstaben, die sich von der anderen Seite des Papiers durchgedrückt haben.

»Darf ich?«, frage ich und deute auf das Bild.

»Nur zu«, sagt Wyn.

Ich ziehe die Reißnägel heraus, die das Blatt an der Wand halten, und drehe das Papier um.

Jemand hat Verse darauf geschrieben, aber die Handschrift ist mir nicht vertraut. Der Wortlaut und der Rhythmus erinnern mich an etwas – an das alte Lied über die Großen Häuser, das Papa mir immer vorgesungen hat, als ich noch klein war. Aber der Text stimmt nicht, es sind eher Anweisungen. Als ich sie lese, stellen sich mir die Nackenhärchen auf.

Als Erstes sprich einen Bann
Als Zweites führe eine Klinge
Als Drittes gib deinen Geist
Als Viertes gib dein Leben
Als Fünftes empfange die Macht
Als Sechstes nimm alles in dir auf
Bis in deinen Adern Mörtel rinnt
Bis dein Atem das Gestein durchdringt

»Weißt du, was das ist?«, frage ich Wyn und halte ihm das Blatt hin. Einen endlos langen Moment sagt er kein Wort und starrt nur auf das Papier.

»Nein«, sagt er dann. Aber er schaut mir nicht in die Augen, daher weiß ich, dass er lügt. Er hat mir noch nie etwas vormachen können.

»Was ist es?«, bedränge ich ihn.

»Ich weiß es nicht, das habe ich doch gesagt. Irgendein alter Unsinn auf einem Zettel, den ich vor Jahren gefunden habe. Häng es wieder an die Wand.«

Stirnrunzelnd schaue ich ihn an. »Ich möchte es behalten, es könnte wichtig sein.«

»Wie du willst.«

Auf dem Rückweg herrscht eine eigenartige Spannung zwischen uns. Sie hält sich hartnäckig, bis wir den Wald hinter uns gelassen haben und ich die Ärmel meiner derben Fischerbluse hochkremple, weil der Tag bereits warm und drückend geworden ist. Ich höre, wie Wyn scharf die Luft einzieht.

»Violet Sterling, was ist mit dir passiert?«

Verwirrt blicke ich ihn an. »Was?«

Statt einer Antwort nimmt er meine Hand und hält sie hoch. Zum ersten Mal seit langer Zeit berührt er mich, ohne dass einer von uns beiden Hausmagie wirkt, und auch wenn zwischen uns gerade nicht alles im Reinen ist, lässt das Gefühl von seiner Haut auf meiner mich erschauern.

Aber ich muss nicht lange überlegen, worauf sich seine Frage bezieht. An meinen Handgelenken heben sich tiefblaue Blutergüsse dunkel von meiner hellen Haut ab. Das feine rosafarbene Mal, das sich wie ein Band um mein linkes Handgelenk zieht, tritt noch deutlicher hervor als sonst.

»Ach, das«, sage ich gespielt beiläufig, aber ich merke selbst, wie gezwungen es klingt. »Falmouth war nicht gerade erfreut darüber, wie sich die Dinge entwickelt haben. Als ich gestern Abend aus dem *Red Shilling* kam, hatten wir eine sehr … lebhafte Unterhaltung.«

Ich habe Wyn noch nie so aufgebracht erlebt. »Ist er immer noch da?«

»Nein, er ist nach Bath abgereist, also mach dir wegen ihm keine Sorgen«, antworte ich.

»Bist du sicher?«, fragt Wyn.

Ich verziehe das Gesicht zu einem schiefen Lächeln. »Frey hat ihn mit einer Pistole in die Flucht geschlagen. Ich gehe davon aus, dass er nicht so bald zurückkommen wird.«

Sogar in meinen eigenen Ohren klingen meine Beschwichtigungen leer und unglaubwürdig. Ich habe Wyn nichts von meinem Pakt mit dem König erzählt – dass Falmouth das Haus übernehmen wird, falls Burleigh den Sommer überlebt und ich die Urkunde bis dahin noch nicht gefunden habe. Und ich werde es jetzt ganz sicher nicht zur Sprache bringen, denn ich weiß selbst noch nicht, was ich tun würde, wenn es tatsächlich so weit kommen sollte.

Wir betreten das Haus durch den zerstörten Wintergarten. Glassplitter knirschen wie Kies unter unseren Füßen. Ich muss hier schleunigst aufräumen, in seinem derzeitigen Zustand verträgt Burleigh diese Unordnung nicht. Aber es gibt noch so viel anderes, was erledigt werden muss. Im Schieferdach des

Gästeflügels fehlen so viele Schindeln, dass es aussieht, als hätte sich mein Haus einen architektonischen Ausschlag eingefangen. Trotz Wyns Bemühungen hat das große Speisezimmer weiterhin so viele Risse, wie Blätter an einem Baum sprießen. Seit meinem unglücklichen Missgeschick mit der Hausmagie klafft immer noch ein tiefer Spalt im Boden des Ballsaals. Und überall kriecht Efeu durch Fenster und über Dachkanten. All die Schäden und Verletzungen liegen mir schwer auf der Seele.

»Wann endet heute deine Schicht im *Red Shilling*?«, fragt Wyn. Er umfasst meinen Ellbogen, um mich zu stützen, als ich beinahe über eine umgekippte Ottomane stolpere.

»Für gewöhnlich kurz nach zwei.«

»Dann werde ich um zwei da sein, um dich nach Hause zu begleiten.«

»Ach Wyn,«, seufze ich. »Sei nicht albern. Falmouth ist fort und ich …«

»Lass mich doch«, unterbricht er mich. »Jetzt hältst du es für unnötig, aber heute Nacht bist du vielleicht froh, wenn du nicht alleine nach Hause gehen musst. Vertrau mir einfach. Ich weiß schon, was ich tue.«

Ich gebe mich geschlagen. »Also gut, wenn du es unbedingt willst.«

Wyn hält die Tür für mich auf und blickt noch einmal auf das Durcheinander im Wintergarten zurück.

»Da weiß ich ja schon, was ich heute zu tun habe«, sagt er. »Aber zuerst gehen wir zu Mira und schauen, ob sie etwas zu essen für uns hat. Ich bin am Verhungern. Ich habe seit gestern Morgen nichts Vernünftiges mehr in den Magen bekommen.«

Wyn grinst mich an, und für einen kurzen Moment ist er ein ganz normaler Junge – der Mensch, der er geworden wäre, hätte er sich nicht meiner Familie und meinem Haus verpflichtet.

»Ich habe mich mit Mira gestritten«, sage ich und lasse den Kopf hängen, denn ich mag es, wenn Wyn mich bemitleidet. »Mit Jed würde ich mich sicher auch streiten, wenn er nicht immer schon vor der Morgendämmerung unterwegs wäre und längst schlafen würde, wenn ich nachts nach Hause komme. Wir sind unterschiedlicher Meinung, was Burleigh angeht.«

»Tja, *ich* streite nicht mit dir«, sagt Wyn.

»Nein?«, frage ich zweifelnd. Hat er den seltsamen Zettel von seiner Wand, der sich nun in meiner Rocktasche befindet, bereits vergessen?

»Nein.« Wyn versucht vergeblich, ein Lächeln zu unterdrücken. »Ich streite nie mit dir. Wir haben nur ab und zu kleine Meinungsverschiedenheiten.«

»Das ist doch dasselbe«, murmle ich.

»Nein, ist es nicht. Wenn ich mit dir streiten würde, dann wäre ich wütend auf dich. Und ich bin nie wütend auf dich.«

»Aber ich bin manchmal wütend auf *dich*«, entgegne ich. »Wie kommt es, dass du so viel netter bist als ich?«

Ich verlangsame meine Schritte, aber Wyn geht weiter.

»Ich bin schon immer viel netter gewesen als du«, sagt er. »Das weiß jeder.«

Als Wyn merkt, dass ich nicht mehr an seiner Seite bin, bleibt er stehen, dreht sich zu mir um und wartet geduldig auf mich. Den Kopf zur Seite geneigt, betrachte ich ihn. Als ich

Wyn nach meiner Rückkehr zum ersten Mal wiedergesehen habe, war meine Freude von Wehmut getrübt. Ich hatte erwartet, den kleinen Jungen meiner Kindheit vor mir zu sehen. Inzwischen hat sich das geändert: Ich mag Wyn genau so, wie er ist, und kein bisschen anders.

Blut und Mörtel, ich bin froh, dass er wieder da ist.

»Warum schaust du so? Was hast du denn?«, fragt Wyn und runzelt die Stirn.

»Nichts«, sage ich und eile zu ihm. »Überhaupt nichts.«

18

Irgendwann während meiner Schicht im Wirtshaus kommt Alfred mit mürrischer Miene die Treppe herunter. Ohne Esperanza wirkt er seltsam verloren. Er setzt sich an seinen Stammplatz und schon bald ist der ganze Tisch mit Zetteln und Schreibheften, Notizbüchern und alt aussehenden Schriften bedeckt.

Alfred trinkt ausschließlich Tee, das weiß ich inzwischen, und als ich ein zweites Mal an seinen Tisch trete, um ihm nachzuschenken, setze ich mich für einen Moment zu ihm.

»Sind dir diese Verse schon einmal untergekommen?« Ich ziehe Wyns Zeichnung aus meiner Rocktasche und schiebe sie verkehrt herum über den Tisch, damit Alfred die handgeschriebenen Zeilen auf der Rückseite lesen kann.

Blinzelnd starrt er durch seine Brille hindurch auf den Text und wird blass. »Woher hast du das?«

»Ich habe es im Haus gefunden«, antworte ich.

»Vergiss es am besten gleich wieder«, sagt Alfred und vergräbt seine Nase in einem Buch.

Ich beuge mich über den Tisch und ziehe das Buch weg,

damit er sich nicht dahinter verstecken kann. »Du und Wyn, ihr rückt nie mit der Sprache heraus, aber das hilft uns nicht weiter. Es ist *mein* Haus, Alfred. Ich habe ein Recht darauf, zu wissen, was diese Verse bedeuten.«

Er sieht mich gequält an. »Esperanza würde mich umbringen, wenn sie herausfände, dass ich es dir verraten habe.«

»Sie muss es ja nicht erfahren«, sage ich.

»Ich möchte aber keine Geheimnisse vor ihr haben«, erwidert Alfred verdrossen.

»Und ich möchte nicht, dass mein Haus *stirbt*.«

»Also gut, meinetwegen.« Alfred kramt in seinen Unterlagen und fördert ein sehr altes Buch zutage, dessen Einband aus gegerbter Tierhaut besteht. Während er darin blättert, sehe ich, dass die Seiten mit verblasster Tinte beschrieben sind. Ich kann zwar die einzelnen Buchstaben lesen, aber die Sprache ist mir nicht vertraut.

Alfred deutet auf eine Stelle im Text. Ich schüttle den Kopf. »Das kann ich nicht lesen. Was für eine Sprache ist das?«

»Oh, tut mir leid, das ist ein altenglischer Text aus der Regierungszeit meines Namensvetters Alfred des Großen. Er entstand also fast zweihundert Jahre, bevor die Großen Häuser mit einem Bannspruch belegt wurden. Siehst du das hier?« Er deutet auf ein paar eingerückte Zeilen. »Dies sind in etwa die Verse, die auf deinem Blatt stehen. Tatsächlich sind sie fast identisch. Es sind Anweisungen, wie man einen Menschen unauflösbar an ein Großes Haus bindet. Wir, die wir uns der Erforschung der Großen Häuser verschrieben haben, nennen so etwas einen Bannvers.«

Ich runzle die Stirn. »Aus welchem Grund hätte jemand eine solche Verbindung mit einem Haus eingehen sollen – und das zu einer Zeit, als William der Bannsprecher die Häuser noch nicht unterworfen hatte?«

»Es gibt zwei mögliche Erklärungen«, sagt Alfred. Seine Leidenschaft für ausufernde Vorträge über die Geschichte der Häuser gewinnt anscheinend die Oberhand über seine Skrupel. »Bei der einen geht es um ein Haus im schottischen Hochland, auch wenn in diesem Text nicht von einem Haus die Rede ist, sondern von einem Hexenhof. Dem Buch zufolge war der Hof unglaublich alt, älter als jedes andere Anwesen in dieser Gegend. Aber irgendwann setzte der Verfall ein. Der Hof brauchte neues Land und einen neuen Anfang. Also ging der Mann, der für ihn verantwortlich war – nenn ihn, wie du willst, sei es Priester, Schamane oder Hüter – eine Bindung mit dem Hof ein. Er gab ihm sein Blut, seine Knochen und seinen Atem und brachte ihn nach Yorkshire, wo der Hexenhof zu Ripley Castle wurde. Faszinierend.«

»Und die andere Erklärung?«, frage ich.

»Einen Moment.« Alfred blättert ein paar Seiten weiter. »Ah, hier haben wir es. Der Chronist schreibt von einem Ort in Exmoor, in der Nähe von Withypool. Dort soll es eine seltsame Ortschaft namens Burglæcan gegeben haben, auch ›die Stadt, die aus der Erde sprießt‹ genannt. Und die Bewohner? Sie hießen *Stiorlings* – das kommt von *stioran*, was so viel bedeutet wie *führen, leiten*. Burglæcan blickte auf eine lange, blühende Geschichte zurück, bis irgendwann die Dänen kamen und das Dorf erstürmten. Aber alle Angreifer erlitten einen plötzlichen

Tod … ganz ohne Vorwarnung und ohne jede Gewalteinwirkung. Dem Chronisten zufolge sickerte eine graue Substanz aus ihren Ohren und Augen und Nasen. Von da an ging es mit Burglæcan rasch bergab, bis eine Stiorling eine unauflösliche Bindung mit dem Haus einging und es an einen anderen Ort versetzte.«

»In die Blackdown Hills«, sage ich.

»Richtig«, erwidert Alfred. »In die Blackdown Hills, wo es zu Burleigh House wurde, wie ich vermute.«

»Und aus den Stiorlings sind die Sterlings geworden.«

»Genau.«

»Was ist mit der Frau passiert, die Burleigh hierher versetzt hat?«, frage ich und lehne mich vor. »Und mit dem Mann, der das schottische Haus an einen anderen Ort verpflanzt hat?« Vor Aufregung schlägt mein Herz schneller. »Könnte ich Burleigh House ein weiteres Mal versetzen und ihm damit einen Neuanfang ermöglichen?«

Vielleicht ist es gar nicht nötig, die versteckte Urkunde zu finden. Vielleicht gibt es eine einfachere Lösung für meine Probleme.

Alfred blickt auf das Buch, das vor ihm liegt. »Sie sind gestorben. Es gibt ähnliche Geschichten vom Festland, aber das Ende ist immer gleich. Man kann ein Großes Haus retten, indem man eine Bindung mit ihm eingeht, aber damit spricht man sein eigenes Todesurteil aus.«

»Oh.« Meine Stimme wird ganz dünn. »Also deshalb wollte Esperanza nicht, dass du es mir erzählst. Sie denkt, ich …«

»Ja«, unterbricht mich Alfred. »Genau das fürchtet sie.«

Er nimmt seine Brille ab und reibt sich mit zwei Fingern die Nasenwurzel, wie um Kopfschmerzen zu vertreiben. »Ich kann dir keinen Rat erteilen, Violet. Letztlich läuft es wohl auf die eine Frage hinaus: Liebst du Burleigh mehr als alles andere auf der Welt? Für mich ist Espie das Liebste, und wenn es sein müsste, würde ich, ohne zu zögern, mein Leben für sie geben. Wärst du bereit, das Gleiche für Burleigh zu tun?«

Eigentlich dürfte es in dieser Frage keinen Zweifel für mich geben. Immerhin bestand meine ganze Kindheit daraus, mein Haus, meine Pflichten und meine Berufung kennenzulernen. Ich bin die Hüterin von Burleigh House, und eine gute Hüterin stellt ihr Haus über alles, sogar über ihr eigenes Leben.

Aber mein Leben hat doch gerade erst angefangen.

Früher war ich so sicher, was mich und meine Rolle in dieser Welt angeht. Als Kind schien alles so klar – ich würde mich um Burleigh kümmern und Burleigh sich um mich. Sogar in den Sümpfen hatte ich die Gewissheit, dass alles wieder in Ordnung sein würde, sobald ich erst nach Burleigh House zurückgekehrt wäre.

Aber das ist es nicht. Alles zerfällt.

»Danke, Alfred.« Ich stecke den Zettel mit dem Bannvers in meine Rocktasche zurück. »Ich bin froh, dass du ehrlich zu mir warst.«

»Was hast du jetzt vor?«, fragt er.

»Ich weiß es noch nicht«, antworte ich wahrheitsgemäß. »Ich muss darüber nachdenken.«

Und genau das tue ich. Während meiner restlichen Schicht passiert mir ein Missgeschick nach dem anderen, bis Frey mich zur Seite nimmt und fragt, ob es alles in Ordnung ist. Nein, das ist es nicht. Körperlich fehlt mir nichts, aber meine Gedanken sind in Aufruhr. In mir toben Angst und Furcht vor dem, was kommt. Als ich am Ende meiner Schicht zur Tür gehe, steigt die Erinnerung in mir hoch. Ich spüre wieder, wie Falmouth meine Handgelenke packt und mir die Kehle abdrückt. Plötzlich ist auch die Angst der vergangenen Nacht wieder da. Als ich nach dem Türknauf greife, erlebe ich erneut, wie sein Arm mir die Luft abschnürt und seine Finger sich in meine Haut bohren.

Ich schüttle den Kopf, um die Furcht einflößenden Gedanken zu verscheuchen, und trete hinaus in die feuchte Nachtluft. Nein, das werde ich nicht zulassen. Ich werde nicht zulassen, dass ein eingebildeter, hochnäsiger Edelmann es schafft, dass mir der Ort, an dem ich geboren wurde, Angst einjagt. Ich habe schon genug Ängste, die mich quälen, da brauche ich nicht noch eine weitere.

Ich blicke hinauf zu den Sternen und fange an zu zählen. Noch bevor ich das erste Dutzend voll habe, werde ich unterbrochen.

»Schon vergessen, dass ich dich abholen wollte?« Im Mondlicht sehe ich Wyn, der an der Wirtshausmauer lehnt. Bei seinem Anblick lösen sich alle meine Ängste auf wundersame Weise in Luft auf.

»Ja, das habe ich«, gebe ich ein wenig beschämt zu. »Aber du hattest recht. Ich bin froh, dass du da bist.«

Wyn grinst, und gemeinsam gehen wir nebeneinander die Straße entlang, die nach Hause führt. Obwohl es Juni ist, wird es immer kälter, je näher wir Burleigh House kommen. Als wir nur noch eine halbe Meile entfernt sind, liegt eine dünne Schicht Raureif auf den Hecken. Die Sterne glitzern kalt und klar und mein Atem bildet kleine Wölkchen in der Luft. Fröstelnd schlinge ich die Arme um mich.

»Das ist kein gutes Zeichen«, sage ich zu Wyn.

»Vi, ich muss dir etwas sagen – während du heute im Wirtshaus warst, ist etwas mit Burleigh passiert.«

Abrupt bleibe ich stehen. »Was soll das heißen, *es ist etwas passiert?*«

Wyn zieht die Schultern hoch und schüttelt den Kopf. »Du wirst es gleich sehen.«

Plötzlich sind alle meine Ängste wieder da, pulsieren in einem endlosen Kreislauf durch meine Adern. Als wir am Heckentor angekommen sind, spüre ich es: Burleighs Schmerz, der jedes Mal in mein Bewusstsein dringt, sobald ich das Anwesen betrete, ist nicht mehr nur ein dumpfes Pochen. Er ist schneidend und unmittelbar und unmöglich zu ignorieren. Ich muss nach Luft schnappen, als er mich mit voller Wucht trifft.

Kaum bin ich durch das Tor getreten, kriecht Efeu die Auffahrt entlang auf mich zu und windet sich an mir empor, um meine Hand zu umschlingen. Kleine weiße Blüten öffnen ihre Knospen, und ich spüre Burleighs überwältigende Erleichterung darüber, dass ich wieder da bin.

»Mein armer Schatz«, flüstere ich. »Was ist passiert?«

Als ich den Blick hebe und das Haus sehe, steigt ein Schluchzen in mir auf.

Das Dach des Gästeflügels ist eingestürzt. Mörtel sickert aus zerborstenen Balken und bröckelndem Stein. Schwarze Dornen klettern die Mauern empor. Ich raffe meinen Rock, renne die Auffahrt hinauf und stürme ins Haus. Burleighs Schmerz schlägt mir entgegen, grell wie das Blitzen eines Leuchtturms.

Als ich die Tür zum Gästeflügel öffne, quillt eine Staubwolke heraus und nimmt mir den Atem. Erst als sie sich wieder gelegt hat, sehe ich das ganze Ausmaß der Verwüstung.

In der Decke klafft ein riesiges Loch, das sich über zwei Stockwerke hinweg erstreckt und den Blick auf den Nachthimmel freigibt. Berge von Schutt türmen sich in den Räumen – besser gesagt in dem, was noch von ihnen übrig ist. Überall fließt Mörtel – mein Haus verliert seinen Lebenssaft. Erschüttert schlage ich die Hand vor den Mund.

»Vi«, sagt Wyn leise. Er ist an meine Seite getreten, während ich wie versteinert dastand. »Alles in Ordnung mit dir?«

Nein, nichts ist in Ordnung. Mein Haus ist in einem so jämmerlichen Zustand, dass es mir vorkommt, als würde ich selbst innerlich zerfallen. Ich könnte noch fünfhundert Jahre lang im *Red Shilling* Gäste bedienen und Tische sauber wischen, und das Geld würde trotzdem nicht reichen, um diesen Schaden zu reparieren. Ganz zu schweigen davon, dass ich noch keinen Schritt weiter bin, was die Urkunde angeht. Mir bleibt ein einziger Sommer, um das zu erreichen, was mein Vater über Jahre hinweg nicht geschafft hat, obwohl ihm alle Mittel von West Country und das ererbte Land der Sterlings zur Verfügung standen.

Ich hingegen habe kein Geld, keinen Schlüssel und bin hoffnungslos unerfahren. Ich bin nicht gut genug. Ich werde in die Geschichte eingehen als die erste und letzte Sterling, die Burleigh House im Stich gelassen hat.

Alle diese Gefühle sind in mir, aber wenn Burleigh und ich etwas gemeinsam haben, dann ist es das Bestreben, unsere dunklen und unschönen Gefühle nicht nach außen dringen zu lassen. Ich werde nicht zusammenbrechen. Ich werde meiner Panik nicht nachgeben.

Aber ich komme mir so klein und hilflos vor. Mehr als alles andere wünsche ich mir, dass Wyn den Arm ausstreckt und meine Hand ergreift. Mir verspricht, dass alles am Ende wieder in Ordnung kommt. Ich weiß nicht, ob das überhaupt möglich ist, aber wenn er es sagen würde, könnte ich ihm vielleicht glauben. Aber es wäre falsch, das von ihm zu erwarten. Burleigh ist nicht seine, sondern meine Bürde.

Seite an Seite stehen wir da und blicken schweigend auf das, was der Anfang von Burleighs Ende ist.

»Würdest du für etwas, das du liebst, dein Leben opfern? Wenn es der einzige Weg wäre, um Schaden von ihm abzuwenden?«

Wyn zögert.

»Ja, das würde ich«, antwortet er nach einer Weile. Dann dreht er sich zu mir.

»Violet?«, sagt er. »Geh mit mir fort. Ich werde dich das nicht noch einmal fragen, das verspreche ich dir – aber lass uns gemeinsam weggehen.«

In seiner Stimme liegt nicht der kleinste Funken Hoffnung. Er fragt aus Gewohnheit, nicht weil er ernsthaft daran glaubt, ich könnte zustimmen.

Ich lege die Hand auf Burleighs marode Wand. Angst kriecht unter meine Haut. Panik. Einsamkeit.

Noch nie habe ich mir sehnlicher gewünscht, einfach Ja sagen und alles hinter mir lassen zu können. Aber ich schaffe es nicht.

Ich wende mich wieder zu Wyn um. Eine Weile lang sehen wir uns nur an, bis ich schließlich den Abstand zwischen uns überwinde. Ich strecke die Hand aus und fahre mit dem Daumen an seinem Kinn entlang, vergrabe meine Finger in seinen zerzausten Nackenhaaren. Wyns Haut an meiner ist wie Magie ohne Mörtel, voller Elektrizität und Möglichkeiten. Aber die Antwort, die ich ihm geben werde, fühlt sich schon jetzt an wie ein Ende.

Wyn holt bebend Luft und sieht mich an. Sein Gesicht verrät mir alles, was er sich wünscht.

Mich, alleine, weit weg von Burleigh House. Nur wir beide.

Wenn ich ehrlich bin, wünsche ich mir das manchmal auch.

»Wer wäre ich, wenn ich jetzt einfach weggehen würde, Wyn?«, frage ich ihn. Ich darf nicht zulassen, dass meine Sehnsucht die Oberhand gewinnt. »Wer wäre ich?«

Wieder allein in meinem Zimmer, kauere ich mich auf die Fensterbank. Mein Innerstes fühlt sich wund an. Trotzdem ziehe ich den Zettel mit dem Bannvers aus der Tasche und streiche ihn vor mir auf dem Kissen glatt.

»Burleigh«, flüstere ich. »Du hattest einen schweren Tag. Aber kannst du mir zeigen, was du über das hier weißt?«

Das Licht schwindet, bis um mich alles dunkel ist.

Dann weicht die Dunkelheit wieder und das Zimmer meines Vaters erwacht flirrend zum Leben. Papa steht neben dem Bett. Er sieht sehr jung aus, nur ein paar Jahre älter, als ich es jetzt bin. Unter der Bettdecke liegt jemand. Ein älterer Herr, den ich erst nach einem kurzen Moment erkenne. Sein Porträt hing dort, wo jetzt nur noch die Ruinen des Speisesaals stehen. Mein Großvater, Henry Sterling, der viele Jahre vor meiner Geburt gestorben ist. Er scheint krank zu sein. Mit zittriger Hand reicht er meinem Vater ein gefaltetes Blatt Papier.

»Das ist für dich, mein Junge«, sagt er. »Schon bald wird der Schlüssel an dich übergehen. Ich hoffe, du wirst lange leben und ein hervorragender Hüter sein. Aber falls sich die Dinge zum Schlechten wenden, falls das Haus irgendwann vor dem Verfall stehen sollte und ihm das gleiche Schicksal droht wie anderen Häusern auf dem Festland oder unserem sechsten Haus, dann musst du wissen, dass es eine Rettung gibt – vorausgesetzt, du bringst den nötigen Mut auf.«

Das jüngere Ich meines Vaters faltet das Papier auf und überfliegt die Zeilen. »Was ist das?«

»Es soll dich immer an etwas erinnern«, erklärt mein Großvater. »So wie einst William der Bannsprecher und alle seine Nachfahren die Großen Häuser mit Blut und Mörtel ihrem Willen unterworfen haben, so kannst auch du dich mit einem Bannspruch an Burleigh House binden.«

»Mich an das Haus binden?« Papa runzelt die Stirn. »Davon habe ich noch nie gehört.«

Henry Sterling setzt sich mühsam im Bett auf, und mein Vater tritt zu ihm, um ihn zu stützen.

»Niemand spricht gern darüber«, fährt mein Großvater fort. »Die meisten Hüter haben es vorgezogen, diesen Ausweg zu vergessen. Sie haben die Erinnerung daran aus ihrem Familiengedächtnis gestrichen. Aber wir nicht.«

»Also gut. Wenn es dein Wille und zum Besten von Burleigh ist, dann sag mir, was ich tun muss«, erwidert mein Vater, ohne zu zögern.

»Nein.« Warnend legt mein Großvater seine Hand auf Papas Arm. »Es ist nur ein allerletzter Ausweg, George. Wenn Burleigh dem Untergang geweiht ist und das Haus sich selbst nicht mehr dagegen wehren kann, dann kannst du als Hüter eine unauflösliche Verbindung mit ihm eingehen. Du kannst dich ganz in seine Dienste stellen und dem Haus als ein Vehikel dienen, um ihm einen Neuanfang fernab der Ruinen seiner alten Stätte zu ermöglichen.«

»Und dann?«

Henry Sterling – mein Großvater, den ich nie kennenlernen durfte – schüttelt den Kopf. »Ein *und dann* gibt es nicht, George. Um sich neu zu erschaffen, wird das Haus dich aufzehren. Es wird in dich eindringen und dich als leblose Hülle zurücklassen, sobald es einen anderen Ort für sich gefunden hat.«

Mein Vater ist blass geworden, seine Augen sind weit aufgerissen. Ich weiß genau, wie er sich jetzt fühlt, wie die Last der Verantwortung sich schwer auf seine Schultern legt.

»Was genau muss ich tun?«, fragt er nach einem Augenblick des Schweigens. »Falls es zum Schlimmsten kommen sollte.«

»Im Grunde ist es ganz einfach. Du musst deinen Willen

bekunden – dass du dich selbst für Burleigh aufgeben willst – und dein Blut mit seinem Mörtel vermischen. Dann wirst du alles fühlen, was das Haus fühlst, auch ohne Schlüssel. Burleigh wird sich deinem Willen beugen. Es ist wie … die Vereinigung zweier Seelen, so hat es zumindest mein Urgroßvater beschrieben. Sollte dich dein Mut verlassen, hast du noch eine letzte Möglichkeit für einen Rückzieher. Denn um Burleigh endgültig in dich aufzunehmen, musst du nach dem Bannspruch Hausmagie wirken. Es wird dich in Besitz nehmen, Stück für Stück, jedes Mal, wenn du seine Macht benutzt – bis es schließlich zu deinem Herzen vordringt. Dann wirst du nur noch ein Schatten sein. Der letzte wahre Diener unseres Hauses, der Burleigh ein neues, freies und ungebundenes Leben schenkt.«

Papa ergreift die Hand seines Vaters. »Ich schwöre dir, dies zu tun, sollte Burleigh es von mir verlangen.«

Henry Sterling nickt. Die Anspannung in seinen Zügen weicht und ein leichtes Lächeln breitet sich auf seinem Gesicht aus.

»Du bist sehr entschlossen, mein Junge. Und genau das ist auch vonnöten. Der feste Wille, sich selbst aufzugeben. Hoffentlich kannst du genauso entschlossen sein, sollte einmal der Zeitpunkt kommen, an dem der Bann gesprochen werden muss. Bist du erst einmal mit dem Haus verbunden, wird es dich nur freigeben, wenn ein anderer deinen Platz einnimmt. Und selbst dann müsstest du dich möglichst weit vom Haus entfernen, damit es deinen Nachfolger akzeptiert und dich loslässt.«

Die Erinnerung verblasst und ich bleibe alleine zurück. Mit verschränkten Beinen sitze ich auf der Fensterbank und betrachte die vom Mondlicht beschienene Handschrift meines Großvaters. Seine Worte hallen in meinen Ohren nach.

Du wirst alles fühlen, was das Haus fühlt, auch ohne Schlüssel. Burleigh wird sich deinem Willen beugen. Es ist wie die Vereinigung zweier Seelen.

Es wird dich in Besitz nehmen.

Dann wirst du nur noch ein Schatten sein.

Es wird in dich eindringen und dich als leblose Hülle zurücklassen, sobald es einen anderen Ort für sich gefunden hat.

Ich ziehe meine Knie zur Brust hoch, schlinge meine Arme um die Beine und mache mich so klein wie möglich. Ich kenne meine Pflicht – aber das ändert nichts daran, dass die mir auferlegte Bürde schwerer ist, als ein Mensch sie tragen kann. Und auch nichts an der Angst, die nach mir greift.

19

Jeden Morgen gehe ich erneut die Herkulesaufgabe an, den Schutt aus dem Gästeflügel wegzuräumen. Jeden Nachmittag mache ich mich auf den Weg zum *Red Shilling* und frage Alfred, ob er und Esperanza Fortschritte bei ihrer Suche nach der Urkunde gemacht haben. Und immer lautet die Antwort Nein. Espie hat alle Hände voll damit zu tun, ihren Vater und den fürchterlichen Lord Falmouth in Schach zu halten, aber das ist auch schon alles. Die Angst frisst Löcher in mich hinein, während ich Gäste bediene und durch dunkle Sommernächte wieder nach Hause gehe und Burleighs Erinnerungen durchforste, um auf meine eigene Art nach der Urkunde zu suchen.

Vergeblich. Ich lese das Haushaltsbuch meines Vaters von Anfang bis Ende, und dann noch einmal. Ich frage das Haus nach Erinnerungen zu hundert verschiedenen Tagen aus ganz unterschiedlichen Zeiten. Ich sehe, wie mein Vater sich mit meiner Mutter streitet. Ich sehe, wie er weggeht und weggeht und weggeht. Ich sehe *sie* weggehen. Ich sehe, wie mein Vater trinkt. Ich sehe, wie er den König empfängt, sehe die Anspannung in seinen Schultern, das Misstrauen in seinen Augen, das ich als Kind nie wahrgenommen habe.

Aber keiner der Erinnerungsfetzen aus unserer Familiengeschichte hilft mir weiter, und jeden Tag mehren sich die Zeichen dafür, dass Burleigh langsam stirbt. In den Petroleumlampen haben sich Eulen eingenistet. In den Ecken sammeln sich Dornen und verwelktes Laub. Aus den von Tag zu Tag größer werdenden Rissen in den Mauern sickert Mörtel. Immer öfter verliert sich Burleigh in seinen eigenen Erinnerungen.

Früher waren die Geister, die durch die Gänge des Hauses wandelten, nur gelegentliche, unaufdringliche Erscheinungen, aber jetzt sind sie allgegenwärtig. Manchmal biege ich um eine Ecke und gerate unversehens in eine Licht-auf-Wasser-Welt aus Burleighs Gedächtnis. Manchmal harren die Geister in den Ecken meines Zimmers aus und lassen mich nicht schlafen.

Eines Morgens, als es draußen noch dunkel ist, wecken mich Stimmen vor meiner Tür.

Zuerst denke ich, dass es wieder einmal Stimmen aus Burleighs Erinnerungen sind, doch dann wird mein Kopf klarer, und ich erkenne, wer spricht.

»... Longhill Farm hat es am schlimmsten erwischt«, sagt Jed leise. Angestrengt lausche ich, um seine Worte zu verstehen. »Du weißt schon, Sam Worthings Hof, gleich im Osten hinter dem Wald. Ich habe dort als Tagelöhner gearbeitet. Das Anwesen ist in einem erbärmlichen Zustand. Überall Mörtel, totes Vieh, und die Hälfte des Obstgartens ist zerstört.«

»Was kann man da machen?«, fragt Wyn.

»Nichts.« Ich schlinge die Arme um mich, als ich die Hoffnungslosigkeit in Jeds Stimme höre. »Abhilfe könnte nur ein richtiger Hüter schaffen. Oder ein schnelles Ende des Hauses, bevor sich noch mehr von seiner Magie ins Land ergießt.«

Ein richtiger Hüter. Ein schnelles Ende des Hauses. Bei diesen Worten zucke ich zusammen.

»Lass mich heute Abend einen Versuch unternehmen, während Violet im *Red Shilling* ist«, bietet Wyn an. »Während der Zeit des Arrests habe ich manchmal Hausmagie gewirkt, wenn es George besonders schlecht ging. Vielleicht kann ich helfen.«

Blut und Mörtel, Wyn. Wage es nicht!

»Das kann ich nicht von dir verlangen«, sagt Jed. »Es gefällt mir kein bisschen. Wenn unsere Vi nicht bald findet, was sie sucht, wird Seine Majestät das Haus niederbrennen. Für die Worthings und Longhill wird es dann allerdings zu spät sein. Irgendetwas muss passieren, bevor der Mörtel Land und Boden vollends vergiftet.«

Wyn klingt erschöpft. Jed bemerkt es vielleicht nicht, aber ich schon. »Ich weiß. Und wenn sich jemand der Gefahr aussetzen soll, dann besser ich als sie.«

»So würde ich es nicht ausdrücken, Junge«, protestiert Jed.

»Niemand drückt es je so aus.« Wyns Worte sind nüchtern, ohne jeden Groll. »Ich bin nur deshalb mit George im Arrest geblieben, weil er mir endlich gesagt hatte, warum er mich nach Burleigh House geholt hat. Der Grund dafür ist Vi – ich bin für sie da, damit Burleigh ihr keinen Schaden zufügt. Sie muss das Haus an erste Stelle setzen, und ich setze *sie* an erste Stelle. Es macht mir nichts aus, Jed, wirklich nicht.

Eine Zeit lang dachte ich, es wäre anders – damals, als ihr aus den Sümpfen zurückgekehrt seid. Aber das hat nicht lange angehalten.«

Seine Worte erinnern mich an das, was mein Vater zu mir sagte, als er Wyn zu uns nach Hause holte. *Hier ist jemand, um den du dich kümmern musst, Vi. Es ist eine gute Übung für später, wenn du dich um das Haus kümmern wirst.* Nichts von alledem ergibt einen Sinn.

»Es war ein Glückstag, als George dich nach Burleigh gebracht hat«, sagt Jed.

»Mit Glück hat das nichts zu tun«, erwidert Wyn. »Es war Absicht. George Sterling wusste genau, was er tat, als er mich herholte.«

Die beiden tauschen noch ein paar Worte aus, aber sie sprechen so gedämpft, dass ich sie nicht verstehe. Und dann:

»Ich muss los und mir eine neue Anstellung suchen«, erklärt Jed. »Wer weiß, ob ich eine finde, so wie die Dinge stehen, aber versuchen will ich es trotzdem. Die Worthings packen schon ihr Hab und Gut zusammen. Sie wollen zu einem Cousin nach Sheffield ziehen, falls du die Farm nicht retten kannst.«

Jeds und Wyns Schritte entfernen sich. Ich kneife die Augen zu.

Ich will das nicht tun.

Aber es ist meine Aufgabe.

Ich kann nicht zulassen, dass Wyn es für mich übernimmt.

Ich bin dazu geboren, um diese Pflicht zu erfüllen.

Taumelnd klettere ich aus dem Bett und greife nach einem

Beutel. Darin verstaue ich lange Strümpfe und ein Paar von Mamas alten Reithandschuhen. Hastig schlüpfe ich in meine geflickte Bluse und meinen Rock aus den Sümpfen. Zuletzt stecke ich noch einen dünnen Schal und einen Handspiegel in die Tasche, für alle Fälle.

Unten in der Eingangshalle halte ich inne. Überall sind Dornenranken und von den Petroleumleuchtern an der Decke dringen leise, fedrige Vogelgeräusche zu mir herab. Der Gang vor mir führt zur Küche, die Tür hinter mir hinaus ins Freie. Einen Augenblick lang bin ich versucht, den Weg nach vorne zu wählen. In die Küche zu gehen und einen weiteren Tag zu beginnen, indem ich so tue, als könnte ich mein Haus retten, ohne mehr opfern zu müssen als das, was ich ohnehin schon geopfert habe.

Stattdessen drehe ich mich um und trete durch die Vordertür hinaus in einen trockenen und unerträglich heißen Sommertag. Ob der Schlüssel eines Hüters mir Schutz bietet oder auch nicht – ich bin Violet Helena Sterling. Ich bin geboren, um mich um dieses Land zu kümmern und um Burleigh House.

Ganz gleich, was es kostet. Ganz gleich, wie groß die Gefahr ist.

Ich kenne die Longhill Farm seit meiner Kindheit. Hin und wieder hat Wyn es geschafft, mich durch die Mauerpforte von Burleigh weg in den Wald zu locken. Dahinter lag Longhill, der Hof der Familie Worthing mit ihren gutmütigen, halb verwilderten Kindern. Wir tollten zusammen auf den Äckern herum, neckten friedliche Kühe und pflückten im Obstgarten reife Äpfel. Es war ein kleines Paradies.

Jetzt ist alles anders. Der Wald ist nicht länger einladend, nicht mehr von Sonnenlicht durchflutet. Als ich zwischen den Bäumen hindurchgehe, kriechen dunkle Dornenranken aus den Baumhöhlungen und unheilvolle Krähenrufe dringen aus dem absterbenden Geäst. Dort, wo die Rinde sich schält, kommt Mörtel zum Vorschein.

Als ich durch das hintere Tor trete, ist der Himmel wolkenverhangen und grau. Jenseits der Grundstücksgrenze fällt die Temperatur jäh ab. Ein Wind, der nach kalter Erde riecht, peitscht über die kahlen Felder. Nun gut. Zumindest wird sich außerhalb von Burleighs Mauern niemand über die langen Strümpfe, die Handschuhe und den Schal wundern.

Das Tor am Ende des Feldwegs, der zur Longhill Farm führt, lässt sich nicht öffnen. Als ich im dämmrigen Licht einen Blick auf die schiefen Angeln werfe, sehe ich, dass sie mit einer dicken, getrockneten Mörtelschicht überzogen sind. Auch der Boden ist grau, und als ich über das Tor hinwegklettere und auf das Bauernhaus zugehe, sind die Zeichen von Burleighs blindwütiger Magie unübersehbar.

Vor mir erstrecken sich lange Reihen entwurzelter Apfelbäume. Das Gewicht der mit Mörtel vollgesogenen Blätter und Zweige hat sie zu Fall gebracht. Sogar die Kühe auf den Feldern sind ganz grau, nur an ihren Köpfen schimmert noch das Rotbraun und das fahle Gelb ihres Fells hervor.

Sam Worthing sitzt auf einem Stuhl vor seinem Haus und

starrt trübsinnig auf seinen zerstörten Garten. Heller Mörtelstaub hat sich in die Falten seines zerfurchten, sonnengegerbten Gesichts gelegt und sich in seinen ergrauenden braunen Haaren verfangen. Mein Vater hat mir immer gerne erzählt, dass Sam Worthings Familie seit Jahrhunderten auf diesem Grund und Boden lebt und genau wie wir Sterlings nicht von Burleigh Halt wegzudenken ist. Wenn die Worthings gezwungen sind, ihr Zuhause zu verlassen, dann mag ich mir gar nicht vorstellen, was das für uns bedeutet.

»Guten Tag, Mister Worthing«, begrüße ich ihn traurig. »Lange her, nicht wahr?«

»Nun, Miss Violet«, sagt Sam mit unergründlicher Miene. »Bist du gekommen, um mit eigenen Augen zu sehen, was dein Haus angerichtet hat?«

»Ja, das bin ich«, sage ich und schlucke meine Scham hinunter. Ich war so damit beschäftigt, mich um Burleigh zu sorgen, dass ich Land und Leute vernachlässigt habe. Aber wie um alles in der Welt soll ich mich um ganz West Country und mein sterbendes Haus zugleich kümmern – und das ohne den Schutz des Schlüssels?

»Ich bin gekommen, um zu helfen«, erkläre ich.

Sam Worthing zuckt mit den Schultern. »Das wird dir nicht gelingen. Nicht, solange du keine echte Hüterin bist. Und selbst dann wird das Haus früher oder später untergehen, das weiß jeder. Du könntest es nur hinauszögern, mehr nicht. Miss Violet, Burleigh hat uns und West Country lange gute Dienste geleistet. Aber jetzt ist der Moment gekommen, um loszulassen, bevor alles nur noch schlimmer wird.«

Eine gute Hüterin stellt Haus und Grund über alles, sage ich mir. Über ihren König, über ihr Land, über ihr eigenes Leben.

»Es spielt keine Rolle, ob ich einen Schlüssel habe oder nicht. Ich bin gekommen, um meine Aufgabe als Hüterin zu erfüllen«, sage ich zu ihm. »Zeigst du mir deinen Hof und dein Land?«

Er sieht mich aus zusammengekniffenen Augen an. »Ich kann nicht noch mehr Schwierigkeiten brauchen, weder von dir noch vom Haus. Was hast du vor?«

»Ich will versuchen, die Dinge wieder in Ordnung zu bringen.« Nervös kaue ich auf meinem Nagel herum und lasse den Blick über die Verwüstungen schweifen, die mein Haus verursacht hat. Ach, Burleigh. Was sollen wir denn jetzt tun?

»Tja, dann komm mal mit.«

Sam führt mich in den Kuhstall. Ein Schwefelholz flammt auf und im nächsten Moment erhellt das Licht einer Laterne den dunklen Raum. Ich folge Sam bis ans Ende einer langen Reihe von Kuhständen. Ganz hinten ist eine Färse in einem schmalen Verschlag abgesondert. Sam hält die Lampe hoch und ich trete näher an das kranke Tier heran.

Die Kuh liegt auf der Seite, ihr Atem geht schwer. Als ich mich über sie beuge, sehe ich das Weiß ihrer Augen, die jeder meiner Bewegungen folgen.

»*Schhh*«, sage ich zu ihr. »Braves Tier. Keine Angst, ich tu dir nichts.«

Ich streiche über ihre Flanke, aber ich muss nicht lange suchen, um zu sehen, was ihr fehlt. Über ihrem Herzen verästeln sich Adern aus Mörtel, graben sich in ihr braunrotes Fell. Aus einer Nüster tropft ein Rinnsal der schrecklich vertrauten grauen Substanz.

»Seit Monaten siecht das Vieh nun schon dahin«, erklärt Sam. »Wenn ein Tier erkrankt, sagen wir, es ist vom Mörtel befallen.«

Ich richte mich wieder auf. »Kann ich noch einen Blick in den Obstgarten werfen?«

Aus der Nähe sehen die Bäume sogar noch schlimmer aus. Die Rinde schält sich ab und darunter kommen graue Stellen zum Vorschein, im Gras liegen verwelkte Blätter und dazwischen immer wieder stachelige Dornenranken. In diesem Herbst wird es keine Ernte geben. Der einst so idyllische und ertragreiche Hof ist zum Ödland verkommen und seine Bewohner haben von der Zukunft nichts als Hunger zu erwarten.

Mein Haus bemüht sich, sogar sehr. Wenn ich auf Burleighs Grund und Boden stehe, spüre ich, wie es sich anstrengt, die verdorbene Magie zurückzuhalten. Ich spüre, wie viel Konzentration und Energie es aufbringt. Aber die angestaute Kraft muss sich auf irgendeine Weise entladen. Verhindern lässt sich das nur, wenn Burleigh niedergebrannt wird und seine Magie zusammen mit Stein und Holz in Rauch aufgeht. Bis dahin wird Burleigh weiterhin das Land vergiften, ob es will oder nicht – es sei denn, ich finde zuvor die Urkunde und befreie das Haus von seinem Bann.

All das Leid der Menschen, Orte und Häuser ließe sich verhindern, wenn der machtgierige König seinen unerbittlichen Griff lockern würde.

»Es tut mir so leid, Mister Worthing«, sage ich. »Ich kann das richten.«

Jedenfalls hoffe ich, dass ich es kann, egal wie. Ich wäre keine echte Sterling, wenn ich es nicht wenigstens versuchen würde, ungeachtet aller Gefahren.

Auch Sam Worthing scheint seine Zweifel zu haben, jetzt wo der Augenblick gekommen ist.

»Miss Violet, wenn du es nicht …«, setzt er besorgt an, aber ich lasse ihn nicht ausreden.

»Ich kann es. Das habe ich doch gesagt. Aber du musst dich umdrehen. Man bietet nicht gerade einen schönen Anblick, wenn man Hausmagie ohne einen Schlüssel wirkt. Niemand soll mich so sehen.«

Als er sich abgewandt hat, raffe ich meinen Rock und knie mich hin, um mit meinen nackten Fußrücken, Schienbeinen und Knien die Macht des Hauses zu spüren. Dann grabe ich meine Hände in das, was früher einmal die fruchtbare Erde von Somerset gewesen war, und lächle. Ich weiß, mein Haus kann mich auch aus der Ferne sehen – solange ich in West Country bin.

»Burleigh House«, murmle ich. »Nimm, was du brauchst.«

Das Haus kennt keine langsame, behutsame Art, sich etwas zu holen. Menschliche Zerbrechlichkeit ist ihm fremd. Stattdessen trifft mich eine Wand aus kranker, dunkler Energie. Ich erstarre innerlich zu Eis, als der Mörtel sich in meine Adern ergießt.

Zuerst kann ich nicht denken, nicht atmen, mich nicht bewegen. Ich kann nur auf der Erde kauern, gelähmt vor Schmerz, festgenagelt wie ein Insekt auf einem Stück Karton, aufgespießt wie ein Fisch im Flussbett.

Aber ich habe meinen Stolz, und Sam Worthing, den ich seit meiner Kindheit kenne, steht noch immer keine zehn Yards von mir entfernt. Ich werde nicht zulassen, dass mich das große Zittern befällt. Ich werde nicht laut aufschreien. Ich werde meine Hände nicht eher aus der Erde ziehen, bis die Magie vollbracht ist. Bis auch noch das kleinste bisschen Dunkelheit, das in der Erde steckt, auf mich übergeht und das Land sich wieder erholen kann.

Über mir wandert die Sonne am Himmel entlang. Die Blätter der Apfelbäume rascheln in der warmen Sommerbrise. Schließlich sehe ich, wie die Dornenranken langsam verdorren. Der Mörtel fängt an zu bröckeln, überall dort, wo er sich festgesetzt hat, und zerfällt zu Staub. Staub, der von der Erde aufgenommen wird.

Es ist genug.

Es muss genügen. Mehr habe ich nicht zu geben.

Ich setze mich auf die Fersen und nehme die Hände vom Boden. Die Erde, die an ihnen klebt, verdeckt zwar den Mörtel unter der Haut, doch ich spüre sein kaltes, zähes Gift in mir. Es wird mich nie wieder verlassen. Es wird in meinem Körper bleiben, bis ich eines Tages, vielleicht in zehn, zwanzig oder dreißig Jahren, daran erkranken und sterben werde. Sam starrt mich an. Er scheint in der vergangenen halben Stunde um ein Jahrzehnt gealtert zu sein.

»Es ist getan«, sage ich und wische mir den Mörtel aus den Augen. »Ich entschuldige mich in Burleighs Namen. Ich verspreche dir, dass ich alles in meiner Macht Stehende tun werde, um die Schäden in West Country zu beheben. Und ich bete, dass ich Burleigh gesund machen kann, denn andernfalls wird es niedergebrannt werden. So oder so, dein Hof wird nie wieder in diesen schlimmen Zustand geraten.«

»Ich bin froh, mein Land wiederzuhaben«, sagt er und schüttelt den Kopf. Seine Verbitterung ist verschwunden, genau wie der Mörtel auf seinen Äckern und Feldern. »Aber ich frage mich, ob es diesen hohen Preis wert war, Miss Violet. Soll ich dich nach Hause bringen?«

»Nein. Deine Familie wartet auf dich und ich komme allein zurecht.«

Ich sitze mitten in dem geheilten Obstgarten der Longhill Farm. Dass einige Bäume umgefallen sind, ist nicht mehr zu ändern, aber alle anderen haben den Mörtelstaub von ihren Zweigen abgeschüttelt und an jedem Ast hängen ein Dutzend oder mehr Äpfel, die sich bereits wieder rot färben. Vom Stall her höre ich ein Klappern, gefolgt von einem munteren Muhen, als Sam die eingesperrte Färse freilässt. Kraftvoll und wie neugeboren schlägt sie mit den Hufen aus und mischt sich unter die Herde.

Erneut geht mir der alte Spruch meines Vaters durch den Kopf. Ein guter Hüter stellt sein Haus über alles. Über den König, über das Land, über sein eigenes Leben.

Wie lange meines wohl dauern wird?

Ich ziehe die langen Strümpfe an, die ich mitgebracht habe, dazu die Reithandschuhe. Dann binde ich mir den Schal um, damit man die graue Magie in meinen Adern nicht sieht. Als ich fertig bin, blicke ich in den kleinen Handspiegel, den ich noch rasch in den Beutel gesteckt hatte.

Trotz dunkler Schatten unter den Augen und einer kränklichen Blässe sieht man mir nichts an. Niemand, der mich jetzt sähe, würde sagen: »Das ist Violet Sterling, das Mädchen, durch dessen Adern Mörtel rinnt.« Wenn ich heute Abend wieder zu Hause bin, wird der unsichtbare Mörtel ruhig und unauffällig durch mein Blut zirkulieren und warten.

Irgendwann werde ich für Burleigh House sterben. Es ist nur eine Frage der Zeit.

20

»Du siehst fürchterlich aus, Vi. Was hast du gemacht?«

Ich drehe mich um und lasse fast das Tablett fallen, auf dem ich Becher mit Apfelwein balanciere. Esperanza steht in der Tür des *Red Shilling*. Sie trägt Reitkleidung, riecht nach Pferd und sieht sehr erschöpft aus.

»Du warst einen ganzen Monat weg«, murmle ich. »Ich habe in der Zeit alles Mögliche gemacht. Und du bist selbst nicht gerade ein Ausbund an Eleganz, wenn ich das sagen darf.«

Ich bin vom Hof der Worthings direkt zum Wirtshaus gegangen. Dass ich aussehe, als wäre ich dem Tode gerade noch von der Schippe gesprungen, liegt am Mörtel, aber das werde ich ihr ganz sicher nicht sagen.

»Das stimmt«, seufzt Espie. »Hast du gewusst, dass ich einst das bestgekleidete Mädchen am spanischen Hof war? Herrje, diese Herrlichkeit ist lange dahin. Ich bin hundemüde. Fast so erschöpft, wie *du* aussiehst.«

»Ach, lass gut sein«, sage ich.

Alfred blickt von seinem unvermeidlichen Buch auf und

sieht Esperanza nur missbilligend an, als wären sie nicht wochenlang getrennt gewesen. »Entschuldige mal, aber, soweit ich das sehen kann, bist du genauso hinreißend wie immer. Ich verbitte mir derart abschätzige Bemerkungen über die Liebe meines Lebens.«

»Ich rieche wie das Hinterteil eines Pferds, Alfie«, grummelt sie. »Nicht einmal du kannst so etwas anziehend finden.«

Er macht eine wegwerfende Handbewegung. »*Eau de Cheval* ist mein Lieblingsduft, allerdings nur an dir.«

»Schatz, ich liebe dich«, seufzt Esperanza. Ich verdrehe die Augen, aber Blut und Mörtel, es tut so gut, sie wiederzusehen.

»Wie stehen die Dinge?«, frage ich, weil ich wieder an die Tische zurückmuss und das Geplänkel der beiden sonst die ganze Nacht hindurch weitergeht.

Jetzt verdreht Espie die Augen. »Puh. Ich musste mich einen Monat lang mit diesen unmöglichen Männern herumärgern. Ihr beide seid eine echte Wohltat für meine Augen, das kann ich euch sagen.«

»Hast du etwas über die Urkunde herausgefunden?« Ich bemühe mich, erst gar nicht einen Funken Hoffnung zuzulassen, aber ich kann nicht anders.

»Nein«, antwortet Esperanza. »Ich wünschte, ich hätte bessere Neuigkeiten. Ehrlich gesagt hatte ich gehofft, du hättest mehr Erfolg gehabt als ich.«

»Leider nicht.« Ich blicke zu Boden. »Uns läuft die Zeit davon. Burleigh … geht es gar nicht gut.«

»Wir versuchen es trotzdem weiter«, beteuert Alfred. »Wir werden die Suche erst dann aufgeben, wenn keine Notwendigkeit mehr dazu besteht – auf die eine oder andere Weise. Für uns ist das Ganze ebenso enttäuschend wie für dich. Wir hätten uns mehr davon versprochen, Vi.«

Ich zwinge mich zu einem Lächeln, auch wenn ich insgeheim bezweifle, dass einer der beiden schon jemals sein Leben für Burleigh riskiert hat. »Ich weiß. Und ich werde euch immer dankbar sein für das, was ihr für mich und Burleigh tut.«

»Ich gehe hier jedenfalls erst dann wieder weg, wenn wir die Urkunde gefunden haben«, verspricht Espie. Tröstend drückt sie meine Hand. Ich schlucke, plötzlich habe ich einen verdächtig dicken Kloß im Hals. »Wir stehen dir bei, bis zum Schluss. Was jedoch meinen Vater angeht – er lässt dir ausrichten, dass du nur noch bis Anfang August Zeit hast und dass deine bisherigen Bemühungen nicht gerade erfolgreich waren.«

»Wunderbar«, sage ich. »Als wüsste ich das nicht selbst.«

»Was kann ich tun, um das unmögliche Benehmen meiner Familie wiedergutzumachen?«, fragt Espie. »Hier, wie wär's für den Anfang mit einem maßlos übertriebenen Trinkgeld?«

Sie zieht ein dickes Bündel Banknoten aus der Tasche und will es mir geben, aber ich verziehe nur das Gesicht und weise das Geld zurück.

»Eine seltsame Prinzessin«, murmelt Alfred. »Gibt ihr ganzes Vermögen für Schankmädchen und Hochverrat aus statt für Handschuhe und Fächer.«

»Tja, irgendjemand muss den armen Schankmädchen Geld geben, Alfie, und du machst keinerlei Anstalten dazu, obwohl sich das für einen Gentleman gehört«, erwidert Esperanza.

Als ich zum Tresen zurückkehre, steht Frey zum ersten Mal

an diesem Abend im Schankraum. Sie hat sich mit Händlern, Gemüselieferanten und dem Küchenpersonal besprochen, aber als ich jetzt ein Tablett mit frischen Getränken von ihr entgegennehme, sieht sie mich streng an.

»Auf ein Wort in meinem Arbeitszimmer, Violet Sterling.«

Widerstrebend folge ich ihr durch den schmalen Gang in einen kleinen Raum, wo sie die Rechnungsbücher aufbewahrt und die Bestellungen erledigt. Frey ist gerecht und geht gut mit ihren Arbeitskräften um, aber in letzter Zeit war ich oft nicht ganz bei der Sache, daher rechne ich mit einer Standpauke.

Aber sie berührt nur mit dem Finger meinen Handrücken.

»Was versteckst du unter dem Handschuh?«

»Nichts«, lüge ich. »Für Juli ist es ziemlich kalt, das ist alles.«

»Dann zieh die Handschuhe aus.«

Langsam streife ich die Handschuhe ab. Ich habe ein flaues Gefühl im Bauch und hoffe, dass der Mörtel in meinem Blut inzwischen verblasst ist. Das ist er nicht. Er ist immer noch da und zirkuliert durch meine Adern. Schon den ganzen Abend über ist mir schrecklich kalt und meine schmerzenden Glieder sind schwer wie Blei.

»Darf ich?«, fragt Frey.

»Ach, von mir aus«, murmle ich. »Du weißt ja ohnehin Bescheid.«

Sie schiebt meine Ärmel hoch. Entsetzt zieht sie die Luft ein, als sie sieht, dass die Mörtelspuren sich bis zum Ellbogen verfolgen lassen. »Violet, sag, dass das nicht wahr ist.«

»Ich fürchte, es ist wahr. Burleighs Zustand verschlechtert

sich zusehends. Vor allem die Longhill Farm leidet sehr darunter. Ich konnte nicht zulassen, dass mein Haus die Worthings in den Ruin treibt. Sie leben schon seit ewigen Zeiten hier. Aber woher wusstest du, dass ich Hausmagie für sie gewirkt habe?«

Frey setzt sich an ihren Schreibtisch, der fast den ganzen Raum einnimmt, und deutet auf das einzige andere Möbel im Zimmer, einen schmalen Holzstuhl. »Ungefähr ein Jahr vor seinem Arrest hat dein Vater damit angefangen, auch ohne den Schutz des Schlüssels Magie zu lenken. Er sagte, so könne er noch mehr von Burleighs Kräften aufnehmen und die schlechte Magie ableiten. Ich kenne die Anzeichen, ich habe sie allzu oft bei deinem Vater gesehen.«

Ihre Antwort überrascht mich nicht. Burleigh hat ihm alles bedeutet. Er muss in großer Sorge um das Haus gewesen sein, auch wenn er das nie gezeigt hat.

»Papa hat mir einen Brief hinterlassen, in dem er dich erwähnt«, erwidere ich. »In dem Brief steht, ich könne dir vertrauen. Wart ihr miteinander befreundet?«

Frey lächelt. »So kann man es auch ausdrücken. Wir haben gemeinsam versucht, die Urkunde zu finden. Ich habe adlige Stammgäste ausgehorcht, wenn sie und ihr Reisetross in Weinlaune waren, und danach alle nützlichen Informationen an deinen Vater weitergegeben. Das mache ich immer noch, nun allerdings für deine beiden Freunde da draußen.«

Frey hält kurz inne, bevor sie fortfährt. »Nachdem deine Mutter weggegangen war, haben dein Vater und ich nicht mehr nur zusammengearbeitet.«

»Oh. *Oh*«, sage ich. »Es tut mir leid, Frey. Ich habe nie darüber nachgedacht, dass ich vielleicht nicht die Einzige bin, die mit meinem Vater einen geliebten Menschen verloren hat.«

»Dein Vater war wie die Sonne«, sagt Frey. »Wenn er einen Raum betrat, wurde es sofort wärmer. Es gibt niemanden in Burleigh Halt, der nicht um ihn getrauert hätte, Violet Sterling, vergiss das nie. Er war ein Hüter, wie man ihn sich nicht besser hätte wünschen können. Aber ich sag dir was: Jetzt, wo er nicht mehr da ist, haben alle hier nur noch den einen Wunsch, das Ende des Hauses unbeschadet zu überstehen. Ich weiß genau, dass es dem Land besser gehen wird, wenn dieses Ende sich nicht noch länger hinzieht. Denk an das Sechste Haus! Du gehst ein hohes Risiko ein, wenn du Burleigh vom Bann befreien willst.«

»Ich weiß.« Ich drehe einen von Mamas Handschuhen in meiner vom Mörtel gezeichneten Hand. »Aber was soll ich denn sonst tun, Frey? Ich bin eine Sterling. Für diese Aufgabe bin ich geboren und erzogen worden.«

»Du kannst die Fesseln deiner Bestimmung abstreifen«, sagt Frey entschieden. »Geh weg von hier. Lass der Natur und dem König ihren Lauf. Und wenn der Staub sich danach wieder gelegt hat und dein Herz geheilt ist, wäre ich nur allzu glücklich, dich als Schankmädchen zurückzuhaben. Eines Tages vielleicht sogar als meine Geschäftspartnerin.«

Es ist ein sehr großzügiges Angebot. Aber der bloße Gedanke daran, in einem Land ohne Magie zu leben, so nah an jenem Ort, an dem einst mein geliebtes Haus stand, ist schlimmer als das, was der Mörtel in mir anrichtet.

»Ich werde darüber nachdenken«, sage ich. »Und ich nehme das Wohl von West Country ganz sicher nicht auf die leichte Schulter, das verspreche ich dir.«

»Du kannst dein Schicksal selbst in die Hand nehmen, Violet«, beschwört Frey mich. »Du kannst deinen eigenen Weg suchen. Burleigh muss nicht notwendigerweise dein Anfang und dein Ende sein.«

Aber eine Welt ohne Burleigh kann ich mir einfach nicht vorstellen. Das konnte ich noch nie.

Burleighs Geister lassen mir keine Ruhe. Sie wispern und murmeln in den Ecken meines Zimmers, egal zu welcher Stunde. In der Nacht wälze ich mich unruhig im Bett umher, und sobald ich die Augen aufschlage, sehe ich die vom Mondlicht beschienenen, flirrenden Gestalten. Das Haus ist angespannt und wehmütig, als wüsste es, dass sein Ende naht. Als ich mich zur Seite drehe, sprühen die Laken Funken.

Eine weitere Woche ist vergangen, ohne dass es neue Hinweise auf das Versteck der Urkunde gegeben hätte. In weniger als einem Monat wird Seine Majestät mit Fackeln anrücken, um mein Haus niederzubrennen und seine Magie in Rauch aufgehen zu lassen.

Ich habe angefangen, mich innerlich für das Unvermeidliche zu wappnen.

Für die unauflösliche Verbindung mit dem Haus. Für den Tod.

Ich setze mich auf und beobachte, wie Burleigh seine Erinnerungen vor mir ausbreitet. Unwillkürlich frage ich mich, ob mein Haus sich noch an mich erinnern wird, wenn ich es mit meinem Körper an einen anderen Ort gebracht haben werde. Oder wird es mich vergessen, sobald ich mich geopfert habe?

Der Gedanke schnürt mir den Hals zu. Ich schlage die Decke zur Seite, tapse hinaus in den Gang und kauere mich neben Wyn.

»Pst«, flüstere ich. »Wyn. Wach auf!«

Er dreht sich zur Seite und schläft weiter.

»Wyn.« Ich stupse ihn an. Er ist wohlig warm vom Schlaf und hier draußen ist es viel ruhiger als in meinem Zimmer. Einen Augenblick lang bin ich versucht, zu ihm unter die Decke zu schlüpfen. Aber so nahe neben Wyn zu sein, würde mir wahrscheinlich erst recht den Schlaf rauben. In letzter Zeit ist die Spannung nicht nur zwischen Burleigh und mir so aufgeladen, dass die Funken fliegen.

Nach einer Weile rührt sich Wyn.

»Vi?« Seine Stimme ist heiser und er räuspert sich, halb wach. »Stimmt was nicht?«

»Ich kann nicht schlafen.«

»Oh.« Wyns Augen fallen wieder zu. »Versuch's mal mit Schäfchenzählen.«

»In meinem Zimmer sind zu viele Geister. Sie machen Lärm. Wie soll ich Schäfchen zählen, wenn ich kaum meine eigenen Gedanken hören kann?«

Ohne die Augen zu öffnen, rutscht Wyn noch etwas näher an die Wand und hebt die Decke. »Hier, und jetzt schlaf.«

Ach herrje.

Vorsichtig schlüpfe ich unter die Decke und achte darauf, ihn nur ja nicht zu berühren. Schweigend liege ich auf dem Rücken und starre geradeaus. Also wirklich, sehr bequem ist das ja nicht gerade. Wyn scheint eine Vorliebe dafür zu haben, sich das Leben möglichst schwer zu machen.

Ich warte, bis ich sicher bin, dass er wieder eingeschlafen ist. Erst dann drehe ich mich um – und japse erschrocken auf. Wyn hat die Augen offen und schaut mich an.

»Blut und Mörtel, Wyn, was machst du da?«

»Mir ist etwas eingefallen«, sagt er und kneift nachdenklich die Augen zusammen. »Früher hast du geschlafen wie ein Stein. Du bist nicht einmal aufgewacht, als ich damals im Winter durch den Kamin deines Schlafzimmers gefallen bin, weil ich nach dem Weihnachtsmann gesucht habe.«

»Das war nicht gerade einer deiner glanzvollsten Momente«, sage ich kopfschüttelnd.

»Warum bist du wach, Vi? Was ist los?«

Wir sind nur eine Handbreit voneinander entfernt. Es ist zu warm und er ist zu nah – ich habe das Gefühl, keine Luft mehr zu bekommen. Mit einem Ruck schlage ich die Decke zurück und setze mich auf. Wyn folgt sofort meinem Beispiel, und obwohl mir jetzt nicht mehr ganz so warm ist, sitzen wir immer noch Seite an Seite und ich spüre überdeutlich seinen Arm an meinem.

Geistesabwesend stecke ich den Finger zwischen die Zähne, dabei habe ich meine Fingernägel längst abgekaut, sodass die Fingerkuppen an manchen Stellen ganz blutig sind.

»Diese Verse auf der Zeichnung in deiner Schäferhütte –

du weißt, was sie bedeuten.« Es ist keine Frage, sondern eine Feststellung.

Wyn lehnt den Kopf gegen die Wand. »Natürlich. Und ich nehme an, du inzwischen auch?«

»Ja. Wyn, ich weiß nicht, was ich machen soll. Mir läuft die Zeit davon – in ein paar Tagen wird es zu spät sein, selbst wenn ich bis dahin das Versteck der Urkunde ausfindig gemacht hätte. Es würde zu lange dauern, dorthin zu reisen und sie zu holen, bevor der König hier eintrifft. Ich denke ... ich denke, ich muss mich an Burleigh House binden.«

Die Gewissheit, dass ich für Burleigh sterben werde, zerrt an mir wie ein kaltes, schweres Gewicht. Wenn es doch nur einen anderen Weg gäbe, um das Haus zu retten!

Wyn greift nach meiner Hand. Als er seine Finger mit meinen verschränkt, überläuft mich ein Schauer.

»Vi?«, fragt er. »Was hat dein Vater mehr geliebt als alles andere auf der Welt?«

»Burleigh«, antworte ich, ohne zu zögern. »Er hat das Haus immer an erste Stelle gesetzt.«

»Wirklich?« Wyn hebt unsere ineinander verschränkten Hände. Der Mörtel unter meiner Haut ist inzwischen etwas verblasst, und die Blutergüsse an meinen Handgelenken sind verschwunden, nur das zarte rosafarbene Mal an meiner linken Hand ist noch zu sehen. »Woher hast du das?«

»Ich habe es von Geburt an, das weißt du doch.«

Bei meinen Worten zuckt er zusammen. »Violet, ich war nicht immer ganz ehrlich zu dir. Aber jetzt werde ich dir alles sagen, die ganze Wahrheit. Wie ich nach Burleigh House gekommen bin, warum ich bei deinem Vater geblieben bin und auch sonst noch so einiges.«

Ich halte den Atem an. Lange habe ich auf diesen Moment gewartet – aber jetzt, wo es so weit ist, bin ich mir gar nicht mehr so sicher, ob ich hören will, was Wyn mir zu sagen hat.

»Zuerst einmal musst du wissen, dass du nicht mit diesem Mal auf die Welt gekommen bist«, fängt er an. »Es ist eine Narbe. Du hast sie viel später bekommen, als du denkst, und eine Woche danach hat dein Vater mich nach Burleigh geholt. Danach habe ich ein Jahr lang mit angehört, wie dein Vater dir Abend für Abend erzählt hat, dass die Narbe dein Geburtsmal sei. Anfangs hast du darüber gelacht, aber am Ende hast du ihm geglaubt. Wenn man sechs Jahre alt ist, vergisst man schnell. Aber ich erinnere mich noch genau daran, Violet. Ich habe es nie vergessen.«

Es ist mir ein Rätsel, wie Wyn so etwas behaupten kann. Ich ziehe meine Hand weg. »Was redest du da? Mein Vater hätte mich niemals belogen.«

Wyn sieht mich gequält an. »Was ich dir jetzt sagen werde, wird dir nicht gefallen, Vi. Vielleicht sollte ich es lassen. Vielleicht sollte ich besser den Mund halten.«

Aber es gibt einen unfehlbaren Zeugen, der mir zeigen kann, was sich in diesen Mauern zugetragen hat – und was nicht.

»Burleigh«, sage ich und fahre mit dem Finger über das rosafarbene Mal an meinem Handgelenk. »Zeig mir den Tag, an dem ich das hier bekam.«

Der Gang fängt an zu flirren, als eine Erinnerung sich vor

die Gegenwart schiebt. Vor mir sehe ich mein eigenes Schlafzimmer. Auf dem geflochtenen Teppich erwacht ein kleiner Geist zum Leben: Die fünfjährige Violet Helena Sterling spielt mit ihren Puppen und dem Puppenhaus. Es ist eine Nachbildung von Burleigh, die mein Vater für mich gebaut hat. Ein Jahr nach Wyns Ankunft hat meine Mutter es mir weggenommen. *Du bist zu alt dafür, Vi,* sagte sie, obwohl ich immer noch jeden Morgen damit gespielt hatte.

Eine Minute lang spielt die kleine Vi alleine vor sich hin, dann richtet sie ihren Blick auf den Lehnstuhl hinter mir. Ich drehe mich um und sehe, dass der Geist meines Vaters sich zu uns gesellt hat. Er sitzt am Kamin, einen Stapel Briefe vor sich ausgebreitet.

»Papa?«, fragt die kleine Vi. »Spielst du mit mir?«

»Nicht jetzt«, antwortet er, ohne aufzublicken. »Ich habe nur eingewilligt, hier oben bei dir zu sitzen, weil du versprochen hast, mich nicht bei der Arbeit zu stören.«

Seufzend widmet sich die kleine Violet wieder ihren Puppen. Ihre Enttäuschung verwandelt sich rasch in Entzücken, denn Burleigh hat um das Puppenhaus herum einen Garten angelegt, der genauso aussieht wie der Garten draußen. Aus den Bodendielen des kleinen Wintergartens sprießen Rosen, dahinter erstreckt sich eine Miniaturwiese mit Wildblumen, und es gibt sogar eine Reihe von zarten Baumsetzlingen, die den Wald darstellen.

»Burleigh«, höre ich die kleine Vi flüstern. »Du darfst es niemandem verraten, aber ich habe dich am allermeisten lieb. Ich würde alles für dich tun, weißt du das? Einfach alles.«

Eine grüne, von grauen Mörtelflecken gesprenkelte Ranke kriecht über den Boden und windet sich um das Handgelenk der kleinen Vi. Das Mädchen lächelt, dann zuckt es zusammen, als spitze Dornen aus der Ranke schießen. Auf der Haut meines kleinen Ichs reihen sich Bluttropfen wie die Perlen eines Armbands. Sie sind nicht rot, sondern rosafarben, denn sie vermischen sich mit dem Mörtel der Ranke und ihrer Dornen.

Papa blickt hoch, und im nächsten Moment ist er auch schon aufgesprungen und kniet sich neben die kleine Violet, um die Ranke wegzuzerren. In ihren Augen glitzern Tränen.

»Das tut weh«, beschwert sie sich. »Hör auf damit, Papa.«

Ich beobachte, wie mein Vater das Kinn der kleinen Vi anhebt und forschend ihr Gesicht betrachtet.

»Was hast du getan, Burleigh?«, fragt er.

»Das Haus hat gar nichts falsch gemacht«, antwortet die kleine Vi trotzig. »Es tut ihm leid, es wollte mir nichts tun.«

Papa wickelt ein Taschentuch um mein blutendes Handgelenk und lässt mich dabei nicht aus den Augen. »Burleigh tut es leid? Wie meinst du das? Ist dir klar, was du da sagst, Vi?«

Die kleine Vi zuckt die Schultern, und als der Vater sie loslässt, wendet sie sich sofort wieder ihren Puppen zu. »Es tut ihm leid, dass du wütend bist, auch wenn es findet, dass du gar keinen Grund dazu hast. *Spürst* du es denn nicht, Papa?«

Er schließt die Augen – und im selben Moment fangen die Geister an zu flirren, bevor sie sich wieder zu einem neuen Bild zusammenfügen.

Diesmal liegt die kleine Vi in ihrem Bett. Es muss derselbe Tag sein, nur etwas später, denn sie hat immer noch das Taschentuch um ihr Handgelenk gebunden. Mama und Papa stehen an ihrem Bett und sprechen gedämpft miteinander, während die kleine Vi friedlich schläft.

»Ich möchte es nicht vor dir verheimlichen, Eloise«, sagt mein Vater. »Ich will ehrlich zu dir sein. So etwas hätte ich von Burleigh nie erwartet, aber ich werde mich darum kümmern. Was heute passiert ist, wird keine Folgen haben, das verspreche ich dir. Das werde ich verhindern. Ich werde dafür sorgen, dass das Haus Violet nie auf diese Weise in Anspruch nehmen wird.«

Entsetzen und Angst spiegeln sich im Gesicht meiner Mutter wider. »Du kannst sagen, was du willst, George – an den Tatsachen ändert das nichts. Dieses Haus ist eine Gefahr für Violet. Es hat sie mit dem Tod gezeichnet. Mag sein, dass du mit diesem Wissen leben kannst – ich nicht.«

Mein Vater widerspricht ihr. »Es spielt keine Rolle, solange sie keine Hausmagie wirkt. Burleigh hat Violet gezeichnet, weil sie das Haus so sehr liebt, wie wohl noch niemand je zuvor ein Großes Haus geliebt hat. Sie ist gewillt, alles zu tun. Sie würde ihren letzten Atemzug für Burleigh geben. Aber die Großen Häuser haben leider keine Vorstellung von Alter oder Kindheit – Burleigh hat schon Tausende von Jahren überdauert.«

Die Stimme meiner Mutter trieft vor Gift. »Das ändert nichts an der Tatsache, dass Violet erst fünf ist. Sie glaubt immer noch, dass kleine Feen unter den Rosenbüschen leben.

Natürlich liebt sie ihr magisches Haus. Aber wenn sie älter ist, wird sie erkennen, wie teuflisch Burleigh in Wahrheit ist. Bring das in Ordnung, George Sterling. Bring. Es. In. Ordnung.«

»Das kann ich nicht.« In einer hilflosen Geste breitet mein Vater die Hände aus. »Es gibt nichts, was ich dagegen tun könnte. Ich kann nur versuchen, dafür zu sorgen, dass Burleigh sie nie brauchen wird.«

Mama dreht sich auf dem Absatz um.

»Du bist ein kluger Mann. Ein hervorragender Hüter, so sagt man. Also lass dir etwas einfallen«, zischt sie ihm noch über die Schulter hinweg zu und rauscht zur Tür hinaus.

Die Erinnerung verblasst. Zurück bleiben nur Wyn und ich, Seite an Seite im dunklen Korridor. Eine kleine Ranke springt neben mir aus dem Boden. Sie schlingt sich um mein Handgelenk und streicht mit samtigen Blütenblättern über die Stelle, an der die Dornen sich damals in meine Haut gebohrt haben. Ich schlucke und unterdrücke den Drang, mich Burleighs Griff zu entwinden.

»Das Haus hat dich an sich gebunden, als du fünf Jahre alt warst, Violet«, sagt Wyn leise. »Du hast Burleigh schon immer mehr bedeutet als alle anderen – ich wünschte nur, es hätte nicht solche Folgen für dich.«

Ich sitze schweigend da und versuche gar nicht erst darüber nachzudenken, dass die sanft um mein Handgelenk geschmiegte Ranke plötzlich wie eine Fessel ist.

Ich liebe Burleigh. Burleigh liebt mich. Ich würde mich immer für Burleigh entscheiden. Und Burleigh hat sich für mich entschieden.

Warum fühlt es sich dann an wie Verrat?

Wie immer vergrabe ich die schmerzlichen Gefühle tief in mir. Sie dürfen keine Rolle spielen. Ich habe eine Aufgabe zu erledigen. Ich hätte diesen Weg ohnehin eingeschlagen. Burleigh House hat mir im Grunde genommen nur eine Sorge abgenommen. Jetzt muss ich mich nur noch der Magie öffnen. Zulassen, dass sie mich überwältigt.

Nur so kann ich als letzte Hüterin mein geliebtes Haus retten.

»Ich bin froh, dass du es mir erzählt hast«, sage ich zu Wyn, auch wenn sich meine Worte etwas gezwungen anhören. »Ich hätte mich so oder so für Burleigh entschieden. Jetzt weiß ich zumindest, dass das Haus und ich uns einig sind.«

»Nein, Violet. Das war noch nicht alles«, sagt er.

21

Angst nagt sich durch meine Eingeweide, als Wyn zur Decke blickt und sagt:

»Burleigh, zeig uns den Tag, an dem ich hergekommen bin.«

Irgendwo in dem alten Gemäuer ächzen Holzbalken.

»Burleigh«, wiederholt Wyn, diesmal etwas eindringlicher. Und dann senkt sich Dunkelheit über uns herab.

Vor unseren Augen erscheint ein Trugbild der Auffahrt vor dem Haus. Es ist ein frischer Nachmittag im anbrechenden Frühling. Ich weiß sofort, welcher Tag es ist, denn ich stehe da, einen Verband um mein linkes Handgelenk, und warte auf meinen Vater. Meine Haare sind zu Zöpfen geflochten und ich trage eine Schürze. Voller Vorfreude wippe ich auf den Fußspitzen auf und ab. Papa ist noch vor Morgengrauen nach Taunton aufgebrochen, um etwas zu erledigen. Etwas, das teils für das Haus und teils für mich ist. Ich erinnere mich noch daran, wie aufgeregt ich deshalb war – die meisten seiner Reisen unternahm er nur für Burleigh. Irgendwann schwingt das Tor auf und mein Vater erscheint auf seinem

Pferd. Ich laufe ihm entgegen, aber auf halbem Weg bleibe ich stehen.

Mein Vater hat einen Jungen bei sich. Er sitzt vor ihm im Sattel und sieht geradezu winzig klein und ängstlich aus. Blass und mit hochgezogenen Schultern hockt er da, und ich könnte nicht sagen, was schmutziger ist – der Junge oder seine Kleider.

»Papa«, rufe ich, sobald mein Vater in Hörweite ist. Ich bin vorlaut und selbstbewusst, denn Burleigh gibt mir Sicherheit. »Wen hast du mitgebracht? Er sieht aus wie ein Lumpenbündel.«

Mein Vater zügelt das Pferd und steigt ab. Dann hilft er dem seltsamen Jungen aus dem Sattel. Der Junge bleibt dicht neben dem ruhigen Wallach stehen, zitternd wie ein verängstigter Hund. Die kleine Vi mustert ihn zweifelnd. Ich war nie ein besonders mitfühlendes Kind – und das bisschen Einfühlungsvermögen, das ich aufbringen konnte, galt ausschließlich Burleigh. Für andere blieb da nicht viel übrig.

»Was stimmt nicht mit ihm?«, frage ich misstrauisch.

»Gar nichts, Vi«, sagt Papa. »Er kommt aus einem Waisenhaus in Taunton. Vor drei Jahren wurde er dort ausgesetzt. Jetzt wissen sie sich nicht mehr zu helfen, denn er reißt immer wieder aus und bleibt so lange verschwunden, bis eine gutmeinende Seele ihn irgendwo wieder aufsammelt und zurückbringt.«

Ich starre den Jungen böse an. Das ist mein Haus. Mama und Papa haben auch so schon kaum Zeit für mich, und Burleigh gehört niemandem außer mir. Das Letzte, was ich brauche, ist jemand, der mir seine Zuneigung streitig macht.

»Warum hast du ihn hergebracht?«

»Damit er dir Gesellschaft leistet«, antwortet mein Vater, während er langsam erst den einen, dann den anderen Handschuh auszieht. »Deine Mutter liegt mir ständig in den Ohren, dass du nicht so viel allein sein solltest. Nun, jetzt hast du einen Freund. Er braucht dringend ein Zuhause, also habt ihr beide etwas davon.«

Ich beobachte, wie die kleine Vi einen Schritt auf den Jungen zugeht. Sie macht sich gar nicht erst die Mühe, ihren Argwohn zu verbergen. Ich erinnere mich noch an das instinktive Misstrauen und die Zweifel bei meiner ersten Begegnung mit Wyn. Damals ahnte ich nicht, wie schnell sich meine Einstellung zu ihm ändern würde.

»Junge«, sagt die kleine Vi zu Wyn. »Kannst du sprechen?«

Er nickt.

»Hast du vor, zu sprechen?«

Er schüttelt den Kopf.

»Warum nicht?«

Wyn zuckt mit den Schultern.

»Hast du Angst?«

Erneutes Nicken.

Die kleine Vi sieht ihn einen sehr langen Moment stirnrunzelnd an.

»Was hältst du davon, wenn du dich ab sofort um ihn kümmerst?«, fragt mein Vater schließlich. »Es ist eine gute Übung für später, wenn du dich um das Haus kümmern wirst.«

Die Miene meines jüngeren Ichs hellt sich auf. Wie gut mein Vater mich doch kennt. Wenn ich der Meinung bin, Burleigh eine Freude machen zu können, strenge ich mich immer besonders an.

»Was meinst du, Burleigh?«, fragt die kleine Vi die Luft um sich herum. »Gefällt dir Papas Idee?«

Über ihnen donnert es, obwohl der Himmel klar ist. Wyns Augen sind so groß wie Unterteller.

»Gefällt es dir?«, fragt die kleine Vi ernst, nun da sie die Gewissheit hat, dass die Anwesenheit des fremden Jungen ausschließlich zu Burleighs Bestem ist. »Keine Angst, das ist Burleigh. Es kann noch viel mehr. Ich werde es dir zeigen.«

Sie streckt die Hand aus, doch als Wyn zurückweicht, lässt sie sie sinken. »Möchtest du nicht angefasst werden? Dann mach ich es nicht. Nicht, solange du nicht einverstanden bist.«

Der Junge tritt von einem Fuß auf den anderen, dann streckt er ihr die Hand hin. Lächelnd schaue ich zu, wie die kleine Vi sie ergreift. »Also, wie heißt du?«

»Haelwyn«, antwortet mein Vater an seiner Stelle. »Haelwyn von Taunton.«

»Wie wär's mit Wyn?«, fragt die kleine Vi den Jungen. »Das ist einfacher, oder?«

Der Junge nickt heftig und sie führt ihn an der Hand Richtung Haus. »Ich heiße Violet Sterling. Wusstest du, dass ich eines Tages Burleighs Hüterin sein werde? Also ist es gut, wenn ich an dir ein bisschen üben kann. Vielleicht solltest du erst einmal baden. Und danach etwas essen. Wir haben viele Räume, ich bin sicher, du kannst einen davon haben …«, die Stimme wird leiser, als Wyn und die kleine Vi sich entfernen, »… aber wenn du versprichst, es niemandem zu erzählen, dann darfst du in meinem Schrank schlafen. Das Haus ist sehr groß und es erinnert sich gern an etwas. Das kann einem nachts manchmal Angst einjagen, wenn man nicht daran gewöhnt ist.«

Das Letzte, was ich noch höre, bevor die Erinnerung verblasst, sind die Worte, die mein sechsjähriges Ich zu Wyn sagt.

»Ich denke, wir sollten zusammenhalten, du und ich.«

Nach einem Augenblick der Dunkelheit sind Wyn und ich wieder allein auf dem Gang.

»Papa hat dich hergeholt, damit ich Gesellschaft habe«, sage ich, wie um mich zu verteidigen. Aber insgeheim beschleicht mich ein fürchterlicher Verdacht, den ich aus tiefstem Herzen verabscheue. Ich *verabscheue* es, den Gedanken auch nur für einen kurzen Moment zuzulassen.

»Komm mit«, sagt Wyn. Er steht auf und geht den Gang entlang zum Schlafzimmer meines Vaters. Bislang habe ich es nicht über mich gebracht, diesen Raum zu betreten – nicht seit Burleigh mir die Erinnerung an meinen sterbenden Vater gezeigt hat. Seit meiner Ankunft ist die Tür geschlossen, denn ich möchte nicht darüber nachdenken, was dahinter geschehen ist.

»Das dachte ich auch. Ich glaubte, dein Vater hätte mich geholt, damit ich dir Gesellschaft leiste«, sagt Wyn, die Hand am Türknauf. »Ich dachte es bis zum Vorabend des Arrests. Da hat mich dein Vater beiseitegenommen und mir alles erklärt. George hat mir nicht aus reiner Nächstenliebe ein neues Zuhause gegeben. Er brauchte mich. Denn es gab etwas, das er mehr liebte als Burleigh. Etwas, das er als Hüter nicht gewillt war zu opfern.«

»Wyn, nein.« Meine Stimme ist dünn und brüchig, aber Wyn spricht weiter.

»Das warst du, Violet. Er konnte nicht sterben in dem Wissen, dass Burleigh eines Tages auch dein Leben nehmen würde. Aus diesem Grund bat er mich, während des Arrests bei ihm zu bleiben.«

Wyn dreht den Knauf und öffnet die Tür.

Das Zimmer sieht völlig anders aus. Kein einziges Möbelstück steht mehr darin, nur ein Stapel Bettzeug liegt in der Ecke. Auf den Fenstersimsen haben sich Staub und tote Fliegen angesammelt. In die Wand gegenüber sind mit zittriger Hand die Buchstaben meines Namens eingeritzt, selbst im Mondlicht sind sie zu erkennen.

VI.

Wyn durchquert das Zimmer, und ich folge ihm wie eine Motte, die von hellen Flammen angezogen wird. Mit der Hand fährt er über die Zeichen, die mein Vater in Burleigh eingeritzt hat.

»Blut und Mörtel«, sagt Wyn. »Damit kann man einen Bann lösen und durch einen neuen ersetzen. Aber das Haus wollte mich nicht – es wollte dich. Es war sehr viel Blut nötig und sehr viel Mörtel. Wir haben so lange gewartet, wie es ging, aber im letzten Jahr des Arrests veränderte sich dein Vater, bis er nicht mehr der war, der er einmal gewesen ist. Es gab nur einen Ausweg …«

Wyns Stimme verliert sich. Mir wird die Brust eng, wenn ich mir vorstelle, was Wyn und Burleigh angetan wurde. Beide sind auf mehr als eine Weise gebunden und gebrochen.

»Zeig mir auch den Rest«, flüstere ich, und in der Stille dieses verfluchten Raums sind meine Worte kaum hörbar.

Wyn zögert. Dann zieht er sich mit einer raschen, entschlossenen Bewegung sein Nachthemd über den Kopf und lässt es zu Boden fallen. Nur mit seiner weiten Leinenhose bekleidet, steht er mit dem Rücken zu mir da … und da sehe ich, was mein Vater getan hat.

Die Buchstaben meines Namens sind Narben, die sich von seinen Schultern den Rücken hinabziehen. *VI* – die gleichen Zeichen wie an der Wand, nur dass sie diesmal in Fleisch eingeritzt sind.

Ich hole scharf Luft, schluchze fast. Es ist ein Laut des Entsetzens, der im leeren Zimmer widerhallt. »Oh, Wyn.«

Das werde ich meinem Vater nie verzeihen. Er hat die beiden versehrt, die mir das Liebste auf der Welt sind – und alles nur, um mich zu beschützen. Ich bin es gewohnt, Burleigh jederzeit verteidigen zu wollen, aber jetzt setzt mich der Wunsch, Wyns Vergangenheit ungeschehen zu machen, innerlich in Brand.

»Darf ich?«, frage ich. Wyn zuckt mit den Schultern, dreht sich aber nicht um.

Ich gehe noch einen Schritt auf ihn zu und fahre mit dem Finger die großen Buchstaben meines Namens nach. Ich lege mein Herz in die zarte Berührung, als könnte ich mit der Kraft dessen, was zwischen mir und Wyn ist, und mit der Wärme von Haut auf Haut seine Wunden heilen. Wyn erschauert, weicht aber nicht zurück.

»Warum hast du das getan?«, frage ich, und meine Stimme

bricht fast. Behutsam lege ich die Hand auf Wyns Rücken. »Warum hast du dem zugestimmt?«

»An jenem Tag fühlte ich mich mutig«, antwortet er. »Seither sind solche Tage selten geworden.«

Ich kann sie nicht mehr ertragen – all die Dinge, die unter diesem Dach geschehen sind. Die lange Zeit, die wir getrennt waren und in der wir zu den Menschen wurden, die wir jetzt sind. Die Kluft zwischen uns, die auch jetzt noch besteht, sei sie auch noch so klein.

»Du bist jeden Tag mutig, Haelwyn von Taunton«, sage ich zu ihm. »Immer wieder bist du für mich hiergeblieben. Wyn, ich hätte es nie von dir verlangt, wenn ich davon gewusst hätte.«

»Ich weiß«, sagt Wyn, dreht sich aber immer noch nicht um. »Aber ich könnte dir nie etwas abschlagen, Vi.«

»Es tut mir leid«, sage ich. »Es tut mir so leid.«

Ich beuge mich zu ihm und drücke meine Lippen auf die Vertiefung zwischen seinen Schulterblättern. Wyn hält den Atem an und dreht sich endlich um. Ich habe ihn nur ein einziges Mal so unglücklich erlebt wie jetzt: in Burleighs Erinnerung vom Tod meines Vaters.

»Haelwyn. Das ist nicht einmal mein richtiger Name«, sagt er. »Bevor ich hierherkam, hieß ich anders. So viel weiß ich noch, auch wenn ich mich an den Namen nicht mehr erinnern kann. Bei mir hat die Hausmagie nicht die gleiche Wirkung wie bei anderen. Das liegt an dem Bann. Dein Vater hat zuerst seine Gesundheit und dann seinen Verstand verloren. Ich hingegen verliere mein Gedächtnis. Ich kann mich an kaum etwas aus der Zeit, bevor ich nach Burleigh House kam, erinnern.

Und vieles aus den Jahren danach weiß ich nur, weil Burleigh es miterlebt hat. Ich kann die Erinnerungen vor meinen inneren Augen sehen, allerdings nur, als würde ich sie von außen betrachten. Ich *spüre* sie nicht – nicht so, wie sie vielleicht wären, wenn sie aus meinem eigenen Gedächtnis kämen.«

»Warum hast du mir nichts davon gesagt?« Heiße Tränen rinnen über meine Wangen, aber das ist mir egal. »Wyn, lass uns weggehen. Du und ich gemeinsam, so wie du es immer wolltest. Lauf mit mir weg.«

Wyn lächelt. Es ist ein Lächeln voller Bitterkeit. »Ich kann nicht. Nicht mehr. Nachdem Falmouth hier aufgetaucht ist und ich so viel Hausmagie wirken musste, habe ich versucht, Burleighs Grund und Boden zu verlassen. Nicht um für immer wegzugehen, sondern nur, um einen klaren Kopf zu bekommen. Aber ich konnte es nicht, die Verbindung zwischen uns ist schon zu tief. Es ist, als würde ich gegen eine unsichtbare Wand anrennen. Und wenn ich sie zu durchbrechen versuche, dann ist es wie … Sterben.«

»Blut und Mörtel, Wyn, ich hätte dich ziehen lassen sollen, solange es noch ging.« Stöhnend vergrabe ich das Gesicht in den Händen, denn ich habe Angst, auseinanderzubrechen. Wyns Berührung, seine sanfte Hand auf meinem Kopf, macht alles nur noch schlimmer.

»Ich habe mich entschieden zu bleiben, Violet«, sagt er. »Ich hätte weggehen können. Und ich habe mich auch für den Arrest entschieden. Und dafür, mich an Burleigh zu binden. Nichts davon ist deine Schuld. Ich habe es aus freien Stücken getan, für dich.«

Meine Gedanken überschlagen sich. Ein Leben lange habe ich geglaubt, dass Burleigh und mein Vater gut und aufrichtig sind, nur um jetzt herauszufinden, dass sie *Kinder …*«

Die bittere Erkenntnis wird nur dadurch etwas gemildert, dass Wyn all das für mich getan hat. Die Gewissheit wiegt schwer, aber sie entzündet auch ein warmes Licht in meinem Inneren, dort, wo meine Pflichten gegenüber Burleigh sonst nur ein Gefühl kalter Entschlossenheit hervorrufen.

Von der Wärme bleibt nur Asche übrig, als Wyn weiterspricht.

»In ein paar Tagen wird alles gut sein«, sagt er, aber in seinen Worten schwingt ein Hauch von Unsicherheit mit. »Kurz bevor der König eintrifft, werde ich tun, wozu ich verpflichtet wurde. Ich werde Burleigh einen Neuanfang ermöglichen. Und auch du wirst neu anfangen können. Dir wird nichts passieren, Violet, das verspreche ich dir.«

Ich lasse meine Hände sinken und starre ihn fassungslos an. »Wyn, ich möchte keinen Neuanfang ohne dich. *Nichts* wird jemals wieder gut sein, wenn du nicht da bist. Glaubst du wirklich, ich könnte tatenlos zusehen, wie du dich für mich opferst? Was, wenn stattdessen *ich* mich dem Haus verschreibe und deinen Platz einnehme?«

»Dafür müsste ich sehr weit weggehen«, sagt Wyn schlicht. »Niemand kann an meine Stelle treten, solange ich in der Nähe des Hauses bin. Aber das Band zwischen Burleigh und mir ist inzwischen so unauflöslich, dass ich mich nicht mehr entfernen kann. Ich fürchte, mein Schicksal ist besiegelt. Du bist eine Hüterin, Vi. Und was ist die Aufgabe einer Hüterin?

Sie muss das Haus über alles stellen. Über den König, über das Land, über …«

»Hör auf«, unterbreche ich ihn. »Ich will das nicht hören.«

Wyn hebt sein Nachthemd auf und zieht es wieder an. Als er sich zu mir umdreht, wirkt er so beherrscht und abgeklärt, dass ich losschreien könnte.

»Warum willst du es nicht hören?«, fragt er. »Hüterin von Burleigh zu sein, war immer dein größter Traum. Dein Vater hat dich dazu erzogen. Und ich kann dir den Wunsch erfüllen, den du schon hattest, als wir noch Kinder waren.«

Mit herabhängenden Armen steht er da, neben der Stelle, an der mein Vater meinen Namen in Burleighs Wand geritzt und Wyn für immer an das Haus gebunden hat. Im Vergleich zu Burleigh mit seinen Dornen und seinem Mörtel wirkt Wyn klein und zerbrechlich.

Das Haus wird ihn in Besitz nehmen.

Wyn wird nur noch ein Schatten sein.

Es wird in ihn eindringen und ihn als leblose Hülle zurücklassen, sobald es einen neuen Ort für sich gefunden hat.

Ich spüre, wie Panik in mir aufsteigt. Meine Hände fangen an zu zittern und meine Tränen brennen wie Feuer. Ich habe das nie gewollt.

»Ich bin keine gute Hüterin«, sage ich zu Wyn. »Und ich werde es auch nie sein. Ich möchte das Haus nicht über alles stellen. Nicht auf diese Weise. Ich will nicht …« Ich schlucke. »Wyn, ich will kein Burleigh ohne dich.«

Er seufzt. »Tja, ich fürchte, da hast du Pech, denn genau das wirst du bekommen.«

Jetzt weine ich wirklich, und ich mache mir nicht einmal die Mühe, mein Gesicht zu verbergen oder mich wegzudrehen, denn Wyn kennt mich, im Guten wie im Schlechten.

»Nicht doch«, sagt er. »Nicht weinen, Vi. Du schaffst das schon.«

Er legt seine Arme um mich. Für einen Moment empfinde ich ein überwältigendes Gefühl von Sicherheit – aber schon im nächsten Moment trifft mich die Erkenntnis, dass Wyn für Burleigh House sterben wird, erneut mit voller Wucht. Zitternd liege ich in seinen Armen und er zieht mich noch näher zu sich heran.

»Schon gut«, tröstet Wyn mich leise. »Schon gut.«

Er drückt einen Kuss auf meinen Scheitel. Ich hebe den Kopf und schaue ihn an. Unsere Blicke treffen sich, können sich nicht mehr voneinander lösen – und in diesem Moment wird uns beiden klar, dass sich zwischen uns etwas für immer verändert hat.

Dann sind meine Hände auf seiner Haut, schieben sich unter sein Nachthemd, fahren noch einmal die Narben nach, während seine Hände auf meiner Hüfte liegen. Meine Lippen berühren die seinen, und trotz all dem Blut und Mörtel und obwohl dieser Augenblick sich wie das Ende der Welt anfühlt, fängt alles in mir an zu singen. Ich küsse ihn, als könnte mein Kuss den Bann brechen, und er erwidert den Kuss, als könnte dieser ein gebrochenes Herz heilen.

Als wir uns schließlich voneinander lösen, weiß ich, dass ich mich niemals wieder damit zufriedengeben kann, die Sterne am Himmel oder meine eigenen Ängste zu zählen. Denn als

Wyn sich mit der Hand durch sein zerzaustes Haar fährt und mich ansieht, als wollte er sagen, *Tja, Violet, was machen wir denn jetzt?*, spüre ich es mit jeder Faser meines Körpers: Er ist die Mitte, in der alle meine Ängste zusammenlaufen.

22

Seit Wyns mitternächtlicher Beichte steht Burleigh unter Hochspannung. Auch ich stehe unter Hochspannung. Wyn hingegen strahlt stumme Entschlossenheit aus, und das macht mir nur noch mehr Angst.

Ich bitte Alfred und Esperanza, ihre Anstrengungen zu verdoppeln, bringe es aber nicht über mich, ihnen den wahren Grund zu nennen. Die beiden schicken eine Flut an Briefen an ihre Kontaktleute im ganzen Land, in der Hoffnung, einer von ihnen könnte einen Hinweis auf das Versteck geben, und sei er auch noch so vage. Ich für meinen Teil durchforste Nacht für Nacht Burleighs Erinnerungen, bis mir die Augen zufallen und ich einschlafe, während die traurige Geschichte des Hauses flackernd an mir vorüberzieht.

In meinem tiefsten Innern weiß ich, dass es meine einzige Chance ist. Nur wenn es mir gelingt, die Urkunde zu finden und mein Haus vom Bann zu befreien, werde ich mich nicht zwischen Haus und Herz entscheiden müssen.

Denn zwischen Wyn und mir hat sich alles verändert. Obwohl wir uns sehr zurückhalten und unsere Lippen und Hände sich seit jener Nacht nicht mehr berührt haben, treffen sich unsere Blicke, so oft es nur geht. Jedes Mal fängt mein Herz an zu pochen, und jedes Mal sehe ich für einen kurzen Moment Panik in Wyns Augen aufblitzen – nackte, wilde Panik, die sonst tief in ihm vergraben ist, damit sie nicht nach außen dringt. Ich bin ja selbst eine Meisterin darin, meine Gefühle in mir zu verschließen, daher weiß ich genau, wo ich bei ihm suchen muss.

Wyn ist wie ein Kaninchen in der Falle. Ganz gleich, was er sagt oder wie oft er mir versichert, den Tod auf sich nehmen zu wollen, um mir ein glückliches Leben und Burleigh einen neuen Anfang zu ermöglichen – ich weiß genau, dass es nicht das ist, was er will. Ihn so unglücklich zu sehen, setzt mir mehr zu als Mörtel und Dornen. Ich nehme an, das ist auch der Grund, warum er neuerdings so peinlich darauf bedacht ist, Abstand zu mir zu halten – Nähe verlangt Ehrlichkeit, aber Wyn will die Wahrheit vor mir verbergen.

Drei Nächte später werde ich von einer Erinnerung wach, die ich noch nie gesehen habe.

Ich habe das Haus nie gebeten, mir etwas aus der Zeit des Arrests zu zeigen – ich kenne nur das, was es mir von sich aus gezeigt hat. Ich wollte das Haus nicht bedrängen, aus Angst, die Erinnerungen könnten zu schmerzlich sein. Aber als ich jetzt in den kurzen, dunklen Stunden zwischen Abend und Morgen die Augen öffne, sehe ich den Speisesaal vor mir.

Besser gesagt die geisterhafte Erinnerung an den Speisesaal, der jetzt in Schutt und Asche liegt.

In Burleighs Vision knistert ein Feuer im Kamin, und

Regentropfen trommeln gegen die hohen Fenster, obwohl es mitten am Tag ist. Durch die breiten Risse in der Mauer pfeift der Wind, und der Efeu klettert hinauf bis zur Decke.

Mein Vater sitzt am Kopfende des Tisches. Ich kann mich nicht daran erinnern, ihn jemals so krank gesehen zu haben. Er ist abgemagert, seine Augen liegen tief in den Höhlen und seine Haut ist unnatürlich grau. Als er nach dem Wasserglas greift, zittert seine Hand so sehr, dass er es umwirft. Eine Zeit lang sitzt er nur da und beobachtet, wie der feuchte Fleck sich auf der Tischdecke ausbreitet. Dann streckt er die Hand aus – mit einer langsamen, gezielten Bewegung, bei der es mich eiskalt überläuft, weil sich darin Entschlossenheit ohne jede Gefühlsregung ausdrückt –, ergreift das Glas und schleudert es durch den Raum.

Das Glas zersplittert mit einem lauten, scharfen Klirren. Mein Vater nimmt den Krug und schleudert ihn gleich noch hinterher. Dann seinen Teller, die Teetasse, die Untertasse und das Besteck.

Als der Tisch leer gefegt ist, reißt er das Tischtuch herunter, zerknüllt es und wirft es ins Kaminfeuer. Die Flammen sacken zusammen und Rauch steigt auf. Aus seiner Nase und seinen Augen rinnen Blut und Mörtel. Er wischt sich mit dem Ärmel übers Gesicht, dann steht er auf und verlässt den Raum.

Erst als er weg ist, bemerke ich Wyn, der vielleicht ein oder zwei Jahre jünger ist als jetzt. Er kauert auf der Kante eines Stuhls neben dem Kamin, so still und reglos, dass er beinahe unsichtbar ist. Auf den Knien balanciert er einen Teller mit farblosen gedünsteten Pastinaken, die er nicht angerührt hat.

Einen Moment lang sitzt er einfach nur da. Ich sehe, wie er mehrmals schlucken muss. Dann stellt er den Teller beiseite, holt Schaufel und Besen aus einem der Schränke und fängt an, das Chaos, das mein Vater hinterlassen hat, wieder in Ordnung zu bringen.

Plötzlich hält er mitten in der Arbeit inne und sieht sich um, wie um sicherzugehen, dass er alleine ist. Dann stellt er Besen und Schaufel zur Seite und legt seine Hände flach auf den goldschimmernden Parkettboden.

Das ganze Haus fängt an zu summen, eine Mischung aus Furcht und gespannter Erwartung liegt in der Luft.

»Nur zu«, sagt Wyns jüngeres Ich. Seine Stimme bebt vor Angst.

So unvermittelt und gewaltsam, wie mein Vater das Glas gegen die Wand geschleudert hat, ergießt Burleigh jetzt seine Magie über Wyn. Das ganze Haus zittert und stöhnt. Der Efeu, der durch das Fenster in den Speisesaal gekrochen ist, verwelkt. Blatt um Blatt färbt sich schwarz. Staub steigt auf, als sich die großen Mauerrisse, die unter dem Rankengerippe zum Vorschein kommen, nach und nach schließen. Das Feuer im Kamin spuckt Funken, braust auf und verschlingt das feuchte, halb verbrannte Tischtuch.

Irgendwann lässt das Haus von Wyn ab. Er sackt zusammen und bleibt schwer atmend auf der Seite liegen. Aber er ist noch da, er ist immer noch er selbst und auf seiner Haut ist keine Spur von Mörtel zu sehen.

»Na, das ist doch mal ein Anfang«, sagt mein Vater. Er lehnt am Türrahmen. Getrockneter Mörtel hat sich in seinen

Augenwinkeln und in den Falten um seinen Mund festgesetzt. Sein Anblick steht in einem erschreckenden Gegensatz zu Wyn. »Ich habe mich schon gefragt, wann du endlich den Mut dafür aufbringst. Lange genug hat es gedauert, Junge.«

Er wendet sich ab und lässt Wyn inmitten der Scherben sitzen, in Burleighs Speisesaal, dessen Mauern jetzt wieder den Regen abhalten können.

Leise klettere ich aus dem Bett und kaure mich vor Wyns Geist auf den Boden. Ich sehe, wie sein Gesicht jeden Ausdruck verliert. Seine Augen werden leer. Er ist aus sich herausgetreten und wandert jenen endlosen Korridor entlang, den er mir beschrieben hat, damit ich begreife, wie es ist, wenn Burleigh House an seinen Erinnerungen nagt.

Ich kann es nicht länger mit ansehen. Rasch stehe ich auf und gehe zur Tür, um Burleighs Vision hinter mir zu lassen. Draußen im Gang schläft der echte Wyn tief und fest – mein treuer Beschützer, der nachts nicht von meiner Seite weicht. Wenigstens liegt er nicht mehr auf dem harten Steinboden, sondern auf einem Daunenpolster, das wir gemeinsam aus einem der leeren Gästezimmer hierhergeschleppt haben.

Ich bücke mich und lege sanft die Hand auf sein zerzaustes Haar, dann husche ich weiter, lautlos wie einer von Burleighs Geistern. In der stillen, nur vom Mondlicht erhellten Küche schlüpfe ich in ein Paar Galoschen. Die Tür von Jed und Miras Zimmer ist geschlossen. Zu dieser nächtlichen Stunde schlafen sie tief und fest. Ich vermisse die beiden – den ganzen Sommer haben wir praktisch nebeneinanderher gelebt, unter dem gleichen Dach und doch jeder für sich. Mir wird schmerzlich bewusst, dass ich an einer Schwelle stehe. Es ist, als wäre ich unserem alten, gemeinsamen Leben entwachsen, ohne bereits einen neuen Platz für mich gefunden zu haben.

Dass ich drauf und dran bin, etwas zu tun, das keine anständige Hüterin je tun würde, macht die Sache nicht gerade besser. Wenn ich der Mensch wäre, den Burleigh braucht, würde ich jetzt nach oben gehen, den Jungen vor meiner Schlafzimmertür aufwecken und ihm sagen, dass in meinem Herzen und in meinem Leben kein Platz für ihn ist. Dass es in seiner Macht steht, mir das zu geben, was ich mir immer gewünscht habe, und dass ich ihn dafür in guter Erinnerung behalten werde.

Aber allein bei dem Gedanken daran, diese Worte laut auszusprechen, bohren sich Splitter in mein Herz. Also trete ich durch die Küchentür nach draußen in den Garten, wo ein sengend heißer Wind die vertrockneten Rosenstöcke rascheln lässt. Ich gehe durch die Wiese, vorbei am Friedhof unserer Familie, und tauche in die Schattenwelt von Burleighs Wald ein. Ich kann Wyns Leben nicht aufs Spiel setzen, deshalb werde ich etwas Gefährliches und Verzweifeltes tun.

Die Nacht ist voller merkwürdiger Geräusche. Ich bin froh, die Gummiüberschuhe angezogen zu haben, denn immer wieder trete ich in Pfützen aus dickem, zähem Mörtel. Dornige Ranken kriechen über den Waldweg – sie wollen sich um meine Knöchel schlingen, sind aber zu langsam, um mich ins Straucheln zu bringen. Zwischen den Baumstämmen schimmern Irrlichter und Erinnerungen wie ein blaugrüner Spuk aus einer anderen Welt. Aber ganz gleich, welches Aussehen sich der Wald gibt, ich kenne ihn und die Pfade, die durch ihn hindurchführen. Ob sonnig oder düster, ich finde mich Tag und Nacht darin zurecht. Es ist nicht meine Art, mich vor Burleigh oder seinem Grund und Boden zu fürchten.

Je weiter ich in den Wald vordringe, desto kälter und feuchter wird die Luft. Nebeltropfen verfangen sich in meinen Haaren und im Stoff meines Morgenrocks. Nach einer Weile gelange ich an eine Abzweigung. Von dort windet sich ein Pfad zwischen den Bäumen hindurch und führt einen kleinen Abhang hinab bis zu einem Forellenbach, der glucksend über kleine Felsbrocken hinwegrauscht, während der Regen auf dem Wasser Blasen erzeugt.

Ich klettere die schlammige, mit Laub bedeckte Böschung hinab, setze mich ans Ufer und versuche, die zunehmend beißende Kälte zu ignorieren. Entschlossen blinzle ich die Regentropfen aus meinen Wimpern und grabe meine Hände in den Kiesboden des Bachufers. Es ist eine Einladung für Burleigh: Falls etwas schiefgeht, bin ich für dich da. Ein Werkzeug, ein Instrument, ein Vehikel für deine Magie. Zwar habe ich weder einen Schlüssel noch die hehren Absichten einer guten Hüterin – aber hör zu, mein Haus, ich bin alles, was du hast, also lass deinen Mörtel in mein Blut fließen, wenn es denn sein muss.

»Burleigh«, fange ich an. »Ich werde dir jetzt eine Frage stellen. Und ich denke, du weißt auch schon, welche.«

Der Wind stöhnt in den Baumwipfeln. Eiskalter Regen rinnt meinen Nacken hinab und lässt mich erschauern. Seit Wochen haben wir versucht, diesen unausweichlichen Augenblick hinauszuzögern. Seit Wochen habe ich das Haus mit

Samthandschuhen angefasst, Rücksicht auf seinen Bann und seine schlechte Verfassung genommen, um es nicht zu verletzen, selbst wenn das vielleicht die einzige Möglichkeit zur Rettung ist. Aber jetzt habe ich weder Zeit noch Geduld noch guten Willen übrig, um Burleigh weiter zu verhätscheln.

»Burleigh«, frage ich. »*Wo ist deine Urkunde?*«

Statt einer Antwort fängt der Forellenbach an zu blubbern, dann steigt das Wasser, bis es über meine Schuhe schwappt. Ich ziehe sie aus und schlucke meine Ungeduld hinunter.

»Zeig sie mir, Burleigh. Hilf mir, dich von deinem Bann zu befreien.«

Das Wasser steigt immer höher und zwingt mich, den Rückzug anzutreten. Plötzlich wird es dunkel. Die Finsternis verschluckt sogar die schwarzen Silhouetten der Bäume und die blitzenden Lichtreflexe des Wassers. Ich halte mir eine Hand vor Augen, kann sie aber nicht sehen. Es ist, als wäre ich blind geworden.

Ein Geruch steigt mir in die Nase. Er passt nicht hierher und doch ist er mir vertraut. Die Luft riecht nicht mehr nach feuchter Erde und fauligem Holz und moosigem Waldboden, sondern wild und salzig. Es ist der unverkennbare Geruch von Meerwasser. Mein Magen verkrampft sich. Das Haus hat mir nie etwas gezeigt, das außerhalb des Anwesens liegt. Ich wusste nicht einmal, dass es das kann.

Nach und nach dringen Geräusche an mein Ohr. Wellen, die ans Ufer schlagen. Möwen, die am Himmel kreischen. Und ein hohles Tropfen von Wasser auf Stein: *tropf, tropf, tropf.*

Es ist keine willkürliche Erinnerung, die Burleigh mit mir

teilt. Nein, mein Haus, das alles tut, um meine Wünsche zu erfüllen, zeigt mir den Ort, an dem die Urkunde versteckt ist.

Angestrengt versuche ich, in der nachtschwarzen Dunkelheit etwas zu erkennen. Allmählich hellt die Luft sich zu einem Grau auf, aus dem sich verschwommene Formen schälen. Sie haben noch keine klaren Umrisse, verdichten sich aber immer mehr. Hoffnung keimt in mir auf, während das kalte Bachwasser meine bloßen Füße umspült und der eisige Mörtel durch den feuchten Waldboden in meine Hände dringt.

Es wird heller. Vor mir sehe ich den felsigen Untergrund einer Höhle, die sich zum Strand hin öffnet, und dahinter das blaue, blaue Meer von Cornwall. In einiger Entfernung zur Küste erhebt sich mitten im Wasser ein Felsen.

Das Bild verfestigt sich. Ich will mich bewegen, aber es ist, als wären meine Füße einzementiert. Das ist auch schon alles, was Burleigh mir anbieten kann – ein Blick auf die Küste, irgendwo in Cornwall. Viel ist es nicht gerade.

»Burleigh«, flehe ich. »Ich weiß nicht, wo wir hier sind. Kannst du mir einen Hinweis geben? Bitte, du musst es versuchen.«

Im Westen verschwindet die Sonne hinter dem Horizont. Eine gewaltige Welle steigt aus dem Meer auf und rollt auf die Küste zu. Sie ist Furcht einflößend hoch und wird auf ihrem Weg alles mit sich reißen.

Jetzt weiß ich, wo ich bin.

Es ist nicht irgendeine Strandhöhle.

Es ist die Höhle an der Küste von St. Ives, wo ich als Kind stand und zusah, wie eine riesige Welle auf uns zuraste.

Plötzlich zerspringt die Vision. Der nächtliche Wald hinter Burleigh House kehrt so unvermittelt zurück, dass mir schwindelig wird. Der Boden unter mir erbebt. Das Wasser im Bach steigt beängstigend schnell an, inzwischen reicht es mir schon bis zu den Knien. Aber als ich versuche, auf die Füße zu kommen, sind meine Glieder wie gelähmt. Ich blicke an mir herab. Meine bloßen Arme und Beine sind nicht nur von grauen Adern durchzogen, sie haben die Farbe von Stein angenommen und sind so kalt, dass ich sie kaum noch spüre.

Mit fast übermenschlicher Anstrengung rapple ich mich auf und klettere die rutschige Böschung hinauf. Die Blätter und der Morast sind glitschig, immer wieder verliere ich den Halt und schon nach kurzer Zeit bin ich von Kopf bis Fuß voller Schlamm. Der bebende, ächzende Grund unter meinen Füßen kommt nicht zur Ruhe.

Als ich am oberen Teil der Uferböschung angekommen bin, greife ich haltsuchend nach einem Baumstamm, ziehe sie aber mit einem erschrockenen Zischen wieder zurück. Ranken, gespickt mit rasiermesserscharfen Dornen, schlängeln sich über den Waldboden und an den Stämmen empor. Wie spitze Zähne haben sie sich in meinen Handballen gebohrt. Blut und Mörtel sickern zäh aus der Wunde.

Ich wage es nicht, auch nur einen Moment lang innezuhalten. Ich wage es nicht, dem wehklagenden Haus meine Hilfe anzubieten, aus Angst, dass es mich dabei unabsichtlich töten könnte.

»Burleigh, hör auf! Beruhige dich!«, rufe ich, als erneut ein Beben die Erde erschüttert. Aus allen Richtungen hallt dumpfes Krachen durch den Wald. Sogar meine Stimme klingt belegt vom Mörtel. Die Bäume um mich herum verlieren ihre Äste, stürzen entwurzelt zu Boden, während die Magie in mir zu brodeln anfängt und die ungezähmten, vergifteten Kräfte des Hauses blubbernd aus dem Waldgrund aufsteigen. Vor Kälte zitternd höre ich hinter mir das Zischen der Ranken, das zu einem zornigen Fauchen anschwillt.

Am Rand meines Sichtfelds tanzen dunkle Flecken. Da holt die erste Ranke mich ein und schlingt sich um meinen Knöchel.

23

Der Biss der Dornen vertreibt die Dunkelheit, die sich vor mein Blickfeld geschoben hat. Ich schreie auf, als die Ranke sich enger um meinen Knöchel zieht und ihre scharfen Zähne in meiner Haut versenkt. Plötzlich zieht irgendwo irgendetwas Burleighs Aufmerksamkeit auf sich. Das Haus wendet sich von mir ab. Es ist, als würde ein schweres Gewicht von mir genommen werden. Meine Gedanken werden wieder klar. Ich greife in die Tasche meines Morgenrocks und hole ein Filetiermesser hervor, das ich aus Gewohnheit immer bei mir trage. Ich ziehe es aus der ledernen Scheide und schneide nicht mit der geschwungenen Klinge, sondern mit dem gezackten Rücken die Ranke ab.

Als mein Fuß frei ist, überkommt mich schon die nächste Angst. Es gibt nur einen Menschen, dem das Haus auf diese Weise seine Aufmerksamkeit zuwendet. Der Gedanke, dass Wyn in diesem Moment Burleighs zersetzende Magie in sich aufnimmt, ist unerträglich.

»Burleigh«, keuche ich. »Tu es nicht. Sieh mich an. *Sieh mich an.*«

Aber das Haus gehorcht mir nicht. Das Messer in der Hand, mache ich mich humpelnd auf den Weg. Der Wald vibriert vor zerstörerischer Energie. Zwischen den Bäumen am Waldrand verflechten sich armdicke Dornenzweige zu einem Wall.

Ich beiße die Zähne zusammen und humple schneller. Wenn die dornige Mauer sich schließt, bevor ich die Wildblumenwiese erreicht habe, wird meine kleine Klinge nichts ausrichten können.

Da taucht Wyn auf, in dem schmalen Spalt zwischen Wald und Wiese. Ich kämpfe mich nach vorn, halte den Blick nur auf ihn gerichtet.

»Wyn, hör auf!«, rufe ich, als er die Arme ausbreitet und sie nach den Bäumen ausstreckt.

»Beeil dich!«, ruft er zurück. Ich biete meine letzten Kräfte auf. Erdstoßartige Wellen werfen mich zu Boden, aber ich rapple mich immer wieder auf und lege taumelnd die letzten Schritte zurück. Wyn streckt die Hand nach mir aus und ich ergreife sie.

Die Erde zittert vor Zorn, gigantische Ranken kriechen auf uns zu, aber Wyn zieht mich immer weiter, bis wir zusammen hinaus auf die Blumenwiese taumeln, ehe sich das Dickicht keine Handbreit hinter uns zu einer undurchdringlichen Dornenwand schließt.

Gespenstische Stille tritt ein. Der Himmel über uns ist klar, das Mondlicht taucht Feld und Wald in ein silbriges Licht. Ich verspüre weder Erleichterung noch Schmerz, obwohl ich das eigentlich sollte. In mir ist nur eine grauenvolle Kälte, sie breitet sich über meine Arme und Beine aus, dringt durch meine Brust bis zu meinem Herzen.

»Violet, gib mir deine Hände«, höre ich Wyn wie aus weiter Ferne sagen. Ich will ihm ausweichen, um zu verhindern, dass er verletzt wird, aber ich kann mich nicht auf seine Stimme konzentrieren und ich kann mich nicht bewegen. Wyns Gesicht verschwimmt vor meinen Augen, dann wird alles um mich herum zu kaltem Stein.

Als ich aufwache, liege ich mitten in der Wildblumenwiese. Die Sterne über mir verblassen langsam, während im Osten eine zarte Morgendämmerung aufzieht. Schmerz pulsiert durch mich hindurch, er kommt von den Händen und Knöcheln, wo die Dornen meine Haut aufgerissen haben.

Aber wenigstens spüre ich den Schmerz. Da ist keine Kälte mehr. Und auch kein lebensraubender Mörtel.

Nicht weit von mir entfernt sitzt Wyn, den Kopf zwischen den Armen vergraben. Als ich mich bewege, raschelt das trockene Gras und er blickt auf. Sein Gesicht ist blass und eingefallen. Der Anblick versetzt mir einen Stich. Aber ich bin froh, dass seine Augen nicht leer sind. Wyn ist nicht weggetreten, sondern ganz bei sich. Was auch immer der Mörtel ihm angetan hat, was auch immer das Haus ihm wegnehmen wollte, unwiederbringlich und für immer – es hat bereits stattgefunden.

»Alles in Ordnung?«, frage ich und setze mich stöhnend auf.

Wyn schüttelt den Kopf. Als er antwortet, verrät seine raue Stimme, wie aufgewühlt er ist. »Was hast du dir dabei gedacht, Violet? Du hättest sterben können!«

»Ich dachte, ich könnte es schaffen, ohne dass du ein weiteres Mal Hausmagie wirken musst«, verteidige ich mich. »Ich hatte gehofft, du würdest es erst im Nachhinein erfahren.«

»Ich spüre alles, was Burleigh fühlt«, sagt Wyn. »Ich bin aufgewacht und wusste sofort, dass du gerade dabei bist, eine Grenze zu überschreiten. Das Haus war kurz davor, die Beherrschung zu verlieren und dich mit in den Strudel zu reißen. Blut und Mörtel, Vi, warum setzt du dich grundlos dieser Gefahr aus? Du weißt doch, dass ich dem Ganzen ein Ende bereiten kann. Ich sollte es jetzt sofort tun, solange mich der Mut noch nicht verlassen hat.«

Wyn drückt seine Hände auf den Boden, wie um Burleigh aufzufordern, noch etwas mehr von ihm zu rauben, mir noch etwas mehr von meinem Freund zu nehmen.

»Lass das«, stoße ich abgehackt hervor, und jedes Wort bringt mein Entsetzen zum Ausdruck. »Wyn, sag so was nicht. Versprich mir, hier und jetzt, dass du dich nicht opferst. Dass du bis zum bitteren Ende durchhältst und mir die Chance gibst, dich zu retten. Eine letzte Chance, Wyn, mehr verlange ich gar nicht.«

Er sieht mich erschöpft an. »Du hast viele Versprechen von mir verlangt, seit du wieder da bist.«

»Und du hast viele selbstzerstörerische und unnötige Entscheidungen getroffen, seit ich wieder da bin. Was erwartest du von mir?«

Wyn lässt sich auf seine Ellbogen sinken. »Dass du mich meine Aufgabe zu Ende bringen lässt. Weißt du, was ich bin, Vi? Ich bin ein Hüter. Dein Vater hat das von Anfang an so gewollt. So wie du dich um das Haus kümmerst, kümmere ich mich um dich. Ich stelle dich über alles: über Burleigh, über das Land, über mein eigenes Leben.«

Bei seinen Worten läuft es mir kalt über den Rücken. »Niemand hat mich je gefragt, ob ich das *will*.«

Wyn zuckt die Schultern. »Niemand von uns ist gefragt worden, was wir wollen oder nicht. Weder du noch ich noch dein Vater noch diese Ruine von einem Haus. Tut mir leid, Burleigh«, fügt er hinzu, als unter unseren Füßen ein dumpfes Grollen zu hören ist. »Noch nicht einmal deine Mutter. Wir sind einfach ... mittendrin. Also müssen wir versuchen, das Beste aus den Spielkarten zu machen, die uns das Schicksal zugeteilt hat.«

»Aber *ich* frage dich, Wyn«, entgegne ich. »Willst du das?«

Gedankenverloren blickt er in das düstere Dickicht des Waldes und schweigt.

»Sieh mich an«, sage ich beschwörend und rutsche noch etwas näher an ihn heran. »Antworte mir.«

Als Wyn den Kopf dreht und mich ansieht, ist aus der unterdrückten Furcht in seinen Augen nackte Angst geworden.

»Ich will nicht sterben, Violet«, gibt er leise zu, und seine Stimme klingt rau. »In meinem Herzen bin ich ein Feigling. Dein Vater ... ich hätte ihn retten können, weißt du? Wenn ich für Burleigh den letzten Schritt meines Banns vollzogen hätte, wäre noch im selben Moment der Arrest zu Ende gewesen.

George wäre lebend davongekommen. In gewisser Weise trage ich genauso viel Schuld an seinem Tod wie der König.«

Ich schüttle den Kopf. »Glaubst du das wirklich? Ich würde dir nie die Schuld für das geben, was mit meinem Vater geschehen ist. Du warst noch ein Kind, als es begann. Wir beide waren noch Kinder. Hör mir zu: Nichts von alledem ist deine Schuld. Und du wirst auch nicht sterben. Denn ich werde dich retten.«

Wyns kurzes, bitteres Lachen klingt in der nächtlichen Stille unnatürlich laut. Er deutet auf den Wald, der ein Bild des Jammers ist. »So wie du Burleigh rettest?«

Seine Worte treffen mich, aber ich weiß, dass die Angst aus ihnen spricht, deshalb gehe ich nicht darauf ein. Ich schaue Wyn an, halte seinen Blick fest.

»Das ist nicht passiert, weil ich Burleigh retten wollte«, sage ich. »Sondern weil ich dich retten wollte. Ich habe das Haus gebeten, mir das Versteck der Urkunde zu zeigen. Ich habe Burleigh direkt danach gefragt.«

Bei diesen Worten geht ein lautes Knirschen durch das Gehölz. Das gewaltige Dornengeflecht gerät in Aufruhr, die Ranken drehen und winden sich wie zornige schwarze Schlangen.

»Ich habe es entdeckt«, platze ich heraus. »Wyn, ich habe gefunden, wonach ich gesucht habe. Ich weiß, wo die … wo *sie* ist. Du musst deine Aufgabe also nicht zu Ende bringen. Ich übernehme das. Ich kann das Haus von seinem Bann erlösen und gleichzeitig euch beide voneinander befreien und auch vom König.« Zum ersten Mal, seit Burleigh mir die Küste von Cornwall gezeigt hat, bin ich fast ein wenig euphorisch. Ich habe die Urkunde gefunden – jedenfalls beinahe. Alles wird gut werden.

Wyn wirkt nicht besonders überzeugt. Tatsächlich sieht er noch verzweifelter aus als zuvor.

»Der Tod ist nicht das, wovor ich am meisten Angst habe«, sagt er. »Ich will nicht sterben, das stimmt. Aber etwas anderes quält mich viel mehr. Das Haus wird keine andere Wahl haben, als dich zu töten, wenn du deinen Plan in die Tat umsetzt, Violet. Was, wenn ich dich retten könnte, indem ich mich opfere, aber im letzten Moment nicht den Mut dazu aufbringen kann? Bei George habe ich es auch nicht gekonnt.« Wyn fährt sich mit der Hand übers Gesicht. »Bleib hier. Bring dich nicht selbst in Gefahr, indem du Nachforschungen anstellst. Lass die Dinge ihren Lauf nehmen. Es ist nur eine Frage der Zeit, bis Burleigh an dem Punkt angelangt ist, an dem es nicht länger Rücksicht auf mich nehmen kann und mir die Entscheidung abnimmt. Nur so können wir sicher sein, dass dir nichts passiert.«

Mir wird die Brust eng, denn ich wünsche mir nichts sehnlicher, als Wyn wohlbehalten an einem anderen Ort zu wissen.

»Du weißt genau, dass ich das nicht zulassen kann«, sage ich sanft. Wyn schließt die Augen, als hätte ich ihm gerade einen Schlag versetzt. Seine Kiefermuskeln spannen sich an.

»Ich werde nicht scheitern und ich werde auch nicht sterben«, verspreche ich ihm. »Du hast immer gesagt, ich kann alles schaffen, was ich mir vorgenommen habe. Tja, ich habe in meinem ganzen Leben noch nie etwas so sehr gewollt wie das – nicht nur für Burleigh, sondern auch, weil ich hoffe, mit ihm zugleich auch dich zu befreien. Du musst mir nur genug vertrauen, um es mich wenigstens versuchen zu lassen. Und du musst mir versprechen, bis dahin nichts Unüberlegtes zu tun.«

Meine Stimme klingt zuversichtlich, aber in Wahrheit habe ich schreckliche Angst. Aber die werde ich Wyn nicht zeigen.

Er sieht mich lange an. Ich weiß nicht, was er denkt, aber ich erwidere seinen Blick, denn ich möchte sein Gesicht, so wie es jetzt in diesem Moment ist, für alle Zeiten im Gedächtnis behalten.

»Also gut«, sagt er schließlich. »Ich verspreche dir, dass ich den letzten Schritt nur dann gehe, wenn du in Lebensgefahr bist oder das Haus mir keine andere Wahl lässt. Kannst du das akzeptieren?«

»Mir wird nichts anderes übrig bleiben«, erwidere ich. Ich rutsche näher an ihn heran, bis er seinen Arm um mich legt und ich meinen Kopf an seine Schulter schmiege. In diesem Moment wird mir klar, dass ich mich nur noch in Wyns Nähe sicher fühle.

Ich darf ihn nicht noch einmal verlieren. Das werde ich nicht zulassen.

»Glaubst du, wir werden jemals ein normales Leben führen?«, fragte ich ihn nach einem langen Augenblick des Schweigens. Seite an Seite sitzen wir da und betrachten traurig das, was einmal der Wald von Burleigh House war. »Einfach nur Violet und Wyn, ein Mädchen und ein Junge, die entdecken, wer sie sind, alleine und zusammen?«

»Ich weiß es nicht, Vi«, sagt Wyn. Er drückt mir einen Kuss auf die Haare und ich seufze. »Ich weiß es wirklich nicht.«

24

Den Geruch von welken Blättern und Schlamm vom Bach auf der Haut, wache ich nach gerade mal zwei Stunden unruhigen Schlafes auf – und finde mich mitten in einer Erinnerung wieder.

Ich bin umgeben von Burleighs Winterwald, die kleine Pforte am Rand des Grundstücks ist nur eine Armeslänge von mir entfernt. Aber hinter den knorrigen Holzbalken öffnet sich nicht der Blick in die weite Landschaft, so wie ich es aus meiner Kindheit kenne. Stattdessen versperren honigfarbene Steine die Sicht, als wäre ein Stück von Burleighs Mauer hierher in den Wald versetzt worden, damit niemand auf diesem Weg das Grundstück betreten oder verlassen kann. Als ich mich aufsetze, sehe ich Wyn auf mich zukommen.

Es ist der Wyn, den ich nur aus Burleighs Erinnerungen kenne. Der mir so fremde Junge, der sieben Jahre lang eingesperrt war. Er trägt einen mottenzerfressenen, zerschlissenen Mantel meines Vaters. Schneeflocken sammeln sich auf seinen Schultern und Haaren. Die Hände tief in den Taschen vergraben, geht er den Pfad entlang und sieht sich immer wieder um, als rechnete er damit, von jemandem aufgehalten zu werden.

Als Wyn mit mir auf gleicher Höhe ist, kann ich seine Atemwölkchen in der kalten Luft sehen. Er streckt die Hand aus und drückt gegen die Mauersteine hinter dem Gartentor.

»Lass mich durch«, sagt er mit brüchiger Stimme. »Bitte, lass mich durch. Ich möchte weg von hier.«

Als er das knirschende Geräusch von Stein auf Stein hört, erhellt sich sein Blick. Aber die Backsteine öffnen sich nur einen Spaltbreit, und Wyn springt zurück, als schwarze Spinnen sich aus dem Mauerriss auf seine Hand ergießen.

Hektisch wischt er sich den Ärmel ab und stolpert ein paar Schritte zurück. Aber sein Fuß verfängt sich in einer Baumwurzel und Wyn fällt der Länge nach hin. Da bemerke ich meinen Vater. Offenbar ist er Wyn gefolgt.

Er ist unrasiert, sein Bart ist dünn und verfilzt und seine Kleider sind zerlumpt und schmutzig. Selbst aus der Ferne sehe ich das fahle Grau seiner Haut und seine tief eingesunkenen Augen, die im winterlichen Licht dunkel glitzern und aus denen unablässig Mörtel tropft. Alle paar Minuten hebt mein Vater die Hand und wischt sich übers Gesicht.

»Das bringt nichts«, sagt er dumpf. »Da kommst du nicht raus. Das habe ich auch schon versucht.«

Wyn dreht den Kopf, und ich sehe Angst in seinem Gesicht, als er meinen Vater entdeckt. »George, was machst du hier draußen?«

Mein Vater geht neben Wyn in die Hocke. »Das Haus hat mich rausgelassen. Was du vorhast, gefällt ihm nicht.«

»Lass mich gehen«, fleht Wyn, diesmal an meinen Vater gewandt. »Ich kann nicht mehr. Bitte.«

Mein Vater neigt nachdenklich den Kopf zur Seite – eine Angewohnheit, die ich nicht kenne. Früher hat er das nie gemacht. »Wo würdest du denn hinwollen, wenn ich dich jetzt gehen ließe? Zu ihr? Würdest du sie zurückbringen, damit sie deinen Platz einnimmt und du endlich frei bist?«

»Das würde ich nie tun«, sagt Wyn hitzig. »Ich würde sie von hier fernhalten.«

Papa blickt hinauf zu den Zweigen und dem Himmel darüber.

»Dann hätte Burleigh niemanden mehr«, sagt er. Als er sich wieder Wyn zuwendet, ist sein Blick so unerbittlich, dass es mich kalt überläuft.

»Warum das Tor?« Mein Vater deutet zu den Bäumen und den Lücken dazwischen, die den Blick auf Hecken und Hügel freigeben. »Du lebst jetzt schon so lange hier, Junge. Und noch immer glaubst du, nur durch eine Tür oder ein Tor ein- und ausgehen zu können. Wenn du Freiheit willst, dann nimm sie dir. Kriech zwischen den Bäumen hindurch wie ein Fuchs, wie ein Wiesel oder irgendein anderes wildes Tier.« Das Weiße in seinen Augen glänzt hell, als er eine ungestüme Handbewegung macht. »Was du dir ersehnst, ist zum Greifen nahe. Du musst nur die Hand ausstrecken und es dir nehmen.«

Wyn steht auf und wirft unsicher einen Blick zum Waldrand. »Aber das Haus …«

»Aber das Haus«, äfft mein Vater ihn nach. »Vertraust du mir oder nicht?«

Wyn senkt den Kopf und murmelt etwas.

»Was? Sprich lauter!«, blafft mein Vater.

Trotzig hebt Wyn den Kopf. »Ich sagte, ich vertraue dem Mann, der du einmal warst.«

»Tja, da kann man wohl nichts machen.« Mein Vater wischt sich mit seinem Ärmel den Mörtel aus dem Gesicht. »Wenn du mir nicht glaubst, wirst du hierbleiben müssen, bis du verrottest. Irgendwann wird das Haus nicht mehr anders können, als uns beide zu töten. Du spürst es selbst, nicht wahr, Junge? Seine Qualen, die aus der Erde hervorquellen. Ich weiß, dass es so ist – ich sehe es dir an, jeden Morgen und jeden Abend. Das Haus wird nicht mehr lange durchhalten und dann ist auch für uns das Ende gekommen.«

Wyn wagt einen Schritt Richtung Wald. Dann noch einen.

»Nur zu«, sagt mein Vater spöttisch. »Zeig wenigstens einmal in deinem Leben, dass du Rückgrat hast.«

Ich ziehe die Knie bis an die Brust und schlinge meine Arme um die Beine, versuche den Schmerz in mir zurückzuhalten. Es tut weh, meinen Vater so zu sehen. Mit anhören zu müssen, wie er Wyn verletzt.

Wyn holt tief Luft und geht mit großen Schritten weiter. Als er am Waldrand angelangt ist, bleibt er stehen und schüttelt den Kopf, wie um einen Gedanken zu verscheuchen oder ein Summen in den Ohren zu vertreiben. Einen Augenblick steht er reglos da, dann weicht er ein paar Schritte zurück und schüttelt erneut den Kopf.

»Es hat keinen Zweck«, sagt er. »Ich kann nicht … ich bringe es nicht über mich, weiterzugehen.«

Hinter ihm legt mein Vater den Kopf in den Nacken und lacht. Es ist ein hässliches Lachen, voller Verbitterung. »Glaubst du, ich hätte das nicht auch schon versucht? Denkst du, ich wäre nie auf die Idee gekommen, weil ich als guter Hüter das Haus über alles stelle? Wenn ich weggehen könnte, hätte ich es im letzten Jahr tausendmal getan.« Wieder wischt er sich den Mörtel aus dem Gesicht.

Wyn geht zwanzig oder dreißig Schritte zurück. Dann rennt er los, sprintet, so schnell er kann, über den laubbedeckten Boden.

Ein Donnern zerreißt den Himmel und die Magie des Hauses schleudert Wyn wieder zurück. Mein Vater grinst hämisch und geht neben ihm in die Hocke. Wyn blinzelt, vom Sturz ganz benommen.

»Ich verrate dir ein Geheimnis«, sagt mein Vater. Er legt seine Hand auf Wyns Brust, aber nicht, um ihm zu helfen oder ihn zu trösten, sondern um ihn auf den Boden zu drücken. »Das Einzige, was uns hier festhält, sind wir selbst. Wenn du mich umbringst, kannst du gehen, wohin *du* willst, und wenn du dein Leben für das Haus gibst, bin *ich* frei. Wofür entscheidest du dich, Junge? Willst du ein Mörder oder ein Märtyrer sein?«

Wyn dreht sich weg, um dem Blick meines Vaters auszuweichen, und obwohl es nur eine von Burleighs Erinnerungen ist, habe ich plötzlich das Gefühl, als würden wir uns direkt in die Augen schauen. Als ich seine abgrundtiefe Verzweiflung sehe, fange ich an zu weinen. Lautlose Tränen laufen über mein Gesicht.

Mein Vater streicht sanft mit der Hand über Wyns Hals und umfasst sein Kinn.

»Ich werde es dir leicht machen«, murmelt er. »Ich werde dich so weit bringen, dass du nicht mehr anders kannst, als dich zu entscheiden.«

Ein beißend kalter Windstoß fegt durch den Wald. Burleigh ist nicht sehr erfreut über das Verhalten meines Vaters, und ich bin wütend und entsetzt, was für ein Mensch er geworden ist.

Die Finger meines Vaters schließen sich fester um Wyns Kehle.

Grollend erbebt die Erde unter unseren Füßen. Dornen brechen aus dem Boden hervor, zerren meinen Vater von Wyn weg, bohren sich in Handgelenke und Knöchel. Kräftige Ranken zerren ihn den ganzen Weg bis zum Haus zurück. Wyn, der ihnen mit unsicheren Schritten folgt, fleht Burleigh an, von meinem Vater abzulassen.

»Es ist ein Großes Haus«, schreit mein Vater ihn an. »Es stellt sich immer an erste Stelle. Seit ich euch beide mit einem Bann vereint habe, bist du ein kleines Bruchstück von ihm, mehr nicht. Früher oder später wird es dich vernichten. Ich will, dass du eines nie vergisst: Du selbst hättest den Zeitpunkt bestimmen können. Du hättest mir das Leben zurückgeben oder mir zumindest einen gnädigen Tod gewähren können.«

Beide verschwinden zwischen den Bäumen. Die Erde kommt wieder zur Ruhe und der Himmel lässt dicke Mörteltropfen herabregnen. Ich verharre in Burleighs Winterwalderinnerung, und für einen Moment wünsche ich mir, für immer hierbleiben zu können. Alleine. Von allen vergessen. So lange, bis die Kälte in meine Knochen dringt, meine schmerzenden Beine betäubt und ich in einen Schlaf falle, der nie endet.

Aber der Wald verblasst und an seine Stelle tritt mein Zimmer. Ich steige aus dem Bett und gehe hinaus zu Wyn, der im Gang schläft. Die Schatten unter seinen Augen sehen aus wie dunkle Blutergüsse. Ich krieche unter seine Decke und rolle mich neben ihm ein. Er bewegt sich im Schlaf. Ohne aufzuwachen, legt er den Arm um mich.

Ich finde nicht wieder in den Schlaf zurück. Still liege ich da und warte darauf, dass der Tag anbricht. Ich werde erst wieder richtig schlafen können, wenn alles vorbei ist.

25

Beim ersten blassen Licht der Morgensonne teile ich meinen Mitverschwörern mit, dass ich das Versteck der Urkunde gefunden habe. Wenig später erscheint Esperanza in eleganter Aufmachung vor dem Haus, um mich für die Reise nach Cornwall abzuholen, während Alfred sich um Postkutschen und Haltestellen und ähnliche Dinge kümmert. Frey gibt mir ein paar Tage frei. Mira, die mit bleichem Gesicht den Teig knetet, blickt mich missbilligend an. Jed, der ausnahmsweise einmal zu Hause geblieben ist, sitzt schweigend da und schnitzt. Während Mira ihre Entrüstung nicht verbergen kann, ist er voller Wehmut.

Wyn ist wie vom Erdboden verschluckt. Ich habe es aufgegeben, ihn verstehen zu wollen. Ich kann es ihm nicht verdenken, dass er verschwunden ist – unser letzter Abschied liegt mir immer noch auf der Seele. Es hat mir das Herz gebrochen, damals, als wir noch Kinder waren und für so lange Zeit getrennt wurden. Ich versuche mir einzureden, dass es diesmal nicht für lange ist und wir uns bald wiedersehen werden. Aber der Gedanke, ihn alleine zurückzulassen, macht mir zu schaffen. Ich habe Angst, dass er nicht ehrlich zu mir war und während ich weg bin, all seinen Mut zusammennimmt, um sich für Burleigh zu opfern. Dass er es vielleicht gerade in diesem Augenblick tut. Ich möchte ihn an meiner Seite haben, möchte auf ihn aufpassen, wie er auf mich aufgepasst hat. Leise stehle ich mich von den anderen weg, um nach ihm zu suchen, aber er ist nirgendwo im Haus zu finden. Auch die Schäferhütte ist leer und verlassen. Die Bäume dort sind böswillig und noch immer verdrossen, auch wenn sich inzwischen hier und da Lücken im Dornenwall aufgetan haben.

In einem ruhigen Moment, als ich alleine in meinem Schlafzimmer stehe, neben mir die halb gepackte Reisetasche, blicke ich die Wände böse an.

»Eines sage ich dir, Burleigh«, murmle ich drohend. »Wenn du zulässt, dass Wyn eine Dummheit begeht, werde ich dich höchstpersönlich anzünden.«

Aus dem Kamin quillt eine kalte Rauchwolke und die Mauern seufzen traurig.

Wenige Stunden später sind wir aufbruchsbereit. Der trostlose Regen spiegelt meine Gefühle wider, und die Erinnerung an damals, als ich Burleigh verlassen musste, versetzt mir erneut einen Stich.

Diesmal werden es keine sieben Jahre sein, ja nicht einmal sieben Tage. Aber ich habe trotzdem einen dicken Kloß im Hals, als ich Jed und Mira an der Tür zum Abschied umarme.

»Pass auf dich auf in Cornwall«, sagt Jed mit seiner tiefen, knorrigen Stimme. »Wir möchten unser Mädchen heil wiederhaben.«

Mira drückt mir eine Papiertüte mit Ingwerkeksen in die Hand. »Für unterwegs.«

»Ich liebe euch beide«, sage ich und küsse ihre runzelige Wange. »Keine Sorge, ich bin in Windeseile wieder da.«

Die Worte klingen zuversichtlicher, als ich mich fühle.

»Passt bitte auf Wyn auf, ja? Ihr müsst ihn suchen, sobald ich weg bin, und ihn dann nicht mehr aus den Augen lassen. Richtet ihm Grüße von mir aus und sagt ihm, dass ich keinen Tag länger als nötig weg sein werde.« Ich kann nicht verhindern, dass meine Stimme einen flehenden Unterton hat. Die beiden versprechen mir, sich um Wyn zu kümmern, und dann ist alles gesagt. Ich ziehe den Kopf ein, um mich vor dem Regen zu schützen, und eile zur wartenden Kutsche.

»Du bist so blass«, sagt Espie besorgt, als ich zu ihr hineinsteige. »Die Seeluft wird dir guttun.«

»Wir machen keine Vergnügungsfahrt«, erinnert Alfred sie, aber Espie verdreht nur die Augen.

»Kann es nicht beides sein?«

Ich achte nicht auf ihr Geplänkel, sondern presse die Hand ans Kutschenfenster und schaue hinaus auf den Efeu, der das Haus vom Fundament bis zum Dach überwuchert. Das Haus hat weiße Blümchen für mich hervorzaubert. Doch nicht einmal dieser Blütengruß vertreibt meine Traurigkeit darüber, dass Wyn es anscheinend nicht über sich gebracht hat, mich zu verabschieden.

Wir rattern die Auffahrt entlang zur Landstraße. Der Regen trommelt auf das Kutschendach und ich blicke etwas verloren durch das beschlagene Fenster. Vor dem Eingangstor werden wir langsamer, aber kurz bevor wir durch die Lücke in der Dornenhecke fahren, schnappe ich überrascht nach Luft, stoße rasch die Tür auf und springe aus der rollenden Kutsche.

Hinter mir höre ich Espie kreischen, aber ich rapple mich sofort auf, denn da ist Wyn, neben der Mauer, bis auf die Knochen durchweicht. Sein regennasses Haar klebt ihm in der Stirn, und er steht da wie immer, mit gekrümmten Schultern, die Hände in den Hosentaschen. Bei seinem Anblick bin ich so erleichtert, dass es fast wehtut.

»Wo bist du gewesen?«, frage ich ihn. Statt einer Antwort kommt Wyn einen Schritt auf mich zu und legt die Arme um mich. Ich kann keinen klaren Gedanken fassen, so sehr vermisse ich ihn schon jetzt, obwohl wir noch gar nicht voneinander getrennt sind. Es war schlimm genug, als ich damals in die Sümpfe gehen musste. Aber seit meiner Rückkehr habe ich mich so an Wyns wortkarge Gesellschaft gewöhnt, dass ich nicht mehr ohne ihn sein kann.

»Ich möchte nicht weggehen«, sage ich. »Aber ich muss.«

»Ich möchte, dass du weggehst«, sagt er. »Und ich müsste lügen, wenn ich behaupten würde, dass ich mir nicht immer noch wünsche, du würdest nie wieder zurückkehren.«

Seine Worte müssten mir wehtun, aber ich weiß ja, was er mir damit sagen will.

»Es ist nicht für lange«, verspreche ich und lege meine Hand an seine Wange. »Ich werde bald wieder zurücksein. Wenn Burleigh endlich frei ist, wird alles wieder gut. Ich bin eine Hüterin, das weißt du doch. Wer sagt, dass ich mich nicht um euch alle beide kümmern kann?«

Der Anflug eines Lächelns huscht über Wyns Gesicht, aber er weicht meinem Blick aus.

Es fühlt sich falsch an – wie ein Abschied für immer, nicht nur für eine Woche. Wenn ich noch eine Sekunde länger hierbleibe, bringe ich es nicht mehr über mich, zu gehen. Also unterdrücke ich das Schluchzen, das in mir aufsteigt, und löse mich aus Wyns Umarmung. Dann drehe ich mich um und gehe zur Kutsche. Esperanza hilft mir beim Einsteigen. Sie schüttelt den Kopf, sagt jedoch nichts.

»Hast du alles geklärt?«, fragt Alfred.

»Für den Augenblick schon«, antworte ich niedergeschlagen. »Fahr los.«

Wir rollen durch das Tor nach draußen auf die Straße. Es ist, als hätte ich eine Hälfte von mir auf der anderen Seite zurückgelassen. Ich rutsche ein Stück von Esperanza weg, kauere mich in die Ecke und frage mich, warum dieser Abschied sich anfühlt wie sterben. Eigentlich müsste er sich wie ein Triumph anfühlen, denn wir fahren der Hoffnung entgegen, und doch sitze ich hier und mein Herz ist in tausend Stücke zersprungen.

Erst als wir Burleigh Halt hinter uns gelassen haben und auf der Landstraße Richtung Süden unterwegs sind, bricht Esperanza mit einer für sie ungewöhnlich sanften Stimme das Schweigen.

»Violet«, sagt sie. »Ich weiß, wie schwer so ein Abschied ist. Aber du hattest recht, es ist nicht für lange. Mach dir keine Sorgen um Wyn.«

»Mein Vater hat Wyn dem Haus verschrieben«, gestehe ich ihr endlich. »Wenn es mir nicht gelingt, Burleigh zu retten, muss Wyn sein Leben opfern. Ausgerechnet die zwei, die mir am meisten auf dieser Welt bedeuten, hat mein Vater gegeneinander ausgespielt. Ich fürchte … ich fürchte, Wyn könnte in meiner Abwesenheit dem Ganzen ein Ende bereiten und sich opfern. Damit Burleigh nicht das gleiche Schicksal erleidet wie das Sechste Haus und es mir nicht so ergeht wie Marianne Ingilby. Er hat Angst, das Haus könnte mich töten, und ich fürchte, er könnte seinen eigenen Tod in Kauf nehmen, nur um das zu verhindern.«

»Ach, Vi«, seufzt Espie mitleidig.

»Was soll ich tun?«, frage ich, und meine Stimme droht zu kippen. »Wenn ich hierbleibe, wird er spätestens in zwei Wochen sterben. Da kommt der König, um das Haus niederzubrennen. Dann wird Burleigh Wyn endgültig in Besitz nehmen, um sich zu retten. Also muss ich jetzt gehen, das ist die letzte Chance – nicht nur für Burleigh, sondern auch für Wyn.«

»Es tut mir leid, Liebes«, murmelt Esperanza, während ich gegen die Tränen und die aufkommende Verzweiflung ankämpfe. »Es tut mir so leid.«

Alfred verzichtet darauf, leere Worte des Trostes anzubieten. Er sitzt uns gegenüber auf der Bank und blickt ruhelos hinaus in die Regenlandschaft. Nach einer Weile schlummert Espie ein und wir fahren schweigend unserem Ziel entgegen.

26

In Cornwall, viele Meilen von Burleigh House entfernt, herrscht das gleiche triste Wetter wie bei unserer Abreise. Während der Fahrt hat es ununterbrochen geregnet, und als wir am späten Nachmittag in St. Ives ankommen, regnet es noch immer. Das hält mich allerdings nicht davon ab, sofort an den menschenleeren Strand zu gehen. Eine steife Brise lässt weiße Schaumkronen auf den Wellen tanzen. Ich atme die klare, saubere Seeluft ein, als könnte ich damit den Mörtel aus meinen Knochen und die Zweifel und Ängste aus meinem Kopf vertreiben.

Überrascht stelle ich fest, dass der Strand und das wehmütige Kreischen der Seemöwen mir nach meinen vielen Jahren in den Sümpfen das Gefühl geben, wieder zu Hause zu sein. Es ist fast so, als wäre ich nach Burleigh House zurückgekehrt.

»Violet!«, ruft Esperanza und kommt über den Strand geeilt. Sie trägt großes, unförmiges Ölzeug. »Komm rein, es wird bald dunkel. Was machst du denn hier draußen im Regen?«

Ich hake sie unter und deute auf das aufgewühlte weite Meer. »Ist das nicht wunderschön? Wenn ich aufs Wasser hinausschaue, erscheint alles viel leichter. Was auch immer geschieht, das Meer wird es überdauern. Die Wellen kommen und gehen, die Gezeiten steigen und fallen.«

»Ja, sehr hübsch, aber willst du nicht trotzdem reinkommen?«, fragt Esperanza. »Du musst etwas essen und dich früh schlafen legen, wenn wir morgen nach der Urkunde suchen wollen.«

»Ich komme gleich«, sage ich zu ihr. Am westlichen Horizont klart der Himmel auf und der Regen lässt langsam nach. »Ich möchte noch einen Moment hierbleiben und die Sterne zählen.«

Ob Wyn jetzt wohl auf dem Dach von Burleigh House ist, wie ich die Sterne zählt und auf meine Rückkehr wartet? Ich setze mich in den feuchten Sand und warte, bis der Himmel zu einem nachtblauen Gewölbe wird, gesprenkelt vom Licht zahlloser, unfassbar ferner Sonnen. Ich fange trotzdem an zu zählen, bis ich mich in der dunklen Weite zwischen den Sternen verliere – und mich dann nach innen wende, zu meinen eigenen dunklen Orten, um meine Ängste zu zähmen.

Aber es sind so viele, dass ich mich zwischen ihnen ebenso verliere wie am Nachthimmel.

Als ich schließlich zu unserer Herberge zurückkehre, ist der Schankraum fast leer. Nur Alfred sitzt noch in einer Ecke neben dem Kamin, wie immer über seine Bücher und Papiere gebeugt. Als ich den Raum durchquere, blickt er auf.

»Violet Sterling, geht es dir gut?«, fragt er freundlich. »Nein, natürlich geht es dir nicht gut. Ich meinte: Kommst du einigermaßen zurecht? Wie können wir dir helfen?«

Ich schüttle den Kopf. »Ich weiß es nicht. Aber ich frage mich … was, wenn wir die Urkunde nicht finden? Und was, wenn wir sie finden und Burleigh mich umbringt, so wie das Sechste Haus Marianne Ingilby umgebracht hat? Was, wenn ich Burleighs Herz nicht finde und trotz der Urkunde den Bann nicht lösen kann? Es heißt, nur ein wahrer Hüter sei dazu in der Lage. Was, wenn ich das Haus freisetze und Burleigh das Gegenteil von dem tut, was wir erwarten, und stattdessen das ganze Land mit seiner Magie überschwemmt? Was, wenn alles klappt, aber der König Burleigh trotzdem niederbrennen will? Was, wenn Wyn …«

Ich halte inne, ich bringe es nicht über mich, dieses eine *Was, wenn* laut auszusprechen.

Alfred lehnt sich in seinem Stuhl zurück. »Mach einen Schritt nach dem anderen. Das ist meine Methode, um mit all dem hier zurechtzukommen.« Er macht eine vage Handbewegung. »Ständig von einem Wirtshaus zum nächsten ziehen, Leute bestechen, Geschäfte unter der Hand. Ich arrangiere mich damit, weil Espie fest entschlossen ist, die Großen Häuser zu befreien. Und wenn sie sich etwas in den Kopf gesetzt hat, dann führt sie es auch zu Ende. Hätte ich sie nicht kennengelernt, würde ich jetzt entweder alleine in einer verlassenen Gegend Europas zwischen Ruinen herumstochern oder in Weston Manor sitzen und die Nase in meinen Bücher vergraben. Stattdessen bin ich hier, ein Königsverräter wider Willen.«

»Ist dir klar, dass du ihr Prinzgemahl sein wirst, wenn sie den Thron besteigt?«, frage ich ihn. »Dann wirst du nie zur Ruhe kommen und nie wieder alleine sein.«

»Ich weiß«, sagt er. »Aber die Sache ist die, Violet: Manche Menschen sind es einfach wert. Sie sind es wert, dass man alles für sie aufgibt. Espie ist für mich so viel mehr als nur die Prinzessin von Wales, ja sogar mehr als das Mädchen, das ich liebe. Sie ist mein Zuhause.«

Blut und Mörtel, wie kann er diese unerschütterliche Gewissheit haben, während meine Gefühle hoffnungslos verworren sind? Ich liebe Burleigh, ich liebe die Sümpfe, aber ich bin mir noch nicht ganz sicher, welche Art von Liebe es ist, die ich Wyn gegenüber empfinde. Ich weiß nur, dass ich besser schlafe, wenn er in meiner Nähe ist, und dass er mit einer einzigen Berührung mein Herz entflammt wie eine Fackel.

Ein guter Hüter stellt sein Haus über alles. Die Stimme meines Vaters hallt in meinem Kopf, als ich die Stufen zum Herbergszimmer hinaufsteige, das Espie und ich uns teilen. *Über den König. Über das Land. Über das Leben. Über das Herz.*

Ich habe es ihm einmal geglaubt, von ganzem Herzen. Aber jetzt weiß ich nicht mehr, ob ich dieses Leben wählen kann.

»Du hättest länger schlafen sollen«, schimpft Esperanza, als ich noch vor Sonnenaufgang im Gastraum auftauche. »Die Felsenhöhle läuft uns nicht weg.«

»Ich konnte nicht.« Ich setze mich ihr gegenüber und sie schiebt einen Stapel Briefe beiseite, um mir Platz zu machen. Ein Schankmädchen erscheint neben uns und nickt mir zu.

»Nur ein Milchbrötchen und etwas Tee«, sage ich, woraufhin das Mädchen weggeht. »Wo ist Alfred?«

»Er schläft noch, und das solltest du auch«, antwortet Espie, die sich keine Gelegenheit entgehen lässt, um ihre Meinung deutlich zum Ausdruck zu bringen. »Wenn es die Umstände erlauben, geht er spät zu Bett und steht ebenso spät auf.«

»Und warum bist du schon wach?«, frage ich.

Esperanza schneidet ein Würstchen in kleine Scheibchen, steckt sich eines davon in den Mund und kaut gedankenverloren darauf herum. »Ich finde, dieser Luxus steht mir nicht zu. Wenn ich einmal Königin bin, muss ich zur selben Zeit aufstehen wie meine Untertanen. Die Fischer sind schon vor einer Stunde aufs Meer hinausgefahren. Die Bauern haben bereits ihre Kühe gemolken. Auch die Schürfer in den Zinnminen haben ihre Arbeit längst begonnen. Wie könnte ich da faul im Bett liegen?«

Ich stütze mein Kinn in die Hand und betrachte Esperanza, die vor Lebendigkeit und Selbstbewusstsein nur so sprüht. »Espie, denkst du manchmal, wir verlangen zu viel? Ich will Burleigh retten, du willst den Thron besteigen, und wir alle wollen das Schicksal unserer Großen Häuser umkehren. Vielleicht … vielleicht ist das mehr, als uns zusteht?«

Esperanza tupft sich mit einer Serviette den Mund ab, dann legt sie das Tuch zur Seite und wackelt streng mit dem Finger. »Sei nicht so fatalistisch. Dafür ist es noch viel zu früh am Tag, außerdem kriegt man davon Falten. Wer sagt, dass wir nicht alles haben können?«

»Dein Vater zum Beispiel«, erinnere ich sie.

»Mein Vater und alle meine Ahnen seit William dem Bannsprecher saßen auf dem Thron dieses Landes, weil sie etwas gewollt hatten, das ihnen nicht gehörte. Die Welt ist voller Männer, die etwas wollen und nie hinterfragen, ob sie das Recht dazu haben.«

Esperanzas Augen funkeln, als sie sich auf ihrem Stuhl vorbeugt. »Warum sollten wir nicht das gleiche Recht haben, solange wir mit unseren Bestrebungen niemandem Schaden zufügen?«

Zum ersten Mal kommt mir der Gedanke, dass meine Freundin, mit der mich das Schicksal zusammengebracht hat, später einmal eine großartige Königin sein wird.

»Höre ich da gerade etwas über William den Bannsprecher?«, fragt Alfred, der neben uns aufgetaucht ist und sich einen Stuhl heranzieht. »Ich bin fast schon bei dem Kapitel über ihn angelangt, jetzt muss ich es nur noch schreiben.«

Er sieht aus wie aus dem Ei gepellt, wie immer, und Espie schenkt ihm ein wohlwollendes Lächeln.

»Du bist aber früh wach.«

»Ab heute bin ich Frühaufsteher. Sonst hältst du mir für den Rest meines Lebens vor, dass ich ein Faulpelz bin, während du jeden Morgen schon vor der Sonne wach bist. Außerdem dachte ich mir, dass Violet keine Zeit verlieren will. Ich werde die Wirtsleute bitten, uns etwas Proviant einzupacken, denn egal ob wir die Urkunde finden oder nicht, wir werden Hunger haben, nachdem wir stundenlang in einer Höhle herumgeklettert sind.«

»Wie wär's, wenn du ein bisschen auf und ab läufst?«, schlägt Espie vor, als er weg ist. »Du wirkst wie ein Bär im Käfig.«

Ich stehe auf. Sie hat recht – ich bin ganz zappelig vor Aufregung, nun, da wir unserem Ziel so nahe sind. »Ich würde gern zum Hafen vorausgehen. Können wir uns dort treffen?«

»Natürlich, nur zu. Geh und schau auf dein Meer hinaus.«

Vom Meer schlägt mir ein für diese Jahreszeit ungewöhnlich kalter Wind entgegen, aber zumindest ist die Luft klar. Ein paar kleine Wolken jagen über den Himmel, der wie ein Spiegelbild des Atlantiks mit seinen weißen Gischtkronen ist. Ich laufe und laufe, von einem Ende des sandigen Hafenstrands bis zum anderen. Die meisten Fischer sind mit ihren Booten aufs Meer hinausgefahren, nur ein paar von ihnen halten sich noch am Kai auf und flicken Fangnetze oder reparieren Krabbenkörbe. Ansonsten ist St. Ives erschreckend leer. Bei meinem letzten Besuch bevölkerten Urlaubsgäste den Strand, Kinder vergnügten sich lachend auf dem Karussell, und überall standen kleine Karren, an denen fliegende Händler Limonade und Eiscreme verkauften. Selbst hundert Meilen von Burleigh House entfernt sind die Zeichen des Niedergangs unübersehbar.

Nach einer Weile gesellen sich Alfred und Esperanza zu mir und gemeinsam gehen wir durch die Stadt und dann hinaus zu den zerklüfteten grünen Küstenklippen Cornwalls. Abseits der schützenden Hafenmauern ist der Wind sogar noch kräftiger. Schweigend setzen wir unseren Weg fort. Ich gehe voran, Richtung Westen, denn in Burleighs Vision habe ich die untergehende Sonne gesehen. Die salzige Seeluft, das rhythmische *Wusch* und *Schwapp* der rauschenden Brandung und der Gedanke, dass ich kurz vor dem Ziel stehe, auf das ich so lange hingearbeitet habe, machen mich ganz benommen.

Schließlich erreichen wir eine Landzunge, die mir eigenartig vertraut vorkommt. Der Strand besteht hier nicht aus Sand, sondern aus Kies, und die Klippen sind sehr schroff. Dort, wo auf dem Meeresboden Pflanzen wuchern, ist das Wasser tintenblau und an den sandigen, unbewachsenen Stellen etwas heller. Alles ist genau so, wie Burleigh es mir gezeigt hat.

»Hier drüben!«, ruft Esperanza und winkt Alfred und mich zu sich. Sie deutet auf einen hinter einem Ginsterbusch verborgenen, ausgetretenen Pfad. Zu dritt schlittern und rutschen wir über den kiesigen Untergrund hinunter zum Strand. Dort müssen wir nicht lange suchen – der Eingang der Höhle befindet sich auf halber Höhe der Klippe, im sicheren Abstand zur Flutgrenze.

Espie nimmt meine Hand und drückt sie fest. »Wir sind fast da, Violet! Du und Burleigh, ihr habt es geschafft.«

Ich beiße mir auf die Lippe und nicke. Der Aufstieg zum Höhleneingang ist kein Spaziergang. Irgendjemand hat zwar Stufen in den Felsen gehauen, aber es sind kaum mehr als grobe Kerben, an denen man sich mit Füßen und Händen entlanghangeln muss.

Ohne ein weiteres Wort fange ich an zu klettern. Ich muss keinen Blick zurückwerfen, um zu wissen, dass Alfred und Espie mir folgen. Auf halber Höhe halte ich inne, weil mir schwindelig ist. Ich klammere mich an den Felsen wie eine Seepocke oder ein Büschel Klippengras.

»Alles in Ordnung?«, ruft Alfred, der ein Stück unter mir ist.

Dieser Ort ist seltsam – auf eine merkwürdige Art falsch und richtig zugleich. Fast kommt es mir vor, als wäre ich bei

Burleigh, dabei ist das Haus so weit weg. Als ich endlich den Höhleneingang erreiche und mich hochstemme, zittern meine Beine.

»Irgendwo hier ist die Urkunde«, sage ich atemlos zu Esperanza, als sie sich neben mir an der Felskante hochzieht. »Ich spüre es.«

Die Höhle ist nicht sehr groß, ungefähr so wie mein Schlafzimmer in Burleigh House, und sie ist leer. Ein paar Stalaktiten hängen von der Decke, und in den Mulden des unebenen Felsbodens liegen lose Steine, das ist alles. Ich weiß selbst nicht genau, was ich erwartet habe. Vielleicht so etwas wie eine Unterwassergrotte, die nur bei Ebbe zugänglich ist, mit einem tief im Felsen gelegenen Labyrinth aus verwinkelten Gängen und geheimen Verstecken, wie geschaffen, um darin eine Truhe zu verstecken mit dem Gegenstand, hinter dem ich schon so lange her bin.

Die Höhle ist nur wenig mehr als eine Ausbuchtung im Gestein. Ein Unterschlupf für Fledermäuse oder ein Nistplatz für Mauerschwalben. Aber ganz sicher nicht der Hort für einen kostbaren Schatz – allein schon, weil es hier nichts gibt, worin man ihn verstecken könnte.

»Bist du sicher, dass wir hier richtig sind?«, fragt Esperanza zweifelnd.

Ich stehe am Höhleneingang und lasse den Blick nach draußen schweifen. Die Landzunge, die kleine Felseninsel in Küstennähe, kaum groß genug für drei Menschen – kein Zweifel, ich bin genau da, wohin Burleigh mich geschickt hat.

Und dann ist da noch das schwummrige Gefühl in meinem

Kopf, das Zittern meiner Beine und der Eindruck, Burleigh ganz nahe zu sein.

»Am besten, wir teilen uns auf«, sage ich zu Alfred und Espie. »Wir müssen die Höhle von oben bis unten durchkämmen.«

Die beiden fangen mit den Wänden an. Mit den Fingern fahren sie über das feuchte Gestein und suchen nach Ritzen oder Spalten, in denen sich vielleicht ein Öltuchpäckchen mit der Urkunde befinden könnte. Auf allen vieren taste ich langsam den Boden ab, halte Ausschau nach verdächtigen Stellen und kleinen Mulden und drehe jeden losen Stein um.

Als wir alles erforscht haben, steht die Sonne bereits hoch am Himmel und ein Großteil der Höhle liegt jetzt im Schatten.

»Noch einmal von vorne«, sage ich.

Alfred und Esperanza sind blass und beunruhigt, erheben aber keine Einwände. Wir suchen alle Ecken und Winkel ein zweites Mal ab, und dann ein drittes Mal. Danach habe ich ein Loch im Magen und kann mich kaum noch auf den Beinen halten.

»Vi.« Espie legt ihre Hand auf meine Schulter. »Sie ist nicht hier.«

»Wie kann das sein?«, sage ich ratlos. »Burleigh House hat mir diesen Ort gezeigt. Ich *spüre,* dass die Urkunde da ist. Wir sind hier richtig, das weiß ich genau.«

»Auch dein Vater dachte, er hätte das Versteck entdeckt«, gibt Alfred zu bedenken. »Die Urkunde hat er trotzdem nicht gefunden. Vielleicht handelt es sich um einen Irrtum.«

»Ich verstehe nicht, wie wir uns so täuschen konnten.«

Völlig entmutigt vergrabe ich mein Gesicht in den Händen. »Das darf nicht passieren. Nicht schon wieder.«

»Iss erst einmal ein Sandwich«, schlägt Esperanza vor. »Danach geht es dir bestimmt besser.«

»Espie, ich kann nicht.«

Wir machen uns an den Abstieg. Zweimal rutsche ich fast ab, überwältigt von Burleigh und von Reue und Kummer und von der pulsierenden Magie unter meinen Füßen. Als wir den Strand hinter uns gelassen und den Klippenweg erreicht haben, schwindet bereits das Tageslicht. Neben dem Ginsterbusch bleibe ich stehen, weil meine Beine so stark zittern. Mein Herz ist in einer viel schlimmeren Verfassung, denn ich spüre es nicht mehr. Als hätte es jemand mit der Präzision eines Chirurgen aus meiner Brust geschnitten. Zurückgeblieben ist nur die Hülle des Mädchens, das ich einmal war.

Ich bin gescheitert. Ich habe mein Haus im Stich gelassen.

Ich habe Wyn im Stich gelassen.

Wie soll ich jemals nach Hause zurückkehren und Burleigh gewähren lassen? Wie soll ich das tun, wofür ich erzogen wurde? Wie kann ich meine Bestimmung als Hüterin erfüllen, wenn ich tatenlos zusehen muss, wie mein Freund aus Kindheitstagen – der inzwischen so viel mehr ist als das – sein Leben gibt, um mein Haus zu retten?

27

Kaum sind wir in unserer Herberge in St. Ives angekommen, öffnet der Himmel seine Schleusen. Regen peitscht gegen die Fenster. Das Kaminfeuer fällt in sich zusammen und fängt an zu rauchen. Wir können frühestens morgen die Heimreise antreten, alles andere ist ausgeschlossen.

Ich komme mir eingesperrt vor und fürchte, jeden Moment die Beherrschung zu verlieren.

»Willst du darüber reden, Vi?«, fragt Espie.

»Nein«, antworte ich scharf. »Nein, will ich nicht.«

Alfred vergräbt sich tief in seinen Büchern, sodass nur noch sein Haarschopf hervorschaut. Esperanza sitzt am Tresen und fängt aus lauter Verzweiflung ein Gespräch mit dem Schankmädchen an, über St. Ives und Cornwall und die Fischerei und darüber, was getan werden müsste, um das Leben der Minenarbeiter etwas leichter zu machen.

Ich bin nicht wie Alfred, der sich mit Büchern ablenken kann, und ich muss mich auch nicht mit dem Wohl von ganz England beschäftigen, also stehe ich am Fenster und starre grübelnd hinaus in die stürmische Dunkelheit. Noch nie in meinem Leben war ich so verzagt und niedergeschlagen. Da es nichts zu tun gibt, bleibt mir nichts andres übrig, als zu warten, dass eine überwältigende Angst in mir hochsteigt und der Kummer mir die Brust zerreißt.

Ich denke an Burleigh House, das mich schon als Kind mit seinem Mal gezeichnet hat. An meine Mutter, die von meinem Vater verlangte, diesen Übergriff wieder rückgängig zu machen. An meinen Vater, der keine Woche später einen Waisenjungen mit nach Hause brachte, obwohl er zuvor nicht gerade durch eine wohltätige Ader aufgefallen war.

Ich denke daran, wie meine Mutter sich standhaft weigerte, Wyn willkommen zu heißen und in unserer Familie aufzunehmen. An Wyns Ängste, die ihn die ganze Kindheit hindurch begleiteten – daran, wie er mich immer heimlich darum bat, mit ihm zusammen wegzulaufen. An meinen Vater, der ihn, einen unschuldigen Jungen, zum Mitgefangenen in seinem eigenen Haus machte. Und ich denke an Wyn zu Hause, der sich innerlich wappnet, um etwas zu tun, dass niemand je von ihm verlangen dürfte.

Plötzlich bin ich nicht mehr ängstlich und auch nicht mehr verzagt.

Sondern wütend.

Bevor Alfred oder Esperanza mich zurückhalten können, nehme ich die Laterne vom Haken an der Wirtshaustür und laufe hinaus in den Sturm. Es ist mir egal, ob die Klippen rutschig und tückisch sind, und ich achte auch nicht auf das ohrenbetäubende Donnern der Brandung oder darauf, dass ich nach kürzester Zeit von Kopf bis Fuß durchweicht bin.

Ich weiß nur, dass ich zurück zur Höhle muss. Denn ich darf nicht scheitern. Vielleicht werde ich irgendwann für Burleigh sterben. Aber ich werde ganz sicher nicht nach Hause gehen und zusehen, wie Wyn an meiner Stelle stirbt. Ich bin nicht nur Violet Sterling, Hüterin eines untergehenden Hauses. Ich bin die Summe all dessen, was ich je erlebt habe, was ich je gewesen bin. Und irgendwo in mir drin bin ich immer noch Vi aus den Sümpfen, die nie mit leeren Händen nach Hause zurückkehrt.

In der regennassen Dunkelheit übersehe ich fast den Ginsterbusch am Anfang des steilen Strandpfads, der zu der Stelle führt, an der ich mich Burleigh so nahe gefühlt habe – aber mein Rock verfängt sich in den ausladenden Ginsterzweigen und ich mache mich an den rutschigen Aufstieg.

Der Weg zur Höhle ist der reinste Albtraum – ich muss meine Laterne am Strand zurücklassen, um mich mit beiden Händen an den nassen Felsen entlangzuhangeln, während unter mir in der schwarzen Tiefe das Meer schäumt. Schließlich erreiche ich die Höhlenöffnung, die ein wenig Schutz vor dem Sturm bietet. Ich ziehe mich hoch auf den Felsvorsprung und versuche, wieder zu Atem zu kommen.

Bravo, Violet, sage ich zu mir. *Das hast du dir ja gut überlegt. Draußen geht ein Wolkenbruch nieder, und du sitzt in einer Höhle, wo du die Hand nicht vor Augen siehst. Auf diese Weise wirst du Wyn und Burleigh garantiert retten.*

Aber ist es überhaupt nötig, dass ich etwas sehe? Drei Augenpaare haben die Höhle am helllichten Tag abgesucht, ohne Erfolg. Vielleicht kommt es in diesem Fall gar nicht auf die Sehkraft an. Ich habe in jede Ecke geschaut und trotzdem nichts Wichtiges entdeckt. Aber sogar jetzt spüre ich tief in mir – dort, wo ich Burleighs Aura wahrnehme und immer wahrgenommen habe – die vertraute Magie des Hauses.

Vor Kälte zitternd sinke ich im Dunkeln auf Hände und Knie und beschwöre Burleigh herauf, mit der inneren Stimme, mit der ich nur Burleigh oder Wyn rufe, weil beide für mich Familie und Zuhause in einem sind.

Düstere Bilder steigen in mir hoch – ich denke an Wyn und an den Bann, dem er unterworfen ist. Ich sehe den König vor mir, wie er Burleigh mit seiner Fackel in Brand setzt. Mein Haus, wie es Wyn in Besitz nimmt, um sein eigenes Überleben zu sichern. Entschlossen dränge ich die Schreckensvorstellungen zurück. Ich habe jahrelange Übung darin, meine Ängste zu unterdrücken, das kommt mir jetzt zugute. Ich möchte nicht in einer Welt ohne Wyn und Burleigh leben, ich will sie beide haben. Ich werde mich nicht zwischen den beiden entscheiden – ganz gleich, was mein Vater sich vorgestellt hat.

Langsam taste ich mich durch die Höhle und versuche, mein Haus zu spüren. Im hinteren Teil verstärkt sich der Eindruck, dass Burleigh hier ist. Auf Knien rutsche ich ein Stück weiter nach links. Das Gefühl wird stärker. Und stärker. Dann wird es wieder schwächer, daher rutsche ich wieder in die andere Richtung. Dorthin, wo ich Burleigh am stärksten wahrnehme. Ich streiche mit den Händen über den Boden und lasse nicht die kleinste Stelle aus. Danach mache ich das Gleiche bei der Höhlenwand. Nach und nach arbeite ich mich voran, begebe mich mit jeder Faser meines Körpers auf die Suche.

Schließlich ertaste ich knapp über Kopfhöhe eine vorstehende Kante. Als meine Finger dort einen kleinen Stein berühren, werde ich von einem Wirbelsturm an Gefühlen drei Schritte zurückgeschleudert.

Verzweiflung, Dunkelheit, Kummer. Zerrissenheit, Herzensqualen, Agonie.

Als die Gefühle wieder verebben, merke ich, wie kalter Mörtel von meiner Hand tropft. Aber diesmal liegt es nicht daran, dass die Magie mir unter die Haut gekrochen ist. Nein, das ist alter Mörtel aus meinem Blutkreislauf, der sich immer dann angesammelt hat, wenn Burleigh seine Kräfte nicht zurückhalten konnte. Was auch immer ich gerade berührt habe, es zieht das Gift in meinen Adern an wie ein Magnet das Metall. Ich hätte nie gedacht, dass so etwas möglich ist. Je länger der Mörtel von meinen Fingern tropft, desto besser fühle ich mich. So muss es sein, wenn man nach einer langen Krankheit, mit der man sich schon abgefunden hat, eines Tages aufwacht und feststellt, dass man wieder gesund ist.

Ich reiße ein Stück Stoff von meinem zerschlissenen Sumpfrock ab und wickle den zusammengefalteten Stoffstreifen um die Hand, bevor ich erneut nach dem kleinen Stein greife. Ich kann ihn in der Dunkelheit nicht sehen, aber sogar durch die Stoffschichten hindurch spüre ich wilde Verzweiflung, Zerrissenheit, Heimatlosigkeit, Alleinsein.

Kein Wunder, dass mein Vater hier nicht das gefunden hat, wonach er suchte. Es sind keine Urkunden, die unsere Großen Häuser an den Bannherrn binden, sondern kleine Teile ihrer selbst. Wie teuflisch schlau vom König und allen seinen Vorgängern, dieses Geheimnis über acht Jahrhunderte hinweg streng zu hüten. Auf diese Weise stellten sie sicher, dass jeder, der die Häuser befreien wollte, nach dem Falschen suchte.

Marianne Ingilby musste Ripley Castle wirklich gut gekannt haben, wenn es ihr gelungen war, das fehlende Stück ihres Hauses aufzuspüren.

Ich schlage Burleighs Stein vorsichtig in den Stoff ein, dann stecke ich ihn in meine tiefe Rocktasche, wo das Pochen der Einsamkeit und Verzweiflung sich als pulsierender Schmerz in meinem Oberschenkel fortsetzt. Beim Gedanken an den gefahrvollen Rückweg verkrampft sich mein Magen, aber als ich mich zum Höhleneingang umdrehe, sehe ich, dass die Wolken aufgerissen sind. Der sichelförmige Mond leuchtet am Himmel und lässt die unruhige See glitzern wie ein Meer aus Diamanten. Nach der undurchdringlichen Dunkelheit in der Höhle kommt mir sein Licht umso heller vor.

Als ich bei Morgengrauen in die Herberge komme, sind Esperanza und Alfred immer noch wach und warten.

»Violet …«, ruft Espie sofort.

»Ich habe es«, sage ich erschöpft. »Ich habe es gefunden.«

Beide fangen gleichzeitig an zu sprechen, verstummen jedoch, als ich das Stoffbündel mit dem Stein aus der Tasche ziehe.

»Bist du … bist du sicher, dass es das ist?«, fragt Espie, deren ausdrucksstarkes Gesicht Skepsis verrät. »Ich weiß, wie sehr es dich getroffen hat, dass wir die Urkunde bei unserer Höhlenexpedition nicht gefunden haben.«

»Ich bin mir sicher«, antworte ich. »Espie, sieh mich an. Ich bin noch bei Verstand. Wir haben die ganze Zeit nach dem Falschen gesucht. Wir haben nach Urkunden aus Papier Ausschau gehalten, dabei ist es ein kleines Stück von Burleigh selbst, das mein Haus im Bann gefangen hält.«

Ich schlage den Stoff zurück und halte den Stein ins Licht, um ihn zum ersten Mal genau in Augenschein zu nehmen. Esperanza und Alfred beugen sich neugierig vor.

Der Stein ist unscheinbar – ein etwa faustgroßes Stück von derselben warmen Farbe wie Burleighs Mauerwerk, durchzogen von grauen und etwas dunkleren rostbraunen Flecken.

»Blut und Mörtel«, haucht Espie.

»Ja«, sage ich. »Im wahrsten Sinne des Wortes. Dieses Bruchstück bindet Burleigh an den Bannherrn. Mein Haus will es zurückhaben. Spürt ihr nicht, wie der Stein sich über all die Meilen hinweg nach seinem Zuhause sehnt?«

Meine beiden Begleiter schütteln die Köpfe.

»Ich spüre es. Der Stein hat Mörtel aus meinem Blut gesogen, als ich ihn zum ersten Mal berührt habe. Was, wenn das der eigentliche Grund ist, warum Burleigh einen Hüter braucht? Weil das Haus seine Magie ohne den fehlenden Stein nicht aus eigener Kraft lenken und leiten kann?« In dem Moment wird mir noch etwas anderes klar. Der Stein hat mich an etwas erinnert. Ich habe diese besondere Farbmischung schon einmal gesehen – Rot und Braun und Grau, alles in einem. Ich drehe den Stein um und werfe einen Blick auf die Unterseite. Und tatsächlich, ein kleiner Splitter fehlt. Ein winziges Stück von Burleigh, das aus dem Stein herausgehauen und in den Schlüssel des Hüters eingefügt wurde, um sich auf diese Weise der Magie zu bemächtigen, die das Haus selbst nicht mehr beherrschen kann.

»Ich glaube, der Schlüssel enthält ein kleines Stück dieses Steins«, sage ich zu Alfred und Espie. »Deshalb kann ein Hüter gefahrlos Hausmagie wirken, Burleigh selbst aber nicht. Der Bann hat Burleigh nicht gebunden, sondern *gebrochen*. Vielleicht ist das mit allen Großen Häusern passiert.«

Alfreds Augen leuchten, ich kann förmlich sehen, wie die Zahnrädchen in seinem Kopf zu rattern anfangen, als er sich an etwas aus seinen vielen Büchern zu erinnern versucht, was meine Erkenntnis stützen könnte.

»Es stimmt, in keinem anderen Land außer England ist ein Hinweis auf Urkunden überliefert«, sagt er langsam. »In meinen italienischen Quellen ist immer die Rede vom *cuore della casa* – dem Herzen des Hauses. In Spanien nennt man es *la fianza*, was so viel wie Pfand oder Garantie bedeutet. Ein Mittel, um sich der Treue des Hauses zu versichern. In Frankreich heißt es *le contrat obligatoire*, also Kontrakt oder Vertrag, aber mir ist auch schon der poetischere Begriff *esprit de le foyer* untergekommen, Geist des Kamins. Ich dachte immer, es wären nur sprachliche Feinheiten. Die mittelalterlichen Chronisten sind bekannt dafür, dass sie sich gerne einmal künstlerische Freiheiten erlaubten. In Ländern außerhalb Europas sind die machtvollen Orte keinem Bann unterworfen. Der Rest der Welt lässt sie frei und ungebunden sein.«

»Am besten, wir besprechen das alles unterwegs«, sage ich. »Uns läuft die Zeit davon. Ich fürchte immer noch, Wyn könnte mir die Entscheidung aus der Hand nehmen und sich für Burleigh opfern, während ich weg bin.«

»Setz dich«, sagt Esperanza im Befehlston. »In zehn Minuten steht die Kutsche bereit. Wir wechseln die Pferde so oft wie möglich und halten erst wieder an, wenn wir dich nach Hause gebracht haben.«

28

Als hinter einer Biegung das *Red Shilling* in Sicht kommt, bin ich völlig erschöpft von der erzwungenen Untätigkeit, aber auch von der nagenden Angst, die mich während der ganzen Reise begleitet hat. Auch das traurige Pochen von Burleighs Herzstein, wie ich ihn jetzt nenne, zehrt an meinen Kräften. Aber ich kann ihn noch nicht mit nach Hause nehmen – wenn ich das tue, wird es zwischen meinem Haus und mir zum Streit kommen. Zuerst muss ich Jed und Mira in Sicherheit bringen. Und es gibt nur eine Person, der ich meinen unbeschreiblich kostbaren Schatz anvertrauen kann, damit sie ihn in der Zwischenzeit für mich aufbewahrt.

Noch bevor die Kutsche zum Stehen kommt, springe ich hinaus und renne durch den Hintereingang ins Wirtshaus.

»Frey?«, rufe ich und eile durch den schmalen Gang, vorbei an den Vorratskammern, der Küche und den Gasträumen. »Frey, wo bist du?«

»Hier«, ruft sie aus ihrem Arbeitszimmer. »Vi, bist du das?«

Ich stürme zu ihr hinein, schließe die Tür hinter mir und

verriegle sie. Frey zieht eine Augenbraue hoch. »Wie war es in Cornwall? Hast du gefunden, wonach du gesucht hast?«

»Ich habe etwas anderes gefunden«, sage ich mit gedämpfter Stimme. »Aber bevor ich meinen Fund nach Burleigh bringen kann, muss ich zuerst nach Wyn sehen und Jed und Mira an einen sicheren Ort schicken.«

Während ich spreche, knie ich mich neben sie, ziehe Burleighs Herzstein aus meiner Tasche und zeige ihn ihr. Frey betrachtet ihn verwundert.

»Nicht unbedingt das, was ich erwartet habe. Und auch nicht das, wonach dein Vater all die Jahre gesucht hat.«

»Nein, es ist ein Stück von Burleigh. Frey, ich kann den Stein nicht mitnehmen. Burleigh würde es nicht verstehen. Ihm würde nichts anderes übrig bleiben, als mich umzubringen, wenn ich mit dem Stein in der Hand das Grundstück betrete. Ich könnte es ihm nicht verdenken, Bann hin oder her. Das Haus sehnt sich danach, wieder ganz zu sein. Aber warum sollte es uns Menschen vertrauen? Immerhin waren wir es, die ihm dieses Leid zugefügt haben.«

»Möchtest du, dass ich den Stein für dich aufbewahre?«, fragt Frey, die meine Bitte bereits erahnt.

»Würdest du das für mich tun?«, frage ich. »Wenn dir nicht wohl dabei ist, dann musst du nicht Ja sagen. Im Moment gibt es in ganz England keinen gefährlicheren Gegenstand als diesen Stein. Wenn der König wüsste, dass ich ihn habe … aber ich muss zuerst nach Hause … es geht um Wyn … ach, wie soll ich das alles erklären … mir rennt die Zeit davon.«

Frey umfasst behutsam mein Kinn. »Du musst nichts erklären, Kind. Gib mir den Stein. Ich werde kein Sterbenswörtchen darüber verlieren, bis du wiederkommst und ihn zurückverlangst.«

»Danke«, sage ich zu ihr. »Esperanza und Alfred waren gut zu mir, sehr sogar ... aber du bist diejenige, der ich voll und ganz vertrauen kann.«

»Fort mit dir.« Frey verdreht die Augen. »Kein Grund, theatralisch zu werden. Geh nach Hause und tu, was getan werden muss. Dann komm und hol dir deinen Schatz und rette Burleigh House.«

Ich lege den mit Stoff umwickelten Herzstein in ihren Schoß und wende mich zum Gehen. Als ich schon fast zur Tür hinaus bin, hält sie mich noch einmal zurück.

»Violet Sterling. Was auch immer als Nächstes passieren wird – versuch, am Leben zu bleiben. Alles andere könnte ich dir nie verzeihen. Du bist das beste Schankmädchen, das ich je hatte, wenn du dich nicht gerade wer weiß wo herumtreibst. Ich habe keine Lust, nach einem Ersatz suchen zu müssen.«

»Ich werde mir Mühe geben«, sage ich mit einem schiefen Lächeln. »Aber versprechen kann ich nichts.«

Inzwischen habe ich mehr als nur einen Knoten im Bauch. Im Laufschritt eile ich durch den Gang hinaus in den Hof. Obwohl es erst Ende Juli ist, hat es angefangen zu schneien.

»Violet, was ...«, fragt Esperanza, die mit Alfred neben der Kutsche auf mich wartet.

»Muss nach Hause, komme bald wieder«, rufe ich über die Schulter und renne los.

»Wenn sie sich nur endlich abgewöhnen würde, Hals über

Kopf davonzustürzen«, höre ich Espie zu Alfred sagen, aber ich raffe nur meinen Rock und laufe noch schneller.

Je näher ich Burleigh House komme, desto heftiger schneit es. Schneeverwehungen machen es fast unmöglich, zu erkennen, wo die Straße anfängt und wo sie aufhört. Die Sicht beträgt kaum mehr als ein Dutzend Fuß. Würde ich auch nur für einen Moment innehalten, wäre ich in kürzester Zeit festgefroren. Mein Atem bildet kleine Wölkchen in der Luft. Schließlich taucht inmitten des weißen Schneegestöbers das Dornentor vor mir auf. Die Ranken weichen sofort zurück und gewähren mir Einlass. Erst auf der anderen Seite des Tors verlangsame ich meine Schritte.

»Ich habe dich auch vermisst«, sage ich zu meinem Haus. »Aber wo ist Wyn? Du hast für mich auf ihn aufgepasst, nicht wahr? Du hast ihm nichts angetan, oder?«

Unter meinen Füßen rumort es unheilvoll. Burleigh mag es nicht, wenn ich in diesem vorwurfsvollen Ton mit ihm spreche. Aber die Angst hat alles aufgefressen, was noch an Sanftheit und Mitgefühl in mir übrig war. Als ich die Auffahrt entlangstapfe und Burleighs Umrisse im wirbelnden Schnee sichtbar werden, schwillt die Angst zu einem wilden Ungetüm an.

Der Jakaranda hat alle Blätter und Blüten abgeworfen. In kleinen Häufchen liegen sie um den Baumstamm herum und verströmen den säuerlichen Geruch verrottender Vegetation, der sich mit der kalten Luft mischt. Und mein Haus … ach, mein Haus.

Bei meiner Abreise nach Cornwall war Burleigh in schlechter Verfassung. Der Gästeflügel lag in Trümmern und die Löcher im Dach wurden von Tag zu Tag größer. Die wuchernden Ranken hatten gedroht, das Haus förmlich unter sich zu begraben, und hier und da hätte man eine Fensterscheibe austauschen müssen. Vor wenigen Tagen wirkte das Haus noch so, als hätte es eine umfangreiche Renovierung nötig, aber jetzt sehe ich eine Ruine vor mir.

Kein einziges Fenster ist heil geblieben. Unter meinen Füßen knirschen Kies und Schnee und Glassplitter. Das Dach ist jetzt komplett eingestürzt, nicht nur über dem Gästeflügel, und die Wände im obersten Geschoss wirken so, als würden sie jeden Moment nachgeben. Der Efeu wurde von den Dornenranken verdrängt. Würde ich Burleigh nicht so gut kennen, würde sein Anblick mich in die Flucht schlagen.

»Wyn?«, rufe ich und eile die Stufen zur Haustür hinauf. In den Ecken der Eingangshalle türmt sich der Schutt. Der vierarmige Petroleumleuchter ist heruntergefallen und auf dem Boden zerschellt. Durch das große Loch, das er in die Decke gerissen hat, kann man ungehindert den Himmel sehen. Schneeflocken rieseln herab und vermischen sich mit den Metall- und Glassplittern auf dem Boden.

»Wyn?«, rufe ich, diesmal etwas lauter. Ich hinterlasse eine Spur aus Schneematsch, als ich über die Steintrümmer steige. »Wyn, antworte mir! Wo bist du?«

Er ist nirgends zu sehen, aber als ich in die Küche stürme, treffe ich auf Jed und Mira, die mit Teetassen in den Händen unter einer großen, provisorisch aufgespannten Leinenplane sitzen und ratlos ins Leere blicken. Als sie mich sehen, springen beide auf, und im nächsten Moment werde ich von Jed beinahe erdrückt. Diesmal fühlt es sich noch mehr als sonst wie die Umarmung eines Bären an. Trotz des Feuers im Küchenkamin ist es eisig kalt, daher hat Jed sich in einen dicken Mantel gehüllt. Auch Mira umarmt mich und für einen kurzen Augenblick stehe ich da und fühle mich sicher, warm und geliebt.

Aber ich habe nicht vergessen, unter welchen Umständen die beiden zu meiner Familie wurden. Es war ein Geschenk, das nicht mir, sondern Wyn zugestanden hätte. Denn ich hätte diejenige sein sollen, die im Haus zurückbleibt, als Burleighs Rettungsanker im Angesicht des nahenden Todes.

»Wo ist Wyn?«, frage ich und löse mich von Jed und Mira.

Sie tauschen einen vielsagenden Blick aus.

»Wir sind so froh, dich zu sehen, Violet«, sagt Mira. »Wir haben schon befürchtet, dir könnte ebenfalls etwas zugestoßen sein.«

»*Ebenfalls*? Was soll das heißen?« Ich kann die aufkommende Panik in meiner Stimme nicht verbergen. »Wo ist Wyn?«

»Er ist draußen beim Familiengrab und besucht deinen Vater«, sagt Jed bedrückt. »Hier, nimm meinen Mantel. Aber ich muss dich warnen, er ist nicht mehr ganz er selbst.«

Jetzt schneit es sogar noch heftiger. Aber ich würde mich auch blind zurechtfinden. Ich muss nicht erst darüber nachdenken, welche Richtung ich einschlagen soll, denn meine Füße finden den Weg von alleine.

Ich öffne das kleine Tor der niedrigen Einzäunung, die den Friedhof vom hoch aufragenden Wald dahinter abgrenzt. Die

Bäume werden noch immer von Ranken erstickt, ihre kahlen Äste sind verkrustet mit angetrocknetem Mörtel. Doch mein Blick fällt sofort auf Wyn.

Mit dem Rücken an den schlichten Grabstein meines Vaters gelehnt, sitzt er mitten im Schnee. Er trägt mehrere zerschlissene Strickpullover übereinander, um sich gegen die Kälte zu schützen, aber auf seinen zerzausten Haaren und seinen Schultern hat sich eine dicke Schneeschicht gebildet. Als ich auf ihn zugehe, sehe ich die Veränderung – irgendetwas stimmt nicht mit seiner Haut. Ihr Farbton und ihre Beschaffenheit haben weniger mit der Haut eines Menschen gemein, sondern mehr mit Burleighs Mauern. Wyns Züge, die noch nie besonders weich waren, sind jetzt hart wie Stein. Er scheint nur noch aus scharfen Kanten und grimmiger Symmetrie zu bestehen. Seine Augen sehen aus wie abgeschlagene Splitter eines Feuersteins. Ich frage mich, ob überhaupt noch ein Funken Wärme in ihm ist oder ob er sich unter meinen Fingern kalt und hart wie Granit anfühlen würde. Aber das spielt jetzt keine Rolle. Wo Leben ist, da ist auch Hoffnung, und ich bin einfach nur unbeschreiblich erleichtert, ihn wiederzusehen.

»Wyn, was ist passiert? Ich war doch nur ein paar Tage weg«, sage ich. »Was hast du dir angetan?«

»Es ist … schwierig«, antwortet er. Seine Worte klingen dumpf und undeutlich, als hätte ich eine von Burleighs Erinnerungen vor mir. »Ich kann inzwischen nicht mehr genau sagen, wo Burleigh aufhört und ich anfange.«

Ich setze mich neben ihn und ziehe Jeds dicken Mantel enger um mich. »Was hast du getan?«

»Vi, ich weiß, ich habe dir versprochen, es nicht zu tun, aber …«

»Du wolltest den Bann zu Ende führen, stimmt's?«

Wyn dreht den Kopf und sieht mich zum ersten Mal richtig an. In seinen Feuersteinaugen erkenne ich immer noch den vertrauten, duldsamen Blick von früher. »Ja, das wollte ich. Aber Burleigh hat mich im letzten Moment daran gehindert.«

Er legt seinen Kopf gegen den Grabstein meines Vaters. »Vor drei Nächten habe ich mir endlich ein Herz gefasst, um das zu Ende zu führen, was dein Vater und ich begonnen haben. Ich wollte mich dem Haus anbieten, mich ihm ganz und gar zur Verfügung stellen, damit es an einem anderen Ort neu anfangen kann. Damit du dich nicht in Gefahr begeben musst, um Burleigh zu befreien. Ich erspare dir die Einzelheiten, aber es war schrecklich, und es zog sich über Stunden hin. Doch irgendwann, es muss ungefähr Mitternacht gewesen sein … hörte Burleigh einfach auf. Gerade hatte das Haus noch seine ganze erdrückende Aufmerksamkeit auf mich gerichtet – du weißt ja, wie das ist –, dann ließ es plötzlich von mir ab. Ich weiß immer noch nicht, warum. Aber seither bin ich in diesem Zustand … und Burleighs Zustand hast du ja sicher schon gesehen.«

»Das muss ungefähr zu der Zeit gewesen sein, als ich den Herzstein gefunden habe«, überlege ich. »Das Haus hat gespürt, was vorgeht. Anscheinend hätte es lieber den Stein zurück, als neu anfangen zu müssen.«

»Herzstein?«

Wyn richtet sich auf - und als ich ihn anschaue, packt mich

das nackte Entsetzen. Der Ausdruck in seinen Augen hat sich auf unerklärliche Weise geändert, und genau wie damals, als er Hausmagie gewirkt hat, weiß ich sofort, dass Wyn seinen Körper verlassen hat. Diesmal ist jedoch nicht Leere zurückgeblieben, sondern *etwas anderes.*

»Bring uns den Stein«, sagt eine harsche Stimme. Sie aus Wyns Mund zu hören, jagt mir einen Schauer über den Rücken. Sie klingt wie Stein auf Stein und geht mir durch und durch. »Leg ihn vor unsere Tür und komm nie wieder zurück. Weil wir dich geliebt haben, werden wir dich am Leben lassen.«

»... Burleigh?«, frage ich und unterdrücke wieder einmal meine Angst, wie so oft. »Bist du das?«

Das Wesen, das nicht länger Wyn ist, schweigt. Starrt mich mit undurchdringlichen Augen an.

»Burleigh, du kennst mich«, sage ich zu ihm. »Ich kann den Stein nicht einfach vor die Tür legen. Dann wirst du nie wirklich frei sein. Der Bann muss mit Blut und Mörtel aufgelöst werden, und zwar in deinem Herzen, dort, wo er vor langer Zeit seinen Anfang nahm.«

»Wir werden nie wieder zulassen, dass ein Mensch mit seinem Blut unseren Mörtel befleckt«, erwidert das Wesen zornig. »Nicht nachdem wir so oft von Menschen geknechtet wurden. Und unser verborgenes Herz wirst du nie zu Gesicht bekommen. Wir werden das, was uns gehört, für einen letzten glanzvollen Augenblick nehmen und den Bann mit Gewalt brechen – um dann so machtvoll zu sterben, wie wir einst gelebt haben.«

»Denk an West Country«, flehe ich Burleigh an. «Du wirst es zugrunde richten, wenn du das tust. Ich kann dich heilen, Burleigh. Ich kann dich endlich heilen und das Leid, das dir zugefügt wurde, wiedergutmachen. Ich würde alles für dich tun und noch viel mehr – weißt du das nicht, mein Liebling?«

Die Zärtlichkeit von früher klingt jetzt gezwungen und unnatürlich. Jetzt, wo ich Burleigh aus Wyn sprechen höre, fühle ich plötzlich nur noch Angst – und etwas, das schrecklich nahe an Hass grenzt. Ich habe mein Haus so lange geliebt, und auch meinen Vater habe ich trotz seiner Strenge immer geliebt. Aber dass beide Wyn in diesem gefährlichen Spiel als Schachfigur missbraucht haben, ist mehr, als ich ertragen kann. Denn so sehr ich die beiden geliebt habe, so sehr liebe ich jetzt Wyn.

»Würdest du das wirklich, kleines Mädchen?«, fragt Burleigh mit raspelnder Stimme und hebt dabei Wyns Hand, um mit einem kalten Finger über meine Wange zu streichen. Ein Schauer überläuft mich, und ich muss mich zusammenreißen, um nicht zurückzuweichen. »Bist du dir da sicher? Glaubst du, wir könnten nach all diesen Jahren, all diesen Leben die Menschen unter unserem Dach nicht durchschauen? Nicht die Wahrheit in ihren Herzen erkennen? Du bist keine Hüterin. Dein Herz ist geteilt. Würdest du uns wirklich vom Bann befreien – oder würdest du die Macht, die dir unser Stein verleiht, nur dazu benutzen, *ihn* zu retten? Um uns zu zwingen, ihn dir zurückzugeben?«

Ich zwinge mich dazu, die Hände ruhig in den Schoß zu legen, und versuche, mir nicht die geringste Regung anmerken zu lassen. Der Gedanke, dass ich Blut und Mörtel und den

Herzstein dazu benutzen könnte, um nicht das Haus, sondern Wyn vom Bann zu erlösen, war mir noch gar nicht gekommen.

Burleigh beugt sich zu mir und stößt einen Seufzer aus. Es klingt wie knirschende Kieselsteine. »Wir sehen deine innere Zerrissenheit. Das Blut in deinen Adern singt für uns – und weißt du, was es sagt? *Verrat, Täuschung und Lüge.*«

Ich betrachte das Wesen vor mir: Burleigh House, das sich in Wyns Körper gehüllt hat wie in einen schlecht sitzenden Mantel. Meine Abscheu schwindet und zurück bleibt nur Trauer.

»Burleigh«, sage ich. »Du bist größer und älter und mächtiger, als ich es jemals sein werde. Aber auch ich bin mehr als die Summe meiner Teile. Ich habe viele Seiten und ich kann für euch beide kämpfen – für dich und für Wyn. Wenn ich dich vom Bann erlöse, dann wirst du erkennen, dass ich dir treu war, auch wenn du jetzt das Schlimmste von mir annimmst. Ich hoffe und bete, dass ich, indem ich dich rette, zugleich Wyn retten kann.«

»Er gehört uns«, schnarrt Burleigh. »Er hat sich uns aus freien Stücken übergeben, mit jedem Tropfen seines Bluts und jedem Knochen seines Körpers.«

»Er gehört nicht dir«, widerspreche ich Burleigh. »Er gehört niemandem außer sich selbst. Solange noch ein Funken Leben in ihm ist, werde ich ihn zu mir zurückrufen, und er wird kommen.«

Ich überwinde meinen Widerwillen, beuge mich unter Burleighs unerbittlichem Blick zu dem, was im Moment nur Wyns äußere Hülle ist, und umfasse mit beiden Händen sein

Gesicht. Dann drücke ich meine Stirn an seine und schließe die Augen.

»Haelwyn von Taunton«, flüstere ich. »Wo auch immer du bist, komm zurück. Ich brauche dich.«

Lange passiert nichts. Der Geruch von kaltem Stein ist so durchdringend, dass ich fast würgen muss. Der Boden unter mir bebt, aufgewühlt von der unerwarteten Berührung. Die Kreatur, aus der das verbitterte, gebrochene Burleigh spricht, gibt einen verstörenden Laut von sich – eine Mischung aus einem Summen und dem Grollen einer anrollenden Lawine.

Aber ich lasse nicht los und halte die Augen geschlossen, bis ...

»Violet?«, fragt Wyn.

Angst und Erleichterung macht sich mit einem zittrigen Schrei Luft und ich schließe Wyn in die Arme.

»Es tut mir leid, Vi«, sagt er und erwidert die Umarmung. »Es tut mir so leid. Ich wollte nicht weggehen und ich wollte dir auch keine Angst einjagen. Aber inzwischen fällt es mir immer schwerer, an mir festzuhalten.«

»Nein«, sage ich. »Du hast keinen Grund, dich zu entschuldigen.«

Ich streiche seine wirren Haare zurück und gebe ihm einen Kuss auf die Stirn. Dort, wo meine Lippen Wyns Haut berühren, wird sie einen Hauch wärmer. Er hebt den Kopf und sieht mich an. Unsere Blicke treffen sich – und da ist er, der Junge, den ich kenne. Er ist ganz bei sich, aber in seinem Blick liegt etwas, das ich vorher noch nie gesehen habe. Es ist ein verzweifeltes Verlangen, das wohl auch in meinen Augen ist, denn plötzlich sind seine Lippen auf meinen oder meine auf seinen, so genau kann ich das nicht sagen. Sein Mund öffnet sich und meiner auch, und es ist ein berauschendes Gefühl, zu spüren, wie die Wärme in Wyns Körper zurückkehrt. Ich würde ihm all meine Hitze, all mein Feuer und meine Entschlossenheit geben, wenn ich damit den Mörtel aus seinem Blut vertreiben und die Magie aus seinen Knochen verbannen könnte.

»Ich hasse es«, sage ich zu Wyn, als wir uns schließlich voneinander lösen. »Ich hasse das alles. Warum sind wir nicht irgendwo anders auf die Welt gekommen? Warum können wir nicht ganz normale Menschen sein?«

Für einen kurzen Moment fürchte ich, Burleigh könnte wieder in Wyn zurückkehren, um mich zu bestrafen, weil ich gegen meine Berufung aufbegehre.

»Das ist unsere Bestimmung, Violet«, sagt Wyn. Die Hoffnungslosigkeit in seiner Stimme versetzt mir einen Stich. »Du bist für das Haus da und ich für dich. Das weiß ich seit dem Tag, an dem ich hierherkam, auch wenn ich damals nicht ahnen konnte, wie es enden würde. Es gab eine Zeit, da hätte ich es mir anders gewünscht. Jetzt hindert mich Burleigh daran, meine vorherbestimmte Aufgabe zu erfüllen – und das hasse ich am allermeisten.«

»Was, wenn wir nicht das sein müssen, was wir immer sein sollten?«, frage ich. »Was, wenn ich das Haus nicht über alles stellen will? Was … was, wenn ich stattdessen dich an erste Stelle setzen will?«

Ich denke an das, was Burleigh mir gesagt hat: dass mein

Herz geteilt ist. Dass ich mein Haus im Stich lassen werde. Und wenn ich ehrlich mit mir bin, weiß ich tatsächlich nicht, wie ich mich entscheiden würde, wenn ich zwischen Burleigh und Wyn wählen müsste. Ich weiß nur, dass es noch niemandem gelungen ist, ein Großes Haus von seinem Bann zu befreien. Aber es ist die einzige Möglichkeit, um sowohl mein Haus als auch mein Herz zu beschützen.

»Ich möchte immer noch das, wozu dein Vater mich hergeholt hat: dich retten, egal zu welchem Preis. Damit du heil und wohlbehalten weiterleben kannst.«

»Wyn, können wir uns nicht gegenseitig retten?«

Er steht auf und zieht mich auf die Füße. »Das weiß ich nicht, Violet. Wir können es versuchen. Aber ich wünsche mir trotzdem, du würdest einfach weggehen und all das hinter dir lassen.«

Ich schaue ihn unwillig an. »Eher würde ich sterben, das weißt du.«

»Ja«, sagt er. »Und genau das macht mir Angst.«

29

Am späten Nachmittag kommen Espie und Alfred zu uns. Wyn und ich sind im Studierzimmer, von dort hat man einen freien Blick auf die Auffahrt. Wir gehen nach draußen, um sie zu begrüßen, als sie, zu Fuß und ohne Begleitung, durch das Dornentor treten. Es ist, als wären wir alle stillschweigend übereingekommen, weder den Zustand von Burleigh zu kommentieren noch die Verfassung, in der Wyn sich befindet, auch wenn sich Alfreds Augen weiten und ich Esperanza scharf einatmen höre. Ich stehe einfach da und halte Wyns Hand fest. Espie ist diejenige, die zuerst spricht. Sie stellt ihre Reisetasche auf dem Kiesweg ab und lächelt uns an, wenn auch fast etwas zu strahlend.

»Können wir bei euch übernachten?«, fragt sie beiläufig, als wäre sie gerade auf einem Landsitz angekommen – einem mit Dach und Fenstern und ohne zerstörerische Magie in den Fundamenten. »Vermutlich wirst du morgen Abend anderweitig beschäftigt sein, Vi, dann werden wir natürlich wieder in unsere Zimmer im *Red Shilling* zurückkehren. Aber es wäre schön, heute Abend dem Gedränge im Schankraum zu entkommen. Und vielleicht habt ihr beide nichts gegen ein wenig Gesellschaft. Wenn ihr allerdings lieber allein sein wollt, dann sagt es einfach.«

»Nein, wir würden uns über Gesellschaft freuen«, erwidere ich und werfe der Ranke, die sich langsam auf Alfreds Knöchel zubewegt, einen strengen Blick zu. Raschelnd zieht sie sich zurück.

Auf dem Weg nach drinnen bleibe ich hinter den anderen zurück und halte für einen Moment in der Eingangshalle inne.

»Bitte reg dich jetzt nicht auf«, flehe ich mein Haus an. »Lass uns alle noch einen schönen letzten Abend miteinander verbringen. Ich weiß, dass wir gerade im Streit miteinander liegen, aber wenn du mich je geliebt hast, dann erfülle mir diesen Wunsch. Ich liebe dich immer noch, ob du es glaubst oder nicht.«

Aus einem Riss in der Wand sprießen ein paar traurige weiße Blumen, aber sie lassen die Köpfe hängen, noch bevor sich die Blütenblätter geöffnet haben. Ich pflücke sie ab und stecke sie in meinen Zopf. Das scheint Burleigh zu besänftigen, denn die Blüten entfalten sich, und draußen kommt zum ersten Mal an diesem Tag die Sonne zwischen den Wolken hervor. Ich fahre tröstend mit der Hand an der Wand entlang, den ganzen Weg bis in die Küche, wo sich alle versammelt haben. Verlust und Sehnsucht, Schmerz und Bedauern dringen in meine Fingerspitzen.

»Ich verspreche es dir«, flüstere ich. »Alles wird gut, Burleigh. Nur weil du jetzt nicht mehr das Einzige bist, was mir etwas bedeutet, heißt das nicht, dass ich dich im Stich lassen werde.«

Das Haus schweigt, als würde es über meine Worte nachdenken.

Wir alle tun so, als wäre nichts geschehen, als hätte ich nicht vor, morgen den Herzstein ins Haus zu holen und damit Burleighs und Wyns Schicksal zu besiegeln.

Unterstützt von Alfred macht sich Mira daran, Essbares aus den Schränken und der Speisekammer zusammenzusuchen. Jed und Espie sitzen am Tisch und unterhalten sich angeregt über die Bewirtschaftung von Feldern und die beste Fruchtfolge. Wyn und ich machen einen Rundgang durchs Haus und suchen nach Gästezimmern, die noch halbwegs bewohnbar sind.

»Sollen wir uns aufteilen und jeder eine Seite des Flurs übernehmen?«, frage ich, nachdem wir uns auf der überwucherten Treppe einen Weg nach oben gebahnt haben.

»Nein.« Er schüttelt entschieden den Kopf. »Lass uns zusammen gehen.«

Ich bin froh darüber. Ich möchte so lange wie möglich in seiner Nähe sein.

»Morgen werde ich alle wegschicken«, sage ich zu Wyn, während wir nacheinander die Zimmer überprüfen. »Ich wünschte, du könntest mit den anderen fortgehen, könntest das Anwesen verlassen und dich in Sicherheit bringen. Wenn du weg wärst, könnte Burleigh vielleicht nicht zu Ende führen, was es angefangen hat.«

Burleigh ist immer noch schweigsam. Es gibt mir nicht das kleinste Zeichen, wie es über all das denkt. Das beunruhigt mich – mehr als unzufriedenes Grollen oder schlecht gelaunte Dornenranken.

»Das ist sehr selbstlos von dir«, sagt Wyn lächelnd und öffnet eine weitere Tür. »Aber die Dinge haben sich geändert, seit du zurückgekehrt bist. Inzwischen würde ich hier nicht mehr weggehen, selbst wenn ich könnte.«

Ich seufze frustriert. Wyn stupst meine Schulter sanft mit seiner eigenen an. »Komm zu mir, wenn du den Stein herbringst. Wir werden das gemeinsam beenden, egal wie.«

Wir halten uns noch immer an den Händen, als Espies Stimme von unten zu uns hochdringt.

»Vi und Wyn! Mira sagt, ihr sollt zum Essen kommen!«

Die Kerzenstummel auf dem Tisch erhellen die ganze Küche. Zum Abendessen gibt es Pfannkuchen mit Apfelmus. Es ist genug für alle da, und wir sind entschlossen, fröhlich zu sein. Alfred liest Passagen aus den neuesten Kapiteln seines Buchs vor und Esperanza lockert sie mit bissigen Zwischenbemerkungen auf. Mira singt das alte Lieblingslied ihrer sephardischen Großmutter, »Una Hija Tiene El Rey«. Ich lasse mich sogar von Jed dazu überreden, den Gesang der Sumpfvögel nachzuahmen. Wyn sitzt neben mir und schaut stumm zu, aber er hat ein Lächeln auf den Lippen und das Kerzenlicht macht seine Gesichtszüge weich.

Als irgendwann die letzten Kerzen flackernd erlöschen und unsere Runde sich auflöst, tut sich in mir wieder die gähnende Leere auf, die für ein paar Stunden von Wärme und Licht ausgefüllt war. Alleine zurück in meinem Zimmer, gehe ich ein paar Minuten ruhelos auf und ab, dann ziehe ich mir einen ausgeblichenen alten Morgenmantel über und husche in den Flur hinaus.

Wyn hat wie immer seinen Posten vor meiner Tür bezogen. Er sitzt auf seiner behelfsmäßigen Schlafstätte und liest, während Burleigh auf der anderen Seite des Gangs immer wieder die Erinnerung an jenen Augenblick durchspielt, in dem sein und Wyns Schicksal unauflöslich miteinander verbunden wurden. Ich kann kaum mit ansehen, wie mein Vater ein langes Messer schärft und damit Burleighs Wand aufschlitzt. Das Haus zittert, sowohl in der Erinnerung als auch im Hier und Jetzt, und aus den Schnittwunden sickert Mörtel. Er klebt, körnig und feucht, an der Schneide des Messers. Dann geht mein Vater zu Wyn, und ich muss wegschauen.

»Willst du dir diesen Anblick wirklich antun?«, frage ich meinen eigenen Wyn, der gerade eine Seite umblättert. »Die Erinnerung ist ziemlich düster.«

»Nein, will ich nicht. Aber das Haus hat die Angewohnheit, mir manche Dinge immer wieder ins Gedächtnis zu rufen«, sagt er, ohne aufzublicken. »Inzwischen achte ich gar nicht mehr darauf. Schau nicht hin, Vi. Das ist nichts, was du sehen solltest.«

»Burleigh«, sage ich streng. »Lass das.«

Ich bin mir nicht sicher, ob das Haus auf mich hören wird, nicht nach unserer verstörenden Begegnung auf dem Friedhof, seit der das Haus in beharrliches Schweigen verfallen ist. Früher war Burleigh mein Fels in der Brandung, aber diese Gewissheit ist mir längst abhandengekommen. Doch noch während ich darüber nachdenke, erlischt die Erinnerung und eine Welle von Maiglöckchen schwappt mir entgegen. Süßer Frühlingsduft breitet sich aus und ich seufze. Ein Teil von mir will sich an mein altes Ich klammern und wie selbstverständlich in das Zimmer meines Vaters gehen, mit den Händen über die Narben in der Wand fahren und Burleigh zuflüstern, dass alles gut werden wird: *Ich bin da, ich wurde geboren, um eine Hüterin zu sein, du kommst für mich immer an erster Stelle.*

Stattdessen trete ich einen Schritt auf Wyn zu. Das Meer aus Maiglöckchen teilt sich, um mir den Weg freizumachen. Ich lasse mich auf dem Daunenpolster nieder und lege meinen Kopf auf Wyns Schoß. Er klappt sein Buch zu.

»Kann ich bei dir bleiben?«, frage ich. In der Leere des Gangs verliert sich meine Stimme. »Bitte, Wyn?«

»Das kannst du immer«, antwortet Wyn schlicht.

Eine Weile liege ich ganz still da und starre auf den von Schutt bedeckten Boden, die rissigen Wände, aus denen der Mörtel tropft, und die Stelle neben der großen Eingangstreppe, wo der Dachboden durchgebrochen ist und das abgesplitterte Ende eines großen Stützbalkens in den Gang ragt. In den letzten Monaten hat sich so viel verändert – früher war es Wyn, der in meinem Zimmer Zuflucht suchte, weil er sich in Burleigh House verloren und unwohl fühlte. Jetzt bin ich diejenige, die zu ihm kommt, weil er an diesem Ort das Einzige ist, das mir noch Halt gibt. Nur bei ihm fühle ich mich aufgehoben, sicher und zu Hause, und sei es auch nur für einen kurzen Moment.

Wyn streicht durch mein offenes Haar. Ich zittere, wenn auch nicht vor Kälte, und schließe die Augen. Seine behutsamen, unaufdringlichen Berührungen zeigen ihre Wirkung und die Erschöpfung des langen Sommers überwältigt mich.

Ich bin schon im Halbschlaf, als er mit tiefer Stimme zu sprechen beginnt. Zuerst bin ich mir nicht sicher, ob es nur an meiner Müdigkeit liegt, dass seine Worte mich verwirren.

»*Fowles in the frith*«, beginnt Wyn. Mein Herz macht einen Sprung bei der Fremdartigkeit seiner Worte, aber es beruhigt sich wieder und schlägt langsamer, als ich erkenne, dass es nicht Burleighs raue, steinige Stimme, sondern Wyn selbst ist. »*The fisshes in the flood, and I mon waxe wood – much sorwe I walke with for beste of boon and blood.*«

»Was ist das?«, murmle ich.

»Ein mittelenglisches Gedicht«, sagt Wyn. »Ich lese es gerade. Während des Arrests habe ich sehr viel Zeit mit Lesen verbracht. Und manchmal sind Burleighs Gedanken mittelenglisch.«

»Worum geht es in dem Gedicht?«

»Die Vögel sind im Wald«, antwortet er langsam, »die Fische sind im Fluss, und mich befällt der Wahn – Kummer ist mein Begleiter, für die Kreatur aus Knochen und Blut.«

»Ich weiß nicht, ob ich es mag. Es ist so traurig.«

»Ich weiß. Aber es ist so ziemlich das Einzige, bei dem Burleigh und ich einer Meinung sind.«

»Kannst du es mir noch einmal vorsagen?«

Er tut es, aber noch bevor er zu Ende gesprochen hat, bin ich eingeschlafen.

Das Licht ist blass und grau, als ich erwache. Ich halte ganz still und versuche, diesen Augenblick in meiner Erinnerung festzuhalten: um mich herum Burleigh, sorgenvoll und grüblerisch, aber vorerst noch ruhig. Neben mir Wyn, so nah, dass ich bei jedem seiner Atemzüge das langsame Auf und Ab seines Brustkorbs spüren kann.

Leise stehe ich auf und nehme Wyns Buch in die Hand. In besseren Zeiten wären Wyn und Alfred vielleicht gute Freunde geworden. Aber die Zeiten sind nun mal, wie sie sind, also ziehe ich den Bleistiftstummel hervor, den er als Lesezeichen benutzt hat, und kritzle eine Notiz auf die Titelseite.

Wyn,
ich bin losgegangen, um den Herzstein zu holen. Ich will keine große Aufregung und ich möchte von niemandem Abschied nehmen. Ich weiß, dass du mich verstehst. Könntest du gleich nach dem Aufwachen dafür sorgen, dass niemand mehr im Haus ist, wenn ich zurückkomme?
Bis bald
Violet

Ich lasse das Buch aufgeschlagen liegen und schleiche in mein Zimmer. Dann ziehe ich meine Kleidung aus den Sümpfen an, flechte meine Haare und gehe ein letztes Mal die große Treppe von Burleigh House hinunter. Bei jedem Schritt muss ich aufpassen, nicht auf die Ranken zu treten.

An der Schwelle zur Haustür halte ich inne.

»Würdest du bitte alle aufwecken, sobald ich weg bin?«, frage ich. Das Haus schickt eine weichblättrige Ranke, die den Türpfosten hochklettert und sich um meinen Finger windet.

Ich seufze. Ach, Burleigh. Sind wir jetzt Freunde oder Feinde? Warum musst du es mir so schwer machen, zwischen beidem zu unterscheiden?

Draußen schmilzt der Schnee und hinterlässt überall Pfützen und Matsch. Die Luft ist mild, wie an einem Frühlingstag. Aber sie hat auch etwas Elektrisches an sich, eine Spannung, als ob sich ein Sturm zusammenbraut. Bevor ich das Haus verlasse, schlüpfe ich in ein Paar Gummistiefel. Aber als ich das *Red Shilling* erreiche, ist der Saum meines zerknitterten Rocks trotzdem voller Schlammspritzer und ich sehe aus wie eine Landstreicherin. Vermutlich ist es nur passend, dass ich einen so trostlosen Anblick biete, denn genauso fühle ich mich.

Das Wirtshaus ist um diese Zeit nahezu verlassen. Hinter dem Tresen steht Freys Cousine Ella, die von spätabends bis vormittags eingeteilt ist. Sie hat ihre schwarzen Locken mit einem fröhlich gelben Tuch zurückgebunden. Ich winke ihr halbherzig zu.

»Ist Frey schon wach?«

»Schläft sie überhaupt jemals? Sie ist im privaten Speisezimmer und sitzt über den Rechnungsbüchern. Achte nicht auf das Schild an der Tür und geh einfach rein.«

»Danke, El.«

An der Tür baumelt ein kleines Schild, auf dem in dicken Großbuchstaben NICHT STÖREN steht. Ich gehe trotzdem hinein. Frey blafft mich an, ohne auch nur hochzuschauen.

»Kannst du nicht lesen? Zutritt verboten.« Vor sich auf dem Tisch hat sie Kontenbücher, kleine leere Hefte, Bestellscheine und handschriftliche Notizen ausgebreitet. Mit grimmiger Konzentration brütet sie über der Buchführung des Gasthauses.

»Ich bin's nur«, sage ich.

Frey blickt auf. Sie lehnt sich in ihrem Stuhl zurück und neigt den Kopf von einer Seite auf die andere, um ihren verspannten Nacken zu lockern.

»Du kommst genau richtig, Vi, ich brauche dringend eine Ablenkung. Oder willst du etwa schon ... das abholen, was du mir zur Aufbewahrung gegeben hast?«

»Ja.« Ich nicke. »Ich möchte die Sache lieber schnell hinter mich bringen. Es hat keinen Sinn, das Unvermeidliche hinauszuzögern.«

Mit einem Seufzer zieht Frey den Herzstein aus der Tasche. »Hier, nimm ihn. Ich wollte ihn nirgendwo liegen lassen, deshalb habe ich ihn bei mir behalten. Kaum zu glauben, dass nun der Augenblick gekommen ist.«

Obwohl ich eigentlich gehen sollte, nehme ich neben ihr Platz und betrachte den Herzstein. »Was soll ich nur machen, Frey? Für mich steht alles auf dem Spiel – so viel mehr als nur das Haus. Aber ... denkst du, es ist falsch von mir, West Country in Gefahr zu bringen? Zu riskieren, dass Burleigh das gleiche Ende nimmt wie Ripley Castle? Früher war ich überzeugt davon, dass ich zur Hüterin bestimmt bin und dass Burleigh wichtiger ist als alles andere, aber inzwischen bin ich mir da nicht mehr so sicher.«

»Ich weiß«, sagt Frey. »Aber ich bin immer noch in Burleigh Halt – das sollte dir Beweis genug dafür sein, dass ich an dich glaube, Violet Sterling. Hätte ich irgendwelche Zweifel daran, hätte ich längst meine Sachen gepackt und mich aus dem Staub gemacht. Nimm's nicht persönlich, aber ich lebe schon ziemlich lange in dieser Welt und hätte nichts dagegen, wenn das noch etwas länger so bleibt. Ich werde hier auf dich warten, wenn du zurückkommst, nachdem du getan hast, was außer dir niemand konnte – nicht mal dein Vater. George wäre stolz auf dich gewesen. Ich hoffe, du weißt das.«

»Meinst du?«, sage ich und knabbere an den Resten meines Fingernagels. »Früher habe ich mir nichts sehnlicher gewünscht, als so zu sein wie er. Aber wie sich herausgestellt hat, haben wir sehr unterschiedliche Ansichten.«

»Genau deshalb wäre er stolz auf dich.« Frey schiebt den Herzstein über den Tisch zu mir. »Dein Vater hat in seinem Leben viele Dinge getan, die er bereut hat. Und das, was er dem Jungen angetan hat, stand sicher ganz oben auf der Liste.«

Ich blicke sie überrascht an. »Woher weißt du davon?«

»Von Esperanza, natürlich. Hör mal, willst du Burleigh House und dein Herzblatt jetzt retten oder nicht? Du kannst nicht den ganzen Tag hier rumhängen und mich vom Arbeiten abhalten.«

»Ich geh ja schon«, murmle ich. Ich nehme den Herzstein und lasse ihn in meine Tasche gleiten. Als ich ihn berühre, schlägt mir ein so starkes Gefühl von Zerrissenheit, Schmerz und Unvollständigkeit entgegen, dass ich ein paar Schritte zurücktaumle.

»Gut, dann fort mit dir. Ich werde nicht auf ewig deine Schicht übernehmen, irgendwann muss ich mir ein neues

Schankmädchen suchen, also trödle nicht herum. Erwarte jetzt bloß keine salbungsvollen Worte von mir. Sieh lieber zu, dass du heil wieder zurückkommst.«

30

So weit ist es also gekommen: Ich habe Angst, nach Hause zu gehen. Burleighs fehlendes Mauerstück in der Tasche, stapfe ich über die Felder und klettere über niedrige Steinwälle und Holzgatter, denn ich will auf keinen Fall den anderen auf ihrem Weg ins Dorf begegnen. Das wäre mehr, als ich ertragen könnte.

Ich habe schreckliche Angst. Sie macht meine Hände feucht, dreht mir den Magen um und schnürt mir die Kehle zu. Angst, Angst, Angst, die sich nicht unterdrücken lässt, egal wie sehr ich es versuche. Also lasse ich sie zu. Lasse meine Hände und Knie zittern und meinen Atem beben. Ich gehe nach Hause zu Burleigh, das ich mein ganzes Leben lang geliebt habe. Aber es hat meinen Vater getötet und jetzt wird es vielleicht auch Wyn töten. Und ganz sicher wird es versuchen, mich zu töten, wenn ich mit dem fehlenden Stück in der Hand das Grundstück betrete. Wie einseitig meine Liebe für mein Haus doch geworden ist.

Ich bin so in meiner Angst gefangen, dass ich die Geräusche zuerst gar nicht höre – weder das Klirren von Sattel- und

Zaumzeug noch das dumpfe Trommeln von Pferdehufen. Stattdessen schlüpfe ich durch die Hecke vor Burleighs Tor – und stehe plötzlich direkt vor Seiner Majestät, dem König, der von zwei Dutzend berittenen, rotgekleideten Soldaten flankiert wird.

»Guten Tag, Onkel Edgar«, sage ich und versuche, meinen Schreck und meine Bestürzung zu verbergen. Ich kann nur hoffen, dass meine Worte leicht und unbekümmert klingen. »Ich war gerade spazieren. Hoffentlich musstet Ihr nicht allzu lange warten? Auch wenn ich sagen muss, dass ich erst in ein paar Tagen mit Eurem Besuch gerechnet habe.«

Der sonst so joviale Gesichtsausdruck des Königs ist hart und abweisend. »Dachtest du wirklich, ich würde deinen Diebstahl nicht bemerken? Hast du wirklich geglaubt, ich würde als Bannherr nicht spüren, was mit meinen Häusern – *und zwar mit jedem noch so kleinen Stück davon* – passiert? Den ganzen Sommer über habe ich Burleighs Niedergang gespürt, Violet, und trotzdem habe ich dir eine Chance gegeben. Das war mehr, als du verdient hattest. Du hast die Chance ergriffen, nur um mir dann in den Rücken zu fallen und mich zu berauben.«

»Ich weiß nicht, wovon Ihr sprecht«, lüge ich platt, weil mir nichts anderes einfällt.

Seine Majestät hebt die Hand und schnippt mit den Fingern. Drei Reiter lösen sich aus dem Trupp. Sie tragen keine Regimentsuniformen, sondern dunkle Gehröcke.

»Diese Herren sind Magistrate«, erklärt der König. »Ich denke, ich muss dir nicht erklären, was das bedeutet.«

Die drei Magistrate des Wandergerichts. Genau wie bei der Verurteilung meines Vaters.

»Violet Helena Sterling«, sagt Edgar Rex, König von England. Seine klare Stimme zerschneidet die warme, weiche Luft. »Hiermit klage ich dich des Hochverrats an. Und da Burleigh House in Kürze niedergebrannt werden soll, verurteile ich dich zum Tod durch Erhängen.«

Und dann bricht die Hölle los.

Ranken mit riesigen Dornen, lang wie mein Unterarm, brechen aus dem Tor hervor. Sie schlingen sich um die zarten Fesseln der scheuenden Pferde, und ich höre das Geräusch splitternder Knochen. Plötzlich sind überall strauchelnde Tiere und zu Fall gebrachte Soldaten, denen noch nicht einmal die Zeit bleibt, nach ihrem Schießpulver und ihren Pistolen zu greifen. Nur der König ist unversehrt, aber ausnahmsweise kann er nur machtlos dastehen und zuschauen, wie Burleigh seine Soldaten in die Knie zwingt.

Einen Augenblick lang sehe ich zu, wie Burleigh gegen alle Regeln des Banns verstößt und seiner Wut freien Lauf lässt. Mit einem Gefühl bitteren Triumphs bewundere ich das zerstörerische Spektakel. Die Schneise, die mein Haus durch die Reihe der Soldaten geschlagen hat, ist wie eine Einladung für mich. Doch schon klettern immer mehr Ranken an der Mauer empor und verwandeln sie auf der gesamten Länge in eine undurchdringliche Dornenhecke.

Ich raffe meinen Rock und renne los.

»Violet Sterling, wenn du auch nur einen Fuß auf diesen Grund und Boden setzt, unterschreibst du dein eigenes Todesurteil schneller, als ich es je könnte«, brüllt der König mir hinterher. Aber ich beachte ihn gar nicht und springe durch das Tor. Fast im selben Augenblick verschließen die dornigen Sträucher den Zugang, sperren mich ein und alle anderen aus.

Das Wiehern der Pferde, die Schreie der Soldaten und das wutentbrannte Brüllen des Königs sind von einem Moment auf den anderen nur noch wie aus weiter Ferne zu hören. Mit klopfendem Herzen stehe ich da und warte darauf, dass mich das gleiche Schicksal ereilt wie die Leute des Königs. Ich warte darauf, dass Dornen meine Haut durchbohren und Ranken mich zu Boden reißen. Dass der Herzstein aus meiner Tasche fällt und Burleigh wieder heil macht, wenn auch nicht ganz. Dann: das spektakuläre Ende. Der Untergang von West Country, mit Flammen oder Hungersnot, mit Pest oder Flut.

Aber nichts passiert. Das Lärm von der anderen Seite des Tors verstummt. Stattdessen empfängt mich Vogelgezwitscher und Sonnenschein. Der Schnee ist geschmolzen und Burleigh sieht jetzt wieder einladend aus und frisch wie nach einem wohltuenden Aprilschauer.

Es ist Ende Juli, rufe ich mir ins Gedächtnis. So schön das alles sein mag, es ist falsch. Alles daran ist falsch.

Meine Nerven sind zum Zerreißen gespannt. Auch wenn die Sonne hell scheint und die Vögel in den Bäumen trällern, der Rasen ist noch immer von Dornen und Disteln bedeckt. Von den Bäumen im Obstgarten tropft nicht Schmelzwasser, sondern tödlicher Mörtel. Wie graue Pockennarben sprenkeln klebrige Pfützen den Weg, der zu der vertrockneten Wildblumenwiese und dem dahinsiechenden Wald führt.

Aber ich habe keine Zeit, mich hier draußen aufzuhalten. Ich muss Burleighs Herz finden. Burleigh, mein Schatz, wo hast du dein geheimstes Ich versteckt? Du musst mir vertrauen und mir zeigen, wo es ist.

Im Inneren des Hauses nehme ich Burleighs Gefühle am stärksten wahr, daher muss ich nicht lange überlegen, wo ich anfangen soll. Ich eile die Eingangsstufen hinauf und schließe die Tür hinter mir.

»Wyn?«, rufe ich. In der gespenstischen Stille hallt meine Stimme unnatürlich laut wider. Ich lehne mich an den Türrahmen und denke angestrengt nach. In den Aufzeichnungen meines Vaters ging es nur um seine Suche nach der Urkunde. Nirgends stand etwas darüber, *wo* der Bann gelöst werden muss. Alfred ist der Ansicht, ein wahrer Hüter müsste wissen, wo sich das Herz des Hauses befindet – aber ich bin nie eine echte Hüterin gewesen.

Ich habe keinen Schlüssel, der mich leitet, nur mein Gefühl für dieses Haus. Burleigh und ich sind also wieder einmal auf uns allein gestellt.

Während ich dastehe und nachdenke, ist von draußen ein unheimliches Kratzen und Schaben zu hören. Ich drehe mich um und versuche, die Tür einen Spaltbreit zu öffnen, aber sie lässt sich nicht bewegen. Eine Ranke schlängelt sich durch das Schlüsselloch, und mir wird klar, dass Burleighs unerbittliche, kriechende Finger nun auch die Haustür versiegelt haben.

Doch es gibt noch viele weitere Türen, ganz zu schweigen von den zahllosen Fenstern. So leicht lasse ich mich nicht einschüchtern – noch nicht. Entschlossen, Burleighs Herz zu finden, mache ich mich auf den Weg in das dunkle Innere des Hauses und rufe dabei immer wieder nach Wyn. Wo ist er nur?

Die Flure sind voller Geister, überall flackern und leuchten blassblaue Erinnerungen – längst in Vergessenheit geratene Sterlings, die noch immer durch Burleighs jahrhundertealtes Gedächtnis spuken. Ich öffne Türen, fahre mit den Fingern an den Wänden entlang, taste an Bücherregalen nach geheimen Verriegelungen. Ich warte auf den Moment, in dem mir mein Gefühl sagt: Ja, hier bist du richtig, hier ist Burleighs Herz. Draußen hat das Wetter umgeschlagen, und ein Wind kommt auf – ein trockener, alles erstickender Wind, der durch die zerbrochenen Fenster dringt. Er bringt einen feinen, körnigen Staub mit, der nach Mörtel schmeckt und riecht. Ich huste in meinen Ärmel und halte meinen Arm vor Mund und Nase.

Mit jedem Raum, den ich betrete, wird der Wind heftiger. Er heult in den Dachrinnen, schreit durch die Schornsteine, nagt an rissigen Wänden und rüttelt an den letzten Glasscherben in den Fensterrahmen. Je länger ich mich dem Wind aussetze, desto stärker wird mein Husten, bis er mich fast in die Knie zwingt.

Kurz überlege ich, ob ich Burleigh anflehen soll, damit aufzuhören. Aber das Haus weiß, was es tut, da bin ich mir sicher, auch wenn ich nicht sagen kann, ob das ein Hindernis, eine Prüfung oder eine Warnung sein soll.

Meine Brust brennt, mein Kopf pocht und alles dreht sich vor meinen Augen. Nicht lange und ich muss mir jedes Mal, wenn ich einen Raum verlasse, neu in Erinnerung rufen, woher ich gekommen bin und wohin ich will.

Ich durchsuche das Arbeitszimmer.

Den Wintergarten.

Den Rauchersalon.

Das Gesellschaftszimmer.

Den zweitbesten Salon.

Die Küche.

Den Ballsaal.

Den Speisesaal.

Den Frühstücksraum.

Die Zimmer scheinen ineinanderzufließen. Rissige Wände. Wuchernder Efeu. Gesplitterte Böden voller Schutt. Und überall Wind und Staub, so laut und wirbelnd, dass es mich fast um den Verstand bringt. Der Schmerz in meinem Kopf ist beinahe unerträglich, und jedes Mal, wenn ich huste, fühlt es sich an, als würde mein Schädel platzen. Aber ich gehe weiter, getrieben von dem bohrenden Gefühl, dass ich mich verlaufen oder *irgendetwas* verloren habe und die Suche fortsetzen muss.

Schließlich steige ich die große Treppe hinauf. Oben angekommen, bleibe ich schwankend stehen. In meiner Hand liegt ein schlichtes, raues Stück Stein. Wenn ich es ansehe, ist es, als würde mir jemand ein Messer durch die Schädeldecke stoßen. Ich schließe die Augen und warte darauf, dass der Schmerz nachlässt.

Aber den Stein lasse ich nicht los.

»Violet, was stellt eine Hüterin über alles?«, fragt mein Vater. Selbst über das Heulen des Windes hinweg ist die Erinnerung an seine Stimme so klar und deutlich, als würde er direkt neben mir sprechen. Ich öffne die Augen und sehe wieder den Stein in meiner Hand. Obwohl die höllischen Schmerzen das Wissen um seine Bedeutung aus meinem Kopf vertrieben haben, halte ich ihn fest. Da ist etwas, das ich vergessen habe. Etwas, das mit diesem Stück Stein zu tun hat. Etwas, das ich finden muss. Wenn der Wind nur für einen Augenblick nachlassen und mein Kopf zu hämmern aufhören würde, könnte ich mich sicher wieder daran erinnern.

Aber ich bin so erschöpft, dass meine Füße wie von selbst den Weg in mein Zimmer finden – dorthin, wo mein Bett Zuflucht bietet.

Ich krieche unter die Decke, ziehe sie mir über den Kopf und falle in einen unruhigen Schlaf, den Herzstein von Burleigh noch immer fest umklammert.

»Violet.«

Das Aufwachen fällt mir schwer, der Schlaf will mich nicht loslassen. Als ich es schließlich schaffe, die Augen zu öffnen, bricht sofort der Schmerz dahinter hervor. Doch als ich den Kopf vom Kissen hebe und mich mühsam aufrichte, muss ich unwillkürlich lächeln.

Alles ist wunderbar ruhig. Durch die Fenster dringt frühlingshaftes Sonnenlicht zu mir herein. Ein kleines Feuer knistert und knackt im Kamin. Mama und Papa stehen am Fußende des Betts, Seite an Seite. Er hat den Arm um ihre Taille gelegt und sie wirken, als könnte sie nichts trennen.

»Guten Morgen, Liebling«, sagt Mama strahlend. Ihre

Stimme klingt dünn und wie aus weiter Ferne. »Hast du vergessen, dass du heute Geburtstag hast? Wir haben ein schönes Frühstück für dich vorbereitet und dich erwartet ein Tag voller Überraschungen.«

Ich reibe mir die Augen, denn alles ist in ein diffuses blaues Licht getaucht – die Fenster und Wände, Mama und Papa, sogar das Bettzeug. Nur mein eigener Körper scheint aus Fleisch und Blut zu bestehen. Als ich meine Hand drehe und die Finger öffne, liegt ein kantiger Stein darin. Er zerrt an meiner Erinnerung und scheint wichtiger zu sein, als ein so unscheinbares Ding es eigentlich sollte.

Mein Vater reicht mir einen Morgenmantel und ich steige gut gelaunt aus dem Bett.

»Danke, Papa.« Kurz überlege ich, ob ich den Stein in eine Tasche des Morgenmantels stecken soll, aber irgendetwas sagt mir, dass es besser ist, ihn in der Hand zu behalten. Also schließe ich die Finger noch etwas fester um ihn und lächle meinen Vater an.

»Bereit, mein Schatz?«, fragt er.

»Bereit.«

Gemeinsam gehen wir zum Treppenabsatz, wo uns Jed erwartet. Auch er ist in waberndes Licht getaucht.

»Ist alles in Ordnung?«, frage ich ihn matt, weil mein Kopf fast zerspringt. Meine Eltern sagen, dass ich Geburtstag habe, aber ich weiß nicht mehr, wie alt ich werde. »Heute ist alles so seltsam.«

Jed streckt den Arm aus, um meine Hand zu tätscheln, aber ich ziehe sie zurück, weil ich niemandem zeigen will, was ich darin verberge. Also ergreift er meine andere Hand. Ich unterdrücke einen Aufschrei, denn sein Griff ist eiskalt und meine Haut wird unter seiner Berührung immer grauer und lebloser.

»Bitte, lass los«, flehe ich ihn an. »Bitte. Ich halte das nicht aus.«

»Das ist nur ihr übliches Gejammer«, sagt Papa kopfschüttelnd zu Jed. Mama legt ihren Arm um mich, aber sie achtet darauf, nicht meine nackte Haut zu berühren.

»Vi«, sagt sie beschwichtigend. »Es ist alles in Ordnung. Dir geht es gut. Lass uns einfach einen schönen Tag haben, ja? Du weißt doch, wie schnell du dich in etwas hineinsteigerst, und es ist immer wegen nichts. Niemand ist so gut darin, aus einer Mücke einen Elefanten zu machen, wie du, mein Liebling.«

Mein Gesicht wird heiß, und ich senke den Kopf, damit niemand die Tränen in meinen Augen sieht. Es stimmt, ich bekomme meine Ängste nie so gut in den Griff wie alle anderen. Ich habe sogar Angst davor, anderen Menschen meine Angst zu zeigen. Es tut weh, wenn meine Eltern mir meine Schwächen vorhalten – vor allem, weil ich mich so sehr bemühe, sie zu verbergen.

Wyn ist der Einzige, der mich wirklich versteht.

Bei dem Gedanken an ihn verdoppelt sich der bohrende Schmerz in meinem Kopf, und bald verdrängt er auch alle anderen Gedanken. Ich blende alles aus, bis er etwas nachlässt. Als er endlich schwindet, nimmt er die meisten meiner Erinnerungen an Wyn mit und hinterlässt nur verwirrte Leere.

»Fehlt hier nicht jemand?«, frage ich, als Papa mich in die Küche führt. Er und Mama sind da, und auch Jed und Mira.

Aber trotzdem lässt mich der vage Verdacht nicht los, dass wir jemanden vergessen haben, der jeden Moment zur Tür hereinkommen könnte.

»Dummes Mädchen.« Meine Mutter drückt mir einen Kuss aufs Haar, und es fühlt sich an, als würde meine Kopfhaut gefrieren. »Wer soll denn fehlen? Mira, wo essen wir den Kuchen?«

Ich blinzle, dann wird mir plötzlich schwindelig. Im nächsten Moment finde ich mich im Rosengarten wieder, auf einer karierten Decke neben Mama und Papa. Meine Mutter reicht mir einen Porzellanteller mit einem Stück weißen Kuchen darauf.

»Bitte sehr, mein Schatz. Alles Gute zum Geburtstag.«

Hier draußen wirkt das wabernde Licht, das ihre Gesichter, die Rosen und das Gras umspielt, noch fremdartiger. Ich kneife die Augen zusammen und versuche, den blauschimmernden Schleier zu durchdringen, und für einen Moment erhasche ich einen Blick auf den Garten nach Einbruch der Dunkelheit. Die Rosenstöcke sind verdorrt, die Kieswege unter Moos und Dornensträuchern erstickt.

»Ich will den Kuchen nicht«, sage ich zu Mama und schiebe den Teller weg. »Hier stimmt etwas nicht.«

Ihr Porzellanpuppengesicht wird traurig. »Was haben wir denn falsch gemacht? Wir bemühen uns doch, Violet. Wie können wir dich glücklich machen?«

Aber ihre liebliche Stimme hat einen unheimlichen, nur allzu vertrauten Unterton. Ein knirschendes Geräusch wie von Ziegel auf Stein.

»Ich muss gehen«, sage ich und rapple mich schwankend auf. »Ich muss Wyn suchen.«

Mama runzelt die Stirn. Die Schmerzen in meinem Kopf explodieren und rauben mir den Atem.

»*Wen* willst du suchen?«, fragt sie.

»Wyn«, stoße ich zwischen zusammengebissenen Zähnen hervor. »Papas Ziehkind. Den Jungen, mit dem ich aufgewachsen bin und der mir angeblich nur Gesellschaft leisten sollte. Aber jetzt wissen wir es alle besser, nicht wahr? Wir alle wissen, dass er von Anfang an für etwas ganz anderes bestimmt war.«

»Ich weiß nicht, wen du meinst«, sagt Mama, aber ein Kreischen von Stein auf Stein begleitet ihre Worte.

Ich kehre meinen Eltern den Rücken zu und gehe weg. Mein Kopf tut so weh, dass ich mich nur noch hinlegen will. Schon nach zehn Schritten bricht mir der Schweiß aus, aber ich nehme all meine schwindende Willenskraft zusammen und gehe weiter.

»Violet Sterling, wo willst du hin?«, ruft meine Mutter mir nach. In ihrer Stimme ist kaum noch etwas Menschliches. Als ich über die Schulter blicke, sieht sie aus wie ein steinerner Engel und nicht mehr wie eine Frau aus Fleisch und Blut.

Ich antworte ihr nicht, sondern beschleunige meine Schritte. Durch die Hintertür betrete ich die Küche, wo Miras Geist mich beobachtet.

»Violet Sterling«, fragt jetzt auch Mira, »wo willst du hin?« Noch während sie spricht, quellen dornige Ranken aus ihrem Mund.

Ich umklammere den Stein in meiner Faust und haste weiter durch das Haus. Mein Herz hämmert. Unter meiner Schädeldecke tobt ein Sturm.

»Tu das nicht, Burleigh«, stoße ich am Fuß der Treppe hervor. Das Geflecht aus Ranken ist dichter denn je, sie winden sich um das Geländer und erobern jede Stufe. Ich kann zusehen, wie die Dornen vor meinen Augen wachsen und länger werden.

»Wyn!«, rufe ich. »Wyn, wo bist du?«

Die einzige Antwort ist das Flüstern und Raunen der Ranken. Ich atme bebend aus und suche nach einer Stelle auf der Treppe, wo ich meinen Fuß hinsetzen kann.

Stufe um Stufe steige ich hinauf, suche Lücken in den Dornen, reiße mir die Haut an Füßen und Knöcheln auf. Als ich einen Blick zurückwerfe, sehe ich, dass die Ranken vor der blutigen Spur zurückweichen, die meine Füße hinterlassen haben.

Am oberen Treppenabsatz zittern meine Beine so sehr, dass ich mich kaum noch aufrecht halten kann. Aber ich habe keine Zeit, mich zu setzen. Außerdem traue ich dem Haus nicht – wer weiß, was es tun würde, wenn ich mich einen Moment ausruhe. Mein Kopf fühlt sich immer noch an, als würde er platzen, und mein Verstand ist wie benebelt. Ich weiß nur noch, dass ich diesen unscheinbaren Stein festhalten und Wyn finden muss. Ich eile durch den Flur in mein Schlafzimmer und schließe die Tür hinter mir. Sofort fliegt sie krachend wieder auf. Dreimal versuche ich, sie zu schließen, und jedes Mal verweigert sie sich mir. Mit einem frustrierten Seufzer drehe ich mich um und gehe weiter ins Zimmer hinein.

Im Kamin flackert ein Feuer. Hohe Flammen züngeln empor und lecken am Rauchabzug. Aber ich achte gar nicht auf sie, sondern gehe zielstrebig zum Trockenschrank. Ranken kriechen aus den Holzdielen und winden sich an der Schranktür empor, wie um sie zu verschließen.

Der Schmerz in meinem Kopf wird immer stärker, aber ich ignoriere ihn und greife nach dem Riegel an der Tür, bevor die Ranken ihn überwuchern können.

Das Metall ist glühend heiß. Mit einem erschrockenen Keuchen lasse ich den Riegel los. Ich ziehe den Ärmel meines Morgenmantels über die Finger und versuche es noch einmal. Diesmal klappt es. Ich reiße die Tür auf, bevor die Ranken ihr Werk vollenden können.

Im Schrank sitzt Wyn, die Arme um die Knie geschlungen.

»Nicht, Violet.« Wyns Stimme klingt, als würde bei diesen Worten sein Herz brechen, doch er greift nach der Tür, um sie wieder zuzuziehen. Ich stelle meinen Fuß in den Spalt, um ihn daran zu hindern. Da sind so viele Dinge, die ich vergessen habe, aber wenn ich Wyn ansehe, wird alles ein bisschen klarer.

»Ich habe nach dir gesucht«, sage ich vorwurfsvoll. »Wyn, wir wollten doch zusammenhalten. Ich brauche deine Hilfe. Was *ist* das?« Ich zeige ihm den Stein in meiner Hand. »Warum kann ich mich nicht daran erinnern?«

Wyn weicht stöhnend zurück. »Zeig ihn mir nicht, Vi. Ich kann ihn nicht anschauen, sonst entgleitet mir alles.«

Zum ersten Mal stecke ich den Stein in meine Tasche. Ich kann mich kaum noch an Wyn erinnern. Ich weiß nur, dass ich ihn an meiner Seite brauche und dass ich bei ihm sicher bin. Es ist nicht mein Verstand, der mir das sagt, sondern jede Faser und jeder Knochen in mir. Vielleicht ist das der Grund, warum ich es nicht vergessen habe.

»Besser?«, frage ich, und er nickt.

Ich trete einen Schritt vor, doch dann zögere ich und werfe einen misstrauischen Blick auf die Ranken, die plötzlich ganz ruhig geworden sind und am Türriegel lauern. Was, wenn Burleigh House genau das will? Dass ich noch zwei Schritte in den Schrank hinein mache, damit das Haus mich für immer einsperren kann?

»Darf ich reinkommen?«, frage ich Wyn. Ich lege alle meine Zweifel in diese Worte, denn in Wahrheit will ich wissen: *Ist es sicher, wenn ich das tue?*

»Ja.« Er nickt. Doch als ich nach vorne trete, passiert genau das, was ich befürchtet habe. Die Tür schlägt hinter mir zu, und ich höre das geschmeidige Rascheln der Ranken, als sie den Schrank von außen verriegeln. Aber Wyn hat gesagt, es ist in Ordnung – und ich vertraue ihm, auch wenn ich mich kaum an unsere gemeinsame Vergangenheit erinnern kann.

Im Schrank ist es stockdunkel. Ich fühle mich, als wäre ich lebendig begraben, und mein Herz fängt an zu rasen.

»Wyn, bist du da?«, stammele ich. Da spüre ich, wie sich sein Arm um mich legt. Das Blut in meinen Adern singt, denn in diesem Moment, gefangen zwischen den Mauern eines wutentbrannten Großen Hauses, bin ich in Sicherheit.

»Was ist los?«, frage ich ihn im Flüsterton. »Ich kann nicht denken. Ich kann mich nicht erinnern. Nichts ergibt mehr einen Sinn.«

Als er spricht, ist er so nahe, dass sein Atem mein Gesicht wärmt. Seltsamerweise riecht er nach warmer, fruchtbarer Erde, und das ist tröstlich, wenn man sich an einem Ort befindet, der dem Untergang geweiht ist.

»Violet Helena Sterling«, sagt Wyn. »Du bist hier, um Burleigh House von seinem Bann zu befreien, und Burleigh House wird dich dafür töten müssen.«

Auf einmal ist alles wieder da.

Der König. Der Herzstein in meiner Tasche. Das Haus und ich, plötzlich Gegner. Die Erkenntnis trifft mich wie ein Schlag und ich atme scharf ein. Tränen treten mir in die Augen.

»Das Haus will dir nichts antun.« Wyn klingt so unglücklich. Es bricht mir das Herz, ihn so zu sehen, gefangen zwischen Burleigh und sich selbst. »Burleigh hat sich das einfacher vorgestellt. Es dachte, du würdest irgendwann alles vergessen und den Herzstein loslassen. Dann hätten wir alle zusammen sterben können, entweder durch den Bannbruch oder durch die Fackeln des Königs.«

Das Wissen, dass Burleigh in meinem Kopf war, meine geheimen Ängste kennt und meine Wahrnehmung der Welt verändert hat, breitet sich in mir aus wie ein schleichendes Gift. Ich darf jetzt nicht daran denken. Wenn ich mich in Grübeleien über Unrecht, Unglück und Verrat verliere, dann kann ich mich nur noch in der Dunkelheit zusammenrollen und mich nie wieder bewegen. Stattdessen bin ich hier und kämpfe für mein starrsinniges, zorniges Haus.

»Tod und Freiheit zugleich – das tragische Ende unserer

Geschichte«, sage ich voller Bitterkeit zu Wyn. »Ist das alles, was Burleigh sich erträumen kann? Nach Tausenden von Jahren könnte man meinen, dass das Haus sich etwas Besseres für uns alle erhofft.«

»Du weißt, wie es ist, wenn man sich zerrissen, wurzellos und verraten fühlt«, antwortet Wyn. In seiner Stimme ist wieder dieses steinerne Raspeln, das mich schaudern lässt. Es ist nicht Wyn, der spricht, sondern Burleigh. »Man hat uns schon zu oft Unrecht getan, Kind des Hüters. Auch ohne den Bann würden wir unser Wohl und Wehe niemals allein von deinem guten Willen abhängig machen.«

Dann ist Wyns Stimme plötzlich wieder seine eigene, und er spricht weiter, als hätte Burleigh nie das Wort ergriffen.

»... und wenn ich auch nur einen Fuß nach draußen setze, dann lenkt das Haus seine ganze Aufmerksamkeit auf mich und nimmt mich wieder in Besitz. Es dringt in meinen Kopf. Und ich hasse es, denn wir sind ein und dasselbe. Ich fühle die Wut, die Burleigh fühlt, das Verlangen, die Gewalt. Burleigh *will* dich nicht wegen des Steins töten, Vi, aber das heißt nicht, dass wir es nicht tun werden, wenn es sein muss.«

»Das bist nicht du«, beschwöre ich ihn. »Das ist nicht der Wyn, den ich kenne. Es gibt kein *wir*, nur dich und Burleigh House. Halte durch und bleib bei dir, Wyn. Ich weiß, dass du mir nie etwas antun würdest.«

»Wirklich?« In der absoluten Dunkelheit klingt Wyns körperlose Stimme immer unheimlicher – und immer weniger wie er selbst. »Seit wir dich kennen, sind wir einem Bann unterworfen, der uns zwingt, deine Bedürfnisse über unser eigenen zu stellen. Wir waren nie frei, Violet. Du weißt nicht einmal, wer wir in Wahrheit sind.«

Nun scheint wieder Burleigh die Oberhand zu gewinnen. Es macht mir Angst, denn ich kann nie vorhersagen, wer im nächsten Moment mit mir spricht. Und trotzdem fürchte ich, dass die Worte von Wyn selbst kommen, auch wenn es Burleighs Stimme ist, die ich aus seinem Mund höre.

»Das Gleiche könnte ich von mir behaupten«, halte ich dagegen – und in diesem Moment kommt wieder die Sturheit der Sterlings zum Vorschein, denn das ist alles, was mir jetzt noch bleibt. »Wann hast du je erlebt, dass *ich* frei war? Ich wurde hier geboren, und jedes Mal, wenn ich mir das Knie aufgeschlagen oder mir in den Finger gestochen habe, ist mein Blut auf deinen Boden getropft. Seit ich sprechen kann, höre ich immer nur: *Du bist dazu bestimmt, eine Hüterin zu sein, Vi. Und eine gute Hüterin stellt ihr Haus über alles.* Ich war erst fünf, als du mich mit deinem Mal gezeichnet hast. Ich habe nun schon mehr Jahre meines Lebens mit deinem Mörtel in den Adern verbracht als ohne. Ja, du bist einem Bann unterworfen – aber das gilt auch für mich.«

»Gib uns, was uns genommen wurde«, sagt die Stimme. Jetzt ist keine Spur von Wyn mehr in ihr.

»Das kann ich nicht. Nicht auf diese Weise.«

Unnachgiebige Finger greifen nach meinem Arm. Ich zucke zurück und kämpfe mich mühsam auf die Beine. Aber als ich mit den Fäusten gegen die Schranktür hämmere, stemmen sich die Ranken von der anderen Seite dagegen.

»Wyn«, flehe ich. »Hör auf damit, bitte, du machst mir Angst.«

Eine halbe Ewigkeit höre ich nur meinen eigenen rasselnden Atem – das Gegenstück zu den Atemzügen des nicht zu beschreibenden Wesens, das mit mir in dieser Dunkelheit sitzt.

Ein Knall zerreißt die Stille wie ein kleiner Donnerschlag. Der Geruch von brennenden Ranken steigt mir in die Nase. Die Schranktür fliegt auf, und plötzlich werde ich von der Mittagssonne geblendet, obwohl ich den Schrank im nächtlichen Mondschein betreten habe. Unbarmherziger Sonnenschein zeigt mir mein verfallenes Zimmer. Auf den Fensterbänken liegen Scherben und Dachziegel, das Bettzeug ist fleckig von Schimmel.

Wyn steht im Halbdunkel hinter mir. Seine Haut ist grau und rau wie Mörtel, aber seine Augen sind ganz seine eigenen.

»Es gibt etwas, von dem Burleigh nicht will, dass du es findest«, sagt er und zuckt dabei zusammen, als würden die Worte seinen Mund verbrennen. »Draußen im Wald, hinter dem Forellenbach. Alles ist so verworren, und ich bin mir nicht sicher, aber vielleicht ist es das, wonach du suchst. Vielleicht ist es das Herz des Hauses.«

Noch während er spricht, kehrt das steinige Grollen in seine Stimme zurück und seine Augen werden grau und glasig.

»Bleib bei mir«, murmle ich und küsse ihn auf die Stirn, dann auf die Wange und auf den Mund. »Verlass mich nicht, Wyn. Ich möchte, dass du bei mir bist, wenn alles vorbei ist. Ohne dich ist alles bedeutungslos – Burleigh, der Schlüssel, mein Name, das Land und mein Erbe.«

Sein Blick wird klar und er fixiert mich. »Vi, wir haben keine Zeit mehr. *Geh!*«

Mit einem letzten sehnsüchtigen Blick auf Wyn, der halb im Schatten, halb in der Sonne steht, nehme ich all meinen Mut zusammen und renne los.

31

Ich wünschte, ich hätte Schuhe angezogen, als ich in Burleighs Fiebertraum von Mama und Papa aufgewacht bin. Auf meinem Weg die Treppe hinunter dringt eine dunkle und allumfassende Bosheit durch meine nackten Sohlen. Das Haus ist unglücklich – aber ich weiß wieder, wer ich bin. Ich kenne meine Bestimmung, und ich werde vor nichts Halt machen, nicht einmal vor Burleigh.

Die Sonne steht tief am westlichen Horizont, als ich durch die Tür des Wintergartens stürme und mir einen Weg durch den Rosengarten bahne. Die Schatten werden länger, und das unnatürlich schnell – ich könnte nicht sagen, wie viel Zeit ich im Haus verbracht habe. Die Rosen sind wieder verdorrt und abgestorben, jetzt, da mein Bewusstsein nicht von Burleigh gesteuert wird. Auch die Wildblumenwiese liegt wie tot da. Ich folge dem ausgetretenen Pfad, der mitten durch sie hindurchführt. Auf halber Strecke bohrt sich eine Distel in einen meiner ohnehin schon lädierten Füße. Ich ignoriere den Schmerz, der bei jedem Schritt durch mein Bein schießt, und gehe weiter.

Der Wald ragt düster vor mir auf. Im Dornenwall klaffen immer noch Lücken. Als ich durch eine von ihnen hindurchsteige, erfasst mich ein tiefes Unbehagen. Es ist die Art von angespannter Energie, die ein wildes Tier durchströmt, kurz bevor es seine Beute schlägt. Sie befeuert mich, und ich eile weiter, so schnell ich kann. Aus dem Augenwinkel nehme ich wahr, wie die unnatürlich verdrehten Bäume ihre Äste nach mir ausstrecken. Ich weiß nicht, ob es nur besonders ausladende Äste sind oder ob das Haus versucht, mich aufzuhalten, aber ich bleibe nicht stehen, um es herauszufinden. Ich springe über umgestürzte Stämme und faulige Pfützen und steuere auf Burleighs Herz zu – und auf das Ende dieser Reise.

Meine Lunge brennt und meine Beine zittern, als schließlich der Forellenbach zwischen den Bäumen hervorblitzt. Am Ufer angekommen, nehme ich alle meine Kraft zusammen und setze in vollem Lauf über den Bach hinweg.

Ich lande mit einem Aufschrei am anderen Ufer. Offenbar steckt noch ein Stück der Distel in meiner Sohle, denn jedes Mal, wenn ich mein Gewicht auf den Fuß verlagere, fühlt es sich an, als würde ich in ein Messer treten. Aber mir bleibt keine Zeit. Das Stechen in meinen Füßen wetteifert mit dem Schmerz in meinem Kopf. Er trübt meine Sicht und bringt den Wald ins Trudeln, aber vor allem macht er es fast unmöglich, einen klaren Gedanken zu fassen.

Ich greife in meine Tasche, ziehe den Herzstein heraus und packe ihn fester. Er soll mich erinnern. Er soll mein Fixpunkt sein.

Der Schmerz in meinem Fuß wird immer unerträglicher,

daher werde ich langsamer, fange an zu humpeln und setze mich schließlich hin, um die Stacheln aus meiner Fußsohle zu ziehen. Es ist dumm, zu rennen, wenn jeder Schritt eine Qual ist. Als ich alle Stacheln herausgezogen und die Wunde mit einem abgerissenen Stoffstreifen meines Rocks verbunden habe, weiß ich nicht mehr, was ich hier im Wald mache. Es war töricht, so weit von Burleigh wegzugehen, wo das Haus doch immer nur mein Bestes wollte und ich mir nie etwas anderes gewünscht habe, als bei ihm zu sein.

Ich rapple mich auf und will gerade umkehren, als ich am Waldrand eine Gestalt entdecke. Sie bewegt sich zwischen den Bäumen, bleibt aber immer wieder stehen. Stirnrunzelnd gehe ich auf sie zu.

Als ich nahe genug bin, um zu erkennen, wer es ist, kehrt plötzlich alles wieder zurück. Ich erinnere mich daran, wer ich bin: Violet Sterling, vom Schicksal zur Hüterin dieses uralten und finsteren Hauses bestimmt, dieses Ortes von grausamer Schönheit mit seinem unbändigen Streben nach Freiheit, koste es, was es wolle. Ich bin all das und noch mehr, denn auch Wyns Leben hängt von meinem Erfolg ab. Ich war nie eine große Freundin von Glücksspielen, aber diesmal habe ich alles auf eine Karte gesetzt.

Ich habe das Herz meines Hauses nicht gefunden. Stattdessen habe ich Lord Falmouth gefunden, die rechte Hand Seiner Majestät und königlicher Handlanger für schmutzige Aufgaben. Er ist gerade dabei, im Wald meines geliebten Burleigh Feuer zu legen. Mit einem großen Eimer stapft er durch den Wald und gießt Öl auf die Stämme der vom Mörtel verkrusteten Bäume. Als ein dürrer Zweig unter meinen Füßen knackt, blickt Falmouth auf und sieht mich mit einem wölfischen Lächeln an.

»Violet Sterling. Wir sind uns vorhin schon über den Weg gelaufen, aber da warst du leider – nun, wie soll ich sagen? – nicht ganz du selbst. Burleigh House hat offenbar ganze Arbeit geleistet, denn du schienst nicht mehr bei Sinnen zu sein. Ripley Castle hat es nie auch nur annähernd geschafft, so weit in den Kopf des Ingilby-Mädchens vorzudringen wie Burleigh in deinen.«

Der Boden erbebt unter meinen Füßen. Ein Windstoß peitscht durch den Wald und raunt zornig in den Baumkronen. Die Luft riecht nach feuchter Erde und Lampenöl. Ich verschränke die Arme vor der Brust und halte trotzig Falmouths Blick stand, während ich gleichzeitig versuche, mich klein und stur und dornig zu machen. »Was wollt Ihr hier?«

»Ich bin gekommen, um dem Elend ein Ende zu bereiten«, sagt Falmouth. Er setzt den Eimer ab und stellt sich vor mich hin, wie um mir den Weg zurück zum Haus zu versperren. »Dann wird endlich Ordnung einkehren. Wir können ja schlecht zulassen, dass du Burleigh freisetzt – selbst wenn du damit das Haus retten könntest. Was, wenn es dir gelänge? Ein allgemeiner Aufruhr wäre die Folge. Die Leute würden fragen, warum nicht jedes Haus befreit werden kann.«

»Was wäre so schlimm daran?«, schleudere ich ihm entgegen.

Falmouth schüttelt den Kopf. »Das weißt du doch. Es ist nichts Persönliches, Violet Sterling, es ist Politik – niemand gibt gerne Macht ab, und die Großen Häuser bedeuten Macht. Sie sichern die Macht Seiner Majestät – und damit auch meine.«

»Ihr seid ein skrupelloser Schurke«, fauche ich und versuche, mich an ihm vorbeizudrängeln.

Aber Falmouth lässt mich nicht durch. »Ach ja? Bin ich das? Sieh dich doch mal um, Violet. Hier gibt es nur einen Schurken, und das ist Burleigh House. Es zieht eine Spur der Verwüstung durch West Country. Die Ernten sind immer spärlicher geworden, bis sie schließlich ganz ausgefallen sind. Der Mörtel sickert ins Land und vergiftet die Erde. Und wie ich höre, haben Burleigh und dein Vater diesen Jungen zu ihrem Werkzeug gemacht. Für uns alle steht viel auf dem Spiel, und wir alle haben uns abgesichert – dein Vater hat Vorkehrungen getroffen, falls du versagen solltest. Ich hingegen treffe Vorkehrungen, um zu verhindern, dass du Erfolg hast.«

»Wenn der König mich mit Burleigh lebendig verbrennen wollte, hätte er es gleich zu Beginn des Sommers tun sollen«, fahre ich ihn an. Falmouths Sticheleien versetzen mich in Rage, obwohl ich es eigentlich besser wissen müsste. »Warum hat er so lange gewartet?«

»Oh, er hatte nie die Absicht, Burleigh zu verbrennen, solange du noch dort bist«, sagt Falmouth samtweich. »Der König hat eine Schwäche für dich. Ich bezweifle, dass er ernsthaft vorhat, dich aufhängen zu lassen. Aber mir gefällt der Gedanke nicht, dass Burleigh noch mehr vom Land verwüstet, während du dich hier verbarrikadierst, um letztlich doch zu scheitern. Und dann ist da noch diese kleine Sache mit den

Pachteinnahmen, die ich eintreiben werde, wenn alles vorbei ist. Gemäß deiner Vereinbarung mit dem König werden diese Ländereien früher oder später an mich übergehen. Daher werde ich die Sache jetzt selbst in die Hand nehmen. Wenn du mir also nun bitte den Herzstein geben würdest? Ich kann nicht zulassen, dass du zum Haus zurückrennst und Burleigh womöglich noch befreist, wenn es bereits in Flammen steht.«

Ich schüttle wütend den Kopf und blicke an Falmouth vorbei zu Burleigh, aber er versperrt mir immer noch den Weg und der Waldboden jenseits des Pfades ist ein undurchdringliches Dickicht aus Dornen. Doch selbst wenn der Weg frei wäre, ich könnte Falmouth nicht alleine im Wald zurücklassen – nicht, wenn die Baumstämme bereits in Öl getränkt sind und er sie jeden Moment anzünden kann.

Falmouth rückt sorgfältig einen seiner Manschettenknöpfe zurecht.

»Den Stein, Violet Sterling«, wiederholt er.

»Niemals«, sage ich entschlossen.

»Nun gut.«

Er greift in seine Jackentasche. Metall blitzt auf, und bis ich begriffen habe, dass es sich bei dem Gegenstand in seiner Hand nicht um eine Zunderbüchse handelt, sondern um eine Pistole, hallt bereits der Nachklang eines Schusses durch die Luft. Ein Schmerz, wie ich ihn noch nie erlebt habe, schießt durch mein rechtes Bein. Ich sacke zu Boden.

Aber den Herzstein lasse ich nicht los.

Die Pistole in der Hand, kommt Lord Falmouth näher und baut sich über mir auf. An seiner Uhrenkette sehe ich etwas rot schimmern – den Stein im Schlüssel von Burleigh House. Es macht mich krank, dass ausgerechnet Falmouth ihn besitzt. Verbissen umklammere ich den Stein in meiner Hand noch etwas fester.

»Du bist ein törichtes Geschöpf«, sagt Falmouth kopfschüttelnd. »Du weißt nicht, wann du dich geschlagen geben musst, genau wie dein Vater. Ich rate dir, jetzt ganz still zu halten und darauf zu hoffen, dass Burleigh es gut mit dir meint und dir ein schnelles Ende bereitet.«

Vor meinen Augen verschwimmt alles. Ich presse die Hand auf die Stelle, an der die Kugel in mein Bein gedrungen ist. Blut färbt sie rot, es quillt viel zu schnell aus der Wunde, tropft zwischen meinen Fingern hindurch und sammelt sich auf dem Waldboden. Zittrig schiebe ich den Herzstein in meine Tasche, um die Wunde besser abdrücken zu können, aber es reicht nicht. Ich kann förmlich zusehen, wie meine Haut zwischen den scharlachroten Flecken immer blasser wird.

Falmouths Schritte entfernen sich und ich höre das Zischen eines Zündholzes. Dann flackern Flammen auf und im nächsten Moment erfüllt ein beißender Rauch die Luft.

»Auf Wiedersehen, Violet Sterling«, sagt Falmouth. »Schade um das Haus. Es hätte mir Freude gemacht, Burleigh in seine Schranken zu weisen.«

»Burleigh, ich brauche dich«, flüstere ich und erschrecke selbst darüber, wie undeutlich meine Worte klingen. »Ich weiß, wir haben gestritten, aber ich brauche dich.«

Ich erstarre, als die Magie des Hauses aus dem Boden schießt und Mörtel in meine Adern fließen lässt.

»So habe ich das nicht gemeint«, keuche ich verzweifelt. »Hör auf, Burleigh, du bringst mich noch um.«

Aber es hört nicht auf. Ich drehe mich zur Seite, rolle mich zusammen und starre auf den Blätterteppich des Waldbodens, während mit jedem Herzschlag Blut aus mir heraus und Mörtel in mich hinein strömt.

32

Ich kann mich nicht daran erinnern, dass mir jemals so kalt gewesen wäre. Aber in gewisser Weise ist die Kälte ein Geschenk, denn sie betäubt meine Sinne. Ich spüre keine Schmerzen mehr – weder in meinem Kopf noch in meinen zerschundenen Füßen oder in meinem blutenden Bein. Die Bäume schwanken und drehen sich. Ich blicke an mir hinunter zu der Stelle, wo Falmouth mich angeschossen hat, eine Handbreit über dem Knie.

Am Rand der Wunde hat sich Mörtel gesammelt. Er dämmt den Blutfluss ein, macht ihn zäh und träge. Ich sehe zu, wie die graue Substanz nach und nach die Wunde verschließt. Allmählich lässt die Flut der Magie, die in mich hineinströmt, wieder nach. Ich werde zumindest nicht verbluten – vorausgesetzt, ich überlebe den Mörtel.

Ich hätte nie an meinem Haus zweifeln dürfen.

Falmouth, der immer noch überall kleine Feuer legt, brummt etwas Unverständliches, als wäre er selbst nicht sicher, ob er nun froh oder verärgert sein soll. Ich höre, wie er an seiner Steinschlosspistole herumfummelt, höre das bleierne

Klappern einer weiteren Kugel, die in die Kammer geschoben wird, das leise Zischen des hinzugefügten Schießpulvers.

Plötzlich geht ein Rascheln durch die toten Blätter des Waldbodens, und im nächsten Moment kracht es laut, als ein harter Gegenstand auf etwas Festes trifft. Ich stütze mich mühsam auf meinen Ellbogen. Falmouth liegt am Boden und windet sich vor Schmerz. So wie er gerade noch über mir stand, steht jetzt Wyn über ihm, in der Hand das zersplitterte Stück eines Balkens, bereit, erneut zuzuschlagen. Ich kann nicht sagen, wer er ist – der Junge, den ich kenne, oder Burleigh oder beides zugleich. Aber in seinem Gesicht liegt etwas Fremdes und Wildes, das ich noch nie an ihm gesehen habe.

»Hör auf, Wyn«, rufe ich ihm entsetzt zu – ihm oder dem, was den Körper des Jungen in Besitz genommen hat, den ich liebe. Unter seiner steinfarbenen Haut zeichnen sich Adern von dunkelstem Grau ab. »Das Haus darf kein Leben nehmen, und in dir steckt nun schon so viel von Burleigh. Wenn du ein weiteres Mal gegen den Bann verstößt …«

»Hast du ihn dir angesehen?« Falmouths Stimme ist voller Bitterkeit. Er kauert im Gestrüpp und blickt zu Wyn hoch. »Wer auch immer er einst war, es gibt kein Zurück mehr. Er ist nicht mehr der Junge, den du kanntest – Burleigh hat ihn ins Verderben gestürzt. Und dasselbe Schicksal steht ganz West Country bevor, wenn du das Haus vom Bann befreist oder ihm den Stein überlässt. Ist dir klar, warum ich hier bin, Violet? Ich rette das Land vor dir und Burleigh House. Vor der rücksichtslosen Dummheit der Sterlings, die glauben, dass dieser Ort besser sein kann, als er ist.«

Ich blicke Wyn an, und einen Moment lang sehe ich ihn mit den Augen von Falmouth – als etwas, das durch Burleighs Magie zu einem Monster geworden ist. Als jemand, für den es keine Rettung mehr gibt.

Aber gleich darauf klärt sich mein Blick, und trotz seiner Verwandlung sehe ich den echten Wyn vor mir: den Freund meiner Kindheit und meines Herzens. Auch wenn ich mich im Wald umsehe, in dem sich bereits der Rauch ausbreitet, und ich zwischen den Bäumen hindurch einen Blick auf das Haus werfe, sehe ich nicht nur Ruinen. Ich sehe etwas, das es wert ist, gerettet zu werden.

Egal wie schlimm sein Zustand ist.

Egal, was es getan hat.

Es ist meine Gabe und mein Fluch zugleich: Wie sehr sich Burleigh oder Wyn auch verändert haben, wie viel sie auch anrichten oder erleiden, für mich werden sie immer wunderbar sein und meine Liebe verdienen. Und ich werde nie aufhören, für sie zu kämpfen oder auf eine Welt zu hoffen, in der sie beide heil und gesund sind.

Ich setze mich auf, streiche die Blätter von meiner Kleidung und versuche, auf die Beine zu kommen, aber meine Knie geben sofort nach. Ich versuche es erneut, doch es nützt nichts. Mein Körper ist so voller Mörtel, dass ich das Gefühl habe, aus Stein zu bestehen, und die Bleikugel in meinem Bein drückt auf einen Knochen.

»Sie wird sterben«, sagt Lord Falmouth. »Warum kürzt du die Sache nicht einfach ab, Burleigh? Du weißt, dass es so kommen wird. Das Mädchen war von Anfang an zum Scheitern verurteilt. Das ist so unumstößlich wie die Tatsache, dass du dem König gehörst und der Junge dir.«

»Halt den Mund und rühr dich nicht.« Es ist eindeutig Wyn, der da spricht, nicht Burleigh.

»Und was, wenn doch? Verstößt du dann gegen den Bann und tötest mich?«, fragt Falmouth. »Ich bezweifle, dass du das wagen würdest.«

Wyn ignoriert ihn.

»Violet, nimm den Herzstein heraus«, sagt er zu mir.

Stumm gehorche ich. Sofort fange ich wieder an zu bluten, weil Burleighs Stein jetzt Blut und Mörtel aus meinen Adern saugt. Wyn legt seine Hand auf den Stein, der auf meiner Handfläche ruht.

Zitternd hole ich Luft. Statt eisiger Kälte breitet sich jetzt Wärme in mir aus. Ich habe noch nie zuvor Magie wie diese gespürt – eine Magie, die meine Glieder wohlig durchflutet und von Frühling und Wiedergeburt wispert. Die Bleikugel löst sich von Knochen, Sehnen und Haut und fällt auf den Boden des Waldes. Die offene Einschusswunde schließt sich. Quälend langsam beginnt das Eis in meinem Blut zu schmelzen. Mörtel tropft von meinen Fingerspitzen und sammelt sich zu meinen Füßen.

Um uns herum kehrt das Grün in den Wald zurück. Ranken rollen sich ein, blaue Hasenglöckchen sprießen aus dem Boden und die Bäume erwachen zu sommerlicher Blüte – jedenfalls jene, die noch nicht in Flammen stehen. Staunend sehe ich mich um.

»Was ist das?«, frage ich Wyn.

»Hausmagie«, sagt er und lächelt. »So wie sie eigentlich sein soll.«

Aber meine Angst ist trotzdem noch da, denn die wohltuende Wirkung des Herzsteins scheint ausgerechnet bei Wyn zu versagen. Trotz seines Lächelns bleiben seine Augen leer. Ich frage mich, wie viel Magie er noch wirken kann, bevor Burleigh ihn mit Haut und Haaren für sich einfordert und er nur noch eine leere Hülle für die Seele des Hauses ist.

Da dreht sich Lord Falmouth um, in der Hand wieder seine Pistole.

»Also gut. Ich habe nicht den ganzen Tag Zeit. Wer von euch ist zuerst dran?«, fragt er. Und da ist es wieder, dieses wölfische Lächeln. »Ich frage mich, was wohl passiert, wenn ich den Jungen erschieße?«

Wyn geht auf Falmouth zu, bis er nur noch ein paar Schritte von Falmouth entfernt steht.

»Warum lasst Ihr es nicht auf einen Versuch ankommen?«, sagt er leise.

Lord Falmouth hebt seine Pistole, und im selben Moment hebt auch Wyn seine Hand. Nicht schnell, nicht angriffslustig, nicht so, als wollte er ihm die Waffe entreißen. Falmouth ist die Verwirrung anzusehen, als Wyn langsam einen Finger ausstreckt und ihn am Handgelenk berührt.

Und mehr braucht es auch nicht. Tödliche Magie strömt aus Wyn heraus und springt auf Falmouth über. Zitternd wie ein Blatt im Wind sinkt er auf die Knie. Für einen Augenblick verschwindet er hinter einer Rauchwolke, aber als sich die Luft wieder klärt, sehe ich mit Entsetzen, wie dornige Ranken aus seinem Mund, seinen Augen, seiner Nase und seinen Ohren hervorbrechen. Lord Falmouth stürzt zu Boden und sofort verschlingt ihn Burleighs gefräßiges Grün.

»Wyn«, stoße ich hervor und krieche auf allen vieren auf ihn zu. »Wyn, bist du noch da?«

Er dreht sich zu mir um, und für einen kurzen Moment ist da ein vertrautes Licht in seinen Augen.

»Ich bin froh, dass ich mutig genug für dich war«, sagt er.

Dann erlischt das Licht. Als ich die Hand ausstrecke und über sein Gesicht streiche, ist die Leere, die ich spüre, nicht vorübergehend, sondern endgültig. Jeder noch so kleine Funke ist erloschen.

»Wyn, komm zurück«, flehe ich ihn an und nehme sein Gesicht in die Hände. »Ich bin's, Violet. Bitte, komm zurück zu mir.«

Aber da ist nur noch Burleigh.

»Er hat es auf sich genommen, den Bann zu brechen«, sagt Burleigh mit einer Stimme wie splitternder Stein. »Es war nur noch so wenig von ihm übrig. Wir haben ihn für dich geschont, so lange wir konnten, Sterling-Mädchen. Aber am Ende wollte er gehen.«

»Er ist nicht …« Ich bringe die Worte kaum über die Lippen. »Er ist doch nicht etwa *weg*? Für immer?«

Burleigh zögert. Ich kann regelrecht spüren, wie das Haus über meine Frage nachsinnt.

»Wir wollen es dir lieber nicht sagen«, antwortet Burleigh schließlich. »Du bist … sehr klein. Und vielleicht zerbrechlicher, als wir dachten.«

»Ich will eine Antwort auf meine Frage.«

Die Kreatur vor mir, die nicht mein Wyn ist und es vielleicht nie wieder sein wird, senkt den Kopf. »Er gehört jetzt ganz uns, Sterling-Mädchen – er ist ein untrennbarer Teil von uns geworden. Aber wir bedauern es, dass wir ihn dir nicht zurückgeben können.«

Lange bleibe ich völlig unbeweglich, wage es kaum, zu atmen. Denn ich weiß, wenn ich den Verlust zulasse, wird er sich tiefer in mich bohren als jeder Dorn. Schwerer wiegen als aller Mörtel der Welt.

Irgendwann drehe ich den Kopf und blicke über die Schulter zum Waldrand. Eine feurige Walze frisst sich durch die Bäume. Die Flammen stürzen sich gierig auf Burleighs Kraft und Magie. Aber Burleigh kann neu beginnen. Mit dem Leben, das Wyn ihm geschenkt hat, kann es an einem anderen Ort eine neue Gestalt annehmen.

Ich umfasse den Herzstein mit beiden Händen. Die weite Welt jenseits von Burleigh scheint öde und leer. So könnte alles enden. Ich könnte gehen, über die Mauer klettern und verschwinden. Meinen Namen ablegen und auch alle Erwartungen, die er mit sich bringt. Die Aussicht ist beinahe verlockend. Ein Neuanfang. Eine weiße Weste. Das, was Wyn sich immer für mich erhofft hat.

Aber die Wahrheit ist, dass ich nichts davon will. Nicht nach all dem, was ich gesehen habe. Nach allem, was ich erlebt habe. Allem, was ich verloren habe. Nichts scheint mehr eine Bedeutung zu haben. Nicht die Welt. Nicht mein eigenes Leben. Nicht einmal Burleigh House.

Aber da ist immer noch das, was mir seit dem Tag meiner Geburt vorgesagt wurde, immer und immer wieder, bis es für mich so natürlich wurde wie das Atmen: die Gewissheit, dass ich eine Hüterin bin. Und eine gute Hüterin stellt ihr Haus über alles.

Über den König.

Über das Land.

Über ihr Leben und über ihr Herz.

Jetzt ist die Zeit gekommen, mich zu entscheiden, ob ich den mir vorgezeichneten Weg verlasse oder ob ich das Schicksal erfülle, das Burleigh House und mein Vater mir auferlegt haben. Bei dem Gedanken steigt etwas Dunkles und Bitteres in mir auf. Ein Verlangen. Eine Sehnsucht. Ein heimliches Begehren, vermischt mit Rachegefühlen.

Ich weiß nicht, ob es möglich ist, dass Burleigh mir Wyn zurückgibt – dass wir eine Chance bekommen, das zu werden, was wir nie sein konnten, sowohl allein als auch gemeinsam. Aber eines weiß ich: Wenn es mir gelingt, mit dem fehlenden Stein zu Burleighs Herz vorzudringen, könnte ich das Haus mit einem Bann aus Blut und Mörtel dazu verpflichten, seine letzten Kräfte und die letzten Momente seines Lebens darauf zu verwenden, Wyn zurückzubringen – oder es zumindest zu *versuchen*.

Anstatt die wenigen Schritte zurückzulegen, die mich noch von der Freiheit trennen, stecke ich den Herzstein in meine Tasche und wende mich dem Haus zu.

»Wo willst du hin, Sterling-Mädchen?«, ruft Burleigh mir nach, aber ich gebe keine Antwort.

Die Erde hört nicht auf zu beben, als ich mich auf den Weg mache und die Wiese durchquere. Die Luft ist schwer von Rauch, und überall schießen Ranken hervor und kriechen über den Boden. Darüber schweben seltsame Licht-auf-Wasser-Erinnerungen, es sind die Geister der vergangenen Generationen meiner Familie. Burleigh House steht kurz vor dem endgültigen Zusammenbruch. Die Dachböden, die schon längst kein Dach mehr haben, sind endgültig in den zweiten Stock gestürzt, und aus den verbliebenen Wänden haben sich große Steinbrocken gelöst. Am Himmel ballen sich regenschwere Wolken.

Drinnen treffe ich auf weitere Schemen. Lautlos treiben sie durch die Ruine wie Lebensgeister, die einen sterbenden Körper verlassen. Und vielleicht sind sie das auch. Ich bewege mich gegen ihren Strom und spüre sie nur als kalten Lufthauch vorüberziehen. Sie alle kommen aus derselben Richtung, fluten über die große Treppe wie Wasser über Stromschnellen und driften am unteren Treppenabsatz auseinander.

Ich weiche ihnen aus und ziehe mich in eine Nische zurück, um kurz nachzudenken. Während ich die Geister beobachte, überschlagen sich meine Gedanken. Das Herz des Hauses. Das Herz des Hauses. Bestimmt hat Burleigh mir in all den Jahren, die wir zusammen verbracht haben, irgendwann einmal einen Blick in sein verborgenes Herz gewährt.

Überrascht erkenne ich in einem der vorbeischwebenden Sterlings meinen Großvater wieder, den ich bisher nur von einem Ölgemälde und aus Burleighs Erinnerung kenne. Hinter ihm folgt mein Vater. Der Anblick der beiden, wie sie Burleigh in Erinnerung hat, schnürt mir die Kehle zu. Sie sind nicht ängstlich oder besorgt oder von der Magie des Hauses erdrückt. Sie wirken ruhig, friedvoll, ja sogar glücklich. Es sind nicht irgendwelche Geister oder Erinnerungen, denn sicherlich hat mein Haus auch Erinnerungen an Leute, die es gehasst hat, allen voran den König und seine Vorgänger.

Nein, dies ist ein Abschiedszug all der Menschen, die Burleigh jemals geliebt hat.

Allein bei dem Gedanken und bei dem Anblick dieser Geisterprozession verkrampft sich alles in mir. Ich nehme den Herzstein aus der Tasche, tauche wieder ein in den Strom der Erinnerungen und steige die Treppe hinauf. Die Dornen auf den Stufen sind zu Asche zerfallen. Als ich die bebende Treppe erklommen habe, sind meine Füße schwarz vor Ruß. Von hier aus sehe ich, dass alle Türen offen stehen – alle bis auf eine. Und genau durch diese eine Tür kommen die Erinnerungen, sie gleiten durch sie hindurch wie durch eine Nebelwolke.

Vor dem Zimmer meines Vaters bleibe ich stehen und versuche, die Tür zu öffnen. Sie ist verriegelt. Über mir ist kein Dach mehr, nur der regenwolkenverhangene Himmel. In der Wand neben mir klafft ein Riss, der sich mit einem unmenschlichen Stöhnen immer weiter auftut.

»Burleigh«, sage ich und klopfe eindringlich gegen die Tür. »Burleigh, lass mich rein.«

Die Tür bleibt verschlossen.

»Ich würde dir nie wehtun«, lüge ich, und diesmal unterdrücke ich nicht meine Angst, sondern meine sanfte, weichere Seite. Denn ich weiß immer noch nicht, wofür ich mich entscheiden werde – werde ich Burleigh befreien oder werde ich es bannen, damit es Wyn zu mir zurückbringt? Ich warte auf ein Zeichen oder ein Leuchtfeuer, ein unbestreitbares Gefühl, das mir sagt, was richtig ist: *Violet, so sollst du dich entscheiden.* »Was auch immer zwischen uns passiert ist – wenn du mich durch diese Tür lässt, werde ich dich befreien, das schwöre ich dir. Du kennst mich seit dem Tag, an dem ich auf die Welt gekommen bin, Burleigh. Und genauso lange liebe ich dich. Kannst du mir nicht vertrauen? Kannst du denn nicht auf eine Welt hoffen, in der du mehr bekommst als nur eine einsame Wiedergeburt? Eine Wiedergeburt, die auf dem Tod eines Menschen aufbaut, der niemals für dich hätte sterben dürfen? Lass mich dich befreien.«

Mit einem Ächzen der rostigen Scharniere schwingt die Tür auf. Einen Moment lang verharre ich auf der Schwelle, atemlos und voller Angst. Fast hatte ich gehofft, Burleigh würde sich weigern, würde mich ausschließen und mich daran hindern, sein Vertrauen zu brechen. Das hätte mir als Zeichen gereicht.

Aber die Tür steht offen, der Weg ist frei, und ich trete noch ein einziges Mal in das Zimmer meines Vaters – Burleighs letzte und treuloseste Hüterin, die kurz davor ist, ihr Haus zu verraten.

Der Raum ist kahl und ich muss mir einen Weg zwischen den Trümmern der eingestürzten Decke hindurch bahnen.

»Tu, was du willst, Violet Sterling«, höre ich Burleighs Stimme von der anderen Seite des Raums. Ich zucke vor Schreck zusammen. Da sitzt er, auf einem Stapel schimmeliger

Betttücher, die achtlos in einer Ecke abgelegt wurden. Der Körper, der einst Wyn gehörte. Ich schlucke schwer und wappne mich innerlich.

»Binde uns oder löse den Bann. Tu, was du willst«, fährt Burleigh fort. In seiner steinzermahlenden Stimme schwingt ein beinahe wehmütiger Ton mit. »Die Wahrheit ist: All diese vielen Jahre haben uns müde gemacht. So müde, kleines Mädchen. Vielleicht fehlt uns die Kraft dafür, noch einmal neu anzufangen. Wir haben nicht mehr die nötige Entschlossenheit und Willensstärke, um noch einen Sinn in der Zukunft zu sehen. Also tu, was du für richtig hältst. Mach mit uns, was du willst.«

Durch ein Fenster sehe ich den Wald. Inzwischen brennt er lichterloh und die Flammen lecken bereits an der Wildblumenwiese. Nicht mehr lange und sie werden sich durch die Wiese fressen, auf den Rosengarten überspringen und an den Mauern emporzüngeln.

Ich beiße mir auf die Unterlippe. Ach Burleigh. Wie du mir das Herz brichst. Was auch immer Wyn und mein Vater für mich getan haben, ich habe immer nur dir gehört. Aber was nun, wo wir am Ende angelangt sind? Soll ich meinen eigenen Bann brechen – der nicht aus Blut und Mörtel besteht, sondern aus Liebe und Erwartungen und einer lange zurückreichenden Geschichte – und hoffen, dass ich Wyn auf diese Weise eine zweite Chance erkaufen kann? Oder soll ich stattdessen meinem Haus treu bleiben und ihm ein neues Leben schenken?

»Dies ist also der Ort?«, frage ich Burleigh. »Dies ist dein Herz, wo ich dich binden oder befreien kann?«

Burleigh zuckt mit den Schultern, eine allzu menschliche Geste. Sie erinnert mich so sehr an Wyn, dass sie mich ins Grübeln bringt. Mit einem Nicken deutet er zur rückwärtigen Wand. »Unser Herz ist kein Ort, Violet Sterling. Du hättest uns in dem Moment befreien können, als du den Stein zum ersten Mal in Händen gehalten hast.«

Verwirrt blicke ich zur Wand. Tränen treten in meine Augen. Denn da ist er, in groben, großen Buchstaben in den Putz geritzt.

VI. Mein eigener Name, eine Narbe im Mörtel.

Ich war immer das Herz von Burleigh House, auch wenn mein eigenes Herz nicht länger nur Burleigh gehört.

Meine Augen brennen vom Rauch. Ich will das nicht, Papa. Ich kann dieser Aufgabe nicht gerecht werden. Wie soll ich zwischen zwei Hälften meiner selbst wählen? Wie soll ich weiterleben, wenn meine Seele gespalten ist?

Eine gute Hüterin stellt ihr Haus über alles.

Über den König.

Über das Land.

Über ihr eigenes Herz.

Als ich mich vor Burleigh hinknie, ersticke ich fast an meinen Tränen. Ich hole mein Filetiermesser aus der Tasche und ziehe die Klinge über meine Handfläche. Blut quillt hervor, hell und kräftig, voller Leben und noch ungebrochener Versprechen.

»Gib mir seine Hand«, sage ich zu Burleigh. Das Haus streckt die Hand aus, die einst Wyn gehörte. Aber als ich sie aufritze, ist kein Blut mehr in den Adern, nur noch körniger grauer Schlick.

Ich lege das Messer beiseite, nehme den Herzstein und lege ihn auf meine blutende Handfläche.

»Nur zu«, sage ich zu Burleigh. Das Haus fixiert mich mit seinem vernichtenden Blick. In diesen Augen liegen der Schmerz und die Erschöpfung und die Zerrissenheit von achthundert Jahren, aber nun mischt sich Resignation darunter. Jetzt, in diesem Moment, liegt Burleigh ganz in meiner Macht.

Wyns Hand legt sich auf den Herzstein und mein Blut und Burleighs Mörtel verbinden sich.

»Burleigh House«, sage ich. »Ich bin Violet Sterling, die Letzte meiner Linie. Meine Familie hat dir immer gut gedient. Bei dem Blut in meinen Adern und dem Mörtel in deinen Mauern …«

Burleigh richtet seine traurigen, gestohlenen Augen auf mich, und Himmel, ich wünsche mir nichts mehr, als dass mir daraus wieder Wyn entgegenblickt.

»… ich entbinde dich von deinem Bann. Sei wieder ganz, Burleigh. Sei wieder gesund. Sei frei.«

Die Wolkendämme brechen und ein Regenschauer geht auf mich herab. Ein gewaltiger Donnerschlag erschüttert den Himmel und lässt das Fundament des Hauses erbeben. Der Wind pfeift durch die zerbrochenen Fenster. Und vor mir erhebt sich Burleigh in neuer Macht.

Gleißendes Licht strahlt von der Kreatur aus, die nicht mehr Wyn ist und auch nicht mehr das Burleigh, das ich kannte. Ich hebe die Hand, um meine Augen abzuschirmen, und plötzlich kommt mir der absurde Gedanke, dass dies vielleicht gar nicht Burleigh ist, sondern einer der Seraphim, von denen Mira mir in den Sümpfen erzählt hat. Ein Engel des Lebens oder des Todes oder beides zugleich.

Um mich herum ist nur noch Wind und Donner und Licht und Regen.

»Vergiss nicht, Burleigh«, rufe ich panisch, aber meine Stimme geht in dem Getöse der Naturgewalten unter. »Vergiss nicht, wie sehr ich dich geliebt habe. Und wenn du kannst, gib ihn mir zurück. Heile mein Herz, so wie ich deines geheilt habe.«

Die einzige Antwort ist das Heulen des Windes und das Grollen des Donners. Das blendend helle Licht und der peitschende Regen zwingen mich, die Augen zu schließen.

Als ich wage, sie wieder zu öffnen, ist der tobende Sturm abgeflaut. Noch immer prasselt Regen auf mich herab, aber ich bin nicht länger im Haus. Stattdessen finde ich mich draußen auf der Straße wieder, mit dem Rücken an Burleighs großem Eisentor, das seine alte Gestalt angenommen hat.

Vor mir stehen Seine Majestät der König und ein Trupp von Soldaten. Alle sind bis auf die Haut durchnässt und sehen aus, als hätten sie gerade die Toten aus ihren Gräbern steigen sehen. Hinter mir hüllt sich das Haus in einen Mantel aus Wolken und Feuer. Das Dröhnen seiner Wiederauferstehung ist ebenso schrecklich wie eindrucksvoll.

Im Schlamm der Straße falle ich auf die Knie, schlinge die Arme um mich und fange an zu schluchzen. Ich habe mich als die größte aller Hüterinnen erwiesen und Burleigh House seine Freiheit zurückgegeben, gegen alle Widerstände.

Gegen den König.

Gegen das Land.
Gegen mein eigenes Herz.
Aber … ach, Burleigh! Zu welchem Preis?
Zu welchem Preis?

33

Ich gleite immer wieder in den Schlaf, während Jed und Mira an meinem Bett stehen, in einem kleinen Dachzimmer des *Red Shilling*, und sich mit Frey streiten.

»Sie gehört zu uns«, sagt Mira fast flehentlich. »Lass sie uns mit nach Hause nehmen.«

»Die kleine Schlafkammer, die ihr gemietet habt, bietet gerade mal genug Platz für euch beide«, hält Frey ihr entgegen. »Und Vi gehört dort nicht hin. Du weißt, wo ihr Zuhause ist. Lass sie hierbleiben, an einem Ort, den sie kennt.«

Jed ist derjenige, der sich neben mich ans Bett kniet und meine Hand ergreift.

»Violet, meine Liebe. Was denkst du?«

Ich bin zu müde, um zu antworten. Und es ist mir egal, genau wie alles andere. Ich bin in einem Nebel gefangen, und auch Burleigh hüllt sich immer noch in Nebel, so erzählt man mir, obwohl es mittlerweile schon zwei Wochen her ist, dass ich das Haus freigesetzt habe.

Man einigt sich darauf, dass ich im Gasthaus bleibe. Mira setzt sich nachmittags und abends neben mich, wenn Frey unten im Schankraum zu tun hat. Den Rest der Zeit hält Frey selbst Wache. Sie bezieht ihr Lager auf einer schmalen Pritsche. Ich weiß, dass alle um mich besorgt sind, aber ich bringe nicht die Energie auf, mich für irgendetwas zu interessieren. Ich schlafe und schlafe und wache nur auf, um ab und zu etwas Brühe aus einer Tasse zu mir zu nehmen oder den Nachttopf zu benutzen. Nicht einmal der Teller mit Herbstgemüse und gedünsteten Äpfeln und warmem Brot, den Mira mir zu Rosch Haschana bringt, kann mich in Versuchung führen.

Eines Morgens weckt mich ein Rotkehlchen, das vor dem Dachfenster singt, und ich stelle fest, dass sich die Blätter des Astes, auf dem es sitzt, golden gefärbt haben.

»Frey?«

Sofort ist sie bei mir.

»Wie steht es um West Country? Werden alle gut durch den Winter kommen?«

Frey drückt meine Hand. »Ich will ehrlich zu dir sein: Es gab viele Leute, die am Verhungern waren. Aber an dem Tag, als du das Haus verlassen hast, hat jeder Apfelbaum in West Country eine zweite Blüte erlebt und jede Färse und jedes Mutterschaf hat Zwillinge bekommen. So etwas hat es noch nie gegeben. Die Lämmer und Kälber und auch die Äpfel sind so schnell herangewachsen, dass man Angst kriegen konnte. Letzte Woche haben die Bauern angefangen, Äpfel zu keltern, und auf den Märkten gibt es mehr Vieh als je zuvor.«

»Was ist mit dem König? Er ist … einfach gegangen, nachdem ich aus dem Haus gekommen bin. Dabei wollte er mich des Hochverrats anklagen.«

»Er ist wieder in Hampton Court«, sagt Frey. »Espie hat ihn begleitet, um sicherzugehen, dass er nicht auf die Idee kommt, die Anklage zu erneuern. Aber das bezweifle ich, denn West Country geht es so gut wie noch nie. Wenn er dir auch nur ein Haar krümmen würde, gäbe es Aufstände in den Straßen. Und wie man hört, steht Seine Majestät nun etwas ratlos da, so ganz ohne Lord Falmouth, der immer die Dinge für ihn geregelt hat. Aber Esperanza hat sehr geschickt die Zügel in die Hand genommen.«

»Da bin ich mir sicher«, sage ich mit einem matten Lächeln.

»Weißt du, worauf sie unten jeden Abend anstoßen?«, fragt Frey. Ich spüre, wie ich unter ihrem prüfenden Blick erröte. »Auf Violet Sterling, die Bannbrecherin, und auf das neue Burleigh House.«

»Und Burleigh?«

Frey wendet sich ab, sodass ich ihr nicht in die Augen blicken kann. »Verschlossen und verriegelt. Sieht nicht so aus, als hätte es vor, sein Tor je wieder zu öffnen. Tut mir leid.«

Ich frage nicht nach Wyn. Ich bringe es nicht über mich, seinen Namen auszusprechen. Die Wunde ist noch zu frisch, und ich bin nicht sicher, ob sie je heilen wird. Es ist genau das, was du dir so lange gewünscht hast, sage ich mir. Dein Haus, heil und gesund und frei.

Aber in mir ist ein endloser Ozean – kein Meer aus Angst, sondern eines aus Trauer, und es gelingt mir nicht, es zurückzudrängen, egal wie sehr ich es versuche.

Irgendwann bringe ich den Willen auf, aus dem Bett zu steigen. Jeden Nachmittag laufe ich die knappe Meile nach Burleigh House, auch wenn ich dafür viel länger brauche, als ich sollte. Ich setze mich ins Gras am Wegesrand und sehe zu, wie sich die goldenen Wiesen braun färben und die Hecken immer mehr rote Beeren und gelb leuchtende Blätter tragen. Als der erste Frost kommt und die Nachmittagsluft beißend kalt wird, wickle ich mich in einen dicken Wollmantel, aber ich mache mich trotzdem jeden Tag auf den Weg.

Selbst jetzt, wo die Mauern undurchdringlich sind und das Tor für mich verschlossen ist, zieht es mich immer wieder zu meinem Haus zurück.

Chanukka kommt und geht. Aber nicht einmal Miras Latkes und Jed, der mit seiner tiefen Bassstimme »Maoz Tzur« singt, können mir dieses Jahr Freude bereiten. Weihnachten verbringe ich bei Frey und ihrem Sohn und ihrer Schwiegertochter, die aus London angereist sind. Im Schankraum steht ein Baum, und wir singen Weihnachtslieder mit den Gästen, die an den Festtagen unterwegs sind. Besser gesagt: Die anderen singen, während ich nur stumm dastehe und die Musik über mich hinwegspülen lasse wie bei einem Fluss, der einen leblosen Felsen umströmt.

Nach den Feiertagen nehme ich wieder meine tägliche Wache vor Burleigh auf. Ich sitze mit dem Rücken zur Mauer, döse im fahlen Licht der Wintersonne und lausche dem Wind, der über die gefrorenen Felder streicht.

Und dann, an einem ganz gewöhnlichen Tag Mitte Januar, schrecke ich aus einem unruhigen Schlaf vor Burleighs Mauern hoch und stelle fest, dass ein blaues Hasenglöckchen zwischen meinen Fingern hervorsprießt. Ich blicke zu dem schmiedeeisernen Tor, das langsam und geräuschlos aufschwingt.

Ich stehe auf, gehe darauf zu – und bleibe an der Schwelle von Burleighs Grund und Boden stehen.

Burleigh House ist wieder sichtbar. Der Nebel, der es so lange einhüllte, hat sich aufgelöst. Das Haus sieht genauso aus wie früher, als ich noch ein Kind war. Heller, warmer Stein. Bleiverglaste Fenster. Gärten, die unter ihrer Frostdecke vom Frühling träumen. Aus den Schornsteinen steigt sogar Rauch auf, der einen Geruch von Kaminfeuern nach draußen trägt. Burleigh sieht aus und riecht und *fühlt sich an* wie mein Zuhause.

»Wyn?«, frage ich. Meine Stimme trägt weit in der winterkalten Stille. »Bist du da?«

Nur die Vögel in den Hecken antworten. Als ich mich abwende, wird mir klar, dass ich nicht mehr hierherkommen sollte. Auch wenn mir körperlich nichts mehr fehlt, mein Geist wird keine Ruhe finden, solange ich immer wieder hierher zurückkehre.

Als ein frühes Tauwetter einsetzt und die ganze Welt in Schlamm und Graupel verwandelt, kommt mir zum ersten Mal der Gedanke, dass es an der Zeit ist, Abschied zu nehmen. Nicht nur von Burleigh House, sondern auch von Burleigh Halt. Ich versuche, mich zu einer Entscheidung durchzuringen, während ich mit meinem Tablett von Tisch zu Tisch gehe.

Den größten Teil meines Lohns erhalte ich in Form von Kost und Logis, aber die Münzen, die ich bekomme, lege ich sorgsam zur Seite.

Frey geht behutsam mit mir um, beobachtet mich auf Schritt und Tritt, als wäre ich zerbrechlich geworden, seit ich das Haus befreit habe. Vielleicht hat sie recht. An manchen Tagen scheint alles in Ordnung zu sein. Aber an anderen fühle ich mich wie ein zerknicktes Schilfrohr, das sich aus eigener Kraft nicht mehr aufzurichten vermag. Ich kann die Versuchung nicht abschütteln, mich Nacht für Nacht hinauszuschleichen, nachdem das Gasthaus geschlossen hat und die letzten Gäste nach Hause gegangen sind. Dann nehme ich die vertraute Straße nach Norden, bis ich vor den Mauern von Burleigh House stehe. Ich fahre mit den Fingern über den glatten Stein und kehre immer wieder zum eisernen Tor zurück, wo ich auf der Schwelle verharre und in die Stille des ruhenden Burleigh spreche.

Wyn. Bist du da?

Aschermittwoch ist der Tag, für den ich mich entschieden habe, denn er ist dieses Jahr noch vor Purim. Ich glaube nicht, dass ich einen weiteren Festtag mit Jed und Mira lächelnd durchstehen könnte. Ich denke, ich werde zurück in die Sümpfe gehen, wo das Leben einfacher war und ich die Wege kenne. Als ich Frey von meinen Plänen erzähle, ist der Blick in ihren Augen warm und freundlich.

»Ich verstehe. Aber du wirst mir doch schreiben, oder?«

Mira fängt an zu backen, als gäbe es in Lincolnshire nichts zu essen, und Jed schnitzt mir mürrisch kleine Skulpturen aller

Sumpfvögel. Obwohl die beiden mir angeboten haben, mitzukommen, bestehe ich darauf, allein zu gehen. Sie haben sich hier wieder ein Leben aufgebaut und ein Cottage am Rande der Longhill Farm gemietet, wo Jed sich immer noch als Tagelöhner verdingt und Mira Wäsche wäscht und flickt. Auch wenn ich die beiden sehr vermissen werde, kann ich nicht zulassen, dass sie ein drittes Mal meinetwegen alle Zelte abbrechen.

Ich schreibe Espie nicht, dass ich fortgehe. Aber sie schreibt mir, um mir mitzuteilen, dass ganz London wegen der Geschehnisse um Burleigh House in Aufruhr ist. Obwohl ich für meine Tat nicht angeklagt werde, ist es doch noch zu Unruhen in den Straßen gekommen. Die Menschen wollen Freiheit für die anderen vier Häuser, und jetzt, wo sich mit Burleigh alles zum Guten gewendet hat, werden ihre Forderungen immer lauter.

Der Abend meiner letzten Schicht im *Red Shilling* kommt zu langsam und zu schnell zugleich. Wie immer bin ich unentwegt auf den Beinen und eile mit Tabletts voller schaumiger Humpen, die nach Hefe und Hopfen riechen, durch den Schankraum. Aber ich bin froh, dass ich beschäftigt bin, denn das ist ein Trost für mich. Wenn ich zwischendurch doch einmal einen Augenblick lang zum Durchatmen und Nachdenken komme, rufe ich mir ins Gedächtnis: West Country blüht und gedeiht. Die letzten Wochen haben genau das Wetter gebracht, das das Land gebraucht hat. Die Vorratskammern sind von der Herbsternte noch so reich gefüllt, dass die Menschen damit zwei statt nur einen Winter überstehen könnten.

Meinem Haus geht es gut, und dem Land auch. Was sonst könnte eine Hüterin sich wünschen?

Und dennoch.

Spät am Abend fliegt die Tür des Gasthauses krachend auf, und ein Windstoß – um diese Jahreszeit nach Einbruch der Dunkelheit noch beißend kalt – fegt durch den Schrankraum. Die Bauern an den Tischen murren laut, und als ich aufblicke, sehe ich eine Gestalt die Tür hinter sich zuziehen. Der nächtliche Gast durchquert die Taverne und setzt sich an den langen Tresen, wo er seinen Mantel ablegt.

»Bin gleich da«, rufe ich ihm zu. Als ich mit einem leeren Tablett in der Hand hinter den Tresen eile, bin ich atemlos und rot im Gesicht.

»Kann ich Ihnen helfen?«, frage ich – und bleibe abrupt stehen.

»Hallo, Vi«, sagt Wyn.

Einen Moment lang starren wir uns nur an, dann lächelt er. Ich hatte fast vergessen, wie er beim Lächeln einen Mundwinkel weiter nach oben zieht als den anderen, und wie er ein kleines bisschen schielt, sodass es fast nicht auffällt.

»Ist es dir gut ergangen?«, fragt Wyn.

»Könnte schlimmer sein«, sage ich langsam. Ich bin mir nicht sicher, ob ich das wirklich erlebe. Zu sehr kommt es mir vor wie einer der wirren Träume, die ich im letzten Sommer hatte, während ich verzweifelt einen Weg suchte, um das Haus zu befreien. Aber jemand ruft nach einem weiteren Bier, und ich bezweifle, dass mein Unterbewusstsein mich von angetrunkenen Bauern aus dem Dorf träumen lässt.

Die Hände in die Hüften gestützt, drehe ich mich um. »Halt die Klappe, ich komme gleich!«

»Entschuldige.« Ich wende mich wieder Wyn zu, immer noch ganz durcheinander. »Und … und du? Geht es dir gut? Und Burleigh auch?«

»Uns geht es gut. Es hat eine Weile gedauert, die Dinge in Ordnung zu bringen, aber wir sind wohlauf und wieder wir selbst, wie du siehst.«

Ich fange an, die Gläser zu polieren, und werfe ihm dabei immer wieder verstohlene Blicke zu. Aber meine Hände zittern so sehr, dass ich fürchte, etwas kaputt zu machen, daher lege ich den Lappen beiseite und gebe es auf, so zu tun, als wäre ich beschäftigt.

»Wyn, ich dachte, du wärst tot.«

»Das dachte ich auch«, sagt er geradeheraus. »Bis ich merkte, dass offensichtlich noch genug von mir übrig war, um diesen Gedanken überhaupt zu denken. Und dann kam ich wieder zu mir, Stück für Stück. Es hat lange gedauert. Ich nehme an, selbst ein befreites Burleigh tut sich schwer damit, Wunder zu vollbringen.«

Wyn lächelt wieder und meine Knie werden weich. Der rotgesichtige Bauer verlangt immer noch lautstark nach seinem Getränk. Ich drehe mich wieder zu ihm, damit Wyn die Tränen in meinen Augen nicht sieht. »Harry Mason! Halt endlich die Klappe oder hol es dir selbst!«

Er knurrt ein wenig, aber dann stemmt er sich hoch und kommt zu mir hinter den Tresen, wo er grummelnd am Zapfhahn des Bierfasses herumhantiert.

»Ach, vergiss es«, seufze ich und schiebe ihn weg. »Lass mich machen.«

Als Mason endlich mit seinem vollen Humpen abzieht, richte ich meine Aufmerksamkeit wieder auf Wyn.

»Was … was hast du jetzt vor?«, frage ich zögernd. »Wo wirst du hingehen?«

Wyn beugt sich über den Tresen, stützt sich auf die Ellbogen und will gerade etwas sagen, als Frey durch die Hintertür hereinplatzt. Ich muss mich zusammenreißen, um nicht frustriert aufzustöhnen.

»Blut und Mörtel, Violet«, schimpft Frey. »Was machst du noch hier hinter dem Tresen? Wenn es eine Entschuldigung dafür gibt, bei deiner letzten Schicht ein bisschen früher Schluss zu machen, dann ja wohl ein Besuch von jemandem, der von den Toten auferstanden ist.«

»Bist du sicher?«, frage ich, aber Frey verdreht nur die Augen.

»Und wie ich das bin. Gib mir deine Schürze und dann ab mit dir.«

Bevor ich auch nur blinzeln kann, hat sie mich schon hinter dem Tresen hervor und durch die Tür auf das Kopfsteinpflaster der Straße bugsiert.

»Auf Wiedersehen«, murmelt Frey. »Ich werde nicht viel Aufhebens machen, aber ich wünsche dir alles Gute, Vi. Und ich denke, du solltest an deinem Plan festhalten. Lass diesen Ort hinter dir, aber nimm den Jungen mit.«

Energisch zieht sie die Tür hinter sich ins Schloss und lässt Wyn und mich alleine in der klaren Nachtluft zurück.

»Um deine Frage zu beantworten: Ich dachte, ich gehe dahin, wohin auch du gehst, Vi«, sagt er schließlich. »Wenn das in Ordnung für dich ist. Die Sache ist die: Für mich hast du immer an erster Stelle gestanden. Vor Burleigh House oder dem Land oder meinem eigenen Leben. Daran hat sich nichts geändert. Ich bin immer noch für dich da. Bleibt nur noch zu klären, für wen *du* da sein willst, jetzt wo Burleigh frei und ungebunden ist.«

Ich werde nie genug davon bekommen, ihn sagen zu hören, dass ich für ihn an erster Stelle stehe.

Aber wir laufen los und meine Füße folgen ihren alten Gewohnheiten. Schweigend gehen wir nebeneinander her, Seite an Seite und mit ein klein wenig Abstand zwischen uns. Die Welt ist still, es scheint keine anderen Geräusche mehr zu geben als das Knirschen unserer Stiefel.

Als wir das Tor von Burleigh House erreichen, kribbelt mein Magen vor Nervosität, obwohl ich selbst nicht so genau weiß, warum. Wyn, der immer spürt, wenn ich Angst habe, streckt den Arm aus und nimmt meine Hand. Seine Haut ist warm und glatt und weich und unsere Berührung scheint einen Funkenschauer zu entfachen. Es fühlt sich an wie Magie – keine beißend kalte Mörtelmagie, sondern eine ganz andere, blühend-lebendige Magie. Es ist unsere eigene Art von Magie, voller Anfänge und Möglichkeiten.

Das schmiedeeiserne Tor öffnet sich vor uns, ganz in seiner alten Gestalt und ohne jedes Dornengestrüpp. Burleigh House liegt am Ende der Auffahrt, keine Ruine mehr, sondern anmutig und einladend mit jedem einzelnen Stein. Einige Fenster sind bereits erleuchtet. Der Jakaranda wiegt sich sanft, trotzt mit seiner Blütenpracht der Jahreszeit. Mondlicht taucht alles in einen geheimnisvollen Glanz und lässt die Schatten violett schimmern.

Ich drücke eine Hand auf die kühlen Steine der Mauer und denke an alles, was ich verloren und gewonnen habe. An alles, was ich für dieses Haus gegeben habe, das jetzt so viel Ruhe und Wohlgefühl ausstrahlt.

Es ist in Ordnung, Violet Sterling, scheint Burleigh zu sagen. *Es ist alles in Ordnung.*

Ich atme zittrig aus und drehe mich zu Wyn um.

»Ich glaube … ich glaube, ich will jetzt für *mich* da sein«, sage ich ihm. »Nicht für Burleigh House. Aber manchmal auch für dich.«

Wyn lächelt.

»Ich hatte gehofft, dass du das sagen würdest«, kann er gerade noch sagen, bevor ich ihn küsse.

Dann nimmt er wieder meine Hand, und wir laufen weiter, vorbei an den Mauern von Burleigh, hinaus in die offene Landschaft Richtung Taunton.

»Also, Vi«, sagt Wyn. »Wo gehen wir hin?«

»Wusstest du, dass ich ein Cottage *und* ein Boot besitze, in Lincolnshire?«, frage ich. »Es sind die einzigen Dinge auf der Welt, die mir wirklich gehören.«

»Ich gehöre dir«, sagt Wyn.

»Sei nicht albern. Wir gehören uns selbst. Hast du schon mal mit einem Speer gefischt?«

»Nein.«

»Es ist gar nicht schwer. Ich kann es dir beibringen, wenn du möchtest.«

»Ja, das möchte ich sehr gerne.«

Danksagung

Nicht nur ein Großes Haus, sondern auch jedes Buch braucht eine kleine Armee an Helfern, die es zum Leben erwecken und sorgsam hegen. Was *dieses* Buch angeht, bin ich vor allem Alice Jerman zu ewigem Dank verpflichtet, der Chefarchitektin von Burleigh und Violets Geschichte. Sie hat das Potenzial erkannt, Burleighs Magie geliebt und eine Vision davon entwickelt, was aus dem Stoff werden könnte. Alice, du hast mich unglaublich angespornt, und ich werde nie wieder eine Szene schreiben können, ohne im Geiste deine Frage zu hören: »Aber was *fühlen* sie dabei?« Danke für all deine Hilfe und deine Weitsicht und deine Unterstützung.

Keines meiner Bücher hätte das Licht der Welt erblickt ohne den Input der hartnäckigen, großartigen und unersetzlichen Lauren Spieller. Sie hat den allerersten aller Entwürfe gelesen und geholfen, das Steuer in die richtige Richtung zu lenken. Lauren, ich verspreche dir, ich werde Bücher schreiben, die eine Mitte und einen Plot haben, wenn du mir im Gegenzug versprichst, mir einmal im Jahr zu versichern, dass ich recht habe (auch wenn es eigentlich nicht stimmt).

Danke an meine Lektoratsassistentin Clare Vaughn, die sich um all die zahllosen Details rund um die Entstehung eines Buches kümmert und die jede Zusammenarbeit zu einem reinen Vergnügen macht; an Jackie Burke, meine wundervolle Verlegerin, die dafür sorgt, dass die Leser von meinen Büchern erfahren. An die ersten Leser dieses Buchs für ihren unschätzbaren Rat und Zuspruch – Bethany Morrow, Al Rosenberg, Steph Messa, Jen Flumer, Hannah Whitten, Joanna Meyer und Anna Schafer; an alle bei Triada US Agency, die sich unermüdlich für ihre Autoren einsetzen, insbesondere an Uwe Stender, der ein so wundervolles Team zusammengeführt hat, und an Brent Taylor, der sich um Rechte und Lizenzen kümmert.

Und auf persönlicher Ebene danke, danke, danke an alle, die mir dabei geholfen haben, mich im Labyrinth meines zweiten Buchprojekts zurechtzufinden. Damit meine ich euch von *The Pod* und dich, Steph, denn ihr habt aus einer anfänglichen Idee ein Buch entstehen lassen. In euch habe ich meine Seelenverwandten gefunden. Danke an Ashley, meine leidenschaftlichste Cheerleaderin; an meine Mom, meine einzigartige Alpha-Leserin/Kinderfrau/Wäschezusammenlegerin und guter Geist für alles, was ich brauche; an Tyler, den in jeder Hinsicht besten Partner, den man sich auf dieser Reise nur wünschen kann, und an meine Mädchen, die der Grund für alles sind, was ich tue.

Wenn du dieses Buch liest, weil du *The Light Between Worlds* gemocht und mich von Anfang an begleitet hast: vielen Dank. Meine Leserschaft bedeutet mir alles – ich freue mich über jedes Wort der Wertschätzung, das mich von meinen Lesern und Leserinnen erreicht.

Zuletzt noch ein Wort des Dankes an ein Haus – so seltsam es erscheinen mag, so gerechtfertigt ist es in diesem Fall. Danke Weymouth Manor, mein verrücktes, weitläufiges, gutmütiges Heim, das im Dezember unter der Schneedecke Blumen sprießen lässt, zur Begrüßung Lichter an- und ausschaltet, uns alle liebt und sich nie dazu durchringen kann, im Garten Gemüse gedeihen zu lassen.

Autorin

Laura E. Weymouth ist in Ontario, Kanada, geboren und aufgewachsen. Sie lebt heute im Westen New Yorks, zusammen mit ihrem Mann, zwei wilden Töchtern, einer verwöhnten Katze, einem alten Hund und einer unbestimmten Anzahl von Hühnern. Ihr Fantasy-Debüt »The Light Between Worlds«, das 2018 erschien, wurde von Kritikern hoch gelobt. »Treason of Thorns« ist ihr zweiter Fantasyroman.

Übersetzerin

Petra Koob-Pawis studierte in Würzburg und Manchester Anglistik und Germanistik, arbeitete anschließend an der Universität und ist seit 1987 als Übersetzerin tätig. Sie wohnt in der Nähe von München, und wenn sie gerade nicht übersetzt, lebt sie wild und gefährlich, indem sie Museen durchstreift, Vögel beobachtet und ihren einäugigen Kater daran zu hindern versucht, sämtliche Möbel zu ruinieren.

Mehr zu unseren Büchern auch auf Instagram

Naomi Novik

SCHOLOMANCE

Tödliche Lektion
Band 1, 480 Seiten
ISBN 978-3-570-16609-3

Der letzte Absolvent
Band 2, 512 Seiten
ISBN 978-3-570-16610-9

Die Goldenen Enklaven
Band 3, 480 Seiten
ISBN 978-3-570-16611-6

Scholomance ist eine Magierschule, wie es sie noch nie gegeben hat: Keine Lehrer, keine Ferien, keine Freundschaft, es sei denn, strategische Bündnisse gelten als Freundschaft. Hier geht es um mehr als um Noten: ums nackte Überleben. Es gibt nur zwei Arten, Scholomance zu verlassen: die Abschlussprüfung oder den Tod.
Bis eine Schülerin mit einer außergewöhnlichen Gabe die Regeln ändert …

20325_3

cbj

www.cbj-verlag.de